"몬스터 때문에 누군가가 운다면——나는 몬스터를, 죽일 거야."

오모리 후지노
OMORI FUJINO

일러스트 하이무라 키요타카
KIYOTAKA HAIMURA

캐릭터 원안 야스다 스즈히토
SUZUHITO YASUDA

김민재 옮김

던전에서 만남을 추구하면 안 되는 걸까 외전

소드 오라토리아 10

Sword Oratoria

© Kiyotaka Haimura

CONTENTS

던전에서
만남을 추구
하면
안 되는 걸까 외전

소드
오라토리아 10

Sword Oratoria

오모리 후지노 지음 | **하이무라 키요타카** 일러스트
야스다 스즈히토 캐릭터 원안 | **김민재** 옮김

S NOVEL

커버 그림, 본문 일러스트 | **하이무라 키요타카**

프롤로그

어느 소녀의 독백

Гэта казка іншага сям'і.

маналог дзяўчыны

그 감정의 이름을 무엇이라고 해야 할까.

원래 같으면 슬픔이나 분노, 혹은 절망이라 불러야 할 것.

하지만 그 중 어느 것과도 맞지 않는 것.

검에 베이는 것보다도 날카롭고, 도끼에 쪼개지는 것보다도 깊으며, 발톱과 이빨에 꿰뚫리는 것보다도 아프다.

순수한 충격은 마음을 부수고 피를 강요한다.

자신의 존재를 부정당한 듯한, 그런 상실감. 마음이 텅 비어버렸는가 싶다가도, 의미를 이루지 못하는 언어의 나열이 폭풍처럼 일어난다.

싫어. 떨어져. 『그것』으로부터.

너는 내 곁에 있어.

너만은 사라지지 말아줘.

그런 『광경』을 내게 보여주지 마.

『그것』은 지독히도 추악한 것. 모두가 기피하는 것. 내쳐야만 하는 것.

혐오하고 증오해야 하는 것.

결코 다가가서는 안 된다. 손을 잡아서는 안 된다. 품에 거두어서는 안 된다.

자비 따위 용납되지 않는, 이 세상에서 가장 죄 많은 약탈자.

너는 『그것』의 이름을 알고 있어?

너는 『그것』의 이름을 아느냐고?

『그것』의 이름은——『몬스터』.

그 감정의 이름을 무엇이라고 해야 할까.
나는 모른다.
거짓말쟁이라고 외치면 될까.
용서할 수 없다고 이성을 놓아버리면 될까.
그러지 말라고 울부짖으면 될까.
얘.
울 것 같은 얼굴로 이쪽을 바라보는 네게 묻고 싶어.
서로 마음을 나눌 수 있을 거라 생각했던 건 내 착각일까?
내 환상일까?
뭘 하는 거야?
왜 거기 있어?
왜 너는『괴물』을 감싸는 거야?!
너무해! 너무해! 너무해!
이런 배신은 너무해!

마음의 절규는 그칠 줄 모른다.
그에게 들이댄 검은 연신 떨리기만 한다.
균열이 간 몸에서 붉은 눈물이 흘러넘친다.
추운 겨울날의 기억에 사로잡혀 움츠러든 것처럼 얼어붙어가는 팔다리. 무엇과도 바꿀 수 없는 것을 잃고, 『고독』해졌음을 깨달았을 때, 두 번 다시 말하지 않겠노라 결심했던 그 말이 입술에서 되살아나려 했다.

『누가, 날──』

1장

전초

Гэта казка іншага сям'і

Аднаактовы ў лагеры

© Kiyotaka Haimura

"『열쇠』는 아직도 발견되지 않고 있군⋯⋯."

푸념이 흘러나왔다.

속삭이는 듯했던 말이 집무실에 공연히 크게 울려 퍼졌다.

【로키 파밀리아】의 홈, 『황혼관』.

실내 구석에 놓인 대형 시계의 바늘이 가리키는 시간대는 저녁. 어둠의 시간이 밀려옴을 알리듯 희미한 꼭두서니색 하늘이 창밖에 드리워졌다.

집무용 책상 위에 툭 떨어진 핀의 푸념을, 그 자리에 함께 있던 리베리아, 가레스, 로키가 조용한 표정으로 받아들였다.

핀이 말하는 『열쇠』란 어떤 매직 아이템이다.

인조미궁 『크노소스』의 『문』을 열 수 있는 보옥, 『다이달로스 오브』.

"티오나랑 얼라들이 찾고는 있는데, 아직 성과는 없데이."

"도시 밖이나 던전으로 통하는 크노소스의 출입구는 발견했고 확보해뒀지만⋯⋯ 역시 예상대로 적은 『농성』을 할 태세다. 바레타 같은 간부가 베이트에게 토벌당한 이상, 시기가 무르익을 때까지 그들이 먼저 치고 나오지는 않겠지."

이블스의 잔당과 『더럽혀진 정령』을 거느리고 있는 괴인들의 지하세력.

『오라리오의 멸망』을 지상목적으로 삼은 그들은 크노소스에 잠복 중이다.

『데미 스피리트』를 이용하고자 하는 그들의 계획은 결코 헛소리도 망언도 아니다. 지금도 오라리오에 육박하고 있는 위기다.

적의 야망을 분쇄하기 위해서라도 난공불락의 크노소스를 공략하고── 나아가서는 오리할콘『문』의『열쇠』를 반드시 얻어야만 했다.

"내는 내대로 찍어놓은 기 있는데…… 그 색골 여신, 암만 찔러봐도 시치미만 뚝 떼는기라. 단서 하나 안 내놓더만."

집무용 책상 가장자리에 걸터앉은 로키가 밉살스럽다는 듯 말했다.

이블스의 잔당과 이어져 있던 【이슈타르 파밀리아】를 【프레이야 파밀리아】가 소멸시켜버린 사건은 아직도 기억에 생생하다. 그리고 베이트가 【이슈타르 파밀리아】 출신 단원 레나 탈리를 통해 밝혀낸 정보에 따라, 이미 천계로 송환된 주신 이슈타르가『열쇠』를 보유했음도 판명되었다.

로키는 프레이야가 말 그대로『열쇠』를 쥔 신물이라 생각했다.

이야기가 끊어져 침묵의 시간이 이어진 후.

"……시간이 없어."

핀이 무겁게 입을 열었다.

"집안싸움이라고 말하면 이상하겠지만…… 로키 말대로 【프레이야 파밀리아】가『열쇠』를 쥐고 있다고 한다면…… 힘으로 나설 수밖에."

그 발언에 리베리아와 가레스의 표정이 심각해졌다.

다소 억지스러운 교섭, 거래가 실패할 경우에는 강경수단——『항쟁』도 불사하겠다는 단장의 뜻. 물론 미궁도시의 쌍두라 불리는 두 【파밀리아】가 갈등을 일으킨다면 오라리오 자체에 심대한 피해가 미칠 것이다. 주신의 사소한 변덕이나 의도에 따라 상호간섭이 어려운, 신의 파벌이라는 공동체 시스템의 결점이 여기서 드러난다.

집무용 책상 위에 두 팔꿈치를 기대고 있던 핀은 호수 같은 두 눈을 가늘게 뜨고 명령을 내리기 위해 입을 열려 했다.

그때.

"단장님! 들어가겠슴다!"

라울이 노크도 하지 않고 입실했다.

숨을 헐떡이던 그는 자신에게 모여드는 시선과 실내에 떠도는 팽팽한 공기에 윽 소리를 내며 움츠러들며 아차 하는 표정을 지었다.

"무슨 일 있었어, 라울?"

"어, 그게…… 들어오는 정보는 뭐든 알려달라고 하셔서……! 크노소스하고는 별 관계가 없을지도 모르지만……."

상관없으니 말하라고 핀이 시선으로 채근했다.

꽁무니를 빼려던 라울은 창문 너머에 펼쳐진 시가지를 흘끔 보더니 말했다.

"아까, 도시 서쪽에서 소동이 있었는데 말임다——."

"인간형 몬스터……?"

아이즈는 조금 전에 하달된 정보를 되물었다.

"응응. 어제 서쪽 구역에서 나왔대."

바로 옆에서 걷던 티오나가 두 팔을 벌리며 과장스럽게 말했다. 그 옆에 있던 티오네가 거추장스럽다는 듯 얼굴을 찡그렸다.

나란히 이어진 창문에서 햇살이 스며드는 아침.

일과인 검술 연습을 마치고 저택의 좁은 복도를 걷던 아이즈와 우연히 만난 아마조네스 자매는 【로키 파밀리아】 내에서도 소문이 퍼지고 있는 어제의 소동을 들려주었다.

"대형급, 같은 거 아니고……?"

"아니라던걸. 하급 모험자들이 봤다는데, 『하피』 아니면 『세이렌』이었대. 필리아 축제 소동하고는 아마 관계가 없지 않으려나."

대형급──『식인꽃 몬스터』가 아니냐고 행간으로 묻자 티오네는 고개를 가로저었다. 【로키 파밀리아】가 진압에 참가했던 몬스터 필리아 사건은 물론이고, 크노소스를 기점으로 도시 지하수로에서 활개를 치는 몬스터와는 상관이 없을 거라고.

두 사람이 들려준 정보에 아이즈는 고개를 갸웃했다.

『코볼트』와 같이, 짐승 얼굴에 인간 몸을 가진 소위 수면

인체(獸面人體) 몬스터를 잘못 본 것이 아니라면, 『인간형』이라 불리는 몬스터는 제19계층부터 출현한다. 그렇게나 깊은 층역에서 지상까지, 모험자에게 들키지 않고 몬스터가 자력으로 올라오기란 지극히 힘들다.

애초에 지상에 ──거대 시벽과 바벨의 보호를 받는 오라리오에── 몬스터가 출현하는 것 자체가 대사건이다. 이벤트인 몬스터 필리아가 예외일 뿐, 던전에서 몬스터를 끌고 나와서는 안 된다는 규칙이 있다. 이것을 어기면 길드가 무거운 페널티를 내린다는 것은 말할 필요도 없다.

"어제는 꽤 소동이 컸다나봐~. 지금도 길드 직원들이 여기저기 확인하고 다닌대."

듣자하니 이번 소동의 중심인 『인간형 몬스터』가 나타난 곳은 일반인으로 북적거리는 대로 한복판. 그 점을 염두에 둔다면 분명 큰 사건이라 할 수 있다.

평화로운 시내가 느닷없이 혼란에 빠질 만하다.

"……핀은, 알아?"

"응. 시간이 있는 사람은 슬쩍 정보를 모아오라고 그러셨어. 단장님도 무언가 생각하는 바가 있으신가봐."

아이즈가 묻자 티오네가 긍정했다. 【파밀리아】의 하위 단원들 사이에서도 화제가 되고 있다는 이 사건에서 핀도 무언가를 느꼈었던 걸까.

'인간형 몬스터…… 『하피』 아니면 『세이렌』이라고 했으니, 아마도 날개 달린 종류…….'

지금도 어딘가에 숨어 있을 몬스터를 두려워하는 일반인.

그 광경을 상상하자마자 가슴이 답답해졌다. 살짝 고개를 들고 천장을 바라보던 아이즈는 도시에 살고 있는 모험자의 일원으로서 단단히 명심해두기로 했다.

"만약, 몬스터를 발견하면?"

"핀은 가능하면 생포하라던데."

머리 뒤에서 두 손을 깍지 낀 티오나의 말을 받아 티오네가 대답했다.

"만약 피해가 생길 것 같다면 처분하라고도 하셨고."

금색 장발을 흩날리며 허리에 찬 애검 《데스퍼러트》를 만진다.

"알았어."

아이즈는 그때.

아무 생각도 없이, 그저 고개를 끄덕였다.

"베이트 로가랑 데이트, 베이트 로가랑 데이트~! 저기 저기, 팔짱 끼지 않을래?"

바로 곁에서 갈색 소녀가 만면의 미소를 꽃피우고 있었다.

페이트는 팔짱을 끼는 대신 말없이 레나 탈리의 관자놀이에 팔꿈치를 꽂아주었다. 이제는 익숙해진 움직임이었다.

"후구욱—?! 별이—?! 베이트 로가 대신 하늘 가득 별이이—?!"

"일단 물어나 보자. 너 왜 여기 있어."

"그야 당연히 【로키 파밀리아】를 감시하고 있었고흐으—?! 스타—?!"

"죽어버려."

극심한 고통에 옆머리를 붙들고 혼절하는 아마조네스 소녀. 속옷이 훤히 보이는 것도 아랑곳하지 않고 이리저리 데굴데굴 굴러다닌다. 지나다니던 데미휴먼들에게서 질색하는 시선이 쇄도했다.

"정말 잘 따르네……."

"시꺼. 멍청한 소리 하지 마."

반대편에서는 캣 피플 아나키티가 진지한 표정으로 어이없다는 시선을 보내고 있었다. 베이트는 자포자기한 듯 대답했다.

같은 수인이라고는 하지만, 【로키 파밀리아】에서는 매우 보기 드문 조합이었다.

"앗~?! 떨어져 떨어져~!"

부스스 일어난 레나가 그런 두 사람 사이에 끼어들어선 두 팔로 거리를 벌렸다.

"아우~! 【로키 파밀리아】에는 귀엽고 예쁜 사람이 너무 많다구~! 베이트 로가 유혹당할 거야! 레나는 걱정돼서

못 살겠어~!"

"바보냐."

"이 녀석하고는 절대 그런 일 없으니 안심해."

레나를 무시하고 성큼성큼 앞서 걸어가는 두 사람.

오도카니 남겨졌던 레나는 흠칫 정신을 차리고는 황급히 그들을 따라갔다.

"몬스터가 나왔다는 게 여기냐?"

"응, 그런가봐."

두 사람이 향한 곳은 도시 북서부. 메인 스트리트와는 다른, 좁은 길 중 하나였다.

베이트와 아나키티는 가레스의 지시로 『인간형 몬스터』의 행방을 쫓고 있었다. 두 사람이 뽑힌 이유는 지극히 단순했다. 『냄새』로 추적할 수 있어서였다.

몬스터가 목격된 것은 어제 저녁.

『길드』가 조사를 마쳤다고는 하지만 아직 단서가 남았을 가능성도 있다.

"참 나, 그 몬스터가 대체 뭐라고. 『열쇠』하곤 상관없을 거 아냐."

"모르지, 그거야. 지금은 어떤 정보라도 모아야 할 때인걸. 내 말이 틀렸어?"

"헹, 그것밖에 할 일이 없다고 해야겠지."

'……마지못해 함께 다니는 것 같으면서도 오랜 시간을 함께 지내 서로를 잘 아는 파트너 같은 대화……! 이 캣 피

플이 말 그대로 내 도둑고양이인 건 아닐까……?! 럴수—!'

답답한 현재의 상황에 짜증을 감추지 않고 투덜거리는 베이트를 아나키티가 달래고, 혼자 큰 착각에 빠진 레나는 맹렬한 조바심을 불태웠다.

더 필사적으로 달라붙려 하는 레나를 연신 밀어내던 베이트는, 어떤 좁은 골목길 앞에서 발을 멈추었다.

"『인간형 몬스터』가 소식이 끊어졌다는 게 여기야. 주민들이 돌을 던져서 저항하고 있을 때, 어떤 엘프 여자애가 몬스터를 데리고 갔대."

"엘프 여자애라고?"

"로브로 몸을 가리기는 했다지만. 어린이를 습격하려고 날개를 펼쳤다던데."

"수상하구만……."

재빨리 탐문을 다녀온 아나키티의 설명에 베이트는 미간에 주름을 지었다.

코를 킁킁거린 둘은 사람이 아닌 『이형』이 뿜어내는 잔향을 금세 찾아냈다. 『길드』 사람이나 다른 모험자들이 놓칠 만한 냄새도 【랭크 업】을 되풀이해 오감이 강화된 수인인 두 사람은 느낄 수 있었다.

베이트와 아나키티는 대로에서 어두운 뒷골목으로 발을 들였다.

"쳇…… 냄새 없애는 아이템을 썼군."

"그런 것 같네……."

"어? 그게 무슨 소리야? 몬스터가 아이템을 쓸 리도 없고…… 아까 하던 얘기도 그랬지만, 역시 누군가가 몬스터를 숨겨주고 있다는 소리야?"

"내가 아냐."

뒤에서 고개를 쏙 내밀며 놀라는 레나에게 대꾸하며, 베이트는 이제 감에 의존해 움직였다.

아나키티의 탐문과 추측을 토대로 도시의 제7구역을 향해 이동했다.

"……아앙? 이 작살난 교회는 뭐야?"

그리고 그들은 잔해의 무더기로 변한 어떤 건물의 흔적 앞을 지나쳤다.

마치 『마법』이라도 맞은 듯 붕괴된 상태였다.

무너진 석재의 구조로 보건대, 사람들의 발길이 끊겨 쇠퇴한 교회였던 듯했다.

"……그리고 보니 어느 【파밀리아】가 너절한 교회를 홈으로 삼았다는 소문을 들은 적이 있는데?"

"어느 【파밀리아】가?"

"으음…… 레나의 회색 뇌세포로도 기억해낼 수는 없었다……!"

"나가 죽어."

팔짱을 끼며 끙끙거리는 레나에게 거칠게 내뱉으며 베이트는 잔해의 더미를 둘러보았다.

그의 발밑에는 부서진 여신상이 쓰러져 있었다.

"【이켈로스 파밀리아】요?"

레피야는 그 파벌의 이름을 되뇌었다.

지상에서 『인간형 몬스터』 출현 소식이 나돈 지 3일이 지난 오후. 레피야는 도시 북쪽 구역의 뒷골목에 있었다.

그녀의 앞에 있던 것은 갈색 피부를 한 시앙스로프 소녀였다.

"응. 최근에 알아낸 거지만, 그 【파밀리아】가 수상해."

【헤르메스 파밀리아】의 시프, 루루네 루이는 벽에 기대선 채 고개를 끄덕였다.

아침 무렵, 루루네는 레피야네 【로키 파밀리아】의 홈을 찾아왔다고 한다. 『공유하고 싶은 정보가 있다』는 편지를 문지기에게 건네주고, 그곳에 기재된 장소로 오도록 레피야에게 전언을 부탁했다는 것이다. 덧붙이자면 레피야를 지명한 이유는 난폭한 베이트를 비롯한 제1급 모험자들보다는 온건하게 대화를 나눌 수 있으리라 생각했기 때문이라나.

어스름한 골목길에서 바로 옆으로 시선을 돌리면, 밝고 활기찬 대로와 인파가 보인다.

왜 주점 같은 곳이 아니라 이런 뒷골목을 밀회 장소로 삼았는가 하면, 지독하게 바쁘기 때문이라고 한다. 레피야는 지정된 뒷골목을 찾느라 고생했지만, 루루네는 루루네대로 착실하게 지각했다. 엄청나게 지친 표정으로, 몇 번이고 사과하면서.

"멜렌의 밀수 사건에서 이블스의 자금줄이 된 게 그놈들이야."

"!"

"주로 밀수했던 건 **몬스터**……호사가 왕족이나 귀족을 상대로 비싼 값에 거래했던 거야. 증거도 있어."

그녀가 들려준 내용에 아연실색한 레피야는 받아든 양피지 두루마리를 펼치고 자세한 정보를 살펴보았다.

【이켈로스 파밀리아】. 20년 이상 전에 오라리오에서 발족한 던전계 파벌.

『심층』진출 시기 이후로 계층 공략 기록은 뚝 끊어졌으며, 그뿐 아니라 【파밀리아】의 소재지까지 감춰버렸다고 한다. 모험자 업계에서 이름이 거론되는 일은 거의 없어, 【이켈로스 파밀리아】라는 이름을 들어도 전혀 기억이 나지 않았을 정도였다.

파벌의 등급은 B. 틀림없는 상위 파벌임에도 불구하고.

"……! 『【이켈로스 파밀리아】는 과거에 이블스의 일당이 아닐까 하는 길드의 의혹을 샀다』……!"

눈을 크게 뜨며 그곳에 기재된 문장을 읽었다.

【로키 파밀리아】와 【디오니소스 파밀리아】, 그리고 【헤르메스 파밀리아】가 공동전선을 펼쳐 추적 중인 괴인들의

『지하세력』과 『이블스의 잔당』. 이와 같은 적의 세력에 【이켈로스 파밀리아】가 관여했을 가능성은 이미 농후해졌다.

수사선상에 오른 【파밀리아】의 이름을 가만히 바라보던 레피야는 문득 고개를 들었다.

던전에서 몬스터를 포획해 도시 밖으로 비밀리에 운반하고, 팔아치웠다.

그것만으로도 경악과 혐오감을 씻을 수 없지만, 지금은 이 정보와 비춰본 현재의 상황이 더 마음에 걸렸다.

"혹시, 시내에 출몰했던 『인간형 몬스터』도 【이켈로스 파밀리아】가……."

밀수할 때 도망친 몬스터가 시내에 나타났던 것은 아닐까?

레피야는 현재 오라리오를 떠들썩하게 만든 목격정보와 연결을 지어봤으나.

"아, 그건 상관없어."

"네?"

"상관이 없지는 않지만, 그놈들 짓은 아니야. 그러니까 걱정할 거 없어."

"하, 하지만…… 『인간형 몬스터』가 또 나타날 수도……."

"그럴 일은 없어."

그 물음에도 루루네는 단언했다.

눈을 깜빡거린 레피야는 위화감을 느꼈다.

마치 루루네, 【헤르메스 파밀리아】는 시내에 나타났던 『인간형 몬스터』에 대해 이미 실상을 파악한 것처럼 말한다.

"아무튼 우리는 온 힘을 다해【이켈로스 파밀리아】를 추적하고 있어. 만약【파밀리아】놈들이나…… 신 이켈로스를 발견하면, 꼭 알려줘."

루루네는 그런 레피야의 분위기를 눈치 채지 못할 만큼 피곤한 모습으로 말했다.

레피야가 애매하게 고개를 끄덕이자, 시앙스로프 시프 소녀는 푸념하듯 이야기를 시작했다.

"사실은 이렇게 중요한 일은 내가 아니라 헤르메스 님이 로키 님에게 직접 전해야 하는데…… 지금 헤르메스 님은 여유가 없거든."

"헤르메스 님이요? 그런 모습은 별로 상상이 안 가는데요……."

"겉으로는 평소처럼 수상한 웃음을 짓지만… 그거 분명 짜증내고 있는 거야. 우리 아스피도 얌전히 말을 들을 정도라니깐."

별로 면식은 없지만 레피야가 기억하는 헤르메스는 여리여리하면서도 표표한 신이다.

믿을 수 없다고 솔직하게 말하자 루루네는 어깨를 으쓱했다.

"……저기 말이야.『다이달로스 거리』의『수확』에 대해선 역시 말 못해?"

"그건…… 사실은 로키가 말하지 말라고 했거든요……

헤르메스 님이 숨기고 있는 게 뭔지 알 때까진……."

느닷없이 묻는 루루네에게 레피야는 말을 흐리고 말았다.

【로키 파밀리아】는 미궁거리를 조사해 발견한 적 세력의 아지트——『크노소스』에 대한 정보를 【헤르메스 파밀리아】와 공유하지 않았다. 독단으로 움직이기 십상인 헤르메스가 자신의 카드를 보여주려 하지 않기 때문이었다.

로키는 『크노소스』의 정보를 헤르메스와 교섭할 재료로 챙겨둘 생각인 모양이었다. 신들이 말하는 『기브 앤 테이크』란 거다.

동시에, 이렇게도 생각하는 듯했다.

『길드』와 이어져 있는 헤르메스에게서 우라노스의 신의를 알아내야겠다고.

"아냐, 됐어. 로키 님 말이 지당하지."

말을 흐리는 레피야에게 루루네는 두 손바닥을 내밀며 부드럽게 만류했다.

실제로 의리를 지키지 못하고 있는 것은 【헤르메스 파밀리아】 쪽이다.

중립을 표방하는 자신들의 입장을 이해하는지, 루루네는 『크노소스』에 대해 더 이상 언급하지 않았다.

다만 자신들의 『응어리』만은 이해해주었으면 하는 마음에 말을 이었다.

"동맹을 맺었으니까 밀당이나 할 게 아니라 정보를 공유하면 된다는 건 잘 알지만…… 우리도 『성가신 안건』에 말려들어서 말이야."

그 『성가신 안건』 때문에 정말로 애를 먹고 있는지 루루네는 머리를 벅벅 긁었다. 그녀에게서는 보기 드문 답답한 표정을 드러내며.

푸념처럼 들리는 그 말이, 루루네가 이토록 지친 원인일까.

"우리가 지금 품고 있는 안건에 대해선 아무 말도 할 수 없어. 그러니까 그쪽도 우리 눈치를 보면서 정보를 제공하지 않으려는 것도 어쩔 수 없지. 아니, 이렇게 말할 처지는 아니지만…… 어떻게 할 방법이 없으니까."

사실은 말하고 싶다. 말해서 홀가분해지고 싶다. 하지만 도저히 말할 수 없다.

루루네의 태도는 그런 모습이었다.

레피야의 마음속에서 조금 전에 품었던 위화감이 더욱 커졌다.

서로 발목을 잡아당긴다는 사실을 자각하면서도 말할 수 없는 『무언가』라니…… 대체 그것이 무엇일까?

"일단 【이켈로스 파밀리아】에 관해선 로키 님에게 말해 줘. ……찜찜하게 굴어서 미안해."

"아, 아뇨……. 저기, 무리하지는 마시고요."

레피야의 말에 쓴웃음과 함께 손을 내젓고, 루루네는 벽에서 몸을 떼었다.

대로와는 반대쪽, 어스름에 싸인 깊은 골목 쪽으로 모습을 감춘다.

레피야도 그녀에게 등을 돌리고 볕이 드는 대로를 향해 나갔다.

🔥

돌로 만들어진 벽면과 천장.

광원은 마석등 하나. 그 방에는 창문이 없어 지하라는 사실을 알 수 있었다.

감도는 공기는 서늘해 숫제 쌀쌀하기까지 했다.

벽을 가득 메운 선반은 목조였으며, 그곳에는 수많은 포도주병이 보관되어 있다.

"…………."

디오니소스는 조그만 원탁 위에 놓인 잔에 스스로 포도주를 따랐다.

이곳은 【디오니소스 파밀리아】의 홈 지하실.

『포도주에는 깐깐하다』고 자타가 공인하는 디오니소스가 만든, 자랑스러운 와인셀러였다.

포도주병 외에 나무통도 있었다. 포도주의 완성도와 명품의 보유량은, 로키가 이 자리에 있었다면 보물의 산이라고 했을 정도였다. 실제로 디오니소스는 이 와인셀러에는 권속들조차 출입을 금지시켜놓았다. 단 한 사람을 제외하고는.

졸졸 소리를 내며 잔에 채운 포도주를 의자에 앉은 채 단숨에 들이켠다.

그윽한 적포도주의 향을 혀 위에서 굴리지도 않고, 맛을 보지도 않고, 단숨에 마셔버리는 그 모습은 홧술처럼 보이기까지 했다.

"……디오니소스 님. 과음하시는 듯합니다."

직립부동 자세로 곁에 서 있던 엘프 피르비스가 간언하듯 말했다.

그녀의 말을 무시한 주인은 빈 잔에 다시 포도주를 따랐다.

"마시지 않고서는 못 해먹겠거든……. 그렇지 않으냐?"

고개를 숙인 채 툭 건네는 말.

피르비스는 입을 다물고 아무 대답도 하지 않았다.

디오니소스는 잔을 손에 들고 천장에 설치된 마석등에 비추었다.

"상황은 전혀 움직일 줄을 모르고. 단서를 발견했다가는 놓치기만 하고, 아무런 진전도 없고. 로키와 헤르메스를 이리저리 휘두르면서도 이 꼴이라니……."

"…………"

"나야말로 광대지. 나야말로 어리석기 그지없는 자야. ……하지만 그래도 앞으로 나아갈 수밖에."

자신에게 들려주듯 독백을 거듭한다.

잔에 반사되는 자신의 유리색 눈동자를 바라보며 남신은 중얼거렸다.

"그래, 나는 디오니소스……. 수치를 무릅쓰고서라도 로키와 헤르메스에게 협력해 원수를 갚아야만 하지……. 내 아이들의 원수를."

그것은 로키와 헤르메스에게는 결코 보여주지 않는 디오니소스의 모습이었다.

【파밀리아】는 물론이고, 피르비스가 아니고서는 보여주지 않는 신의 일면.

엘프 종자는 보아서는 안 될 것을 본 것처럼 가만히 눈을 내리깔았다.

"……가자. 로키가 부르니."

포도주를 들이켜고 일어난 디오니소스에게 조금 전의 분위기는 남지 않았다.

태연자약한 표정의 달콤한 마스크. 그리고 강한 결의를 담은 신의 눈동자.

엘프 종자에게 상의를 받아들고, 남신은 지하실을 떠났다.

"헤르메스네 얼라가 우리 얼라랑 접촉했데이.【이켈로스 파밀리아】가 수상쩍다 카대."

"이켈로스라……. 다루기 힘든 녀석의 이름이 나왔군."

『황혼관』의 정원.

얼마 안 되는 나무와 산뜻한 색조의 꽃이 오후의 햇살을 받고 있었다.

디오니소스와 피르비스를 부른 로키는 오늘 레피야가 입수한 정보부터 전달했다. 준비된 테이블 앞에 앉아, 의자 등받이에 몸을 기댄 채 버릇없이 의자를 삐걱삐걱 울리면서.

"내 기억이 옳다면 이켈로스네 파벌은……."

"하모. 이블스하고 관계가 있다꼬 의심받았제. 오락에 굶주린 전형적인 신이라…… 안 심심해질라꼬 『나쁜 장난질』까지 치는 넘아 중 하나 아이가."

로키의 대각선 뒤에는 레피야가, 디오니소스의 뒤에는 피르비스가 있었다.

두 권속이 서로 눈짓을 나누며 웃음을 짓고 인사를 하는 동안 신들은 논의를 이어나갔다.

"홈은 오래 전에 비워버렸다 카대. 아지트를 딴 데로 옮겨놓은 건 확실하데이."

"그렇겠지."

"……까놓고 말이제, 이켈로스는 『다이달로스 거리』…… 십중팔구 『크노소스』에 숨었을기라."

"…………."

"이켈로스네 파벌이 『열쇠』를 가졌을 가능성이 높데이. 글고, 만약 헤르메스한테 크노소스의 정보를 넘기면 그 빈틈없는 넘이 금방 위치를 파악해줄지도 모르제."

"나는 그 생각에 반대해."

로키의 『만약』에 디오니소스는 딱 잘라 대답했다.

흔들림 없는 유리색 두 눈으로 바라보며.

로키는 실눈 한쪽을 가늘게 떴다.

"내 보기에 수단 가릴 단계는 지난 거 같은데……? 마 뾰족한 단서도 없다 아이가."

"전에도 말했을 텐데, 로키. 헤르메스는 우라노스의 개 야. 그 노신이 배후에 있는 한 나는 놈을 신용하지 않아. 최소한 그놈의 뱃속을 보기 전까지는 교섭 테이블에도 앉 힐 마음이 없어."

디오니소스의 뜻은 확고했다. 로키와 접촉하기 전부터 그는 『길드』—— 오라리오의 창설신인 우라노스를 의심하 고 있었다.

우라노스는 틀림없이 『무언가』를 숨기고 있다. 로키도 그렇게 생각했다.

하지만 이를 제쳐놓고서라도…… 그 노신이 『오라리오 붕괴 시나리오』에 관여했으리라고는 여겨지지 않았다. 길 드 본부에 직접 찾아가 문답을 나누었을 때의 직감이 그렇 게 말해주었다.

바로 뒤에서 이야기를 듣던 레피야가 답답해하는 것을 느끼며, 로키는 눈앞의 남신에게 한 걸음 파고들기로 했다.

"니 너무 고집 부리는 거 아이가?"

"…………."

"와 우라노스를 그래 눈엣가시로 여기는데? 쫌 부자연스럽다 아이가. 니하고 머 악연이라도 있나?"

파고들듯, 로키는 질문을 거듭했다.

신들의 문답에 간섭하지 못하는 피르비스가 걱정스러운 눈으로 지켜보는 가운데, 디오니소스는 입을 열었다.

"글쎄. 언제부터였을까…… 그 노신이 마음에 들지 않았던 게."

기억을 더듬듯 눈을 약간 위로 들었다.

저택을 에워싼 높은 담장 너머로 보이는 하늘에 시선을 돌리며.

"분명 천계에 있을 무렵부터였지……. 왜인지는 이미 생각도 안 나는데…… 뭐였을까."

거짓말 진실도 아닌, 입술에서 툭툭 떨어지는 순수한 의문.

남신의 눈은 시선을 먼 곳으로 돌리면서 추억에 잠겨 있었다.

황혼녘으로 다가가는 햇살이 천천히 꼭두서니색을 띠기 시작했다.

로키는 맞은편에 앉은 디오니소스의 모습을 가만히 바라보기만 했다.

그들 대부분은 아직도 깨닫지 못했다.

도시에 나타난 『인간형 몬스터』가 바로 【로키 파밀리아】가 고대하던 『계기』임을. 무자비하게 흘러가는 시간의 끝을 알리며 국면에 파문을 던질 『한 수』임을.

상황이 움직이기 시작했음을.

파룸 용사는 엄지가 미미하게 시큰거리는 것을 느꼈다.

광대 여신은 이 소동을 발판으로 삼고자 했다.

금발금안의 소녀는 괴물 토벌의 의지를 새로이 다지고 있었다.

그리고 『인간형 몬스터』 출현 소식으로부터 다섯 차례의 새벽을 거듭한 날.

『그날』이 찾아왔다.

그는 어리석은 이

그날, 하늘은 맑디맑았다.

투명할 정도로 푸른 하늘이 도시 위에 펼쳐졌다. 쾌청했다.

오늘도 지루하고 조용한 하루일 거라고 믿어 의심치 않는 오라리오의 주민들이 땀을 흘리며 일상 소음을 자아낸다. 초여름 바람은 이미 흘러가고, 쨍쨍 내리쬐는 강한 햇살은 본격적인 여름이 찾아왔음을 알려주었다. 도로에 깔린 보도블록은 열기를 띠어 아지랑이가 생겨나려 했다.

센트럴 파크를 걷는 아이즈의 피부도 살짝 땀을 머금고 있었다.

'오늘은 제18계층까지 가서, 다시 한 번, 정보수집······.'

단서를 찾는 【로키 파밀리아】 단원들 중에서 아이즈의 담당은 대개 던전 내부였다.

얼마 전까지 맡았던 주요 임무는 제24계층의 사건에서 밝혀진 플랜트── 식인꽃의 플랜트를 발견하고 박멸하는 것이었다. 크노소스로 운반되는 몬스터의 공급을 차단하는 목적이었으며, 이미 제30계층까지 모든 팬트리를 조사했다. 그 이하의 층역은 운반의 위험성이 커지므로 플랜트를 설치하지 않았으리라는 것이 핀의 견해였다. 아이즈를 포함한 정예부대의 활약으로 던전 내에 남은 플랜트는 모두 사라졌다.

위험한 전투임무에서 해방되어, 이날은 『던전 리조트』로

향할 예정이었다.

크노소스가 던전과 이어졌다는 사실은 이미 밝혀졌다. 얼마 전에 제18계층 동쪽 끝에서 연결통로를 확인했으며, 이제는 리빌라 마을에서 정보를 수집하러 갈 생각이었다.

'『인간형 몬스터』…… 날개 달린 몬스터는, 마음에 걸리지만.'

길가에서는 얼굴을 마주하고 소곤소곤 대화를 나누는 시민의 모습이 보였다.

귀를 기울여보면 『몬스터』라는 단어도 들렸다.

지난 며칠 동안은 아무 일도 없어 잠잠했지만, 역시 일반 시민에게 몬스터 출현 소식은 틀림없는 불안의 재료였다. 생각 없는 음유시인이 화젯거리로 삼아 주점에서 노래를 하는 모습은 활달하다고도 할 수 있겠지만, 그것이 원인이 되어 밤마다 몬스터가 나타나 사람을 습격한다는 소문이 퍼진다면 좀 생각해볼 일이다.

몬스터 필리아 때와 비교하면 규모는 작지만, 경계의 분위기가 돌았다.

'다들 몬스터가 두려운 거야……. 당연해……. 모험자가 아니니까.'

누구나 몬스터와 싸울 수단을 가진 것은 아니다.

오히려 속절없이 당하는 사람이 압도적으로 많다.

그들에게 『몬스터』란 『공포』의 상징이며, 저항할 수 없는 『폭력』의 화신이다.

사람들이 사는 영역에 뿌리를 내려서는 안 될 것. 이빨은 피를 빨고, 발톱은 상처를 만들어내며, 포효는 사람들의 비명을 모은다.

바벨에 들어가 나아가면서도, 아이즈는 어떻게든 사람들의 불안을 씻어주고 싶었다.

'너무 늦게 나왔어……. 이 시간대면, 다른 모험자들은, 이미 던전…….'

던전으로 통하는 백대리석 거탑의 지하 1층으로 향했다.

창공을 그린 천장화가 내려다보는 가운데, 『구멍』을 따라 만들어진 은색 계단으로 내려갔다. 이미 혼잡할 때는 지났으므로 주위에 동종업자들의 모습은 보이지 않았다.

솔로로 여겨지는 모험자 두셋과 함께 계단을 내려가던 아이즈는 문득 발을 멈추었다.

'벨……?'

눈앞에서 계단을 올라오는 한 모험자.

찰랑거리는 흰색 머리카락에 가녀린 몸. 아이즈가 잘 아는 소년이었다. 최근에 도시를 떠들썩하게 만들어 일약 유명인이 된 루키이기도 하다.

하지만 처음에 아이즈는 그가 정말로 벨 크라넬인지 알 수 없었다.

푹 숙인 얼굴과 늘어뜨린 팔에서 느껴지는 분위기는 초췌했다. 아니, 숫제 암담했다. 마치 바닥없는 늪에 빠져버린 것처럼 마음이 닫혀버렸다는 사실을, 남의 감정변화에

둔감한 아이즈도 알 수 있을 정도였다.

늘 긴장하고, 늘 한 가지에 열중하며, 늘 멋쩍게 웃던 소년이 지금은 아무 데도 없었다. 그것이 큰 위화감으로 다가와 가슴이 흔들렸다.

감정이 희미한 얼굴에는 드러나지 않았지만, 아이즈는 조금 동요했다.

"아……."

곧 상대도 이쪽을 알아보았다.

고개를 들고 아연실색 올려다본다.

"아이즈 씨……."

마치 아이즈의 눈에 이끌린 것처럼 벨은 중얼거렸다.

갑자기 걸음을 멈춘 채 내려다보고 올려보는 두 사람.

그런 두 사람을, 얼마 안 되는 모험자들이 의아하다는 듯 구경하고는 지나쳤다.

잠자코 바라보던 아이즈에게, 벨은 시간을 들여 천천히 입을 열었다.

"지금, 던전에 가세요……?"

"응……."

"……저기, 아이즈 씨……."

"……."

"지금…… 저기…… 어……."

형태를 이루지 못하는 단어가 툭툭 흘러나왔다.

감정을 정리하지 못하는지, 몇 번이고 말을 더듬고는 시선을 발밑으로 떨군다.

그 분위기를 감지한 아이즈는, 정신을 차리고 보니 말을 걸고 있었다.

"갈까."

"네……?"

"어딘가, 사람 없는 곳……."

그렇게 말하고 손을 내밀었다.

두 눈을 크게 뜬 벨은 눈앞에 내밀어진 가녀린 손가락을 보며 쭈뼛쭈뼛 손을 겹쳤다. 그 모습은 마치 낯선 땅에 내팽개쳐진 미아처럼 여겨질 정도였다.

예정을 중단하고 『바벨』을 나왔다.

인기척이 뜸한 곳을 찾아 센트럴 파크를 벗어났다. 두 상급 모험자의 모습은 사람들의 주목을 받았으나 무시했다.

맞잡은 손에 갈팡질팡하는 듯, 혹은 그 사실을 한심하게 여기는 듯, 그러면서도 놓을 수 없는 듯한 그런 기척이 한데 겹쳐져 피부로 전해졌다.

아이즈는 그 사실을 눈치 채지 못한 척했다.

가도 몇 개를 지나쳐, 주위가 민가에 에워싸인 공터에서 발을 멈추었다.

"……저기, 죄송해요. 시간을, 빼앗아서."

"아냐…….."

사람의 모습은 보이지 않았으며, 주위에는 아이즈와 벨

밖에 없었다.

손을 놓고 마주 선 벨은, 한 차례 눈을 내리깔려다가 멈추었다.

마음을 먹은 것처럼, 아이즈의 금색 눈과 시선을 얽었다.

"…………."

"…………."

이렇게 가까운 곳에서, 단둘이 마주 본 것이 얼마만일까.

그런 뜬금없는 생각이 아이즈의 뇌리에 솟아났다.

어째서인지 소년이 그렇게 여겨졌다.

백발과 루벨라이트색 두 눈은 역시 흰토끼를 연상케했다. 평소에는 아이즈의 몫까지 챙겨주는 것처럼 감정이풍부하던 표정은 무언가 근심으로 덧칠되어 아이즈도 조금 슬퍼졌다.

고뇌, 갈등, 망설임.

그러한 감정이, 매달리듯 바라보는 눈에서 배어나왔다.

'뭔가 어려운 일이 있나……?'

대답이 돌아올 리 없는 마음의 목소리로 중얼거렸다.

아이즈는 생각했다. 이 아이의 고민거리를 없애주고싶다고.

공교롭게도 그것은 조금 전까지 품었던, 몬스터를 제거해 사람들의 불안을 없애주고 싶다는 마음과 같았다.

"……왜?"

무슨 일 있었어?

왜 그리 망설여?

그렇게 물어볼 생각으로 벨의 가슴을 살짝 노크한다.

불안정하게 흔들리는 심장을 억누르듯, 벨은 오른손을 가슴에 겹쳤다.

"아이즈 씨는……."

"…………."

살짝 침을 삼키고, 시간을 들여.

벨은 말을 토해냈다.

"몬스터한테, 무언가 살아갈 이유가 있다고 한다면…… 우리와 다를 바 없는 감정을 가지고 있다면, 어떻게 하시겠어요?"

그 말을 듣고.

질문이 담긴 눈빛을 받고.

아이즈가 품었던 숨김없는 감정은──『곤혹』이었다.

'무슨 소리를, 하는 거야?'

가슴이 솔직한 말을 중얼거렸다.

아무런 의미도 없는 질문, 의미를 이해할 수 없는 물음.

하지만 소년의 눈이 너무나도 절실하게 호소했으므로, 아이즈는 잠시 입을 다물었다.

안이한 대답은 피하고, 말의 의미를 곱씹어, 자기 나름 대로 받아들였다.

"…………."

생각해본다.

만일 몬스터가, 사람과 마찬가지로 웃음을 지을 수 있다면.

사람과 마찬가지로 고민을 품고 있다면.

사람과 마찬가지로 눈물을 흘린다면.

과연 자신은 검을 휘두를 수 있을까.

조용한 시간이 흘렀다. 가로수 사이로 햇살이 흘러내리고 나뭇잎이 흔들려, 지면에 드리워진 그림자의 모양이 이리저리 바뀌었다. 조금 미지근한 여름 바람이 두 사람 사이를 지나갔다.

아이즈는 생각하고 생각하고 또 생각했으며.

생각한 끝에 내놓은 것은 역시 하나뿐인, 매우 심플한 대답이었다.

"나는, 몬스터가 위해를 끼치려 한다면…… 아니."

한 차례 고개를 가로젓고 말했다.

"몬스터 때문에 누군가가 운다면—— 나는 몬스터를, **죽일 거야.**"

일말의 망설임도 없는 목소리로 단언했다.

"흐윽?!"

벨이 몸을 떨며 입을 다물었다.

깨져버린 소년의 갈등 속에서 나타난 것은 분명 『절망』이라는 두 글자였다.

대답을 한 아이즈의 눈빛은 조금도 흔들리지 않았다.

새파랗게 질린 벨을 시선으로 꿰뚫는다.

아이즈는 그런 벨의 분위기를 의아하게 여겼다. 매우 이상하다고만 생각했다.

그러므로 눈으로 되물었다.

──너는 달라?

벨의 몸이 충격에 떨렸다.

어지러이 바뀌는 낯빛은 마치 주마등처럼 추억을 재생하는 듯했다. 자신이 살고 있는 세계의 근간을 떠올리는 것처럼 보이기도 했다.

아이즈와 『무언가』의 틈에서 굳어버린 소년의 얼굴이 한층 깊은 절망과 모순의 색을 띠었다.

반면 아이즈에게 이미 곤혹스러움은 없었다.

똑바로 바라본다. 진의를 캐묻듯.

그저.

그렇다, 그저, 어쩐지.

마치 유리가 부서지는 듯한…… 소년과의 사이에 균열이 생기는 소리를 들은 것 같았다.

"저, 는──."

벨의 가녀린 턱에서 땀이 흘러 떨어졌다.

그가 뻣뻣해진 입을 움직이려던── 그 순간.

뎅그렁, 뎅그렁!!

두 사람의 시간을 부수는 종루의 종소리가 울려 퍼졌다.

"""?!"""

벨과 함께 아이즈는 상공을 올려다보았다.

정오를 알리는 종소리——가 아니었다.

여전히 격렬하게 울려 퍼지는 종소리는 마치 평정을 잃은 듯했다. 이것이 조용한 일상을 영위하는 음색이라고 누가 믿을 수 있을까. 도시에서 모든 소리를 앗아버리는 듯한 하늘의 목소리에 무수한 새가 날개를 치며 날아올랐다.

소리가 난 곳은, 평소에는 시보를 알리는 동쪽 끝의 종루가 아닌, 북서쪽.

"이 방향은, 길드 본부…… 도시의 경종?"

아이즈가 중얼거리는 목소리에 벨이 흠칫했다.

길드 본부에 설치된 대종루.

그리고 그것이 울린다는 것은 도시 전역에 보내는 경보 ——『긴급사태』를 알리기 위해.

아이즈는 조용히 눈을 크게 떴다.

"길드의 대종루?!"

같은 시각.

대로를 걷던 레피야는 주위 사람들과 함께 발을 멈추고 뾰족한 귀를 곤두세웠다.

『──긴급경보, 긴급경보!! 오라리오에 속한 모든 【파밀리아】는 길드의 지시에 따라주십시오!』

이어서 작동한 것은 마석제품인 대형 확성기.

공간을 뒤흔드는 종소리의 여운과 함께 동란의 발소리를 울렸다.

『길드는 미션을 발령합니다!!』

"라울!"

"미션……? 모든 【파밀리아】에?!"

방송을 하는 목소리의 주인도 조바심을 감추지 못하는 듯해, 심상찮은 예감이 들었다.

아나키티와 라울을 비롯해 시내로 나왔던 【로키 파밀리아】의 단원들은 뻣뻣하게 서 있었다.

『제18계층 리빌라가 **무장한 몬스터**에 의해 궤멸!! 이에 따른 몬스터의 대이동을 확인!!』

길드 직원의 목소리는 모험자들에게 알리는 화급한 비명으로 바뀌었다.

"무장한 몬스터라고?"

"베, 베이트 로가, 몬스터의 대이동이라니, 위험한 거 아냐?『바벨』이 돌파당하면……?!"

"쳇…… 대체 무슨 일이 일어난 거야!"

환락가 복구구역의 폐허를 찾아왔던 베이트는 그를 따

라온 아마조네스 소녀를 옆에 둔 채 혀를 찼다.

『속히 길드는 모험자를 편성하여 몬스터의 토벌을——
——네? 아니, 그럴 수가…… 아, 알겠습니다.』
　사태는 시시각각 변화해 혼란을 초래했다.
　"방송하는 목소리가 뭔가 당황하는 것 같은데?"
　"무슨 일 있나?"
　높은 곳으로 뛰어오른 티오네와 티오나는 술렁거리는
도시를 둘러보았다.

『시민 및 모든 모험자의 던전 진입을 **금지합니다!!** 각
【파밀리아】는 길드의 지시가 나올 때까지 홈에서 대기해주
십시오!! 반복합니다——』
　그리고 기세를 되찾아 사태의 절박함을 말해주는 격렬
한 목소리가 허공을 달려나갔다.
　"지시 변경이라니."
　"『길드』도 혼란에 빠져 방침이 통일되지 않는 겐지, 아니
면……."
　"**거물한테 방해를 받았거나**, 둘 중 하나 아이겠나."
　저택 창문을 열고 귀를 기울이던 리베리아와 가레스, 로
키 세 사람은 일찌감치 동향을 캐내려는 쪽으로 돌아섰다.
　"자, 이건 오라리오 붕괴의 팡파르가 될까, 아니면 우리
를 인도하는 복음이 될까……?"

2장 그는 어리석은 이　43

마지막으로 파룸 두령은.

일상이 붕괴되는 소리를 들으며 푸른 눈을 가늘게 떴다.

🦇

오라리오는 동란의 도시로 변했다.

『리빌라 마을』의 붕괴, 그리고 몬스터 무리의 대이동.

그것이 최악의 추이를 따랐을 경우 실현되는 것은 미궁 도시가 자랑하는 완전신화의 붕괴── 몬스터의 『지상진출』이었다. 위험성을 깨달은 현명한 자들이나 『감』이 뛰어난 상인을 중심으로 도시는 공황에 빠졌다.

대로에서, 가로에서, 광장에서, 시민들은 그칠 줄 모르는 소란을 퍼뜨렸다. 사태의 중대함을 인식한 나머지 비명이 잇달아 터져나오는 구역도 있었다. 일상이 뒤집어진 도시의 광경을, 시내로 나왔던 레피야, 베이트, 티오나, 티오네는 직접 목격하고 있었다.

『길드 본부』는 가장 큰 혼돈에 휩싸였다.

제18계층에서 도주한 리빌라 마을의 주민들이 몰려와서는 지리멸렬하게 터뜨리는 노성. 그들의 이야기에 따르면 종족이 서로 다른 『무장한 몬스터』가 아래 계층에서 중앙거목을 통과해 리빌라로 곧장 쳐들어와, 그곳에 있던 수많은 상급 모험자들을 물리치고 눈 깜짝할 사이에 미궁의 거점을 함락시켰다고 한다.

그들의 정보가 확실하다면 『무장한 몬스터』는 통상종과는 비교도 되지 않는 잠재능력을 가진 『아종』. 모험자들이 입은 처참한 부상이 창백해진 길드 직원들에게 현실을 들이댔다.

길드 본부—— 판테온 앞에는 사태의 설명을 요구하는 모험자와 일반인들이 몰려와 아비규환의 양상을 띠었다. 벨과 함께 직접 길드 본부로 찾아왔던 아이즈는 이 절박한 사태를 피부로 느끼고 있었다.

유일하게 신들만이 이 상황에서 당황하지 않았다.

근심하는 자, 우려하는 자, 걱정하는 자는 압도적으로 소수였으며, 대부분은 불건전할 정도로 흥분한 태도를 감추지 않았다. 이 사태가 가져올 『자극』에 큰 기대감을 품고.

이 미증유의 사태에 『길드』는 즉시 미션을 발령했다.

토벌대를 【가네샤 파밀리아】에 일임하고 제18계층으로 파견하겠다는 결정을 내린 것이다.

그 외의 【파밀리아】에게 내려진 명령은—— 대기.

"대기라니 그게 무슨 소리야?!"

『황혼관』의 응접실에 베이트의 거친 목소리가 울려 퍼졌다.

길드의 경보에 따라 일단 홈으로 돌아온 【로키 파밀리아】 단원들 중에서도 주요 구성원들은 이 자리에 모여 있었다.

하위 구성원들은 제2군 멤버인 아리시아나 크루스의 지휘 아래 시내로 나가 일반 주민들의 혼란을 달래고 있었다. 다른【파밀리아】와도 연계해서.

"당연히 우리가 나가서 해치우고 오는 게 빠르지!! 가네샤 놈들한테 맡기는 게 무슨 의미가 있냐고!"

"베이트 시끄러워~!! ……그치만 정말, 왜 기다려야 하는 거람? 경보 목소리도 어쩐지 당황하는 것 같았고."

짜증을 내며 고함을 질러대는 베이트의 옆에서 티오나가 얼굴을 찡그렸다.

그녀의 표정에도, 평소와는 다른 도시의 상황에 대한 곤혹감이 어려 있었다.

"애초에 말야~ 리빌라는 이제까지도 몇 번이나 박살났잖아. 왜 이렇게 소란을 떨어?"

"하긴, 일을 너무 크게 키우는 것 같아……. 도시 전체에 미션을 발령하다니. 무장한 몬스터가…… 그렇게 위험한 걸까?"

"모험자의 무기를 들었다는 정보, 길드 게시판에서 본 적 있어……."

티오나와 티오네의 대화에 아이즈가 끼어들었다.

『무장한 몬스터』의 목격정보 자체는 예전부터 뜬소문처럼 모험자들 사이에서 나돌곤 했다. 이 정도로 일을 크게 키울 만큼『무장한 몬스터』가 위협적일지 ──그야말로 지상진출 직전까지 올 정도로—— 단원들은 의구심을 드러냈다.

"네이처 웨폰도 아니고 모험자의 무구를 장비한 별종이잖나. 특이한 몬스터임에는 틀림이 없을 터. 『강화종』일 가능성도 높다. 그것도 집단 규모를 갖춘."

"그럼 더더욱 우리가 나가야 하는 거 아니냐고!"

벽에 기대서서 견해를 드러낸 리베리아에게 베이트가 대들고, 이를 가레스가 달랬다.

"좀 진정하게, 베이트. 평범한 이상사태⋯⋯라고 말하면 좀 이상하지만, 단순한 일이 아닐 게야⋯⋯. 하지만, 으음, 역시 뭔가가 수상하구먼."

그렇게 말하는 드워프 본인도 사태 속에 도사린 누군가의 『의도』에 눈살을 찡그리고 있었다.

이런 상황에서도 『길드』는 각 【파밀리아】에 제한적인 정보만을 제시한다.

물론 확실한 정보가 모이지 않아 섣부른 예측을 자제했을 가능성도 있지만, 아무래도 지나치게 소극적인 것 같았다.

그렇다. 이것은 마치——

"⋯⋯뭔가를 『은폐』하려는 것 같구먼."

독백처럼 가레스가 조그맣게 중얼거렸다.

"뭐, 아무튼."

단원들의 대화를 끊듯, 의자에 앉아있던 핀이 말했다.

"이대로 끝나지는 않을 거야, 분명. ……감이지만."

엄지를 할짝거리며, 확신한 듯 단언한다.

그의 얼굴에는 미소마저 어려 있었다.

"음~ 외야로 밀려난 게 쫌 아니꼽지만…… 내도 핀 의견에 찬성이데이."

테이블 위에서 버릇없이 책상다리를 하고 앉아있던 로키는 주황색 실눈을 가늘게 뜨고 말했다.

"계속될기다, 이거. 오라리오를 이리저리 흔들어대믄서."

신의 『선언』에 한순간 정적이 찾아왔다.

입가를 틀어올린 주신의 얼굴을 모두 똑같이 바라보았다.

침묵의 시간을 깨뜨린 것은 그때까지 입을 열지 않았던 레피야였다.

"저, 저기요…… 이 일에 이블스의 잔당이 관여하고 있는 건 아닐까요……?"

"모든 상황을 다 이블스랑 연결 짓는 건 너무 안이하지 않아?"

"하지만 아키, 레피야 말도 일리가 없지는 않달까…… 소동이 이렇게 크지 않슴까. 적이 꾸민 전략일 가능성도……."

쭈뼛쭈뼛 손을 든 엘프 소녀의 발언을 시작으로 동석한 아나키티와 라울이 의견을 제시했다. 그때.

짜악!

티오나가 손바닥에 주먹을 내리치는 소리가 울려 퍼
졌다.

"아, 그렇구나~! 이블스의 소행이라서 『길드』도 정보를
공개할 수 없는 거야! 또 이블스가 나왔다고 하면 주민들
이 무서워할 거 아냐!"

"귀찮으니까 넌 입 열지 마라, 바보조네스."

"뭐라고~!"

"생각을 좀 해봐. 만약 길드가 이블스의 소행이라는 정
보를 파악했으면 우리나 【프레이야 파밀리아】한테 정보를
공유하지 않을 이유가 없잖아."

"이블스에게 대처하려면, 강한 【파밀리아】와 연계하는
편이, 나아……"

"아……"

베이트가 이죽거리는 바람에 화를 내기는 했지만, 이어
진 티오네와 아이즈의 말에 티오나는 굳어버렸다.

"하, 하지만하지만, 『길드』가 눈치 채지 못했더라도 라울
이 말한 것처럼 이블스의 소행일 수도 있잖아?! 이렇게 큰
사건이 벌어졌는데!"

"너, 이젠 생각하기 귀찮은 거지?"

"아냐아냐! 저요저요~ 난 라울이랑 레피야의 생각에 한
표!"

""네에에?!""

갑작스러운 티오나의 거수에 라울과 레피야가 몸을 벌

렁 젖혔다.

"그럼 난 아키한테 한 표."

"나도."

"티오네 씨랑 베이트까지?! 난 그냥 생각을 말했을 뿐인데……"

"그럼 아이즈! 아이즈는 어느 쪽이야?!"

"어, 응…… 난…… 티오나 쪽?"

"좋~았어, 이제 4대 3! 그럼 리베리아는?!"

"왜 너희 맘대로 표결을 진행하는 거냐……."

티오네와 베이트의 표에 아나키티가 당황하고 아이즈를 한편으로 끌어들인 티오나가 소란을 떨어댔다. 멋대로 다수결을 시작한 소녀들을 보며 리베리아는 두통을 참는 듯 이마에 손을 짚었다.

가레스가 어깨를 으쓱하고, 그 옆에서는 로키가 분위기를 가차 없이 밝게 만드는 티오나의 바보스러운 모습에 느물느물 웃음을 짓고 있었다.

마지막으로 핀은 어떤가 하면.

'——이블스의 잔당이 꾸민 함정일 리는 없어.'

속으로 그 가능성을 잘라내고.

단원들의 대화를 내버려둔 채 생각의 바다에 잠겼다.

'물론 괴인들의 지하세력일 가능성도 없지. 적은 이미 크노소스에 농성하며 『대기』의 태세를 보였으니. 때가 오면 『데미 스피리트』라는 폭탄이 꽃을 피워 도시를 궤멸시킬

수 있는걸. 일부러 도시의 긴장감을 높여 경계하게 만들 필요도 없고, 위험을 무릅쓸 필요성도 없지.'

입가를 가리듯 오른손을 대고 시선을 바닥에 떨구며 1초 1초를 장고의 시간으로 바꾸어나갔다.

'오히려 이건…… 모든 이들의 손을 벗어난, 의도치 않은 **불상사**.'

핀은 티오나와 아나키티가 제시한 두 가지 안이 아닌, 『제3의 가능성』에서 답을 찾고자 했다.

다시 말해 돌발적인 사고——『이상사태』가 작용했다고 내다본 것이다.

'아키 말대로, 이번 사태와 우리가 쫓고 있는 상황을 연결 짓는 건 안이하긴 하지만…… 적어도 적이 『꼬리』를 드러내게 할 만한 재료는 갖춰졌어.'

우선은 그 재료를 음미한다.

『길드』, 아니, 신 우라노스와 【헤르메스 파밀리아】는 이어져 있다……. 우라노스를 떠봤던 로키의 말을 믿는다면, 그들에게는 『모종의 비밀』이 있어. 공공연히 드러낼 마음이 없는 이상 이번 소동은 그들의 의도가 아니야…… 하지만 정보 은폐의 움직임을 본다면 무관하지는 않다는 것도 확실해.'

방송 중에 미션 내용이 변경되었던 것은 길드 상층부가 아닌 우라노스의 신의.

로키와 마찬가지로 핀은 그렇게 내다보았다.

그렇다면 이번 미션을 위탁받은【가네샤 파밀리아】또한 『모종의 비밀』을 우라노스 일당과 공유한 세력일까?

　핀은 그 가능성도 마음 한구석에 적어두었다.

　『무장한 몬스터』와『식인꽃』을 비롯한『극채색 몬스터』를 등호로 엮는 건 역시 무리가 있겠지만…… 지금은【이켈로스 파밀리아】라는 새로운 퍼즐 조각이 있지.'

　그것은 퍼즐의 전모를 푸는 데 있어 중요한 조각이다.

　몬스터 밀매에 관여하고 있다는【이켈로스 파밀리아】. 의심하지 않는 것이 더 이상하다.

　덧붙인다면【헤르메스 파밀리아】가 총력을 기울여 그들을 쫓는 중이다.

　『무장한 몬스터』가 한번은【이켈로스 파밀리아】에게 잡혔다가 탈주했다고 한다면…… 아니, 그게 아니지. 하층영역에서 나타났다고 했던 보르스 일당의 증언과 맞질 않아. 리빌라 마을을 습격했던 이유는 몬스터여서, 라고 하면 그걸로 끝이겠지만…… 아무래도 석연찮단 말이지.'

　추측과 검토를 되풀이했다.

　티오나 같은 단원들이 여전히 소란을 떠는 가운데, 잠자코 생각에 잠긴 핀을 리베리아와 가레스만이 지켜보았다.

　오랫동안 알고 지낸 두 사람은 그가 해답을 내기를 조용히 기다렸다.

　그가 내릴『해답』이 최적의 답임을 하이엘프와 드워프는 잘 안다.

'정보가 너무 부족해. 사건의 배경도 불완전하고. 여기에서 명확한『해답』에 이를 수는 없겠지만——.'

핀은 두 눈을 가늘게 떴다.

'신 우라노스가 이제까지 숨겨왔던『비밀』과 【이켈로스 파밀리아】의『만행』, 그것이 교차했기에 생겨난『사고』라 추리하면—— 너무 억지일까?'

아마도『당사자들』이 들었다면 동요를 일으켰을 만한 【브레이버】의 사고 흐름.

무엇보다, 한기마저 느껴지는 날카로운 직감.

만일 사건의 소용돌이에 말려든『어떤 소년』이 여기에 있었더라면 분명 펄떡펄떡 뛰는 심장을 입에서 토해냈을 것이다.

'모두 가정의 영역을 벗어나지 못하고 있어. 어떻게 이끌어내려 해도 생각이 비약하게 돼. 【이켈로스 파밀리아】를 사건의 중심에 두는 건 너무 성급한 짓일까?'

자신의 생각을 다시 한 번 객관적으로 부감한 핀은 여기서 고개를 가로저었다.

'아니, **단정해버리는 편이 좋겠어.** 소동의 중심에 있는 건 【이켈로스 파밀리아】라고 점찍어놓고 움직이지 않는다면 다음 행동으로 나갈 수가 없으니까. 이번『이상사태』는 모든 세력에게 예상 밖의 일이었을 테니…… 개입하지도 못한 채 진압되면 그걸로 끝이야. 우리는 처음이자 마지막『기회』를 잃는 거야.'

무릇 전쟁은 서툴더라도 신속해야 하는 법이라던가.

이번만큼은 핀도 그 말을 채용하기로 했다.

이 국면에서는 위험성이나 판단오류를 두려워할 것이 아니라『속도』를 중시해야 한다고.

무엇보다도 핀은 마음속 깊은 곳에서 확신했다.

이번 소동이『크노소스』로 이어지는 실마리이며, 타개의『한 수』가 될 거라고.

시큰거리는 엄지의 충동도 그 판단을 뒷받침해주었다.

'지금 우리가 행동할 수 있는 범위는 지상뿐. 억지로 던전에 침입하려 들면『길드』는 분명 도시의 수비대로 돌렸던【프레이야 파밀리아】를 우리와 대치시키려 들 거야.'

현재『바벨』은 봉쇄되었다.【가네샤 파밀리아】의 토벌대 이외에는 던전에 침입할 수 없다.

그리고 평소『오라리오의 헌병』으로서 수비대 역할을 맡는【가네샤 파밀리아】의 빈자리는【프레이야 파밀리아】가 메우고 있다. 환락가 궤멸의 페널티를 짊어진 미신의 파벌은 어쨌든『길드』의 지시를 따르고 있다.

행동을 일으키려 해도 사건현장인 제18계층에 갈 수는 없다.

"베이트."

핀이 불쑥 말을 꺼내자 응접실에 있던 이들이 움직임을 멈추었다.

이름을 불린 웨어울프 청년은 귀를 쫑긋거리며 돌아보

았다.

"전에 크노소스 내에서 교전했다던, 『커스』를 쓰는 모험자…… . 성별은 남성이고, 종족은 휴먼, 스모키쿼츠 고글을 썼다고 했지…… 맞아?"

"……그래. 이블스 놈들의 로브를 뒤집어쓰기는 했지만 틀림없어. 악취미하고 기분 나쁜 창을 썼다고."

베이트의 대답을 듣고 핀은 다시 생각에 잠겼다.

'내 판단이 옳다면…… 그 자는 【헤이저】 딕스 페르딕스.'

【이켈로스 파밀리아】 단장의 이름이다.

【이켈로스 파밀리아】가 이블스에 가담했다는 건 확정사항…… 근거지로 삼은 곳은 크노소스…… . 밀수할 몬스터를 한번 미궁 내로 옮겼다가, 도시 밖으로 통하는 루트를 이용해 멜렌까지 운반했다고 하면…….'

모든 이의 시선이 집중되는 가운데, 핀의 뇌리에서 가정이라는 이름의 『선』이 불완전한 정보에 불과했던 조그만 『점』과 이어지기 시작했다.

그리고 『선』이 마지막으로 뻗어나간 『점』은 이번 사건이 발발했던 『진원지』.

'18계층…… 18계층이라.'

얼마 전 크노소스와의 **연결통로**가 발견된 계층.

"……다들 준비해."

핀은 생각에 결론을 내렸다.

핀의 지시에 단원들은 눈을 크게 뜨며 일제히 일어났다.

긴장감이 높아지는 단원들에게 파룸 두령이 선언했다.

"『다이달로스 거리』로 가자."

🔥

미션을 위해 【가네샤 파밀리아】가 센트럴 파크를 뜨고 한동안 시간이 지난 후.

【로키 파밀리아】는 『다이달로스 거리』에 포진했다.

대기 명령을 전달한 길드——우라노스의 눈——에 들키지 않도록 신중하게, 신속하게, 비밀리에.

동란이 가라앉기 시작한 메인 스트리트를 다른 파벌에게 맡기고, 아리시아나 크루스의 소대와 합류해 광대한 미궁거리에 단원들을 배치했다.

"【사우전드 엘프】! 전에도 왔지?! 【로키 파밀리아】를 이렇게 자주 만나다니 꿈만 같아!"

"귀엽고 예뻐……. 나도 이렇게 됐으면……."

"……악수."

"어, 저, 저기요? 지금은 저기, 경비 중이라……."

표면상으로는 『다이달로스 거리』에서 주민들의 혼란을 가라앉히기 위한 활동.

치안 유지 활동은 대로 쪽이 우선시되어, 아직도 혼란의 극치에 빠진 슬럼 사람들은 【로키 파밀리아】의 배려에 감사할지언정 비난하는 일은 없었다. 설령 그것이 그들의 진짜 목적을 위한 위장책이라 하더라도.

뺨을 붉게 물들인 휴먼 소년, 동경의 눈길을 보내는 수인 소녀, 손을 내미는 하프엘프 등등 고아들에게 레피야를 비롯한 단원들이 포위당했다.

"어쩐지 속이는 것 같아서 영 찜찜하네~."

"핀이 거짓말하는 게 뭐 어제오늘 일이냐."

"야, 베이트! 단장님 욕하지 마! 그리고 딱히 다를 것도 없잖아! 단장님 생각대로 소동이 일어나면 우리가 지켜야 하니까!"

""목소리 낮춰!!""

슬럼가 주민들의 감사를 솔직하게 받아들이지 못하는 사람도 있는 가운데, 단원들은 광대한 『다이달로스 거리』에 이변이 없는지 눈을 빛냈다. 계단을 비롯한 수많은 교차로 등, 상하좌우로 복잡하게 교차하는 거무스름한 벽돌 길을 오가며, 티오나와 베이트는 고함을 질러대는 티오네에게 주먹과 발길질을 날렸다.

"이렇게 당당히 행동해도 되겠나, 핀? 대응에 바쁜 『길드』는 그렇다 쳐도, 『크노소스』에 도사린 놈들은 분명 우리의 움직임을 눈치 챘을걸세."

"숨어서 행동해봤자 이곳은 놈들의 손바닥 안이야. 『다이달로스 거리』에 있는 한 어차피 금방 포착될걸. 그렇다면 노골적으로 모습을 드러내 우리를 의식하게 만드는 편이 나아."

질서 없이 복잡하게 얽힌 고층 건물 위, 옥상에서.

미궁거리를 내려다보는 가레스와 핀의 목소리가 바람에 휩쓸렸다. 비쥑색 장발을 나부끼는 리베리아 또한 한쪽 눈을 감은 채, 등을 돌리고 있는 파룸에게 물었다.

"적에게 견제를 가한다는 뜻인가? 하지만 그래서는 공연히 크노소스에 틀어박히게 만드는 결과가 되지 않을지."

"적어도 경계는 하겠지. 만약 적이 신 이슈타르의 『열쇠』를 아직 회수하지 못했다면 이번 우리의 포진은……『열쇠』를 입수했기에 펼친 대공세라고 오인해줄지도 몰라."

핀은 로키와 함께 홈에 남은 단원들을 제외하면, 과다하다고도 여겨질 만한 전력을 『다이달로스 거리』에 투입했다. 그리고 대부분은 미궁거리 바로 아래의 『구식 지하수로』── 크노소스의 입구가 존재하는 비밀통로에 배치해두었다. 지휘를 맡은 사람은 라울과 아나키티였다.

현재 확인된 오리할콘『문』주변에 대부대를 전개한【로키 파밀리아】를 이블스의 잔당은 과연 어떻게 생각할까.

"그리고 적이 우리를 경계한다면, **크노소스 내부의 사태에 인원을 할애할 수 없게 되지.**"

핀의 그 말에 가레스와 리베리아의 눈썹이 미미하게 꿈틀거렸다.

"……크노소스 내에서 무언가 이변이 일어났단 소린가?"

"이것도 어디까지나 상상일 뿐이지만, 던전 내에서의 대이동, 나아가서는 지상 진출이 우려되는 『무장한 몬스터』

들은 18계층에서 움직이질 않았어."

　【가네샤 파밀리아】는 제18계층으로 떠났다. 이 정보는 확실하다.

　만일【이켈로스 파밀리아】가 사태의 수습에 내몰렸다면, 【가네샤 파밀리아】와『그것』의 움직임은 도저히 무시할 수 없을 것이다. 크노소스 내부에서『말썽』이 발생했다는 것은 희망적 관측일 뿐이지만, 이블스의 잔당은 핀 일행이 있는 지상과 소동이 발발한 지하,『다이달로스 거리』와 제18계층 두 곳의 상황 사이에 끼어버리게 된다.

　게다가 적은『아라크니아』바레타 그레데 같은 우수한 지휘관을 잃었으니, 압박을 가하면 연계가 흐트러질 가능성이 크다.

　"게다가…… 우리 이외의 모험자가 **보이는** 것도 크노소스 주변이 혼란스러워졌다는 짐작을 뒷받침해주고 있고."

　눈 아래로 날카롭게 눈을 돌리자, 그림자 하나가 재빠르게 건물 틈으로 숨었다.

　핀은 푸른 두 눈을 가늘게 떴다.

　"젠장~…… 왜【브레이버】일당이 있는 거냐고~."

　──그의 푸른 눈으로부터 재빨리 피한 그림자,【헤르메스 파밀리아】의 루루네는 벽에 등을 붙인 채 처량한 목소리로 중얼거렸다.

　"신 이켈로스가 이곳에 잠복했다는 정보를 얻었나……?

그게 아니면 이 진용은 분명 무언가 『확신』이 있어서 움직이는 거겠지……!"

무섭다 무서워, 【브레이버】.

시앙스로프 소녀는 눈물을 글썽거리며 꼬리를 부들부들 떨었다.

"어떡하면 좋아, 헤르메스 님……! 얼른 범인을 확보하지 못하면 우리가 숨어있다는 것도 들켜버릴 거야……!"

시프의 감이 경종을 울리는 가운데, 소녀는 도망치듯 그 자리에서 이동하기 시작했다.

"……못 찾겠어."

수상한 그림자는 아직까지 발견하지 못했다.

아이즈는 혼자 길쭉한 탑 위에 올라가 주위를 감시하고 있었다.

핀의 예상이 옳다면 이블스의 잔당이 【이켈로스 파밀리아】 내지는 『다른 무언가』가 이곳 『다이달로스 거리』에 나타날 것이다. 이를 확보하면 【로키 파밀리아】는 적의 품 깊숙한 곳까지 파고들 수 있다.

지상에 배치된 단원들이 혈안이 되어 단서를 찾는 가운데, 아이즈는 단독으로 행동했다.

'역시 그 사람은 안 나오는 걸까……?'

괴인 레비스.

그 붉은머리 여자는 아이즈에게 집착한다. 이곳 『다이달로스 거리』에서 단독행동을 보이면 모종의 접촉을 시도하지 않을까 희미한 가능성을 품었는데, 강렬한 위압감은 고사하고 시선조차 느껴지지 않았다. 역시 크노소스에서 나올 마음이 없는 걸까.

버들잎처럼 고운 눈썹을 자기도 모르게 찡그리고 있으려니, 문득 눈에 어떤 존재가 비쳤다.

"저건……."

수상쩍은 누더기를 뒤집어쓰고 옷자락을 질질 끌며 좁은 골목길 안으로 사라져가는 누군가의 뒷모습.

그 모습을 포착한 순간 아이즈는 지면을 박찼다.

바람처럼 허공을 가르고 지붕에 착지해 다시 도약하기를 두 차례, 골목길 입구에 도착했다.

트릭 아트처럼 건물이 복잡하게 얽혀 주위는 어두컴컴했다. 고장난 마석등이 기울어진 채 간신히 벽에 매달려 있다.

머리 위에도 주의를 기울여가며 외길을 따라 달렸다.

몇 걸음 걷기도 전에 나타난 계단을 한달음에 뛰어오르자, 그곳은 푸른 하늘에 에워싸인 고지대였다.

'없잖아……?'

좁은 정원 정도 되는 면적을 가진 그곳에서, 아이즈가 고개를 좌우로 돌리고 있으려니.

"오늘은 다이달로스 거리가 참 소란스럽구먼~."

"!"

노파의 목소리가 귓전을 두드렸다.

돌아보니, 아이즈가 왔던 길에서 신 하나가 천천히 나타났다.

"주위를 감시하질 않나, 신을 당당히 쫓아오질 않나. 고 것들 정말 민폐일세."

"…………페니아 님?"

하얗고 긴, 부석부석한 머리카락.

누더기를 걸친 남루한 차림.

그야말로 가난을 온몸으로 체현하는 듯한 신물 페니아를 보고 아이즈는 눈을 크게 떴다.

크노소스의 존재가 밝혀지기 전, 『다이달로스 거리』에 왔다가 만났던 여신이었다.

관장하는 사물은 『빈궁』.

로키의 표현을 빌자면 『걸어다니는 가난병』.

『비밀문』이라도 있었는지, 아이즈의 추적을 눈치 챘던 페니아는 태연히 골목길에서 걸어 나와 웃음을 건넸다.

"뭔가 찾는 거라도 있느냐? 아니면 도둑질? 도시의 혼란을 틈타 찾아온 거라면, 성미도 참 곱다고 해줘야겠어."

"…………."

"뭐라고 말 좀 해라! 내가 이렇게 말을 걸어줬잖느냐! 나 원, 인형처럼 곱상하게 생겨서는!"

나이를 먹어 타락한 마녀를 방불케 하는 외모로 미소를 머금었던 입술이 느닷없이 수양딸에게 잔소리를 하는 계

© Kiyotaka Haimura

모처럼 키익키익 고함을 터뜨렸다.

자기중심적인 신에게는 흔한 일이지만 희로애락이 격렬하다.

어떻게든 체면을 차리려 하는 하계 주민들보다 훨씬 감정이 풍부하며 『인간』적이라고, 아이즈는 그런 뜬금없는 생각을 하고 말았다.

"……페니아 님은, 지금, 뭘?"

"질문에 질문으로 대답하는 게냐? 아~ 싫구면 싫어. 로키는 애들 교육을 어떻게 한 게야! 나 같으면 이런 계집애는 【파밀리아】에서 당장 내쫓았어! 물론 내 권속이 되려 하는 아이는 아~무도 없지만!"

"……지금, 일어난 사건을…… 여기서, 조사하고, 있었어요. 찾을 게, 있지 않을까 하고……."

"그랬구먼! 난 그냥 산책 나온 게다!"

"…………."

뭐랄까, 정말로 대하기가 힘들었다.

자신이 말재간이 없다는 점을 차치하고서라도, 눈앞의 신물과는 기질이 잘 맞지 않는 것 같다는 생각이 들었다.

페니아는 페니아대로 흥 콧방귀를 뀌었다.

"……요즘 『다이달로스 거리』에서, 이상한 일은 없었나요?"

"이상한 일이라아? 예를 들면?"

"수상한 사람이, 있다거나……."

"미궁거리는 슬럼이고, 오라리오의 온갖 똥덩어리가 모

여드는 곳이지. 행패를 부리는 모험자 출신 뜨내기라든가, 멍청한 놈들은 어디에나——."

"……몬스터라든가, 이블스, 라든가."

꿈틀.

아이즈가 말을 가로막자, 페니아는 얼굴의 주름과 함께 한쪽 눈썹을 치켜올렸다.

주민들을 불안에 빠뜨리지 않기 위해 그동안은 직접적인 단어를 꺼내지 않았으나, 신이라면 괜찮을 거라 생각하고 아이즈는 솔직하게 말했다.

"뭔가, 모르세요?"

몇 세기도 더 전부터 이곳 미궁거리에 있던 페니아는 『다이달로스 거리의 주인』이다.

무언가 알아차린 것이 있을지도 모른다.

아이즈는 여신의 회색 눈을 바라보며 물었다.

"모르겠구먼."

그리고 대답은 금방 돌아왔다.

상대의 얼굴에는 아이즈가 잘 아는 웃음이 달라붙어 있었다.

하계 주민은 간파할 수가 없는 신들의 웃음이다.

"얘, 【검희】야……. 너는 이 『다이달로스 거리』를 어떻게 생각하느냐?"

"……?"

반대로 돌아온 질문에 아이즈는 의아함을 품었다.

한순간 입을 다물기는 했지만, 잠시 생각하다가, 지금 있는 고지대에서 복잡하고 기괴한 미궁거리를 둘러보았다.

"……이상한, 곳. 복잡하고, 던전 같고…… 도시 내에서도, 제일 이상해요……."

"호오? 그래서?"

"그리고…… 도시 내에서, 제일 가난하고……."

어렵사리 말하자, 페니아는 그건 그렇다며 웃었다.

"내가 보기에는 지나치게 윤택해."

"네?"

아이즈는 몸을 우뚝 멈추었다.

"이렇게 깨끗한 슬럼이 어디 있느냐. 그야 다니기는 힘들고, 계단이 많아서 다리는 아픈데다, 아리아드네가 없으면 길을 잃기 딱 좋은 그런 불편한 곳이기는 하다만. 그런 건 사소해."

"…………."

"부모 없는 고아들이 지저분한 차림으로 웃으며 뛰어다니고. 어디의 누군지 모를 여신이 원조를 해준다지만…… 자애니 상부상조니, 이 똥통에도 그런 게 만연하단 말이지."

페니아는 내뱉듯 말을 이었다.

"오라리오 자체가 그렇기는 하다만, 이곳은 『지나치게 행복해』."

"행복……?"

"반짝반짝하는 놈들이 더 반짝반짝해진단 말이야. 아니, 아름답게 빛을 내야만 한다는 그런 분위기가 있어. 나 같은 것들은 숨이 막힐 것 같아 살기 힘들다니깐."

인류, 신, 무엇보다도 모험자.

이곳 미궁거리에는 풍부한 꿈과 야망을 가슴에 품은 자들이 너무나도 많다고, 노파 신은 단언했다.

"옛날이 그나마 나았어. 몬스터들이 활개치던 시절에는 다들 『불행』하고…… 그리고 지금보다도 빛이 났는데."

그 말을 들은 순간.

아이즈의 가슴은 술렁거렸다.

추억에 잠겨 눈을 가늘게 뜬, 정말로 그렇게 생각한다는 것을 알 수 있는 여신의 말을 도저히 허용할 수 없었다.

"지금의 썩어빠진 빛하고는 다르지. 그래, 『청빈(淸貧)』. 군살 없는 마음이란 얼마나 존엄하냐. 하계의 주민들은 말이야, 『가혹』 속에서 빛이 나는 게야. 내가 관장하는 빈궁이란 것도 그 일말이지."

"……!"

"비슷한 말을 신들 중에 누가 했던 것도 같다만…… 어떤 놈이었더라."

아이즈에게는 신경도 쓰지 않고 말을 잇던 페니아는 유쾌하다는 듯 어깨를 들썩거렸다.

"그렇고말고. 빈궁은 좀 더…… 많아야 하는 게야."

그녀가 지은 웃음에.

진리의 측면을 설파하는 신의 눈동자에.

아이즈는 정면으로 자신의 말을 던졌다.

"그렇지, 않아요."

"으음?"

"옛날이, 몬스터가 활개치던 시절이 더 좋았다니…… 절대, 그렇지 않아."

곤두선 눈썹.

아이즈답지 않은 강한 어조.

별로 면식이 없는 페니아도 의외였는지 눈을 슬쩍 크게 떴다.

몬스터의 존재는 『독』이다.

『괴물』은 존재 그 자체가 『악』이다.

지금도 그렇다. 『인간형 몬스터』가 나타나 이 오라리오 어디선가 숨을 죽이고 살아있다는 그 자체만으로도 이렇게나 공포가 퍼져간다.

결코 정의를 말할 마음은 없지만, 아이즈는 확신했다.

몬스터가 지상에서 활개치는 것은 무엇과도 비교할 수 없는 『불행』이며, 여기에 『행복』 따위 없다고.

푸른 하늘이 내려다보는 가운데, 신과 서로 마주보는 시간이 흘렀다.

잠시 후, 노파 신은 다시 웃음을 지었다.

"……헷, 헷. 신과 인간의 가치관 차이라는 거구먼. 이런 것도 재미있지."

"……."

"뭐, 신들은 원래 아는 척 떠들어대는 거만한 것들이니까. 현재를 필사적으로 살아가는 너희 아이들이 보기에는 뜬금없게도, 부조리하게도 들릴 게야."

그러면 되는 거다.

그러면 돼.

페니아는 그렇게 반복하며, 자신에게 반항하는 소녀를 사랑스럽다는 듯 바라보았다.

반면 아이즈는 가슴에 소용돌이치는 감정을 주체하지 못한 채 무언가를 말하고자 몸을 앞으로 내밀었다.

『——————————————————————

——아아아아아!!』

그때였다.

마치 목이 찢어진 소녀의 비명과도 같은, 『괴물』의 끔찍한 포효가 터져나왔던 것은.

"?!"

"어라라…… 몬스터의 울음소리인가? 혹시 너희가 『찾던 것』아니냐?"

몸을 우뚝 멈춘 아이즈에게 페니아가 웃었다.

입가를 틀어 올린 여신을 흘끔 본 아이즈는 가슴속의 조바심을 견디고, 다음으로는 그녀의 웃음을 뿌리치려는 듯 등을 돌렸다.

달려 나가며 난간을 박찼다.

"필사적으로 살아가거라. 무엇이 기다리고 있더라도. 그 것이 신들은 흉내 낼 수 없는, 너희『하계 주민』들의 삶이 니까."

허공으로 도약하는 순간 그런 말이 등 뒤에 남았다.

이내 중력에 이끌려『다이달로스 거리』로 떨어져가는 아 이즈의 눈 아래.

이리저리 도망치는 사람들과, 미친 듯이 날뛰는『반인반 룡』의『괴물』이 보였다.

그곳에 가장 빨리 도착했던 사람은 핀이었다.

"!!"

포효가 터져나온 순간, 누구보다도 먼저 달려와 그 광경 을『사정권 내』에 담은 것이다.

파괴된 건물 한곳, 피어나는 연기, 미처 도망치지 못한 미궁거리의 주민들, 그리고 지상의 푸른 하늘에는 어울 리지 않는 추악한『괴물』의 모습. 이미 몬스터와 대치한 『모험자』의 모습에 살짝 놀라움을 느끼며, 오른손에 든 장 창을 겨누고 마치 발리스타와도 같이 힘을 모은다.

건물의 옥상을 고속으로 뛰어 이동하며 지붕을 힘차게 박차고, 머리 위로 단단히 치켜든 황금의 창을—— 해방시켰다.

한 줄기 섬광이 약진했다.

그것은 몬스터는 물론 주민들까지 지키고자 앞을 가로막았던 『모험자』의 반응마저 용납하지 않고, 한 치의 오차도 없이 목표에 깊이 틀어박혔다.

들어올린 괴물의 왼손을 꿰뚫고 몸과 함께 뒤로 날려버렸다.

『아——아아아아아아아아아아아아아아아아아아아아아아!!』

손을 관통한 《포르티아 스피어》의 기세를 이기지 못하고 몬스터가 후방의 건물에 처박혔다.

요란한 격돌음, 터져나가는 빈집, 꿈틀거리는 용의 몸. 꿰뚫린 왼손과 함께 창이 지면에 틀어박혀 『괴물』은 그야말로 살아있는 표본처럼 못박혀버렸다.

——미궁거리의 피해는 크지만, 사상자는 없다.

시민에게서 몬스터를 멀리 떨어뜨리는 것을 우선시했던 핀은 재빨리 상황을 분석하며 넓은 지붕에 착지했다.

이어서, 터엉! 터엉!

아이즈를 필두로 베이트, 티오나와 티오네, 리베리아와

가레스가 도착했다.

시간이 멈춘 것처럼 주위의 소란이 사라지고, 한순간의 공백이 생겨났다.

핀은 반인반룡 몬스터를 보고 눈을 날카롭게 떴다.

"──저게 이번 소동의 원흉이라는 거겠지?"

그렇게 중얼거린 직후.

거대한 환성이 솟아났다.

『────────────────

────와아아!!』

『만세, 만세에에에에에에!』

『모험자님!!』

그것은 갑작스럽고도 신속했다.

일상을 파괴당해 공포에 휩싸였던 군중을 눈 깜짝할 사이에 구해주는 영광의 빛.

미궁거리의 주민들은 이 자리에 나타난 도시 최강의 상징에게 환희를 폭발시켰다.

그것은 선제이자 기습이었다.

어떤 『소년』의 『은폐』 따위 용납하지 않는 압도적인 속공.

그 자리에 있던 모험자들과 여신은, 이 자리에 달려온 도시 최강의 존재를 보고 절망으로 낯빛을 물들였다.

"아직 주민들에게 피해가 미치진 않은 모양이다."

"호오, 우리보다도 빨리 도착한 자가 있었구먼?"

"어라? 저건……?"

"아르고노트 군이다아~!"

"또 저 토끼 자식이야……?"

【로키 파밀리아】의 유능한 다른 단원들도 속속 모여드는 가운데, 가레스와 티오나, 베이트 같은 이들이 길 위에 뻣뻣이 서 있던 모험자를 알아보았다.

벨 크라넬.

그리고 주신을 포함한 【헤스티아 파밀리아】.

핀은 자신들보다도 일찍 도착한── 아니, 그 이전에 이 상황에서 『다이달로스 거리』에 있다는 사실을 의아하게 생각했으나, 최우선사항을 앞에 두고 소년의 일행을 생각에서 밀어내버렸다.

"부이브르…… 예의 『날개 달린 몬스터』와 일치하는걸."

적확한 정보분석은 눈앞의 몬스터와 5일 전의 사건을 잇고 있었다.

도시를 뒤흔들었던 『인간형 몬스터』. 저 여성형의 몸에 용의 꼬리를 가진 몸을 보면 『인간형』이라는 말도 그리 이상하지는 않지만, 등에 돋아난 날개는 『날개가 달렸다』는 목격정보와 일치한다. 『아종』이거나 『변이』한 것일까.

무엇보다도 이 타이밍.

핀은 저것이 진정한 의미에서 이번 사건의 방아쇠일 거라고 예측했다.

"저 몬스터, 18계층 사건하고 관계가 있는 거야? 족쇄 같은 걸 찼는데, 저게 무장인가?"

"그건 모르겠다만…… 길드는 이를 예상하고 많은 【파밀리아】에 대기명령을 내려둔 것인지도 모르지."

"쳇, 그럼 미리 말을 좀 해주든가."

티오나, 리베리아, 베이트가 지붕 위에서 넓은 길을 내려다보며 저마다 말했다.

리베리아가 말하는 『길드』란 우라노스를 가리킨다. 그리고 그녀의 견해는 절반은 정답이었으며, 절반은 틀렸을 거라고 핀은 추리했다. 아마도 이 사태는 우라노스 측에게 닥칠 가능성 중 최악의 전개이리라.

틀림없이, 저 『괴물』이야말로 오라리오의 창설신이 숨겨두고 싶었던 가장 큰 『비밀』.

티오나가 말했듯 몬스터의 팔에는 족쇄와 끊어진 사슬이 있었다. 십중팔구 인간이 포획했던 증거일 것이다. 그리고 포획자는 【이켈로스 파밀리아】가 아닐까.

'아직도 이해할 수 없는 부분이 있지만, 지금은…….'

황금색 머리카락이 바람에 나부끼는 가운데, 핀은 【헤스티아 파밀리아】가 우두커니 서 있는 눈 아래의 길 저편에서 괴로움에 몸부림치는 몬스터를 바라보았다.

"단장님, 저 몬스터는……."

"이마의 돌이 사라졌군. 서둘러 **처리**하자."

티오네의 말에 핀이 즉시 결단을 내렸다.

『부이브르』는 레어 몬스터의 일종이다. 거액의 부를 가져다준다고 전해지는 희귀한 드롭 아이템 『부이브르의 눈물』이 사라지면 이성을 잃고, 돌을 되찾을 때까지 폭주한다. 『용종』의 잠재능력으로 살육의 폭풍을 일으키는 것이다. 미궁거리의 주민들이 있는 지금, 선택지는 『제거』 말고는 존재하지 않았다.

신 우라노스에게 들이댈 증거는 이제 『시체』여도 상관이 없었다. 인명이 최우선이라고, 핀은 그렇게 판단을 내렸다.

'하지만…… 왜 네가 거기 있지?'

그런 핀을 전율 어린 눈으로 올려다보는 한 소년.

벨 크라넬.

'왜 그런 표정으로 나를 보지?'

떨리는 루벨라이트색 두 눈과 시선을 마주하며, 핀은 그때 한순간 어떤 감각을 느꼈다.

간과할 수 없는 『위화감』을.

'벨……?'

그리고 아이즈 또한 그 『위화감』을 품고 있었다.

소년의 창백해진 얼굴을 보며, 기묘한 『어긋남』을 느꼈다.

【헤스티아 파밀리아】의 멤버들도 그랬다. 아이즈 일행이 등장하면서 일반인이 환희하는 가운데, 그들만이 하나같이 입을 다문 채 절망하고 있었다.

지상에 나타난 몬스터가 아니라, 왜 그들에게서 시선을

뗼 수 없는지 이해하기 힘들었다.

『몬스터한테, 무언가 살아갈 이유가 있다고 한다면——.』

갑자기 되살아나는, 소년과 나누었던 대화.

아이즈는 스스로도 이해하지 못한 채—— 갈등의 틈바구니에 선 소년에게서 눈을 떼지 못했다.

『아아아아아아아……?!』

몬스터가 비명을 질렀다.

흘린 피와 함께 추한『괴물』의 통곡을.

『와아아아아아아아아아아아아아아아아아아아아아아아아아아아아아아아!!』

사람들이 환호하며 고대한다.

『괴물』이 토벌되고 이 지상에서 말살되기를.

미궁거리는 소리를 내며, 천천히, 초침을 돌리기 시작한다.

이 자리에 있던 신들은 숫자판에서 조용히 행방을 지켜본다.

여신의 권속들은 그 절망에 팔다리가 얼어붙은 채 저항할 의지를 잃으려 했다.

최강의 모험자들은『괴물』을 제거하기 위해 손을 쓰려한다.

그리고, 경계선에 선, 그 소년은.

소년은.

소년은.

소년은——.

"_____."

그 광경을, 아이즈는 잊을 수 없으리라.

결코 지울 수 없는, 가슴에 쐐기를 박아버리는 상처이자 추억으로서, 영원히.

아이즈는 금색 눈을 크게 떴다.

그날, 그 순간, 그 장소에서.

하나의 『결단』이 내려졌다.

너무나도 파멸을 사랑하고, 너무나도 구제할 길 없는, 너무나도 어리석은 『결의』가.

훗날 신들은 말하리라.

그날, 그 순간, 그 장소는.

관측할 수 없는 시대의 틈바구니, 그러나 분명히 역사가 움직인 『전환점』이었다고.

고대하던 『영웅』이 영락하고—— 『어리석은 이』가 태어난 순간이었다고.

『와아아아아아아아아아아아아아아아아아아아아아아아아아아아——————⋯⋯⋯⋯?』

쩌렁쩌렁 울려 퍼지던 열광이 소용돌이가 당혹감의 술렁임으로 변모하고, 정적으로 바뀌었다.

"아앙?"

그 광경에 베이트는 눈살을 찌그리고,

"잠깐…… 뭐야, 저거."

"아, 아르고노트 군……?"

티오네와 티오나는 당황했으며,

"내 눈의 착각인가, 저건?"

"핀……."

"……뭘 하려는 거지?"

가레스, 리베리아, 핀은 냉담하게 눈을 떴다.

"_____."

아이즈는, 말을 잃어버렸다.

"…………크윽!!"

소년은, 대치하고 있었다.

괴로움에 허덕이는 『괴물』을 등지고, 이를 토벌하고자 하는【로키 파밀리아】와.

마치 몬스터를 감싸 모험자들로부터 지키려 하듯.

얼굴에서는 끊임없이 비지땀이 흘러내렸으며, 호흡은 떨리고 얼굴은 창백했지만.

칠흑의 나이프를 든 채, 아이즈 일행 앞을 가로막고 있었다.

'뭘, 하는 거야……?'

아이즈는 그 광경을 이해할 수 없었다.

늘 가까운 곳에 있던 소년이, 이제는 속수무책으로 멀어져버린 것 같았다.

하지만 한 가지 확실한 것은.

이때 아이즈와 소년이 완벽하게『대립』했다는 점이었다.

'벨 크라넬──.'

그리고 핀은.

냉정한 어조와는 달리, 빠르게 생각을 회전시키고 있었다.

『인간이 몬스터를 감싼다』.

눈앞에 펼쳐진 광경. 있어서는 안 되는 구조. 자신들의 앞을 가로막는 소년의 진의.

그의 명석한 두뇌로도 자꾸만 반복되는 생각의 오작동. 예측도 불가능하거니와 도출할 수도 없는 답을 앞에 두고, 핀은 소년의 루벨라이트색 눈을 바라보았다.

만약에.

정말로 만약에.

벨 크라넬이 저『괴물』을 정말로 **지키려 한다고** 가정했을 때.

이 자리에서, 그의 부탁은 받아들일 수 없다. 무의미한 논의다.

가령 핀과 단 둘만 있었고,『괴물』에게 모종의 유용성이 존재한다면 교섭은 가능하다. 하지만 수많은 일반인이 지켜보고 있다. 그렇다면 파룸의 희망이 되고자 하는【브레이버】에게는 이미 『절대제거』 이외에는 선택의 여지가 없다. 살릴 이유 따위 존재하지 않는다.

다시 말해 벨 크라넬이 저『부이브르』를 구하려 한다면.

그의 결단은 더할 나위 없는『정답』이며.

동시에 자신을 파멸로 이끄는, 더할 나위 없는『어리석은 짓』이다.

——너는, 정말로 어리석구나.

그런 누군가의 중얼거림이 바람을 타고 사라져간다.

민중, 모험자, 괴물, 신들의 시선 너머에서.

소년은 그저 홀로, 파멸 속에 몸을 던졌다.

"이 부이브르는, 내 사냥감이다……!"

사람들에게 소년이 쥐어짜낸『변명』은 그것뿐.

"그러니까, 손대지 마……!!"

탐욕스러운 모험자의 얼굴로, 【로키 파밀리아】를 위협한다.

손을 꿰뚫은 창을 뽑아내고 비명과 함께 구속에서 벗어나는 부이브르를 백발 소년은 혼자서 쫓아갔다.

"어…… 그러니까, 뭐가 어떻게 된 거야?"

그렇게 자신들의 앞에서 멀어져가는 벨을 바라보며 티오나가 고개를 갸웃했다.

"모험자들 사이에서, 몬스터를 가로채는 건, 규칙 위반……."

아이즈는 간신히 그 말만을 할 수 있었다.

소년의 행동을 설명할 수 있는 유일한 변명을.

그것은 아이즈 자신도 스스로를 설득하려는 듯한 말투였다.

"아―…… 부이브르는 레어 몬스터지, 그리고 보니."

"저게 어디서 장난질이야……. 그것도 던전 안에서나 통하는 얘기지. 이딴 데까지 규칙을 끌고 오는 놈이 어디 있어!"

티오나는 수긍하는 듯한 기색을 보였지만, 베이트는 한 손으로 자신의 회색 머리카락을 마구 헤집어대며 내뱉었다.

베이트의 반응이야말로 당연하다. 이런 긴급상황에 모험자의 규칙을 들먹이는 것은 비상식적이다. 【로키 파밀리아】 단원과 주민들 사이에서는 순식간에 악감정이 전파되었다.

아이즈는 말릴 수 없었다. 어떻게 말릴 수 있겠는가.

아이즈 자신도 곤혹감을 막을 수가 없었다.

"단장님……."

"제멋대로 구는 애송이에게 맞춰줄 이유는 없지. 저 부이브르를 추적해."

당황해 지시를 구하는 티오네에게 핀은 지휘관의 표정

을 무너뜨리지 않고 즉시 대답했다.

흔들림 없는 파룸 두령을 보고 단원들은 고개를 끄덕였으며 뒤를 따라가려 했으나.

『──오오오오오오오오오오오오오오오오오오오오오오!』

추적을 저지하려는 것처럼 몬스터의 포효가 모험자들의 귀를 두드렸다.

부이브르와 소년이 멀리 사라져간 넓은 통로에 속속 몬스터가 출현했다.

"무장한 몬스터!"

"역시 리빌라가 궤멸된 소동과 관계가 없진 않았나 봐……."

숫자는 스물 이상.

대부분은 무기나 방어구를 장비하고 있었다.

눈에 핏발이 선 괴물의 용모를 드러낸 리저드맨, 연신 노성을 터뜨리는 가고일이 이끄는 날개 달린 몬스터의 무리, 왜소한 몸에는 어울리지 않을 정도로 거대한 도끼를 든 붉은 모자『고블린』, 헬하운드를 탄 알미라지.

마지막으로는 금색 날개를 가진 세이렌이 하늘로 날아올랐다.

"활을 쏴!"

"먼저 갑니다~!"

몬스터의 대군이 등장해 『다이달로스 거리』의 주민들이

다시 공포에 찬 비명을 지르는 가운데, 그들을 지키기 위해 제2군 대원인 Lv.4 시앙스로프 크루스, 휴먼 나르비가 움직였다. 하늘에 있는 몬스터에게 화살이 날아가고, 접근을 허용하지 않겠노라 선봉에 선 소녀의 뒤를 단원들이 따랐다.

망설임 없이, 자발적으로 대응하는 단원들을 바라본 리베리아는, 원래 같으면 이런 긴급 상황에는 필요도 없는 『확인』을 핀에게 구했다.

"핀, 어떻게 할까."

그녀의 『확인』에 핀은 잠자코 생각한 다음 대답했다.

"……가능한 한, 생포해."

"생포라고?"

달려 나가려 하던 베이트는 기세가 꺾인 것처럼 돌아보았다.

"그래. 마음에 걸리는 게 있어."

한순간도 정면에서 시선을 떼지 않는 핀의 눈은 『무장한 몬스터』들의 부상을 가늠했다. 많은 개체가 상처를 입어, 마치 이곳에 오기 전에 한바탕 일전을 벌인 것 같았다.

핀은 딱히 깊이 생각할 필요도 없이, 그저 필연적으로, 제18계층에 출현했다는 『무장한 몬스터』와 눈앞에 나타난 몬스터의 무리를 『동일』하다고 보았다.

제18계층에서 지상으로, 다시 말해 『크노소스』를 경유해서.

인위적으로 풀려났거나, 혹은 괴물들이 스스로 『문』을 열고 밀려나왔거나.

어느 쪽이 됐든 분명 『다이달로스 오브』가 쓰였을 것이다. 그렇게 판단하고 상황을 이어나갔다.

"우선 티오네와 티오네를 전열로 내세워 반격한다. 『마법』 사용은 최대한 자제해. 시내에 피해가 가니."

"알겠습니다!"

"알았어~!"

"짜증나게 뭐야……."

"후열의 마도사들은 피난하면서 주민들을 지켜라. 시민의 안전이 최우선이다. 가라."

"""네!"""

『열쇠』 그 자체, 혹은 『열쇠』에 관한 정보를 확보하고 일반인을 보호한다. 그런 행동을 병행하는 지시를 잇달아 내렸다.

포격 및 지원사격이 금지되었으므로 엘피를 비롯한 대부분의 마도사들이 주민들에게 달려가고, 티오네와 티오나, 베이트가 전장으로 뛰어내렸다.

"아크스, 길을 우회해서 몬스터에게 들키지 않도록 부이브르를 쫓아가. 4인 1조로. 레피야도 가담해."

"네? 아, 네!"

이어지는 지시에 레피야는 놀라면서도 따랐다. 한번 후방으로 이동했다가, 몬스터에게 들키지 않도록 숨어서 골목길로 들어갔다.

단원들이 저마다 움직이는 가운데, 그때까지 가만히 있던 아이즈도 살짝 고개를 가로저어 마음을 바꿔먹으려 했으나.

"아이즈, 넌 여기 남아."

"……?"

"리베리아는 결계 준비. 말은 이렇게 해도 주민들이 당장 움직이지는 않겠지."

"……과도한 명성이란 것도 곤란하군. 알았다. 무슨 일이 있을지 모르니."

"부탁해. 가레스는 미안하지만 지금부터 내가 말하는 곳에 그물을 쳐주겠어?"

"흐음? 딱히 상관은 없네만…… 저 무장한 몬스터는 상대하지 않아도 괜찮겠나?"

"응. 베이트한테 맡기면 충분할 거야."

리베리아와 가레스의 몫까지 핀은 한꺼번에 지시를 내렸다.

핀과 함께 전장을 한 눈에 내려다볼 수 있는 후방에 남은 아이즈는 조바심을 느꼈다.

정확하게는 지금, 가만히 있기가 힘들었다.

"……핀."

"아, 미안미안. 아이즈, 넌 만약을 위해서야."

자기도 모르게 불만스러운 눈으로 바라보자, 핀은 그녀

의 기분을 아는지 모르는지 애매한 쓴웃음으로 대답했다. 그리고 이내 표정을 다잡으며 전장을 내려다보았다.

"……뭔가, 있어?"

"엄지가 좀, 말이지……."

푸른 눈을 가늘게 뜨며 엄지를 핥는다.

그 직후, 모험자들은 『무장한 몬스터』와 접촉해 전투의 막이 열렸다.

귀를 찢는 『괴물』들의 격렬한 포효, 요란하게 울리는 무기 소리.

넓은 길 곳곳에서 모험자들이 연계행동을 구사해, 높은 잠재능력을 자랑하는 몬스터와 맞섰다.

전황은 핀의 예상대로 처음부터 【로키 파밀리아】가 우세했다.

하지만.

"……단순한 리저드맨은 아닌 모양이네."

티오네는 구속을 뿌리친 몬스터에게서 거리를 벌리며 중얼거렸다.

티오네의 마구잡이 난타에 『리저드맨』은 이미 부상을 입고 있었다. 하지만 롱 소드와 시미터를 든 몸은 휘청거릴지언정 누런 눈에서는 전의가 사라지지 않았다.

『크르어어어어엉!!』

오기의 포효처럼 목소리를 높이고, 거칠게, 그리고 날카롭게 검격을 퍼붓는다.

그것은 분명 『기술과 허허실실』.

아류(我流)라는 말이 떠오르는 야생의 검술은 치열하기 그지없었으며 교묘했다. 아마조네스인 티오네는 이것이 거듭되는 전투 속에서 함양된 검술임을 깨달았다. 동시에, 이러한 『검기』를 익힌 『괴물』은 만나본 적이 없다는 것도. 존재할 리가 없다는 것도.

본능의 충동에 사로잡힌 채 덤벼들어야 할 몬스터가 펼치는 『기술』을 상대하는 티오네는 입술을 핥을 정도로 전의가 끓어올랐지만, 그래도 사랑하는 두령의 명령을 실행하고자 담담히 눈앞의 적에게 대미지를 주었다.

"헹, 몬스터 주제에 제법 괜찮은 상판을 가졌구만."

한편 베이트 쪽은——

그의 발밑에 쓰러진 것은 순식간에 해치운 세이렌이었다.

붉게 칠했던 추한 피 화장이 일부 지워져, 엘프 못지않은 아름다운 얼굴이 드러났다.

그런 세이렌에게 베이트는 가차 없이 발을 내리꽂았다.

『……아?!』

"하지만 괴물은 죽어야지."

뺨의 문신을 일그러뜨리는 베이트의 웃음은 모멸과 분노에 물들어 있었다.

베이트는 인정하지 않는다. 지상을 자기 것처럼 활보하는『괴물』따위는.

하늘을 나는 것도, 바다를 유유히 헤엄치는 것도 절대 용납하지 않는다.

그는 결코 입에 담지 않으며 과거를 돌아보지도 않지만, 베이트의 가족은, 소중한 자들은 모두 몬스터에게 처참하게 목숨을 잃었다. 그것은 엄연한 사실.

인류의 마음을 대변하듯, 베이트는 내리꽂은 발에 혐오의 감정을 드러냈다.

암컷이 됐든, 얼굴이 인간에 가깝든『괴물』인 이상 자비 따위는 없다.

너희는『제거』되어 마땅한 존재라고, 지상에 나온 세이렌에게 가혹한 현실을 들이댔다.

『으어어어어어어어어어어어어어어어어어어어!!』

"꾸역꾸역 귀찮게 몰려들긴."

세이렌을 밟고 있는 베이트에게 달려든 것은 한 마리의 가고일.

그러나 이를 가볍게 피하며 일축했다.

『크억?!』

"자리를 잘못 잡았다고, 네놈들은."

돌 발톱을 부수며 메탈부츠를 적의 몸에 꽂는다. 하지만 상대를 압도하면서도 웨어울프 청년의 얼굴은 여전히 일그러진 채였다.

자신의 가슴에 도사린 감정을 베이트는 올바르게 이해했다.

이것은 짜증이다.

몬스터들의 포효가 『지키는 자』의 포효처럼 들리기 때문이다.

용감하며 동료를 아끼던 베이트의 가족처럼 울부짖는 『괴물』에게 짜증이 나고, 그들이 미워 견딜 수가 없었다.

"나자빠져 있어!!"

『커억?!』

이를 인정하고 싶지 않아, 베이트는 가고일에게 흉포한 발차기를 꽂는다.

"호잇!"

『끄윽?!』

짜증을 내며 날뛰는 베이트의 후방에서 티오나가 『고블린』을 튕겨 날려버리고 있었다.

"난 베이트하고 다르지만~ 우르가는 힘을 조절하기가 어려워서 말야."

단원들과 몬스터가 격렬하게 맞서는 전장을 돌아다니며 담담하게 일을 처리한다.

생포가 목적인 전투에 우르가만큼 어울리지 않는 무기도 없을 것이다.

무엇보다 이 몬스터들과 싸우는 것이 영 내키질 않았다.

'어쩐지 영 싸우기가 거북하다니깐⋯⋯. 대체 뭘까, 이 몬스터들은⋯⋯.'

달려드는 알미라지를 딱밤으로 무력화하며 티오나는 입술을 부루퉁하게 내밀었다.

평소 던전에서 없애던 『괴물』과는 달랐다.

말로 표현하기는 힘들지만 어쩐지 싫었다. 싸우기 거북했다.

티오네가 들었다면 머리를 쥐어박을 것 같은 이유지만, 바보인 자신에게는 근거도 없고 설명도 할 수 없다.

머리가 가벼운 티오나가 나름대로 고민하고 있으려니──지면이 흔들렸다.

"으아악~?! 뭐야 이거?!"

바닥에 깔린 보도블록을 가르며, 지하에서 나타난 것은 금속의 덩어리.

대형급 몬스터 『플레임 록』을 방불케 하는, 금속계 몬스터임 직한 존재였다. 이제까지 본 적도 없는 개체다. 주위에서 교전하던 다른 단원들은 놀라 손을 멈추었다.

티오나는 이내 적의 몸이 우르가와 같은 아다만타이트로 이루어졌음을 눈치 챘다. 그 증거로 티오네와 베이트의 공격을 튕겨내고 있었다.

둔중한 움직임으로, 마치 작업을 하듯 전열수비수를 방패와 함께 튕겨낸다.

"──그래그래, 이런 걸 기다렸다구!!"

그 모습을 보고 티오나는 눈을 빛내며 우르가를 휘둘렀다.

의욕이 샘솟았다.

왜냐하면 저 금속 덩어리에게는 다른 『괴물』처럼 목이 꽉 잠기는 듯한 감각이 느껴지지 않았으므로.

저거라면 아무 생각 없이 베어버릴 수 있겠다.

단순한 티오나는 자신의 망설임을 뒤로 미루기 위해 『골렘』이라는 이름의 금속 덩어리를 일도양단했다.

흥미, 짜증, 망설임.

저마다 다른 마음을 품으면서 【로키 파밀리아】는 『무장한 몬스터』를 무력화해나갔다.

그런 가운데, 아이즈는.

"……저게, 뭐야."

시선 너머의 광경을 바라보며, 누구에게도 들리지 않을 만큼 작은 목소리로 중얼거렸다.

전장을 부감할 수 있는 높은 위치이기에 아이즈는 『그 모습』을 똑똑히 볼 수 있었다. 전장에서 싸우는 동료들보다도 똑똑히, 명확하게.

몬스터가, 몬스터를 감싸고 있다.

서로 도우며 싸운다.

마치 모험자들처럼.

저게, 뭐야. 말도 안 돼.

지성이 높은 몬스터라면 인류 살해를 위해 연계를 하는 경우도 있다. 그러나 『감싸는』 일은 있을 수 없다. 잡아먹기 위해서라면 동족이 말려들거나 말거나 상대를 죽인다. 그것이 『괴물』이다. 그것이 몬스터다. 그런데도.

　아이즈는 강한 곤혹감과 동요를 감정이 희미한 표정 속에 열심히 감추었다.

　나 말고도 깨달은 사람이 있을까?

　티오나는? 티오네는? 베이트는? 다른 단원들은?

　핀은, 어떻게 생각할까?

　옆으로 잠시 눈길을 돌렸지만, 파룸 두령은 지휘관의 가면만을 쓰고 있어 마음을 드러내지 않는다.

　술렁이는 감정이 가슴속을 지배했다.

　마음이 흐트러졌다.

　그때, 분명히 부이브르를 감쌌던 소년의 모습이—— 뇌리에서 떠나질 않았다.

　전장을 내려다보는 아이즈는 자기도 모르게 손에 땀을 쥐고 있었다.

　『워어어어억!!』

그러므로.

그 압도적인 포효를 들었을 때.

절대적인 공포와 위압감을 주는 『칠흑의 거구』를 본 순간.

아이즈는 분명히 『안심』했다.

요란한 포효가 주민들의 의식을 송두리째 빼앗았어도.

통나무처럼 굵고 강인한 팔에 수많은 동료가 날아가 버려도.

햇살을 반사하는 흉악한 라브리스가 파괴를 흩뿌려도.

경악에 지배당한 마음 한구석으로, 분명히 『안도』하고 말았던 것이다.

저것야말로 아이즈가 아는 올바른 『괴물』이라고.

『부우우워어어어!!』

칠흑의 미노타우로스.

티오나, 티오네, 베이트 세 사람이 달려들어도 겨우 호각. 한 차례의 『하울』로 리스트레인트(강제 정지)에 빠진 다른 단원들은 전투에 개입할 수조차 없었다.

Lv.6이 수적 우세를 내세워서야 겨우 유리하게 싸울 수 있는, 그런 오버스펙 몬스터는 등에 짊어졌던 『또 한 자루』의 거대 도끼를 뽑았다.

"""""?!"""""

거대한 칼날이 지면을 부수자 방전이 솟아난다.

도끼에 묻었던 피얼룩이 터져나가며 드러난 도끼의 색

은 금색. 다시 말해『번개』의『마검』.

벼락의 그물을 뒤집어쓴 제1급 모험자들이 한순간의 경직에 빠지고 말았다.

칠흑의 미노타우로스는 높이 치켜든 거대 도끼로 하늘을 찌르고는 무자비하게『포격』의 발사태세에 들어갔다.

"리베리아, 결계를 쳐!!"

여유를 깡그리 내팽개친 핀의 고함.

"【비아 실헤임】!"

이어서 울려 퍼지는 영롱한 마법명.

의식을 잃었던 주민들을 보호하는 돔 형태의 결계마법이 구축된 것과 동시에『포격』이 터져나갔다.

『──워어어어어어어어어어어어어어어어어어어어어어어어어어어어어어억!!』

파도와도 같이 뿜어져 나가는 벼락의 홍수.

베이트가 창졸간에 프로스빌트를 내밀어 위력을 흡수시켰지만 폭력적인 벼락은 멈출 줄을 몰랐다. 정면에 있던 베이트, 티오나, 티오네를 어이없이 휩쓸어버리고, 길에 남아있던 단원들이 모두 벼락의 소용돌이에 휩쓸렸다.

꿈틀대는 벼락에 파괴되는 보도블록, 무수한 가옥. 리베리아의 결계 밖에 있던 것은 모두 파괴를 면하지 못했다. 그것은 몬스터와의 전투가 시작된 후 입은 가장 큰『피해』였다.

벼락의 포효가 지나가고 연기가 걷혔을 무렵에는, 파괴

된 길에 【로키 파밀리아】의 단원들만이 무참히 쓰러져 있었다.

Lv.6 셋을 제외하고는, 전멸이었다.

"생포는 됐어——."

『무장한 몬스터』들이 쓰러져 있던 길 동쪽을 제외하면, 칠흑의 미노타우로스가 선 대로 중앙지대에서 서쪽은 폐허로 바뀌었다.

그 참상에 핀은 눈을 가늘게 떴으며—— 아이즈는 남몰래 달려 나가고 있었다.

혼자서, 조용히, 소리도 없이.

튕겨나가듯.

환희하듯.

지붕을 박차고 하늘 높이 춤추며 그 『괴물』의 등 뒤에 내려섰다.

"——해치워, 아이즈."

토웅.

부츠로 가벼운 소리를 울리며, 한순간 굳어버린 『괴물』의 등 뒤에서 애검 데스퍼러트를 뽑는다.

"알았어."

아이즈는 깨닫지 못했다.

자신의 목소리가 평안해졌음을.

거친 기색으로 돌아보며 도끼를 내리치려 하는 미노타우로스를 앞에 두고, 눈이 조용히 가라앉았음을.

"【눈을 뜨라, 폭풍】."

그녀가 자아낸 노랫소리가 확고한 『살의』로 물들었음을.

"【에어리얼】."

바람이 울었다.

무시무시한 기류가 솟구친 순간, 신속으로 검이 내달렸다.

그 직후 『괴물』의 오른팔은 허공에서 춤추고 있었다.

"_____."

동료들, 【헤스티아 파밀리아】, 무장한 몬스터, 그리고 칠흑의 미노타우로스.

모든 이들에게서 말을 빼앗아버린 검의 광채는 산들바람을 부르며 절단한 굵은 팔을 땅에 떨구었다.

솟아나는 절규, 흩어지는 괴물의 선혈. 그런 것조차 바람의 갑옷이 막아냈으며 소녀의 몸은 접촉을 거부했다.

마음이 잔잔해졌다.

이제 망설임은 없다.

늠름할 정도로, 상쾌할 정도로.

긴 금발을 바람에 나부끼며, 전장에서 여신처럼 아름답게 존재하는 아이즈는 몸을 젖힌 몬스터의 거구를 보며 검을 허공에 휘둘렀다.

"간다."

굵은 침방울을 뿌리며 맹렬히 역습을 가하는 칠흑의 맹우에게, 그저 온 힘을 다해 바람과 검의 선율을 자아냈다.

『~~~~~~~~~~~~~~~~~~~~~~~~~~~~~~아아아!!』

수천 가닥으로 보이는 은색 검광, 종횡무진 내달리는 무수한 참격.

격렬한 바람을 두른 《데스퍼러트》는 적이 장비한 중갑과 함께 몸을 갈랐으며 요란하게 피를 뿌려댔다.

검격은 그칠 줄 모른다. 아이즈는 온몸을 약동시켜, 그저 눈앞의 적에게 참격의 폭풍을 퍼부었다.

『부우워어어어어어어어어어어어어어어어어어어!!』

순식간에 피에 젖으면서도, 상식을 초월한 괴물은 두 눈을 부릅뜨고 공세를 밀어내려 했다.

방어를 버린 전진. 하나뿐인 팔로, 빈사의 영역에 한쪽 발을 디딘 채로도 여전히 전진하려는 『괴물』의 반격. 모든 것을 분쇄하고도 남는 완력이, 헤아릴 수도 없는 검의 연격을 단 일격으로 튕겨냈다. 시야가 흔들린 아이즈는 경악에 이어 더 큰 전의를 품고—— 감탄했다.

아아.

이렇게 강할 수가.

이렇게 무서울 수가.

이렇게 두려울 수가.

그렇다 이것이 바로——.

"저, 저게 바로……."

울부짖는 검, 가속하는 시야, 시간이 정지 상태로 다가간다.

금색 눈동자가 『검은 괴물』만을 비추는 가운데, 아이즈가 감지하지 못한 의식 밖에서 누군가가 중얼거렸다.

얼어붙어가는 【검희】의 옆얼굴을 보며, 까만 불꽃을 머금은 처절한 참격을 보며 누군가가 목을 떨었다.

"저것이……『전희(戰姬)』."

아주 오래 전, 누군가가 말했다.

『전희』라고.

소녀의 가죽을 뒤집어쓴 몬스터 슬레이어. 괴물의 시체로 쌓은 무수한 산. 질릴 줄도 모르고 미궁 깊은 곳으로 내려가며, 목숨을 돌보지 않는 모험자.

과거에 두고 온 것으로만 생각했던『인형공주』의 그림자를 두르고, 아이즈는 위태로우면서도 한층 아름다운 검무를 추었다. 몬스터에게서도, 【로키 파밀리아】에게서도 외경심과 공포를 모으며.

아이즈는 깨닫지 못했다.

무의식중에, 스스로 자중했던 『스킬』까지 구사하고 있음을.

"……아이즈."

싸움에 사로잡힌 그 모습을 보고, 한 하이엘프가 중얼거렸지만 그것도 알아차리지 못한 채.

'다행이야──.'

아이즈는 안도했다.

폭력의 화신인 칠흑의 맹우를 앞에 두고.

이것이야말로—— 몬스터라고.

이것이야말로——『괴물』이라고.

'내 생각은 전혀 잘못되지 않았어.'

부이브르를 감싸던 소년의 모습이 마음에서 멀어져 갔다.

역시 내 생각은 잘못되지 않았어.

몬스터는 죽여야만 해.

한층 더한 사투를 바라는 맹우의 환호성에 한층 높은 바람의 포효를 겹치며, 아이즈는 춤을 추었다.

마음 한구석에서 이쪽을 쓸쓸하게 바라보는 어린 아이즈를 보고도 못 본 척하며, 칠흑의 미노타우로스를 베고 또 베었다.

막간

요정분노

"레피야, 서둘러!"

"네, 넷!"

【로키 파밀리아】 본대가 『검은 미노타우로스』와 격돌했을 때, 레피야와 다른 단원들은 『다이달로스 거리』의 남쪽으로 향하고 있었다.

핀의 지시에 따라 4인 1조가 되어, 도망치는 부이브르를 추격했다.

"【리틀 루키】그 자식이 그런 놈이었다니!"

"이럴 때 돈벌이를 생각하다니, 웃기지도 않아!"

"…………."

질주하는 한편, 휴먼과 엘프 단원들이 짜증 섞인 목소리로 외쳤다.

괴물을 감싸고, 쓸데없는 혼란을 초래한 모험자에게 비난이 멈추지 않았다.

이럴 때 레어 몬스터의 값비싼 『드롭 아이템』을 노리는 탐욕스러운 모험자. 그들의 눈에 벨 크라넬은 그렇게 비쳤다. 그렇게밖에 비치지 않았다.

순수한 분노는 소년을 비난하는 형태로 바뀌었다. 지극히 당연한 귀결이었다.

혼자 잠자코 있던 레피야는 입을 꾹 다문 채 심각한 표정을 지었다.

'무슨 생각을 하는 걸까요, 그 휴먼은……!'

레피야도 다른 단원들과 마찬가지로 분노를 느꼈던——

것은 아니고, 그저 곤혹스러웠다.

인정하고 싶지는 않았지만, 레피야는 다른 단원들에 비해 벨 크라넬과 여러 모로 접점이 많아 소년의 인격에 대해 꽤 많이 알고 있었다.

사리사욕 때문에. 돈에 눈이 멀어서.

그런 말과 소년은 거의 무관한 위치에 있다.

탐욕스러운 모험자? 너무나도 어울리지 않아 웃음이 터지다 못해 어이가 없을 정도였다. 그런 짓을 할 수 있는 모험자였다면 훨씬 요령껏 살고 있지 않을까.

그렇기에 이해할 수 없었다.

소년 자신이 『탐욕스러운 모험자』의 연기를 하면서까지 『괴물』을 감싸려 했다는 사실이.

부이브르를 감싸던 광경을 보았을 때, 레피야의 당혹감은 아이즈나 티오나가 품었던 감정과 거의 비슷했다. 다른 단원들처럼 비난은 하지 않았지만 지금도 망설임이 들었다.

'왜 내가 당신을 걱정해야 하냐고요……!'

그러므로, 사정도 밝히지 않은 채, 그저 오해를 사려고만 하는 듯한 소년에게 매우 불만이 많았다.

그렇다면 이 감정은 역시 분노일지도 모른다.

"다른 모험자들이……!"

시벽 부근까지 가라앉은 태양이 레피야의 옆얼굴을 비추는 가운데, 파벌이 서로 다른 모험자들이 나타나기 시작했다.

『다이달로스 거리』의 소동을 알아차린 것이리라. 사태를 진압하기 위해 모여든 것이다.

몬스터를 해치울 수 있다면 이제는 어쩔 수 없다고 레피야의 소대도 마음을 바꿔먹었다. 복잡하게 뒤얽힌 건물의 숲에서 도약하고 달려가며 비명과 흙먼지가 일어나는 방향으로 향했다.

"흐악……?! 꺄아아아아아아아아아아아아아아아!!"

"이봐, 모험자들! 이쪽이야, 이쪽이라구!!"

몬스터의 진격에 비명은 끊이질 않았으며, 찢어지는 목소리가 잇달아 울려 퍼졌다.

이리저리 도망치는 창부들이나 아이의 울부짖는 목소리에 레피야 일행은 조바심을 품었다..

더더욱 가속해, 탁 트인 일직선 길로 나간 순간.

"찾았다!"

저 멀리서 부이브르의 거대한 몸이 보였다.

그 뒤에는 몬스터를 쫓아가는 백발 소년의 뒷모습.

"우리가 접근해 우회할게! 레피야 너는 여기서 영창을 하다가 쏴!"

"네!"

지시를 내린 남성 단원을 포함한 세 명의 동료가 앞서 달려가는 가운데, 레피야는 마장 《숲의 티어드롭》을 한쪽 손에 들었다.

시야 저 멀리 있는 『부이브르』는 이미 많은 상처를 입었다. 기다리던 모험자들이 공격을 가했던 것이리라. 용의 꼬리가 달린 하반신에는 투창이, 가녀린 어깨에는 화살이 박혀 있었다.

　비명을 흩뿌리는 몬스터에게 자신도 영창을 하려던 그때.

　레피야는 믿을 수 없는 광경을 보았다.

　"【파이어볼트】!!"

　쏘았다.

　소년이.

　『마법』을.

　모험자들에게.

　"?!"

　레피야는 자신의 눈을 의심했다.

　염뢰 마법이 작렬해 『괴물』을 공격하려던 모험자들을 날려버렸다.

　"에엑?!"

　"으허어어어어억?!"

　설마 동종업자에게서 공격을 받을 줄은 몰랐을 테니 아무도 대응하지 못했다. 무기를 잃고, 화상을 입고, 자세가 흐트러져 지붕에서 추락했다. 만행을 넘어선 『기행』에 레피야는 말을 잃어버렸다.

　벨 크라넬의 『마법』은 위협적이었다.

　영창이 필요 없는 『속공마법』은 초단문영창 마법의 위력에 해당하지만, 그래도 Lv.3. 제2급 모험자가 된 소년의 『마력』은 Lv.2 마도사에도 필적했다. 화력은 무시할 수 없었으며, 속사성도 있어 아무도 막지 못했다. 몬스터에게 정신이 팔렸던 【로키 파밀리아】 단원들도 마찬가지였다. 부이브르에게 공격을 하려다가 직격당해, 반동으로 벽과 지면에 머리를 세게 부딪쳤다.

"엑──."

──무슨 생각이야!

──뭘 하는 거야!

──그런 짓을 했다간!

새하얗게 물들어버린 머릿속에 떠오른 레피야의 우려는 현실이 되었다.

"【리틀 루키】, 너 이 자식!!"

"미쳤어?!"

"그렇게 드롭 아이템이 탐나냐!"

"이럴 때 무슨 짓이야!"

솟아나는 극심한 분노의 소용돌이. 처절한 매도.

모험자들이 던지는 욕설이 레피야에게는 자신의 일처럼 들려 손이 떨렸다. 피난에 필사적이던 주민들은 발을 멈추고 아연실색했으며, 더더욱 격렬해져가는 아이들의 울음소리가 그 자리의 혼란에 박차를 가했다.

하지만 그래도 벨은 『마법』을 쏘아댔다.

마치 부이브르를 지키려는 것처럼 사람들을 멀리 밀어

내고, 폭주하는『괴물』의 등을 쫓아갔다.

"크윽!!"

지팡이를 꼭 쥔 레피야는 온 힘을 다해 달려 나갔다.

지붕 위를 따라 최단거리를 가로지른 그녀는 마침내 소년과 나란히 달리며 외쳤다.

"벨 크라넬!! 뭐 하는 거예요?!"

"웃……!"

벨은 그녀를 흘끔 보기는 했지만, 그것으로 끝이었다.

일그러진 옆얼굴은 대답을 거절하고, 자신을 뿌리치고자 가속했다.

──무시하기예요?!

레피야의 머리가 확 끓어올랐다.

"거기 서요! 질문에, 대답하라고요!"

온몸을 후려치는 바람에 굴하지 않을 만한 성량으로 호소하지만 소년은 눈을 마주치지 않았다.

이리저리 도망치는 괴물만을 바라보며, 그 이외의 것은 모두 차단한다.

"왜, 왜……!"

레피야는 신음했다.

'왜 그렇게 괴로워하는 거예요?!'

이쪽을 봐!

사정을 설명해!

안 그러면 아무 것도 모르잖아!

고뇌와 갈등을 내비치는 소년에게 마음속으로 절규를 질렀다.

평소의 변명은 어디로 간 거야. 얼굴을 새빨갛게 물들이며 『그게 아니에요!』하고 외쳐봐. 동경하는 아이즈 씨와 늘 함께 있다고 화를 내는 나에게 변명하듯, 빨리 뭐라고 말을 해봐. 지금이라면 평소처럼 조금 화만 내고, 잔소리를 하고, 주의를 주고 당신을 용서해줄 수 있으니까!

그러니까 그렇게 비장한 표정 짓지 말고!

당신에게 그런 표정은 하나도 어울리지 않아!

스스로도 정리할 수 없는 언어의 나열이 가슴속을 꽉 메웠다.

레피야는 분명, 이런 소년의 모습을 보고 싶지 않았던 것이다.

실망도 아니고, 낙담도 아니고, 그저 싫었던 것이다.

경쟁상대로서, 라이벌로서, 같은 『동경』을 추구하는 모험자로서.

진의를 묻고자, 이제는 몬스터가 아닌 소년을 추적하던 레피야. 그러나.

"끄아아아아아아아아악?!"

"우웃?!"

울려 퍼지는 비명에, 추적을 단념할 수밖에 없었다.

폭주하는 부이브르를 막지 못하고 모험자들이 피를 흘리며 쓰러졌다. 이마의 붉은 돌을 잃고 앞뒤를 가리지 않게 된 용종 몬스터는 이제 폭풍이나 마찬가지였다.

레피야에게는 몬스터를 『제거』하는 것 이외에 선택의 여지는 없었다.

"──【해방될 한 줄기 빛, 성스러운 나무로 지은 활대. 그대는 명궁일진저】!"

전력질주를 이어나가며 『병행영창』을 개시했다.

『마력』이 높아지자 흠칫 어깨를 떤 소년이 처음으로 이쪽을 돌아보았다. 그러나 낯을 익힌 사이이기에 『마법』을 쏘지 못하고 망설이며, 목이 터져라 외친다.

"그러지 마세요!!"

──말이 되는 소릴 해!

그대로 방치해두었다간 피해가 커진다.

운이 나쁘면, 지금도 휩쓸려 날아가고 있는 모험자들이 일반시민으로 바뀐다.

앞뒤 가릴 단계는 이미 지났다.

저 『괴물』을 놓치기라도 했다간 당신도 비참한 미래를 맞게 돼!

"【저격하라, 요정의 사수. 뚫어라, 필중의 화살】!"

낯을 찡그린 레피야는 지팡이를 내밀며 『마법』을 해방시켰다.

"【아르크스 레이】!"

『유도속성』을 가진 단발 마법. 한번 날아가면 조준한 목표에 맞을 때까지 사라지지 않는 절대필중의 화살.

대형급 몬스터도 해치울 수 있는 출력의 대섬광이 주위를 비추었다.

그 눈부신 빛에 절망한 소년은── 몸을 날렸다.

"?!"

마법의 사선으로 뛰어든 것이다.

두 팔을 벌리고, 부이브르에게 맞기 직전에 섬광을 **받아내고자**.

몬스터의 『방패』가 되려 하는 그 행위에 레피야는 눈을 크게 떴다.

"아, 【아리오】!!"

창졸간에 『마법』을 폭발시키는 주문을 외웠다.

자동추적 속성을 가진 마법에 갖춰진 스펠 키가 입력되자 【아르크스 레이】는 소년에게 꽂히기 직전 폭발했다.

"크으으으으으윽?!"

직격은 하지 않았지만 눈앞에서 폭발한 『마법』에 벨은 멀리 날아가 버렸다.

갑옷에서 연기를 뿜으며 부상을 입은 소년. 그러나 이내 일어나, 다시 부이브르의 뒤를 쫓기 시작했다.

망연자실한 레피야를 내버려둔 채.

"⋯⋯왜."

골목길 한복판에서 레피야는 발을 멈추고 말았다.

왜 그렇게까지 하는지.

왜 그렇게까지 『괴물』을 감싸는지.

왜 『옳은』 일을 하는 내가 『잘못 생각하는』 것이 아닐까
── 그런 생각이 드는지, 전혀 알 수 없었다.

"……거기 서, 벨 크라넬!"

걸음을 멈춘 채, 멀어져가는 소년의 등에 대고 외쳤다.

소년은 돌아보지 않는다.

1초를 아쉬워하듯 부이브르를 쫓아, 『어리석은 이』의 행위를 관철하며.

몇 번이고 무시당한 레피야는 두 주먹을 부르쥔 채, 마침내 몸을 떨었다.

가늘고 긴 귀를 끄트머리까지 붉게 물들이며, 참을 수 없다는 듯 눈을 질끈 감고 온 힘을 다해 외쳤다.

"이유를, 사정을…… 설명하란 말이야아아아아아─────────────────!!"

시벽 너머로 해가 저물고, 황혼이 찾아온다.

새빨갛게 물든 엘프의 고함은 저녁놀이 지는 하늘에 울려 퍼졌다.

3장

용사의 우울, 검희의 고뇌

"신 이켈로스, 반복하지만 시간이 없어. 우리의 질문에 대답해."

대면한 신물에게 핀이 요구했다.

장소는 허물어져가는 폐가. 구멍이 뻥 뚫린 벽에서는 꼭 두서니색 빛이 스며들어 지면에 어지러이 흩어진 잔해를 비추었다.

아직 『무장한 몬스터』와의 전투로부터 시간이 얼마 지나지 않은 황혼녘.

【로키 파밀리아】는 적측의 임기응변에 넘어가는 바람에 『검은 미노타우로스』를 포함한 다른 몬스터들까지 놓쳐버렸으며, 현재는 사후처리에 쫓기고 있었다. 파괴된 길을 수리하고, 몬스터를 경계하고, 주민들을 피난시켜야 했다.

『부이브르』는 모험자들에게 토벌됐다.

시체나 마찬가지인 재가 『비밀 지하도』에서 발견되었다고 한다. 그 점에 대한 자세한 조사도 함께 진행 중이다.

단원들이 저마다 업무를 수행하는 가운데, 핀은 로키를 데리고 이번 사건에 관여한 『당사자』의 사정청취를 진행하고 있었다. 그것도 내밀하게.

"말은 그렇게 해도~ 너희는 크노소스에 대해 알고 있잖아? 이제 와서 내가 해줄 말이 있을까~?"

남신의 웃음소리가 폐가에 울려 퍼졌다.

남색 머리카락에 갈색 피부, 검은색을 베이스로 한 의상. 신이라는 사실을 증명하는 단아한 얼굴에는 경박한 미소가 새겨져 있었다. 오락을 좋아하며, 찰나적이고 파멸적인, 가장 다루기 힘든 종류의 신물임을 알 수 있는 웃음이었다.

남신 이켈로스.

핀의 지시에 따라 『그물』을 펼쳤던 가레스가 사로잡은 【이켈로스 파밀리아】의 주신이다.

"길드에서 오믄 니는 당장 체포당할기라. 더 이상 이리저리 휘젓고 다니지도 몬할 거니께, 여서 냉큼 불라."

"너무 노려보지 마, 로키이~. 게다가 휘젓고 다니다니, 그렇게 말하면 서운하지~."

무너진 건물의 잔해 위에 불편하게 앉은 이켈로스는 자신을 내려다보는 로키에게 아무렇게나 대답했다.

시선을 앞으로 돌리고, 낡은 의자에 앉은 핀과 눈을 마주했다.

"당신은 크노소스의 『열쇠』를 가지고 있어?"

"없어. 진짜야. 이슈타르 건도 있고 해서, 크노소스를 나갈 거라면 놓고 가라고 이블스 놈들이 빼앗아갔어."

이번 사건의 중요 참고인으로서 이켈로스는 『길드』에 연행될 예정이다.

그리고 십중팔구 『처분』을 받을 것이다. 천계 송환이 될지, 아니면 도시 영구추방이 될지. 어쨌거나 이 기회를 놓치면 그와는 두 번 다시 접촉할 수 없다.

『길드』에 넘기기 전에 핀은 자신들이 원하는 정보를 이

끌어내려 했다.

"이블스의 잔당은 어느 정도 규모지? 몇 개나 되는【파밀리아】가 존재해?"

"몰라. 타나토스 밑에 모인 오합지졸들이거든. 난 크노소스를 잠자리 대신 이용했을 뿐이고, 가끔 스쳐 지나가는 정도라 관심도 없었어. 하지만【파밀리아】단위로 생각한다면 타나토스의 파벌뿐일걸."

"『에뉘오』…… 그런 이름을 쓰는 신은 알아?"

"아, 도시의 파괴자? 모르겠는데~ 그딴 얼빠진 소리를 하는 신은."

핀과 로키의 질문에 번갈아 대답하기는 했지만, 이켈로스의 말은 거의『모른다』였다. 그는 자신의【파밀리아】를 흥미 본위로 지켜볼 뿐이었는지 ──재미난『오락』을 보기 위해 권속을 거느리기도 했던 모양이지만── 『오라리오 붕괴 시나리오』와는 아무런 관련도 없었다. 적어도 거짓말은 하지 않았다고, 같은 신인 로키가 보장해주었다.

"니 정말 왜 이블스 놈들하고 손잡은 긴데."

로키가 투덜거리자, "어쩌다 보니?"라고 뻔뻔하게 웃음을 지으며 대답했을 뿐이었다.

멜렌에서 밀수를 주도했던 것은【이켈로스 파밀리아】. 밀수는 크노소스 작성을 위한 자금책. 밀수품으로 몬스터를 고른 이유는『괴물 취향』인 귀족들에게 비싸게 팔기 위해.

남신이 질문에 대답해 제공한 정보는 이미 알고 있던 것들이 많았으며, 새로운 정보는 사소한 것뿐이었다.

다만—— 그 기이한 인공미궁의 시초에 대해서 들을 수는 있었다.

『명공 다이달로스』가 꿈꾸었으며, 그의 자손이 만들어냈던 『인간의 집념』.

천 년이라는 세월을 거치며 지금의 규모에 이르렀다는 『크노소스』에 로키는 노골적으로 낯을 찡그렸으며, 핀은 속으로 탄식했다.

처음으로 크노소스에서 패배했던 그날.

발을 들인 시점에서 심상찮은 곳임은 느꼈으나, 상상 이상의 『망집』이 얽혀있는 모양이었다.

"그 마굴이 어떻게 생겨났는지는 이해했어. ……그럼 다이달로스의 일족을 모조리 매료시켜 광기로 몰아붙였다는 그 『수기』는 어디 있어? 크노소스를 망라한 『설계도』는 어디 있지?"

"히히…… 【브레이버】, 너 진짜로 그 말도 안 되는 미궁을 공략할 생각이구나?"

"됐으니께 핀이 묻는 말에 대답이나 해라, 문디신."

"나한텐 없어. 진짜야. 딕스한테 있거든. 『은혜』의 반응이 사라진 걸 보면 이미 죽어버렸겠지."

"…………."

"누가 가지고 갔는지, 아니면 크노소스 어디에 떨어져 있는지는 모르겠네~."

그 복잡기괴하고 광대한 미궁 속에서 수기 한 권을 발견하기란…… 눈앞이 캄캄해지는 이야기였다.

비유가 아니라 사막에서 사금 한 톨을 찾는 거나 마찬가지다.

"다른 다이달로스의 자손들은 다 머릿속에 새겨놓았다고 하니까, 뇌를 쪼개보면 지도도 나올지 모르지?"

웃지 못할 농담을 하는 이켈로스에게 로키는 견디지 못하고 발길질을 했다.

"……신 이켈로스. 마지막 질문이야."

저녁 햇살이 기울어지고 폐가 밖이 수많은 발소리와 소란으로 에워싸였다. 길드 직원이 도착했음을 눈치 챈 핀은 푸른 눈을 가늘게 뜨며 말했다.

"『무장한 몬스터』…… 그건 대체 뭐야?"

"……히히히히히! 뭐야라니 뭐야, 【브레이버】? 넌 무슨 말을 듣고 싶은 거야?"

이켈로스의 얼굴에 퍼지는 웃음.

진심으로 유쾌하다는 듯 자신의 얼굴을 들여다보는 남신에게 캐물었다.

"감정이 있어? 지성이 아니라 『지능』이 있는 거야? 공동체를 형성하고 있어?"

그의 말 한 마디 한 마디가 『핵심』이었다.

보통 모험자라면, 아니, 하계의 주민이라면 코웃음을 쳤을 만한 억측.

흉포한 『괴물』에게는 적용될 리 없는 속성.

그런 말을 핀은 진지하게 물었다.

아이즈도 느꼈던 괴물간의 연계. 서로 종족이 다르면서도 인간처럼 서로 돕고, 『살육』이 아닌 『목적』을 가지고 전술을 펼치는 모습.

더 확실히 말한다면, 그 『부이브르』를 피신시키기 위해.

미궁거리에서 일전을 벌이며 면밀히 관찰했던 핀만이 이 『핵심』에 도달하려 했다.

"그 몬스터들은 우리 인류와 『의사소통』이 가능해?"

폐가 속에서 소리가 사라졌다.

로키가 입을 다물고 지켜보는 가운데, 이켈로스는……

씨이익.

입가를 초승달처럼 구부렸다.

"몰라."

"…………."

"내가 우리에 갇힌 몬스터에게 말을 걸든 손을 흔들든, 그놈들은 아~무 대답도 하지 않았거든."

거짓말은 아니었다.

거짓말은 하지 않았지만, 사실을 말하려고도 하지 않는다.

오히려 이렇게 말하는 듯했다.

『직접 보고 확인해.』

머리카락 색과 같은 남색 눈을 가늘게 뜨고, 느물느물

진심으로 유쾌하다는 듯 웃으며 바라본다.

핀은 표정을 지우고 말없는 시간을 보냈다.

"【헤스티아 파밀리아】…… 벨 크라넬과 그 몬스터들의 관계는?"

입술에서 툭 떨어지는 듯했다.

정신이 들고 보니 핀은 그런 질문을 던지고 있었던 것이다.

"글쎄?"

이켈로스는 시치미를 뚝 떼는 대답만을 하며 얼버무렸다.

"그 부이브르랑 친해지기라도 했던 거 아닐까?"

"이 『마검』을 벼린 것이 너지?"

츠바키는 부루퉁하게 입을 다물었다.

【헤파이스토스 파밀리아】 북서쪽 메인 스트리트 지점에 비치된 대장간.

그곳을 방문한 사람은 비취색 머리카락을 빛내는 리베리아였다.

그녀와 츠바키 두 사람이 마주 선 작업대 위에는 어떤 물건이 놓여 있었다.

금색 장식이 가미된, 피에 젖은 배틀액스——『도끼형

마검』이었다.

"······어디서 나셨나?"

"얼마 전 『다이달로스 거리』에서 일어난 사건은 들었을 테지. 그곳에서 『회수』했다."

느릿느릿 입을 연 츠바키에게 리베리아는 막힘없이 대답했다.

한쪽 눈을 감은 채, 동요를 억누르려 하는 마스터 스미스의 얼굴을 바라본다.

"직접 계약을 맺은 가레스가 네 작품이 틀림없다고 단언했지."

"흐음, 그랬구먼······. 그 드워프는 어디 있나?"

"지금은 시급한 『공사』에 나갔다. 손을 뗄 수 없다 하여 내가 왔다."

『무장한 몬스터』가 지상에 나타난 지 하루가 지났다.

도시는 극심한 동요를 보였으며, 길드에는 대응을 원하는 목소리와 질의가 끊이질 않았다. 도망친 몬스터도 잡히지 않았다. 오라리오의 동란은 여전히 이어지는 중이었다.

"그래서 그 『마검』은 너의 작품이 틀림없나?"

"······그렇다네. 내가 벼린 것이지. 자기 자식을 못 알아볼 리가 있나. 이름은 『벼락벼락검』이라고 하는데, 건방진 마검 제작자의 작품을 넘어서려면 우선은 흉내부터 내봐야 한다 생각하여 일단은 그 이해할 수 없는 『네이밍 센

스』?인지 뭔지를 본떠 지어보았네만 이제 와서는 후회만
이──.”

“츠바키.”

리베리아가 조용히 말을 가로막아 츠바키는 입을 다물
었다.

“이것은 『무장한 몬스터』…… 검은 미노타우로스가 쓰던
것이었다. 덕분에 단원들이 적지 않은 피해를 입었다.”

어딘가 나무라는 듯한 어조.

그렇게 들린 것은 츠바키의 기분 탓일까.

“어찌 몬스터가 이것을 썼는지, 설명할 수 있나?”

“……나를 의심하시나, 리베리아?”

“무엇을 의심하라는 말인가. 나는 그저 어찌 몬스터가
너의 『마검』을 들고 있었는지 짐작 가는 바를 묻고 싶을 뿐
이다. 그 이상도 이하도 아니야.”

용의자로서 몬스터와의 연결고리를 의심하는 거냐고,
긴박한 표정으로 되묻는 츠바키. 반면 리베리아는 낯빛 하
나 바꾸지 않고 대답했다.

실제로 츠바키를 바라보는 비취색 눈은 그녀를 의심하
는 것 같지는 않았다.

그저 정보를 얻고 싶을 뿐.

다만 거짓말은 용납하지 않는다.

자긍심 높고 결벽성 있는 하이엘프는 왕족의 관록을 드
러내며 그렇게 캐물었다.

"······하아~~~~~~~~~."

이윽고 츠바키는 온몸으로 한숨을 쉬었다.

"『구매자』와의 계약 때문에 발설해서는 안 되지만, 이렇게 된 이상 도리가 없지. 여기서 입을 다물었다가 그대들에게 의심을 사고 싶지는 않으니······. 그『구매자』도 이미 이 세상을 떠났고 말일세."

"······? 그게 무슨 말인가."

"이『마검』을 샀던 사람은【가네샤 파밀리아】의······ 하샤나 도를리아였네."

"!"

생각지도 못했던 이름을 듣고 리베리아는 놀라움을 드러냈다.

"하샤나라니, 그 하샤나 말인가? 『리빌라 마을』에서 살해당했던······."

"그렇다마다. 당시 내게 상담을 하였네. 극비리에『퀘스트』를 받았다고. 누구에게도 들켜서는 안 되기에 솔로로『하층』에 내려가야만 한다는 말과 함께."

"그래서 강력한『마검』이 필요하다고 의뢰를 받았나?"

"그랬지. 후열의 지원을 받을 수가 없으니 스스로 준비해야만 했거든. 그리고 극비이기에 이『마검』에 대해서도 발설하지 말아달라는 약속을 지켜왔네. 오늘까지. 하샤나의 말로를 들었을 때는 매우 놀랐지만······."

말을 이으며 츠바키는 낯을 찡그렸다.

"내가 아는 것은 그뿐일세. 물론 왜 몬스터가 마검을 썼는지에 대해서는 감도 못 잡겠네."

거짓말이 아니었다. 츠바키의 낯빛을 관찰하던 리베리아는 한쪽 손으로 입가를 가리며 조용히 생각에 잠겼다.

살해당했던 하샤나 도를리아는 제30계층에서 『보옥 태아』를 회수했다고 알고 있다.

그렇다면 던전 내에서 『모종의 경위』를 거쳐, 이 『마검』이 『무장한 몬스터』들에게 넘어갔던 걸까……?

'핀의 추리대로, 『무장한 몬스터』는 길드 외에도 【가네샤 파밀리아】와 연결고리가 있었나?'

하샤나 또한 『무장한 몬스터』에 대해 무언가 알고 있지 않았을까. 리베리아는 그 가능성을 가슴속에 품어두었다.

아무튼 당장 품었던 의문은 이것으로 풀렸다.

오라리오의 마스터 스미스가 벼린 『마검』이라면 제1급 모험자들에게도 피해가 미치는 것이 당연하다.

생각에 잠겼던 리베리아는 고개를 들고 츠바키에게 시선을 되돌렸다.

"그밖에 달리 말하지 않은 것이 있나?"

"에잇, 힐문하는 어조로 말하지 마시게! 이게 전부일세! 난 꺼림칙한 짓은 하나도 하지 않았으니!"

두 주먹을 허리에 대고 천을 감은 풍만한 가슴을 불쑥 내민다. 털어봤자 먼지는 한 톨도 나오지 않을 테니 얼마든지 주물러봐라, 가 아니라 털어봐라, 그렇게 말하는 양.

안대를 하지 않은 오른쪽 눈이 리베리아를 빤히 흘겨보았다.

……실제로 이제는 켕기는 구석이 전혀 없는 듯하다고, 어린아이 같은 태도를 보며 리베리아는 탄식했다.

"알았다. 시간을 빼앗아 미안하다. 이『마검』은…… 네게 돌려주는 편이 좋겠나?"

"흐음…… 쓸 사람이 사라졌다면 내가 맡아두도록 하지."

들고 온 도끼형『마검』을 넘겨주고 리베리아는 대장간을 나갔다.

지금도 미궁거리에 포진하고 있을 핀 일행에게 정보를 가져다주기 위해 빠른 걸음으로 가게를 떠났다.

"……허이구야. 간담이 서늘해지는구먼."

창밖에서 메인 스트리트를 따라 멀어져가는 하이엘프의 뒷모습을 보며 츠바키는 온몸에서 힘을 쭉 뺐다.

"주신님은『그 몬스터』들에 대해 뭔가 아시는 듯했는데…… 한번 캐물어볼까."

아직 물어보기 전이라 다행이라고, 목에 손을 대며 혼자 중얼거렸다.

알고 있었다면 그녀의 비취색 눈에 비밀을 모조리 간파당했을 테니.

"………………"

레피야는 기분이 좋지 않았다.

주위의 단원들이 눈길을 피하며 전혀 건드리려 하지 않을 만큼, 매우 기분이 좋지 않았다.

"……레피야. 지금은 【헤스티아 파밀리아】를 감시하는 중이야. 잘 좀 해줘."

"잘 감시하고 있어요."

"아니, 그런 뜻이 아니라…… 이 분위기를 좀 말이지……."

Lv.4 시앙스로프 크루스가 큰맘 먹고 말을 붙여보았지만, 레피야는 그를 돌아보지도 않은 채 어떤 저택만을 빤히 노려보았다.

도시의 남서쪽, 제6구역 한곳에 세워진 건물의 실내.

넓은 부지를 가진 고급 주택이 많은 블록에서, 【로키 파밀리아】는 【헤스티아 파밀리아】의 홈인 『화덕관』을 감시하고 있었다. 지상에 출현한 『무장한 몬스터』의 사건에 【헤스티아 파밀리아】가 관여하고 있다는 핀의 판단 때문이었다.

【헤스티아 파밀리아】에 무언가 움직임이 있다면 알려라. 파룸 두령의 명을 받들어, 크루스가 이끄는 감시부대는 사람이 없는 건물을 슬쩍 빌려 대각선 전방에 있는 저택의 동향을 살폈다.

그리고 레피야는 그 부대에 자원했다.

"야, 엘피…… 레피야가 왜 저래? 그 사건 후로 분위기가 이상하지 않아?"

"그게요~! 제 말 좀 들어주세요, 크루스 씨~! 룸메이트인 제가 아무리 물어봐도 레피야는 아무 말도 안 해주는 거예요~! 말인즉슨 저도 모른다는 거죠!"

"그럼 그냥 모른다고 해……."

마도사 엘피와 크루스 사이에 오가는 얼빠진 대화를 내 버려둔 채, 레피야는 열어놓은 덧문 뒤에서 감시를 계속 했다.

시선을 돌려보면 길 한구석이나 다른 건물에 도사린 모험자들의 모습이 보인다. 【로키 파밀리아】 외에도 【헤스티아 파밀리아】를 감시하는 자들이 있다. 핀과 마찬가지로 벨 크라넬이 무언가를 알고 있지 않겠느냐고 의심하는 것이리라.

하지만 그러거나 말거나 레피야는 아랑곳하지 않았다.

아무 움직임도 없는 저택을—— 아니, 저택 내에 있을 소년을, 날카로운 눈초리로 노려보았다.

"저기, 레피야. 왜 그렇게 화를 내? 그만 좀 가르쳐줘~."

"……누가, 화를 낸다고 그래요."

"화내고 있잖아~! 눈을 그렇게 무섭게 뜨면서~!"

엘피에게 질문을 받아도 레피야는 무뚝뚝한 대답밖에 하지 않았다.

레피야 자신도 계속 이해할 수가 없었다.

왜 이렇게 화가 나는지.

그 이유를 생각해보고, 스스로에게 물어보고…… 도달한 해답은 정말 별것 아니었다.

'왜냐면…… 내가, 우리 【로키 파밀리아】가 꼭 악당인 것 같잖아요!'

이제는 온 도시가 미궁거리를 지켜낸 【로키 파밀리아】를 지지하며, 몬스터를 감싸는 짓을 한 【리틀 루키】를 멸시한다.

그 속에서 이물질처럼 남은 의문이 레피야의 가슴 속에 줄곧 도사리고 있었다.

도시 붕괴 계획을 막기 위해. 지상에서 활개치는 『무장한 몬스터』를 물리치기 위해. 이것은 모두 오라리오에 바치는 헌신이며 숭고한 사명이다. 적어도 엘프인 레피야는 그렇게 생각했다. 【로키 파밀리아】는 옳은 일을 한다고.

그런데 왜 이렇게 언짢은 마음이 들어야만 할까.

그 광경을 보았던 탓이다. 몸을 던져 부이브르를 지키려던 소년을.

레피야의 눈에는 그것이 『옳은』 일처럼 보이고 말았다. 『괴물』을 지키려는, 혐오해 마땅한 행위가 『잘못되지 않은』 것처럼.

그 정도로 소년은 필사적이었으며 열심이었다.

'그 휴먼은 아무 말도 해주질 않고 말이죠! 그러니까 나도 아무 것도 모르겠다고요!'

──결국 여기에 분노의 원천이 있었다.

결국 레피야는, 무언가 사정이 있을 텐데도 말해주려 하지 않던 벨 크라넬에게 화가 난 것이었다. 그것은 숫제

시원시원할 정도로 상대의 입장을 고려하지 않은 생각이었으며, 동시에 『말해주지 않으면 아무 것도 모른다』는 지극히 정당한 호소였다.

──그러므로, 레피야는 답답한 방법 따위 내팽개치고 가장 심플한 수단에 나섰다.

"레, 레피야?"

"야, 어디 가는 거야?"

말없이 방을 나가는 레피야를 보고 엘피와 크루스가 물었지만, 대답하지 않았다.

몸을 앞으로 내밀며 성큼성큼 걸어나간 레피야는 그대로 밖으로 나가, 『화덕관』을 향해 일직선으로 걸어갔다. "잠깐?!" 하는 엘피의 목소리가 등 뒤에서 들려왔지만, 무시. 단단히 닫힌 정문과 철책을 Lv.3의 도약력으로 쉽게 뛰어넘자 "야?!" 하는 크루스의 비명이 울려 퍼졌지만 이 것도 무시.

먹구름이 낀 하늘 아래, 저택 부지를 큰 걸음으로 가로질러, 계단을 올라, 망설임 없이 현관의 초인종을 울렸다.

딸랑딸랑. 반응이 없다. 아무도 나오지 않았다.

다시 딸랑딸랑. 움직이는 기척도 없다. 무시.

레피야는 무표정하게, 말없이, 더욱 요란하게 종을 울려 댔다.

그리고 딸랑딸랑이 과랑과랑! 하는 가공할 음색으로 바뀌기 시작했을 무렵, 마침내 문 안쪽에서 누군가가 부스럭

거리는 기척이 느껴졌다.

레피야가 초인종을 울리던 손을 멈추자 찰칵 소리를 내며 문이 천천히 열렸다.

"누, 누구시옵니까……?"

문틈에서 얼굴을 내비친 것은 얌전한 인상의 청초한 르나르 소녀였다.

메이드복 차림이었으며, 긴 금발은 아이즈의 것과 비슷하다. 얼굴은 엘프의 계통과는 다르지만 매우 아름답다. 【헤스티아 파밀리아】가 고용한 하녀일까?

무엇보다 어딘가 덧없는 분위기가 느껴졌다. 이런 연약한 소녀에게 난폭한 짓을 할 수는 없겠지요? 그러니 조용히 볼일 마치고 돌아가주세요── 그런 말을 할 것 같은 미소녀였다.

'──이렇게 지켜주고 싶어지는 사람을 써서 양심을 자극하려 들다니!'

정말 비겁해! 용서 못해, 벨 크라넬!

생트집을 잡아 소년에게 마음속으로 비난을 퍼부으면서, 레피야는 최대한 조용히 입을 열었다.

"벨 크라넬을 만나게 해주세요. 있다는 거 알아요."

"어, 저기…… 벨 님은, 지금 몸이 안 좋으셔서…… 용건이 있으시다면, 소녀가 전해드리겠나이다……."

인사를 비롯한 온갖 단계를 건너뛰고 직접 요구하는 레피야에게 르나르 소녀는 조금 겁을 먹으면서도 차분하게 대답했다. 그녀의 등 뒤에서 몇 명이 살금살금 움직이는 기척이 났다. 갑작스러운 방문자를 경계하는 듯했다. 얄팍하기는.

아니, 자세히 보니 문틈에 굵은 사슬이 드리워져 있었다. 레피야가 들어오지 못하게 하려는 것이다. 쭈뼛거리는 르나르 소녀의 얼굴에도 『부디 돌아가 주시옵소서……』라는 말이 적혀있는 것 같았다.

당연하다면 당연하지만 환영받지 못한 레피야는, 이윽고 크게 숨을 들이마셨다.

다음으로는 살짝 벌어진 문틈을 비집고 얼굴을 들이밀었다.

"벨 크라넬~~~~~~~~~~~~~~~~~~~~~!! 나랑 만나서 전부 설명해~~!!"

"캐앵?!"

이성을 내팽개친 강경수단에 나선 엘프. 그녀의 분노한 표정에 어깨를 움츠리는 가엾은 르나르.

이것저것 인내의 한계를 넘어서 『무력행사』에 나선 레피야 때문에 【헤스티아 파밀리아】 측도 마침내 공황에 빠졌다.

"하루히메 공?! 어서 도망치십시오!!"

"역시 가차 없이 무력행사에 나섰죠! 릴리의 감이 맞았어요!! 이러니까 모험자는 믿을 수 없다는 거예요!! 퉷!"

"그런 소리를 할 때냐, 서포터 군!! 어서 쫓아내거라! 벨을 지키는 거다—!!"

눈치를 살피던 극동 출신 소녀가 갈팡질팡하고 앙칼진 파룸의 목소리가 터지고 여신의 절규가 솟았다.

문틈으로 불쑥 튀어나온 극동 소녀의 손에 떠밀려 두어 걸음 물러난 레피야의 눈앞에서 문이 힘차게 닫혔다.

콰앙! 철컥!!

"아앙?!"

르나르 소녀가 물러난다 싶었더니 문이 닫히고 잠겼다.

"얀마아~~~~~~~~~~!! 벨 크라넬, 이 비겁한 놈아! 당장 나와아! 제대로 설명을 하란 말야아~~~~~~~~!!"

"얘들아, 레피야를 말려어어어어!!"

"무슨 짓이야, 레피야?!"

두 손으로 문을 쾅쾅쾅! 연타해 숫제 파괴해버릴 것 같은 기세의 동료를 말리고자 【로키 파밀리아】 단원들이 나섰다. 크루스와 엘피에게 붙들린 레피야는 그 가녀린 몸 어디에 그런 힘이 있었는지 마구 날뛰며 얼굴을 시뻘겋게 물들이고 외쳐댔다.

결국 감시조가 총동원되어 레피야를 저택에서 끌어낼 수밖에 없었다.

【로키 파밀리아】 외에도 【헤스티아 파밀리아】를 감시하던 파벌들은 그 모습을 보고,

"【로키 파밀리아】는 진짜 무섭구나……."

"【사우전드 엘프】 완전 쩔어……."

……하고 자신의 어깨를 끌어안으며 떨었다.

그 후, 레피야는 당연히 감시조에서 제외되었다.

"으랏차아아아아아아아아아아!"

기합성과 함께 호쾌한 파쇄음이 울리고 벽에 구멍이 뚫렸다.

우르르 무너지는 석판, 그리고 아다만타이트 덩어리가 바닥에 굴렀다.

사람 하나가 겨우 지나갈 만한 구멍을 빠져나와 가레스와 티오나는 그 공간으로 발을 들였다.

"틀림없구먼……『크노소스』일세."

"아~ 손 아파~. 아다만타이트 벽 파는 거 진짜 피곤해~."

【로키 파밀리아】는 지상에 출현한 부이브르가 지나왔던 흔적을 따라 『다이달로스 거리』의 비밀통로, 그리고 크노소스로 통하는 오리할콘 『문』을 발견했다.

핀의 지시는 아다만타이트 벽을 파고 크노소스로 침입하는 것. 어디까지나 『무장한 몬스터』의 단서를 얻기 위한 강경책이었다. 파괴작업을 맡은 것은 파벌에서 1, 2위의 완력을 가진 가레스와 티오나였다.

크노소스의 입구 부근 벽은 당연히 침입자를 막기 위해 미궁 내부보다도 두꺼웠다. 막대한 시간과 노력, 그리고 『백강석』으로 만든 공구를 수없이 소비해가며 겨우 침입할 수 있었다. 끄트머리가 문드러져 더는 못 쓰게 된 곡괭이를 획 버리며 티오나는 주위를 둘러보았다.

"넓다아~…… 우리가 돌아다녔던 미로가 아니라 룸인가 봐. 게다가 여기까지 오느라 계단을 한참 내려왔으니까, 어쩌면 『중층』 정도쯤 되지 않을까?"

"음, 그럴 가능성이 크겠구먼. 이 공간도 어딘지 모르게 17계층에 있는 『통곡의 대벽』이 생각나고 말이지."

적의 반격을 경계해 라울을 비롯한【로키 파밀리아】의 부대원들이 미궁 밖에 대기한 가운데, 티오나는 자신들의 배후, 지금 막 침입한 구멍을 돌아보았다.

신 이켈로스를 심문했던 핀의 말에 따르면 이 크노소스를 몽상했던 명공 다이달로스는 오리지널인 던전을 강하게 의식했다고 한다. 지하미궁의 구조를 토대로 설계했다고 생각하면 가레스의 기시감도 수긍이 간다.

대형 홀과도 같은 석조 공간을 신중하게 이동하자 금세 몇 구의 시체가 나타났다.

"으아…… 시체다……."

"몬스터에게 당한 모양일세……. 표식이 될 만한 엠블럼은 없지만, 사건의 경위로 생각해보면【이켈로스 파밀리아】겠지……."

숫자는 열 명도 넘는 듯했다. 모두 발톱이며 이빨에 뜯겨나가, 눈을 크게 뜬 채로 숨이 끊어졌다. 바닥에 깔린 석판에는 말라붙은 핏자국이 퍼져 있었다.

강한 악취에 티오나는 자기도 모르게 낯을 찡그렸지만,

© Kiyotaka Haimura

악당의 최후라면 이만큼 어울리는 광경도 없을 것 같았다.

"여기까지 직통이었던 지하계단을 생각해보면 아마 이 장소는 밀수할 몬스터를 모아두기 위한 『창고』였을 걸세. 혹은 던전과의 『중계지점』이거나. 이곳을 기점으로, 여러 곳의 지하통로를 통해 지상으로 몬스터를 날랐다고 생각하면……."

어스름하고 광대한 공간에는 가레스의 예상을 긍정해주듯 크고 작은 여러 개의 『검은색 우리』가 있었다. 대부분은 파괴되었으며, 『무언가』를 잡아놓았던 『사슬』은 끊어진 후였다.

"……사로잡혔던 몬스터가 화나서, 반란을 일으켰다거나?"

"…………."

"음~ 다시 말해…… 우리가 『다이달로스 거리』에서 싸웠던 그 몬스터들이 이 우리를 부수고…… 탈주했다?"

"그렇겠지. 그렇게 생각하는 것이 가장 자연스럽겠네만……."

부서진 우리 앞에 쪼그리고 앉아 빤히 쳐다보며 티오나는 없는 지혜를 끙끙 쥐어짜냈다. 반면 가레스는 다른 가능성도 고려하듯 말을 흐렸다.

그들은 다른 정보가 없는지 분담하여 주위를 조사하기 시작했다.

다행히, 우려했던 것처럼 적이 반격하는 일은 없었다.

동시에, 가레스와 티오나 이외에 살아있는 자도 없었다.

"가레스~ 이 너머에는 역시 『문』이 있어서 지나갈 수가 없어. 마음먹으면 벽은 부술 수 있지만……."

"관두게. 여긴 이미 가망이 없다 보고 버려진 것 같은데…… 적을 자극했다가 귀찮은 일이 일어나면 당할 수가 없으니. 일단은 핀에게 지시를 부탁하세."

홀에는 『문』이 여럿 있었다. 이곳에서 뻗어나가는 가늘고 긴 통로도 많았지만 역시 그 너머로 나아가려면 『열쇠』가 필요했다. 주위를 조사하던 티오나에게 깊이 들어가지 못하도록 제지하며, 가레스는 밖에서 대기하던 라울에게 지상으로 메시지를 전달해달라고 부탁했다.

다른 단원들은 홀까지 불러와 【이켈로스 파밀리아】 단원들의 시체를 운반하게 했다.

"아~ 가레스 씨……. 단장님의 지시이지 말임다. 여기서는 그만 철수하고, 식인꽃이라도 풀려나왔다간 큰일이니까, 부순 구멍은 꽉꽉 막으라고 하셨지 말임다……."

"……핀 그놈, 말은 쉽게 하지."

"뭐어~?! 기껏 부쉈더니~! 게다가 어떻게 막으라고~?!"

이 이상 지상에 성가신 일이 생기는 것은 피하고 싶다는 핀의 의도는 이해하지만, 현장을 맡은 가레스의 입장에서는 다시 시간과 수고를 들일 생각에 푸념이 나올 수밖에 없었다. 티오나는 티오나대로 비명을 질렀다.

"포기하거라, 티오나. 드워프라면 이 정도 토목공사 정도는 해내야지."

"난 드워프가 아니라구~! 핀도 정말, 자기가 직접 하든
가~!"

아마조네스 소녀의 비명이 솟는 가운데, 가레스는 한숨
과 함께 묵묵히 철수작업에 들어갔다.

육체노동을 맡은 자신들보다도 성가신 『입장』에 있을 파
룸을 걱정하며.

✦

"각 소대는 정보를 수집하면서 경비를 철저히 하도록.
『무장한 몬스터』는 반드시 이곳 『다이달로스 거리』에 나타
난다. 특히 비밀통로가 있는지 잘 봐야 해."

『무장한 몬스터』의 출현으로부터 4일이 지난 아침.

핀은 【파밀리아】의 단원 대부분을 『다이달로스 거리』에
모아놓았다.

장소는 미궁거리에서도 외곽, 『검은 미노타우로스』를 놓
쳤던 대로였다.

많은 건물이 무너지고 불에 타고 폐허와도 같이 변한 그
곳에는 복구를 맡은 길드 직원이며 발 빠르게 오가는 【로
키 파밀리아】 단원들이 뒤섞여 있었다.

이 장소 외에도 『다이달로스 거리』 곳곳에 【로키 파밀리
아】와는 다른 파벌의 모험자들이 돌아다녔다. 다들 주의

깊게 시선을 돌리며, 주민들을 붙잡아서는 탐문을 벌였다.

"역시 다른 모험자들도 『다이달로스 거리』에 뭔가가 있다고 눈치를 채기 시작했군……."

"혹은 신들이 그러라고 시켰는지도?"

다가온 리베리아의 말에, 핀은 그녀 쪽을 보지 않고 대답했다.

"내버려둬도 괜찮나?"

"그래. 어차피 크노소스의 존재 그 자체를 알아차리지는 못했을 테니까. 무시해도 상관없어."

"……주민들의 피난은? 우리 모험자들이 모인 탓에 불안이 퍼지고 있다만."

"내 생각이 옳다면 이곳은 다시 『전장』이 될 거야. 피난 유도는 길드 직원들에게 맡기고, 사건 해결을 위한 작업을 계속하자. 안 그러면 효율이 떨어져."

"…………."

적확하기는 했지만 지나치게 냉담한 핀의 대답에 리베리아는 입을 다물었다.

【로키 파밀리아】가 이곳에 포진한 명목은 전장이 되었던 미궁거리의 복구와 방위를 위해서였다.

실상은 『무장한 몬스터』가 보유했을 『다이달로스 오브』를 탈취하기 위해서다.

"『무장한 몬스터』는 18계층에서 목격된 후 느닷없이 『다이달로스 거리』에 나타났어. 의심할 여지도 없이 크노소스를 경유했지. 【이켈로스 파밀리아】가 쓰러진 지금, 『열쇠』를 가진 건 그 몬스터들이 분명해. 반드시 손에 넣어야만 해."

크노소스 공략에 반드시 필요한 『열쇠』.

핀은 이를 어떻게든 입수하려 한다.

이런 천재일우의 기회를 놓칠 만큼 호락호락한 사람은 아니다.

오라리오 붕괴의 저지. 그런 대의명분을 내세워 단원들을 움직이고 있다.

"단장님, 도시의 지하수로 북쪽에서 북서쪽에 걸쳐 몬스터를 목격했다는 정보가 많습니다! 목격한 모험자들은 전부 격퇴 당했다고 하는데…… 어떻게 할까요?"

"그건 『유인』이야. 남서쪽에 있는 이 다이달로스 거리에서 대각선 반대 방향…… 우리를 끌어들여 움직이기를 기다리려는 거지. 신경 쓰지 마. 아리시아, 『문』의 위치는?"

"네! 부이브르가 나타났던 비밀통로 안쪽을 아직도 조사 중입니다! 조금 전에 세 번째 『문』을 찾았어요!"

"그대로 진행해줘. 『문』을 열고 나오는 어수룩한 짓을 하지는 않겠지만, 만약 이블스와 싸우게 되면 『열쇠』 입수를 우선시하고. 라크타, 새로 발견한 『문』을 중심으로 비밀 통로의 매핑을 서둘러줘."

"아, 알겠습니다!"

단원들이 번갈아 핀 앞에 나타나 보고를 되풀이했다.

적측의 목격정보에 대해 언급한 휴먼 나르비에게는 무시를 명령하고, 엘프 아리시아의 보고를 받은 후, 흄 바니라크타에게 매핑을 진행시킨다.

또박또박, 막힘없이 명령을 내리는 두령의 모습에 단원들은 든든함을 느꼈다.

이 불안정한 정세 속에서, 보통 사람이라면 목적을 정할 수 없어 움직이지 못했을 테지만 핀만은 달랐다. 핀이라는 깃발이 있는 한 【로키 파밀리아】는 나아갈 길을 잃어버리지 않을 것이다.

모든 이가 늘 변함없는 핀을 신뢰했다.

모든 이가 역시 【브레이버】라며 칭송했다.

그러나 아무도 그의 『심정』을 눈치 채지는 못했다.

"……핀."

눈치를 챈 사람이 있다면, 곁에 대기 중이던 하이엘프. 혹은 지금 이 자리에는 없는 드워프 정도일 것이다.

"리베리아, 뭘 하고 있어? 일손이 부족해. 지하수로 쪽에 가서 지시를 내려줘."

"핀."

"나와 네가 한 곳에 있으면 비효율적이야. 가레스 쪽에도 지시를——."

"**핀.**"

이쪽을 전혀 보지 않고 잇달아 지시를 내리는 파룸에게 리베리아가 어조에 힘을 주어 말했다.

"조바심 내지 마라."

"…………."

그 지적에 핀은 입을 다물었다.

"이 기회를 놓칠 수 없다는 건 이해한다. 하지만 무엇을 그리 서두르지? 너답지 않게."

"…………."

"단원들 앞에서 허세를 부리는 것도 이해할 수 있다. 하지만 내 앞에서는 체면을 차리지 마라."

"…………."

"게다가 마지막으로 잠을 잔 것이 언제였지? 지난 나흘 동안 네가 이 본진을 떠나는 모습을 보지 못했다."

"……그야 난……."

"【스킬】로 어떻게 할 수 있다는 시시한 변명은 집어치워라."

"…………."

리베리아의 냉엄한 목소리와 눈빛에, 핀은 이번에야말로 입을 다물었다.

핀은 표면상 평정을 유지하고 있다고 생각했다.

하지만 오래 알고 지낸 그녀의 눈만은 속일 수 없었다.

가레스도, 분명 로키도 눈치를 챘을 것이다.

"일단 쉬어라. 너의 조잡한 명령을 듣는 단원들에게도 영향이 가니."

단원들의 사기까지 언급하면 부대를 맡은 지휘관의 입장에서는 반론의 여지가 없었다.

눈을 감고, 숨을 들이마셨다가 토해냈다.

체념한 핀은 겨우 리베리아 쪽을 보고 쓴웃음을 지었다.

"……알았어, 리베리아. 지금 내리는 지시가 일단락되면 잠깐 눈 붙이고 올게. 그러면 되겠지?"

"그래. 그러면 된다."

리베리아도 천천히 고개를 끄덕였다.

"미리 말해 두겠다만, 네가 잘 때까지 침대 옆에서는 내가 지켜보고 있겠다."

"네가 자장가를 불러주겠다고? 그건 영광이지만 아리시아 같은 아이들에게 원한을 살 것 같은데."

"아니. 내가 아니라 가레스가 불러줄 거다."

"……풉, 하하하! 그건 곤란한데. 웃겨서 절대 잠을 못 잘 것 같아."

여느 때처럼 너스레를 떨었더니 생각지도 못한 하이엘프의 농담이 돌아오는 바람에 핀은 눈을 동그랗게 떴다가 웃음을 터뜨렸다.

그 광경이 너무나도 신기했는지 주위에 있던 단원들이 놀랐다.

어지간해서는 입에 담는 법이 없는 농담을 한 리베리아는 핀의 어깨에서 조금 힘이 빠져나간 것을 보고 미소 짓듯 눈가에서 힘을 풀었다.

'나 이거야 원. 신경을 쓰게 만들었군…….'

핀은 자조했다.

신경을 써야 할 입장에 있으면서, 오히려 걱정을 끼쳤다. 이래서는 단장 실격 아닌가.

그답지 않게.

정말로 그답지 않게.

두령의 가면을 썼다고 생각했건만, 『속내』를 간파당하고 말다니.

"단장님."

그 목소리에, 안쪽으로 향하려던 의식을 다시 끌어올렸다.

눈앞에는 아나키티가 서 있었다.

"길드의 사자가 찾아왔어요. ……길드장님 본인인데요."

그 보고에, 등 뒤의 리베리아를 돌아보았다.

취침은 잠시 보류해주겠다고, 그녀는 고개를 끄덕여 허락했다.

단원들에게 지시를 내릴 역할을 잠시 맡아 자리를 뜨는 부단장을 보며 핀은 어깨를 으쓱했다.

"알았어. 들어오라고 해."

"좋아, 조건을 받아들이지. 신 우라노스는 내가 잘 구슬러보겠어. ……단! 주제넘은 짓은 꿈도 꾸지 마! 공연한 짓을 했다가는 나도 너희에게서 즉시 손을 뗄 테니까!!"

콧김을 씩씩거리고 침을 튀겨가며 길드장 로이만 마르딜은 몇 번이고 다짐을 받았다. 비만 체질인 배가 거친 목소리에 맞춰 위아래로 오르내렸다.

"약속할게."

『거래』라는 이름의 대화를 마친 핀은 생글생글 웃음을 지었다.

호위병을 데리고 돌아가는 로이만의 뒷모습을 지켜보고 있으려니, 그와 교대하듯 리베리아가 돌아왔다.

"나 원…… 그 자는 여전하군."

"하하. 난 로이만을 신뢰하진 않지만 신용하긴 해. 손해득실을 따져 교섭할 수 있는 만큼 알아보기 쉽거든."

로이만은 권고를 하러 왔던 것이었다. 이곳『다이달로스 거리』에서 부대를 철수시키라고.

아마도 우라노스의 신의를 받들어.

"괜찮겠나?『크노소스』의 정보는 그렇다 쳐도『열쇠』까지 양도하기로 약속하다니."

"『열쇠』는 여러 개라는 말을 신 이켈로스에게 들었거든. 하나라도 우리 손에 남으면 돼."

철수를 요구하는 로이만과의『교섭』에서 핀은『열쇠』를 양도하겠다고 약속했다.

이것은 로이만을 구슬러 【로키 파밀리아】의『다이달로스 거리』주둔을 정식으로 허가받기 위해서였다. 『길드』가 인정했다면 주민은 물론 모험자들에게 반감을 사는 일도 없을 것이다.

쓸데없는 해프닝은 피하고 싶었다. 『무장한 몬스터』이

외의 『적』과 교전할 가능성도 내다보았던 핀은 『열쇠』하나를 바치는 것쯤은 값싼 대가라고 생각했다.

"타산이 있다고는 하지만, 길드는 협력 상대로 봐도 좋다는 뜻인가?"

"적어도 로이만은 그렇다고 생각해. 미션 발령 때도 그랬지만 아직도 수상한 점은 있어. 이번 건에 관해서는 길드를 전면적으로 신뢰하기에는 재료가 아직 부족해."

리베리아와 상황에 대해 이야기를 나누고 있으려니, 금발금안의 소녀가 찾아왔다.

"아. 순찰하느라 수고했어, 아이즈."

"응……."

"뭔가 특별한 점은 없었어?"

"……그 아이가, 벨이, 『다이달로스 거리』에 왔어."

그 보고를 듣고 핀의 푸른 눈이 가늘어졌다.

"움직였군."

"핀…… 역시 벨 크라넬을 의심하나?"

아이즈의 분위기를 곁눈질로 살피던 리베리아가 소녀를 대신해 물었다.

"사건의 중요 참고인이라고는 확신해. 그날 대치했던 모험자는 내가 아는 벨 크라넬이 아니었어."

그렇다. 그날 보았던 벨 크라넬은 핀이 아는 소년이 아니었다.

핀의 가슴에 동요의 『씨앗』을 심었던 『어리석은 이』는,

결코 예전의 그가 아니었다.

　내심의 동향을 들키지 않도록 핀은 애써 담담하게 말했다.

　"만약 그 무장한 몬스터에게 『무언가』가 있다고 한다면…… 벨 크라넬이 그 『무언가』를 알면서 기이한 행동을 보였다고 한다면, 그날 있었던 일도 어느 정도 설명이 되지. 그리고 그건 우리와 대립하지 않을 수 없었던 『무언가』야."

　핀은 입을 다물고만 있는 아이즈를 자극하지 않도록 단어를 골라가며 말했다.

　"아이즈, 내가 무턱대고 벨 크라넬을 적으로 간주하겠다는 건 아니야. 이래봬도 난 그를 높이 평가해. 개인적으로도, 모험자로서도."

　"……."

　"하지만 이번 건은 이야기가 달라. 그가 적이 될지 아닐지…… 그것만은 확실히 해뒀으면 좋겠어."

　모두 본심이었다. 그리고 그 본심 속에 교묘하게 『마음의 망설임』을 감추었다.

　"리베리아, 여기를 맡아줘. 잠깐 혼자서 다녀올게."

　"뭐?"

　"눈에 뜨이고 싶지 않고, 경계를 사고 싶지도 않아. 아이즈, 벨 크라넬은 혼자서 『다이달로스 거리』에 왔던 거야?"

　"……주신님이랑, 같이."

"음— 알았어. 발견한 곳을 알려줘."

리베리아와 아이즈의 설마 하는 시선을 받으며 파룸 모험자는 말했다.

"벨 크라넬을 만나고 올게."

웃음을 꾸미면서 리베리아의 얼굴을 올려다본다.

이를 내려다본 하이엘프는 잠시 후 고개를 끄덕여 대답했다.

"……좋다. 이 자리는 당분간 내가 맡지."

아이즈가 놀라는 가운데 리베리아는 핀의 외출을 받아들였다.

핀은 고맙다고 인사하고 본진을 떠났다.

이번에도 걱정을 끼쳤구나. 그렇게 속으로 중얼거리면서.

벨 크라넬과 접촉하기 위해 아이즈에게 들었던 길을 따라 이동했다.

거미집처럼 교차하는 골목에 인기척은 없었다. 창과 방어구를 갖춘 핀의 발소리만이 구름에 뒤덮인 회색 하늘에 울려 퍼졌다.

걸어가면서, 핀은 자신을 객관적으로 돌이켜보고자 노력했다.

분명히 생각에 냉정함이 결여되어 있었다. 리베리아가

간언할 정도로.

어째서일까?

어떻게든『열쇠』를 입수해야만 하기 때문에?

도시의 존망이 걸려서?

수많은『난제』를 품은 이 국면에 조바심을 내서?

【파밀리아】의 동료들을…… 리이네를 비롯한 단원들을 잃어서?

물론 그런 것도 있을 것이다.

하지만 가장 큰 이유는.

"벨 크라넬……."

그 소년이었다.

4일 전, 부이브르를 감싸고 자신들을 가로막던 그 모습이 뇌리에서 떠나질 않았다.

자칫 방심하면 마음이 뒤흔들릴 것 같았다.

"야, 저기 좀 봐……."

"벨 크라넬…… 또 온 거야? 몬스터 사냥하러?"

"역시 상급 모험자님이셔. 길드의 현상금에도 정신이 팔렸나봐."

드문드문 보이는『다이달로스 거리』의 주민들이 핀의 생각을 가로막았다. 그들의 어두운 목소리가 시선을 어떤 방향으로 이끌어주었다.

사람들이 노려보는 곳에 있던 것은 백발의 소년이었다.

경멸의 시선과 조롱의 속삭임에서 필사적으로 도망치

듯, 고개를 숙인 채 걷고 있었다.

【리틀 루키】라는 이름은 땅에 떨어졌다.

다름 아닌 벨 크라넬 자신의 행동에 의해.

그날, 자신의 사냥감이라고 주장해 부이브르를 감싸고, 심지어 토벌하려던 모험자까지 『쏘았던』 행위는 군중의 눈에 지극히 어리석고 비열하게 비쳤다.

사리사욕을 위해 움직인 모험자.

이기적인 행동으로 도시를 위험에 빠뜨린 모험자.

그런 악의와 비난의 목소리가 오라리오에 충만했다. 도시를 뒤흔들었던 【리틀 루키】였기에 실망은 더욱 컸다. 적의와 악의로까지 발전하려 했다.

불쌍하구나. 어리석구나.

그만한 일을 했으니 동정의 여지도 없지.

──그렇게 생각할 수 있다면 얼마나 편할까.

"벨 크라넬."

악의를 내뱉는 사람들의 사이를 빠져나가 핀은 그의 이름을 불렀다.

걸음을 멈추고 돌아보는 루벨라이트색 눈이 큰 놀라움을 띠었다.

"핀, 씨……?"

벨의 앞에서 발을 멈춘 핀은 그의 몸을 시선으로 훑으며 눈을 가늘게 떴다.

"장비는 호신용 나이프뿐이군……. 이런 상황에서 장비

가 상당히 가벼운걸."

"!"

그 지적에 벨은 명백히 당황했다.

지금 미궁거리에 있는 모험자는 모두가 단단히 장비를 갖추고 있다. 스스로를 방어하기 위해서다. 『무장한 몬스터』에게 언제 습격당해도 대처할 수 있도록. 핀도 무기와 방어구를 단단히 갖추고 왔을 정도였다.

그런 가운데, 눈앞의 소년은 갑옷은 고사하고 배틀클로스조차 입지 않았다.

마치 지금 도시의 상황에는 위험이 없다고── 어딘가에 숨어있을 『무장한 몬스터』는 위해를 끼치지 않을 거라고, 그렇게 확신한 듯.

재미있을 정도로 동요를 드러내는 소년에게 핀은 적의가 없는 목소리를 꾸미며 물었다.

"지금은 혼자야? 마침 잘 됐네. 둘이서 이야기를 나누고 싶었거든."

조금 전부터 주위의 술렁임과 주목을 사고 있었다.

도시를 지키기 위해 최선을 다했던 【로키 파밀리아】의 단장과, 끝까지 이기적으로 행동했던 【헤스티아 파밀리아】의 단장. 한쪽은 정의의 사도이며, 한쪽은 도시의 악감정을 한 몸에 모은 악역이다. 자못 잡담이라도 나누려는 듯한 핀의 태도에 책망하는 시선을 보내는 이도 있었다.

누구에게도 방해받지 않고 『밀담』을 나누고 싶다.

행간으로 그렇게 말한 핀은 우호적인 웃음으로 다시 물었다.

"어때?"

"……알았, 어요."

벨은 딱딱한 목소리로 대답하며 뻣뻣하게 고개를 끄덕였다.

골목길을 한동안 걸은 후, 나무통이며 궤짝이 난잡하게 놓인 창고 비슷한 막다른 길에 이르렀다. 주위에는 마침 인기척이 전혀 없었다.

등 뒤에서 계속 무언가 말하고 싶어 하는 듯한 분위기를 풍기는 벨에게 냉정해질 시간을 주지 않고자, 핀은 돌아보며 곧장 말을 꺼냈다.

"그날 네 행동에 대해서는 나도 눈을 감아줄까 해. 지금은 사태의 해결이 최우선이니까. 건설적으로 대화를 나누고 싶어."

신장 차이 때문에 자연스럽게 올려다보는 형태가 된 핀을, 벨은 놀라면서 내려다보고 있었다.

"대화, 요……?"

"그래. 너는 그 무장한 몬스터에 대해 우리가 모르는 『무언가』를 아는 것 아닐까? 좀 더 정확히 말하자면, 이번 사건의 전모에 대한 모든 것을."

정확하게 말하자면 추측에 불과하지만, 핀은 이번 사건의 전모를 『거의 파악하고 있었다』. 하지만 이 발언은 벨 크라넬의 마음에 세워진 방벽을 허물고 경계를 낮추게 하려는 『선수』였다.

정보를 이끌어내기 위한 언어의 허허실실.

"그때 우리가 대립해버렸던 건 사소한 오해 때문이었다고 생각해. 정보를 공유할 수 있었다면 무언가가 달라졌을 거야."

벨이 그렇게 선택했더라면 지금의 상황은 달라졌다.

그리고 『결말』도 달라졌다.

핀은 울부짖는 소년 앞에서 부이브르를 죽였을 것이다.

유익한 정보를 모두 이끌어낸 후, 반드시. 【브레이버】로서.

소년도 무의식중에 그 사실을 깨달았기에 지금도 굳은 표정을 짓고 핀의 언동을 필사적으로 헤아리려 하고 있을 것이다.

벨 크라넬은 『어리석은 이』이기는 하지만, 『우둔』하지는 않다.

"게다가 그때하고 지금은 상황이 달라."

"……!"

하지만 역시 소년은 미숙했다.

핀의 제안에 이토록 마음이 흔들리고 있다.

그가 『목적』을 위해 신념을 관철한다면 처음 맞닥뜨린 시점에서 핀의 목소리를 무시하고 떠났어야 했다.

소년의 본질은 『선』일 것이다. 사람을 믿으려 하는 미덕이다.

그것이 자신과는 대칭점에 있는 마음을 드러내는 듯해, 핀은 속으로 자조를 머금었다.

"벨 크라넬. 뭔가 알고 있다면 가르쳐줬으면 해."

"저는……."

소년의 품으로 파고든다.

몬스터와 이어져있다는 결정적인 『증거』와, 핀이 원하는 『진의』를 알아내기 위해.

그리고 망설임에 흔들린 벨의 입술이 열리려 했을 때.

"여어, 벨! 이런 우연이 다 있네!"

"『!』"

활달한 남신의 목소리가 골목길에 울려 퍼졌다.

"헤르메스 님……?"

"응, 그래. 나야, 헤르메스. 이런 데 멍하니 서 있다니, 혹시 길이라도 잃은 거야? 아니면 벨도 『다이달로스 거리』에서 정보수집?"

벨의 뒤, 다시 말해 핀의 앞에서 깃털 달린 여행모를 쓴 여리여리한 남신이 나타났다.

막 지나가던 길이었다는 양 벨을 부른 헤르메스였다.

"어이쿠, 【브레이버】잖아. 둘이 얘기하던 중이었어?"

등황색 두 눈에 웃음을 짓는 헤르메스를 보며 핀은 눈을 가늘게 떴다.

──확정이로군.

신 우라노스, 【헤르메스 파밀리아】, 그리고 벨 크라넬이 서로 이어져 『무장한 몬스터』를 에워싼 것이 분명했다.

"……아니. 다 끝났어, 신 헤르메스."

『증거』는 얻지 못했지만, 이제는 단언하기에 충분한 『재료』가 갖추어졌다.

그렇다면 핀은 일단락을 짓기로 했다. 여기서 욕심을 부렸다가, 교묘한 화술을 가진 이 남신에게 오히려 정보를 빼앗기는 것은 위험하다고 판단했다.

무엇보다 신의 눈에 지금 자신의 흉중을 들키고 싶지는 않았다.

이 『속내』를.

"벨 크라넬, 『열쇠』는 가지고 있어?"

갈팡질팡하는 벨의 옆을 지나쳐 골목을 떠나가며 마지막 질문을 건넸다.

처음에는 의문을 드러내던 얼굴이 이내 긴장을 띠었다.

질문의 의미가 『다이달로스 오브』임을 깨달은 듯했다. 그리고 지금 소년에게는 없다는 것을 표정으로 추측할 수 있었다.

"아니, 모른다면 됐어. 잊어버려."

표면상으로는 무해한 웃음을 지으며, 핀은 이번에야말로 그 자리를 떴다.

복잡하게 얽힌 골목길을 나아간다.

핀은 곧장 본진으로 돌아가지는 않았다. 이리저리 마구잡이로 걸어, 사람이 없는 곳을 찾아 미궁거리를 헤맸다.

뒤얽힌 골목길 속에서, 물이 나오지 않는 고장 난 분수를 발견하고 그곳에 앉았다.

"……후우."

그 순간 입에서 한숨이 새나왔다.

결코 핀이 남들 앞에서는 보이는 일이 없는, 온갖 감정이 깃든 한숨이었다.

『무장한 몬스터』가 나타난 이후, 핀은 한시도 지휘관으로 행동하지 않은 적이 없었다. 동란의 도시로 변한 오라리오의 상황에 조속히 대응하고자, 자신의 마음을 주체하지 못하면서.

그러므로 단원들에게는 미안하다고 생각하면서도 한동안 혼자 있기로 했다.

지금만은 단장이라는 입장에서 해방되어 자신을 돌아보는 시간이 필요했다.

"……벨 크라넬의 속내를 캐보려 하면서 나도 동요했군."

그런 중얼거림이 새나왔다.

핀의 마음은 흔들리고 있었다.

4일 전 소년의 행동만으로는 흔들리지 않았다.

이켈로스의 이야기만 들었어도 괜찮았을 것이다.

하지만 두 가지 점이 이어져 『하나의 가설』이 떠올랐을 때, 핀은 처음으로 동요했다.

핀은 『위험한 억측』을 하고 있었다.

그리고 핀 자신도 그것은 틀림없으리라 확신하고 말

았다.

그것은 곧──『무장한 몬스터』는 인류와 같은 『지적생명체』가 아닐까 하는 추측.

감정이 있고, 지성만이 아닌 『지혜』를 가졌으며, 공동체를 형성하고, 인류와도 의사소통이 가능한, 『이지적』인 존재가 아닐까 하는 맹렬한 의구심.

그렇게 가정하자 눈 깜짝할 사이에 의문이 녹아내리는 것이다.

미궁거리의 전투 속에서 서로를 감싸며 싸우던 몬스터들의 모습도, 부이브르를 지키려던 벨 크라넬의 기행도.

『괴물』이 『인류』와 다를 바 없는 『마음』을 가지고 있다면, 모든 것을 설명할 수 있다.

'만일 내 생각이 옳다면…… 정말 말도 안 되는 『이상사태』지.'

아이즈에게는 말할 수 없다. 자신보다도 더욱 『불안정』해진 그녀에게는.

단원들에게도 말할 수 없다. 돌이킬 수 없는 혼란을 초래할 것이다.

그만큼 핀이 도달하려 하는 『진실』은 무거웠다.

'신 우라노스의 세력이 은폐하려는 것도 수긍이 가. 이 사실이 드러났다간 그 순간 세계가 『흔들릴』 테니까. 오라리오는 이제까지처럼 기능할 수가 없게 돼.'

인류와 몬스터가 하염없이 되풀이했던 『살육』이 아니라

『대화』가 가능한 존재가 있다고 알려졌을 때, 사람들은 망설임을, 혹은 혐오를 품을 것이다.

『괴물』을 없애야 할 모험자들의 검은 무뎌질 것이다.

그리고 몬스터에게 당해 희생자가 늘어난다.

세계가 뒤흔들린다. 그만한 사태였다.

'하지만── **그딴 건 아무래도 상관없어.**'

인류의 말을 이해한다. 혹은 의사소통이 가능하다.

그딴 일은 핀에게 사소한 것이었다.

『괴물』은 『처분한다』.

그 뜻은 조금도 흔들리지 않았다.

아이즈와 마찬가지로, 핀은 망설임 없이 몬스터를 죽일 것이다.

아무리 다른 『괴물』이 있더라도, 몬스터라는 존재는 인류에게 『독』밖에 가져다주지 못한다는 것을 알기에.

사람들의 선망과 동경을 모으는 【브레이버】로서, 몬스터를 없애는 것 이외에 선택의 여지가 없음을 잘 알기에.

"……그딴 건 아무래도 상관없어. 상관없어야 하는데…… 나는 왜 이렇게 동요하지?"

입술에서 툭 떨어진 중얼거림.

그 물음에 마음속 깊은 곳이 조소를 흘렸다. 이미 알지 않느냐고.

핀은 입을 다물었다.

핀은 자신이 『인공의 영웅』임을 알고 있으며, 그렇게 인식했다.

주신과 교섭해 【브레이버】라는 별명을 받은 것이 좋은 예다. 자신이 바라는 명성을 얻기 위한 수단이자 과정. 물론 핀은 명성에 거짓이 없도록 행동했으며 신념과 실력을 보여주었다. 명실 공히 【브레이버】라 인정을 받도록 노력을 거듭했다.

그러나 이는 모두 핀이 그렇게 되고자 획책했던 것들이었다.

핀 스스로 만들어낸 허상이었다.

말하자면 핀은 영웅이라기보다는 『간웅』이 아닐까.

'그래서…….'

그래서 그때 벨 크라넬의 『어리석은 짓』을 보고, 핀은 흔들렸다.

모든 정보를 한데 이어, 복잡하게 얽힌 사건의 전모를 해명한 순간, 『잡음』이 발생했다. 발생하고 말았다.

──『영웅』이란 만들어내기에 태어나는 것이 아니라, 간절히 원하기에 태어나는 것이 아닐까 하고.

『영웅』이니 『용사』란 되고자 해서 되는 것이 아니라, 의도나 타산과 무관하게, 간절히 원했을 때 태어나는 것이 아닐까. 도움을 청하는 목소리에, 갈망에, 희구하는 눈물에, 마지막 문을 자신의 의지로 열고 무대에 올라선 사람이 아닐까.

그리고 벨 크라넬이 보인 행동은.

그것이 그저 『인류』의 눈물이 아니라 『괴물』의 눈물이었을 뿐——.

"…………."

핀은 고개를 가로저었다.

부질없는 생각, 혹은 위험한 추측이었다. 그러나 멈추질 않았다.

'이건 열등감인가? 나는 벨 크라넬을 『부럽다』고 생각하고 있나?'

소년이 핀에게 보여준 것.

그것은 젊음이라든가 우직함이라든가 이상이라고 부를 만한 것이었다.

그것은 핀이 내팽개치고 잃어버린 것이었다.

냉정할 정도로 현실을 직시하고 저울질해, 수많은 것들을 버리며 살아왔다.

어른이 되었다. 세상을 알았다. 이렇게 말하면 듣기에는 그럴듯하지만, 실상은 세상 그 자체를 받아들여 패배했다는, 그런 감각이 있었다.

핀도 처음부터 『핀』이었던 것은 아니다.

소년과 마찬가지로, 아니, 분명 그 이상으로 철이 없었으며, 고집스러운 어린 시절이 있었다.

지식을 탐욕스럽게 흡수하고, 애써 세상을 비뚜름하게

바라보며, 파룸이라는 존재를 바꾸려 했다. 그가 태어났던 조그만 마을, 조그만 상자정원 속에 불과하더라도, 분명 그때의 핀은『세상』과 싸웠다.

그랬던 핀은, 이제 세상을 받아들인 데다 변혁도 가져오려 하고 있다.

이상을 들이대는 것이 아니라, 야망이라는 이름의 현실을 숨기고 싸운다. 그리고 그것은 비정함에 기반을 둔 것이다.

핀은『야망』이라는 말을 사용한다.

『이상』이라는 말은 결코 쓰지 않는다.

생각은 해도 입 밖으로는 내지 않는다.

『인공의 영웅』인 자신에게『이상』이라는 말은 고무나 격려에 쓰기 위한 도구일 뿐, 결코 진심으로 대해서는 안 될 말임을 자각했기 때문에.

이제까지의 자신도, 앞으로의 자신도 옳다.

틀리지 않았다. 확신이 있다.

그러나 부이브르를 지키던 소년과 대치했을 때, 그런 자신이 매우 얄팍하게 여겨졌다.

현실주의자인 핀의 입장에서 보자면 벨의『어리석은 짓』은 비웃어 마땅한 행위였다. 사실 핀이라면 무슨 일이 있어도 그런 짓을 저지르지 않을 것이다.

그런데도.

혹은 그렇기에, 라고 해야 할까.

지독히도 흔들렸으며, 끌렸다.

"그렇구나…… 이 감정은."

선망도, 질투도, 열등감도 아니었다.

눈부시다.

핀은 벨 크라넬을 고결하다고 생각하고 있었다.

자신에게는 더 이상 불가능한 일을 하는 소년을.

"……성가신걸."

차라리 열등감과 같은 얄팍한 감정이 더 나았을 것을.

그랬다면 핀도 흔쾌히 받아들이고 내쳐서 넘어설 수 있었을 텐데.

"그 감정에…… 물들어버렸지."

이런 생각을 하는 것 자체가 벨 크라넬을 무시하지 못한다는 증거다. 『어리석은 짓』이라고 단언하고 실망했으면서, 눈부시게 여기고 있다. 그런 자신이 하염없이 우스꽝스럽게 여겨졌다.

그는 조소로 보이지 않는 웃음을 지었다.

"피……핀? 정말 핀 디무나?!"

그때.

앳된 목소리가 울려 퍼져, 그는 즉시 『핀』으로 돌아왔다.

자리에서 일어나 목소리가 들린 방향을 보니, 동족 하나가 있었다.

파룸 중에서도 아이였다. 핀보다도 키가 머리 하나 정도 작았으며, 갈색 곱슬머리를 가진 소년이었다.

핀이 대답하듯 미소를 짓자 그는 활짝 웃으며 달려왔다.

"【브레이버】, 일족의 영웅! 나, 늘 당신을 응원하고 있어요!"

결코 깔끔하다고는 할 수 없는 옷차림. 고아일까.

소년은 동경의 눈빛으로 핀을 올려다보았다.

"언제나 당신 같은 파룸이 되고 싶다고, 그렇게 생각해서!! 그래서, 저기……!!"

그것은 핀이 바라던 것.

일족의 재건을 위해【브레이버】로서 싸워왔던 그의 성과.

그런데도 지금, 그것이 허무하게 여겨지는 것은…… 핀의 마음이 지금도 흔들리기 때문일까.

"그거 영광인걸. 너처럼 젊은 동족이 그렇게 말해준다면 나는 더 열심히 모험하고, 같은 파룸으로서 자긍심을 가지고 싸울 수 있으니까."

핀의 말은 모범적인 답이었다.

한 점의 티도 없는 미소를 지으며, 이제까지도 동족에게 수없이 되풀이했던 대응을 완벽하게 보였다.

조금 전까지 품었던 우울한 감정 따위 치워버리고, 핀은 동족이 바라는【용사】를 연기했다.

그는 가엾을 정도로, 그럴 수 있는 자였다.

"아……!"

그런 보람이 있어, 소년은 뺨을 붉게 물들이며 환희의 웃음을 지었다.

말을 나누었던 것만으로도 감정이 벅찼는지, 눈을 밤하

늘의 별처럼 빛냈다.

　"나, 난 키가 작고 힘도 약하고 다리도 느려서, 고아원 애들한테 늘 놀림을 받지만요, 그래도 당신의 모험을 들을 때마다, 용기가 나요! 게다가 【로키 파밀리아】가 59계층에서 개선했을 때는, 다들 다시 본 것처럼 파룸은 대단하다고, 그렇게 말해줬어요! 나도 기뻤고요! 그리고 그리고──!"

　흥분한 나머지 손짓발짓을 섞어가며 떠들어대는 동족 아이에게 핀은 쓴웃음을 지었다.

　"오시안! 뭐 하는 거야, 얼른 돌아오라니까!"

　그때 다른 목소리가 들렸다.

　그 자리에 나타난 것은 비슷한 차림을 한 휴먼, 시앙스로프, 하프엘프 아이들이었다. 아마 같은 고아원일 것이다. 파룸이라는 점을 제외하더라도 그들이 나이가 더 많지 않을까.

　종족이 제각각 다른 고아들은 오시안이라 불린 소년에게 달려왔다.

　"라이, 봐봐! 핀이야, 진짜 【브레이버】야!"

　"뭐? 【브레이버】……?"

　오시안이 핀을 소개하자 휴먼 소년은 우뚝 몸을 멈추고 눈을 크게 떴다. 나머지 두 사람의 반응도 비슷했다.

　하지만 라이라는 소년은 벌어지려던 입을 꾹 다물고 아무 말도 하지 않았다.

　제1급 모험자를 만나 원래는 기뻐해야 할 텐데, 지금은 어째서인지 그럴 수가 없다. 핀에게는 그렇게 보였다.

친구의 반응에 오시안은 매우 의아해하며 고개를 갸웃
거렸다.

"……오시안, 혼자 아무 데나 가지 마. 지금 모험자들이
다이달로스 거리에 많이 있는 거, 너도 알잖아. ……도망
친 몬스터가 있을지도 몰라."

마지막 말을 씁쓸하게 내뱉고, 라이는 오시안의 팔을 잡
아당기려 했다. 시앙스로프 소녀도 하프엘프 아이도, 소년
의 발언에 어두운 표정을 지었다.

그러자 오시안도 움직임을 멈추었다. 고민하는 것처럼
고개를 숙이는가 싶더니, 번쩍 얼굴을 들고는 핀에게 말
했다.

"저기! 핀은………… 형하고는, 벨 크라넬하고는 다
르지?!"

그 물음은 핀에게는 기습이었다.

어지간해서는 드러내는 일이 없는 경악을 크게 뜬 두 눈
에 깃들였다.

소년의 말은 두 번 배신당하고 싶지 않다는, 그런 애원
처럼 들렸다.

아연실색하는 세 아이 중에서 라이라 불렸던 소년이 얼
굴을 찡그리고 몸을 내밀었다.

"야, 오시안……!"

"그치만 다들 그랬는걸! 형은 돈 때문에 다른 모험자를

다치게 만들었다고!"

"큭……!"

"벨 형 때문에 몬스터가 도망쳐서, 지금도 다들 무서워하고 있다고!"

파룸 소년은 눈가에 눈물을 머금고 소리쳤다.

마치 벨 크라넬을 원망하는 것처럼.

그 심각한 모습에 휴먼 소년은 아무 말도 하지 못했다.

"벨 형도, 『다이달로스 거리』에 사는 깡패들이랑 똑같아!"

"야……! 그 말 취소해!"

"라이?!"

격앙한 휴먼 소년이 오시안의 멱살을 잡았다. 시앙스로프 소녀는 비명을 지르고 하프엘프 아이와 함께 말리려했다.

휴먼 소년은 왜 화를 내는지 스스로도 알 수 없는 듯한 표정이었다.

왜, 자신이 울먹이는 표정을 짓는지 자각이 없는 분위기였다.

아마 벨 크라넬과 이 고아들은 교류가 있었으리라. 적어도 그들이 마음을 터놓을 정도의 친분이.

그 소년이 『어리석은 짓』을 저지르고 아이들을 배신한 결과가 여기 있다.

참으로 죄 많고 꼴사납구나── 그렇게 비웃을 수는 없

었다.

"나는 그가 절대 이기적인 모험자가 아닐 거라 생각해."

정신이 들고 보니, 핀은 조용히, 부드럽게, 주먹을 휘두르려던 라이의 손을 잡고 있었다.

놀란 아이들의 시선을 받으며 말했다.

"나는 그를…… 벨 크라넬을 존경하거든. 그의 『모험』에 매료된 사람 중 하나로서, 지금도 마찬가지고."

그 발언에 아이들이 눈을 크게 떴다.

핀 자신도 왜 이런 말을 하는지 알 수 없었다.

다만, 자연스럽게 흘러나온 지금의 말은 거짓 없는 본심인 것 같았다.

"하, 하지만…… 벨 형은 몬스터를 도망치게 만들어서, 사람들을 위험에 빠뜨렸다던데!"

"무언가 양보할 수 없는 이유가 있었는지도 모르지. 설령 그것이 기피 받아 마땅한 행위라 해도…… 그는 선택했고, 결심한 것 아닐까? 자신이 믿는 것을 위해."

몸을 내밀며 묻는 오시안에게 핀은 투명한 목소리로 타일렀다.

진상은 말할 수 없다. 그러므로 핀도 상상할 수 있는 벨의 속내를 헤아리며 말했다.

오시안을 포함한 아이들은 동요했다. 특히 라이는 시선을 이리저리 떨고 있었다. 하프엘프 아이는 핀의 말을 되새겨보듯 진지한 표정으로 바라보았다.

자신은 왜 벨 크라넬을 감싸는 말을 하고 있을까.

인상조작을 위해 벨 크라넬을 마음껏 힐난해버리면 그만이다. 그러면 핀의 행동을 긍정해줄 사람이 늘어날 것이다.

하지만 핀은 결국 그러지 못했다.

딱히 좋은 사람 행세를 하려던 것은 아니었다.

그러지 못했던 이유는, 그저 그것이 꼴사납고 멋없다고 여겨졌기 때문이었다.

『영웅』과는 거리가 먼 언동이라고 느꼈기 때문이었다.

"무엇이 정의이고 무엇이 악인지…… 한데 뭉뚱그려서 단정 짓는 건 어려운 일이야."

그러므로, 아무 것도 모르는 척하며 엄연한 사실만을 들려주었다.

자신에게도 그 말이 돌아오리라는 것을 잘 알면서.

아이들은 손을 내리고, 대꾸할 말을 찾지 못한 채 고개를 숙여버렸다.

"──라이~. 애들아~?"

그 타이밍을 노린 듯 불쑥 나타난 사람이 있었다.

하얀 원피스 차림에 회색 머리카락을 찰랑거리는 휴먼 소녀.

'저 소녀는…….'

『원정』의 뒤풀이 때 【로키 파밀리아】가 곧잘 애용하는 주점, 『풍요의 여주인』에서 일하는 점원 중 한 사람이다. 이름은 분명 시르 플로버.

그녀는 아이들 앞으로 오더니 생긋 웃었다.

"마리아 씨가 걱정하셔. 다들 돌아가자."

쭈뼛쭈뼛 고개를 든 아이들은 잠자코 끄덕이고는 왔던 길로 돌아가기 시작했다.

떠나가면서도 미련이 남은 듯 이쪽으로 고개를 돌린 오시안은 핀을 흘끔 본 다음 세 아이의 뒤를 따라갔다.

그 자리에는 핀과 소녀만이 남았다.

"……가보지 않아도 괜찮겠어? 아이들하고 아는 사이인가 본데."

"네. 모험자님께 고맙다는 말씀을 드리고 저도 금방 갈 거예요."

소녀—— 시르는 웃음을 지은 채 그렇게 말했다.

머리카락과 같은 색깔의 눈을 부드럽게 뜨고는 핀을 바라본다.

그 주점에서 가장 주의해야 할 사람은 미아가 아닌 이 『소녀』.

주신 로키에게 그런 말을 들었던 핀은 경계까지는 아니더라도 마음의 동향을 들키지 않도록 말을 골랐다.

"인사를 들을 만한 일을 한 적은 없는걸?"

"벨 씨 때문에 고민하는 아이들에게 말씀을 들려주셨잖아요. 덕분에 벨 씨를 싫어하지 않게 될 거예요."

"…………."

"그러니까, 고맙습니다."

소년에 대한 특별한 감정을 내비치며, 소녀는 미소를 지었다. 그것은 주점에서는 한 번도 보지 못했던 표정이었다.

점원일 때와는 또 다른 아름다움으로, 정중하게 허리를 숙인다. 땋은 머리카락이 흔들리며 하얀 목덜미가 드러났다.

지금의 핀은 그 솔직한 감사를 받아들이기가 힘들어 무의식중에 눈을 돌리고 말았다.

"나도 그만 가봐야겠어. 해야 할 일이 많거든. 실례."

"네. 힘내세요, 용사님."

등을 돌렸던 핀은 그 말에 발을 멈추고 말았다.

돌아서서, 지금도 웃고 있는 시르를 바라보았다.

비아냥거린 것이 아니었다. 마음을 있는 그대로 드러낸 말이었다.

알아차리지 못한 걸까. 아니, 알고 있을 것이다. 벨 일행과 자신들의 관계를.

핀은 신기한 것을 바라보듯, 자기도 모르게 묻고 있었다.

"나는 벨 크라넬과 적대하는 쪽인데? 그래도 응원해주는 거야?"

"네. 왜냐면 벨 씨도, 핀 씨도——."

회색 머리카락의 소녀는 만면의 미소를 머금고 대답

했다.

"아이들의『영웅』인걸요."

⊡

후둑후둑, 비가 내리고 있었다.

가랑비로 바뀐 물방울이 금색 장발에 부딪쳐 튕겨나
갔다.

『다이달로스 거리』에 세워진 건물 옥상.

그곳에 서 있던 아이즈는 비에 뿌옇게 흐려진 미궁거리
의 경치를 생각 없이 바라보고 있었다.

"아이쭈~."

등 뒤에서 얼빠진 주신의 목소리가 들렸다.

이미 기척을 감지했던 아이즈는 돌아보지 않았다. 『다이
달로스 거리』를 내려다볼 뿐이었다.

"티오나랑 레피야가 니 걱정하데. 먼가 고민하는 것 같다
고."

"……미안."

사과를 했지만 역시 아이즈는 돌아보지 않았다.

지금은 혼자 있고 싶다고, 등으로 그렇게 말하며.

하지만 로키는 좀처럼 떠나려 하질 않았다. 딱히 무언가
를 하려는 것도 아니고, 그저 바로 뒤에 서 있을 뿐.

"……뭐 하러, 왔어?"

"걍 볼라 캤제. 혼자 넋 놓고 있는 아이쭈를."

너스레를 떨듯 말한 로키는 시선을 잠시 본진 방향으로 돌렸다.

"핀도 어째 『흔들리는』 것 같았는데…… 이쪽이 더 걱정된다 아이가."

그리고 조그만 목소리로 그런 말을 덧붙였다.

"아나, 아이쭈. 니 아까 땅꼬마랑 소년하고 만났제?"

"읏……."

핀에게 『벨이 다이달로스 거리에 나타났다』고 보고하기 직전이었다.

주신인 헤스티아와 둘이 걸어가던 벨과 딱 맞닥뜨렸던 것이다.

그때는 갑작스러워서 생각이 정리되질 않아, 창백하게 질린 소년에게 아무 말도 물어보지 못했다. 그 뒤에는 중간에 나타난 로키의 지시에 따라 핀에게 가야 했다.

그때 로키는 고의로 아이즈를 멀리 떨어뜨린 것 같았다.

아이즈의 마음을 우려해서.

"그 담에 말이제, 소년한테선 암말도 몬 들었는데, 땅꼬마한테서 내 잼난 얘기를 들었데이. ……니도 들을라나?"

그 물음에 아이즈는,

"듣고 싶지 않아."

딱 잘라 말했다.

로키가 들려줄 진상을 두려워했는지도 모른다.

뇌리를 휩쓰는 것은, 자신에게 물음을 던졌던 소년의 얼굴과, 미궁거리에서 충돌했던 기묘한 몬스터들의 모습. 시간 간격을 두고 지금도 아이즈의 마음을 몇 번씩 흔들어대는 원인.

『검은 미노타우로스』를 보면서 얻었던 『안도』도 검을 들고 싸우지 않으면 물거품처럼 사라지고 만다. 지금의 아이즈는 불안정했다.

거절당한 로키는 나무라지도 슬퍼하지도 않고 그러냐며 선선히 고개를 끄덕였다.

"그럼 딴 얘기데이. 아이쭈가 얼마 전에 내한테 어떤 얘기 들려주지 않았나."

그러나 아이즈의 현실도피를 용납하지도 않고 물음을 거듭했다.

"납치당한 땅꼬마 쫓아다가 니 『베올 산지』에서 조난당해뿌렀제? 그때 니들 구해줬다 카는 『에다스 마을』…… 지금 어케 댔는지 아나?"

왜, 지금, 그 말을, 여기서.

이런 형태로 아이즈에게 묻는단 말인가.

『에다스 마을』.

용의 신앙이 살아있는 마을.

용이 남긴 검은 비늘의 가호 덕에 생겨난, 세상을 저버린 자들의 비밀스러운 마을.

의도적으로 잊고 있었는데, 필사적으로 눈을 돌리고 있

었는데.

지금도 가슴속에서 아이즈가 지키려 하는 검의 의지가 흔들리고 만다.

아이즈는 로키의 물음에 대답하지 못했다.

그저 질끈 주먹을 쥘 수밖에 없었다.

"아이즈…… 니는 어떤 『길』을 선택해도 된데이. 니한테는 그럴 권리가 있제."

마치 시험하듯, 로키는 아이즈의 등에 말을 건넸다.

"아이다, 니가 스스로 결정하지 몬하면 니 자신이 망가질기라. 그러니께 한껏 고민하그라."

신들의 말은 들어봤자 당황하게 될 뿐이라며 말을 잇는다.

"답이 머라 나오더라도…… 내는 또 니하고 감자돌이 사러 갈기라."

돌아보지 않아도 로키가 지켜보고 있다는 사실을 알 수 있었다.

살짝 미소를 지은 부드러운 표정으로.

"아나, 아이즈…… 그 소년, 참 재미나제."

아이즈의 마음에 파문을 퍼뜨린 채, 로키는 유쾌하다는 목소리로 화제를 바꾸었다.

소년── 벨을 말하는 것이다.

여신은 머리 뒤에 두 손을 깍지 낀 채 어린아이처럼 깔깔 웃었다.

"처음엔 땅꼬마네 권속인 주제에 건방지구마~ 정도로만 생각했는데…… 가가 참 잼나대. 진짜 『바보 같은 얼라』인 기라. 색골이 빠져드는 것도 쫌 이해가 가드마."

"……?"

그제야 비로소 아이즈는 뒤를 돌아보았다.

『색골』이라니 설마, 하는 시선을 보내자, 비를 맞아 주황색 머리카락을 적신 로키가 씨익 웃음을 지어주었다.

이윽고, 이번에는 그녀가 등을 돌렸다.

"캐도…… 내는 지지 않았으면 좋겠데이. 니도, 핀도."

그 말을 남기고 로키는 옥상을 떠났다.

비와 함께 아이즈만이 그 자리에 남았다.

"……나는."

천천히 시선을 앞으로 되돌린 아이즈는 로키의 말을 곱 씹어보았다.

되새겨보고, 생각하고, 자문하고…… 결국 다른 선택지를 고르지는 않았다.

소년에게도 들려주었던 자신의 뜻을 관철했다.

그것뿐이라고. 그것밖에 없다고.

마음속에 떠오르는 어린 아이즈는 아무 말도 하지 않았다.

고개를 숙인 채, 앞머리로 눈가를 가리고, 망령처럼 그저 서 있을 뿐이었다.

다시 말해 그것이 답이었다.

"핀도…… 망설여……?"

로키의 말을 떠올리며 아이즈는 상공으로 시선을 보냈다.

만일 핀이 벨과 같은 말을 하고, 몬스터를 죽이는 것이 옳으냐 그르냐를 묻는다면——.

아이즈는 분명, 그들을 거역하고 마음속의 『새까만 불꽃』에 몸을 맡길 것이다.

🔥

도시의 머리 위로 밤이 내려왔다.

구름에 뒤덮인 회색 하늘이 저녁놀을 거치지 않고 점점 어두워져가는 가운데, 핀은 조용히 눈을 떴다.

쪽잠을 자기 위해 빌렸던 미궁거리의 무인 가옥.

핀은 이불을 치우며, 방 안에 있던 두 개의 기척에게 물었다.

"내가 얼마나 잤어?"

"딱 1시간이었다."

"조금 더 자다 일어날 것이지……. 이제까지 계속 일하지 않았나."

실내에 있던 두 사람—— 리베리아가 어이없다는 듯 말하고 가레스도 탄식했다.

원래 자신을 대신해 지휘를 맡아야만 할 그들이 이곳에 있다. 다시 말해 그만큼 핀을 걱정했다는 뜻이다. 단원들에게는 아무 말도 하지 않고 두 사람만이 챙겨주었다는 것이 그나마 다행이지만.

일어나며 핀은 쓴웃음을 지었다.

"크노소스의 『문』을 『다이달로스 거리』 남동쪽에서 발견했다. 이로써 우리가 확보한 것은 네 개가 됐지."

"지하의 비밀통로는 빠짐없이 뒤졌네. 아마 이게 전부일 게야. 남은 출입구는 던전과 이어져 있거나…… 혹은 비밀통로 자체가 외길로 독립되어 존재하거나 둘 중 하나일 걸세. 아무리 그래도 여기까지는 망라할 수 없지."

"그렇구나……."

침대 가장자리에 앉은 채 두 사람의 상황보고를 들었다.

주위에 사람이 없음을 확인한 후 핀이 입을 열었다.

"리베리아, 가레스, 잘 들어줘. 내가 예상하는 이번 사건의 전모야."

『무장한 몬스터』의 실체, 신 우라노스와 【헤스티아 파밀리아】의 관계도.

자신이 추측할 수 있는 범위 내의 사항을 리베리아와 가레스에게만 들려주었다.

대등한 전우인 이 두 사람에게만은.

"……네 이야기가 옳다 치고, 『지능 있는 몬스터』를 감싸주는 우라노스 일파의 의도는 뭐지……?"

"이번 사건만으로 한정지어 말하자면, 몬스터들을 던전으로 귀환시키는 거라고 생각해."

"그럼 대국적…… 아니, 최종적으로는 뭘 꾸미고 있는 겐가?"

"글쎄? 인류와 몬스터가 손을 잡는 거라든가?"

"……그런 멍청한 말이 어디 있나."

리베리아의 확인에 고개를 끄덕이고 가레스의 물음에는 너스레를 떨었다.

마지막 말에는 거의 웃지도 않으며 대답하는 핀에게 가레스는 신음하듯 수염을 문질렀다.

"……인류와 몬스터의 융화 따위 몽상은 차치하고."

침묵을 지키던 리베리아는 그렇게 전제를 깔며 입을 열었다.

"이번에 한해서만 휴전을 하는 것은…… 지능 있는 몬스터와의『거래』는 가능하지 않겠나?"

길드 본부에 있는 우라노스를 통해, 괴물들의 신변 안전과『열쇠』를 교환할 수 있지 않겠느냐고, 리베리아는 한 가지 가능성을 제기했다.

벨 크라넬의 언동으로 보건대, 정말로 몬스터들이 도시에 위해를 가할 마음이 없다면 비밀리에 접촉해 교섭이 가능하지 않겠느냐고.

그 말에 핀이 제시한 대답은,

"있을 수 없어."

절대부정의 의지였다.

"『열쇠』를 입수하기 위해 몬스터와 결탁한다. 그야 유효할지도 모르지. 하지만 그 다음에는?"

"…………."

"단원들의 사기가 떨어지지 않을까? 이탈하는 사람은? 【파밀리아】 내에는 가족이나 연인이나 동료를 몬스터에게 잃은 사람도 많아. 정말로 그들을 수긍시킬 수 있을까?"

"…………."

"『그녀』는── 아이즈는 내 결정에 따를까?"

그렇다. 결국, 있을 수 없다.

리베리아와 가레스가 침묵으로 긍정했듯, 틀림없이 【파밀리아】 내에서 분열이 일어날 것이다. 몬스터와 비밀리에 접촉했다는 사실이 새나가면── 아니, 단원들을 배신해 버리면 베이트 같은 이를 필두로 통한의 매도가 날아들 것이 틀림없다. 그만큼 인류와 괴물 사이의 갈등은 깊다. 아니, 갈등이라는 말로도 부족할 정도로 **처참하다**.

이 상황만 아니었다면 그나마 생각할 여지가 있었을지도 모른다.

그러나 지금만은 안 된다.

오라리오 붕괴의 카운트다운을 앞두고, 【로키 파밀리아】 의 단합이 흐트러져서는 안 된다.

"그리고 신 우라노스 일파의 신의에 한 번이라도 관여해 버리면, 상대가 우리의 생살여탈권을 쥐게 돼."

내기를 해도 좋다.

몬스터들과의 교섭에 응했다간, 그때부터 우라노스와 헤르메스는 핀에게『목줄』을 채울 것이다.

신들은『신뢰』 같은 어정쩡한 말로 조종할 수 있는 상대가 아니다.

그들은 목적을 위해서라면 얼마든지 하계 주민을 손바닥 위에 굴릴 수 있으므로.

『대중의 영웅』인【브레이버】가 몬스터와 이어졌다는 카드를 우라노스 일파가 손에 쥔다면,【로키 파밀리아】는 필연적으로 우라노스 진영에 가담하게 된다.

그것은 핀의 야망에『걸림돌』이 된다. 자멸로 이어지는 파멸의 길이다.

몬스터와 이어졌다는 사실이 드러난 순간,【브레이버】는 자기붕괴를 일으킬 것이다.

지금 민중의 적의를 모으고 있는 벨 크라넬이 자신의 몸으로 증명했듯.

'……거짓말 하지 마라, 디무나.'

핀은 자신의 마음을 향해 구역질을 했다.

지금 거론한 내용은 거짓 없는 본심이었으며, 동시에 핑계이기도 했다.

조그만 몸속 깊은 곳에 뿌리를 내린 선망. 그것은【브레이버】로서 성공하는 것과,『증오』였다.

핀은, 아니,『그』는 몬스터에게 부모님을 잃었다.

자식을 지키려던 부모님은 자신의 눈앞에서 괴물의 발톱과 이빨에 꿰뚫렸다.

『괴물』만 없었더라면『핀』은 태어나지 않았다.

『괴물』만 없었더라면 평범한 고집쟁이 소년은 고향 마을에서 생애를 마쳤을 것이다.

몬스터와의 융화는—— 모든 것이 시작된 그날에 이미 등을 돌려버렸다.

그것은『핀』을 모두 부정하는 행위다.

'나는……『디무나』는, 그것만은 할 수 없어.'

『핀』을 부정하는 것만은, 절대로.

"…………."

"…………."

리베리아와 가레스가 애처롭다는 눈으로 자신을 바라보는 것을 알 수 있었다.

하지만 그것은 결코 동정이나 연민이 아니었다. 주신과 마찬가지로 자신의 모든 것을 야망에 바치고 싸우는 핀을 곁에서 줄곧 보았던 두 사람의 생각은, 체념과 존중이다.

【파밀리아】의 일이라면 모를까, 핀은 자신의 야망을 이루기 위해 결코 남의 조력을 바라지 않는다. 자신의 목적이라고 딱 잘라 말하며, 짐을 나누려고 하지 않는다.

리베리아와 가레스는 때로는 나무라고 때로는 조언을 하지만, 늘 지켜보기만 할 수밖에 없었다.

"알았다……. 네 판단에 따르지."

멈춰버린 시간을 깨뜨린 사람은 리베리아였다.

그녀의 곁에서 가레스도 눈을 감고 고개를 끄덕인다.

"……미안해."

"멍청한 친구. 무얼 사과하나. 지당한 소리구먼. 자네가 무슨 틀린 말이라도 했나?"

『공생』은 물론이고 몬스터와의 『거래』와 같은 황당무계한 이야기보다는 훨씬 현실미가 있다. 바닥을 바라본 채 사과하는 파룸에게 가레스는 콧방귀를 뀌며 그렇게 말했다.

고개를 든 핀은 두 지기에게 감사하듯 쓴웃음을 보였다.

"하지만 뒷거래란 것 자체는 괜찮은 생각 아닌가. 교섭하는 척하면서 몬스터 놈들을 유인하다가 가차 없이 『열쇠』를 빼앗아버리면 편할 텐데. 으하하하!"

"가레스 네놈…… 진심으로 실망했다. 아무리 몬스터라 해도 그런 비열한 수단은 내가 절대 용납하지 않겠다."

"농담일세, 농담! 나 원, 이러니까 융통성 없는 엘프들은……. 애초에 거래를 제시한다 쳐도 우리에게는 신 우라노스의 중개를 끌어낼 방법이 없지 않나. 켕기는 구석이 있으면 신의 눈에 금세 간파당할 테고. 도저히 속일 수가 없지."

가레스와 리베리아가 분위기를 바꾸듯 이야기를 시작했다.

핀의 긴장을 누그러뜨려주기 위해서인지 일부러 장난을 치듯 서로를 비난해댄다.

그들의 배려에 절절히 감사하며, 핀은 앞으로의 전재를 위해 다시 생각에 잠겼다.

"헌데 그렇게 된다면 역시 충돌은 피할 수가 없겠구먼. 전장은 『다이달로스 거리』, 우리가 『열쇠』를 얻는 데에 걸림돌이 될 상대는……."

"몬스터 이외에는【헤르메스 파밀리아】…… 그리고【헤스티아 파밀리아】겠지."

다시 일어나는 잡음.

【브레이버】를 버릴 수는 없다고 새삼 인식했던 탓인지, 벨 크라넬의 얼굴이 뇌리에 떠올랐다.

……그 소년은 망설이지 않았을까.

지금의 핀처럼, 그동안 쌓아왔던 모든 것을 잃어버릴 거라고는, 생각하지 않았을까. 사람들의 신뢰를, 모험자들의 신용을, 지위와 명예를, 『괴물』의 목숨과 저울질하지는 않았던 걸까. 아무 미련도 없이 그『어리석은 짓』을 저질렀던 걸까.

진위는 알 수 없다.

그러나 단 하나 확실한 것이 있다.

벨은 관철했다.

버리지 않고 지켰다.

한 마리의『괴물』을.

핀이라면 버렸을 것이다.

야망을 위해 희생을 치렀다.

소년은 희생을 치르는 대신 『영웅』을 버리고 『어리석은 이』의 길을 선택했던 것이다.

핀은 그럴 수 없다.

명성이라는, 어찌 보면 가장 하찮은 것을 위해 싸우고 있는 핀은 그럴 수 없다.

그러므로 벨 크라넬의 그 행동은 고결하다.

그러므로 그 소년은 눈부시다.

자신도 그럴 수 있었다면. 숫제 그런 바람을 품을 정도로.

"……놀랐어. 이런 파멸 선망이 있었다니."

"핀?"

툭 떨어뜨리듯 중얼거린 그 말에 리베리아가 돌아보았으나, 핀은 아무 것도 아니라며 웃었다.

자신의 손바닥을 내려다보고 자조한다.

오른손 엄지는 이제까지 느껴보지 못했을 정도로 시큰거리고 있었다.

그 생각은 위험하다. 『핀』이 죽고 만다. 그렇게 호소하듯.

──나도 알아.

가슴속으로 중얼거렸다.

원래부터 다른 길을 택할 수는 없었다.

일족의 『빛』이 되고자 결심했던 그날부터, 선과 악을 가리지 않고 받아들이겠노라 각오했다.

핀이 지향했던 바는 그런 것이었다.

『인공의 영웅』이자 『간웅』이자 『대중의 영웅』.

어쩌면 핀은 왜소할지도 모른다.

모든 것을 이용하고, 모든 것을 버린다. 이런 핀을 알면, 눈을 빛내던 그 동족 소년은 실망할지도 모른다.

그러나.

"——넘어서고 말겠어."

그것이 핀의 길.

아주 오래 전, 벨 크라넬과 마찬가지로 소년이었던 그가 선택한,『파룸의 모험』.

핀의 눈에 이미 망설임은 없었다.

엄지도 시큰거리지 않았다.

자리에서 일어나 고개를 들고, 리베리아와 가레스에게 말했다.

"작전회의를 하겠어. 단원들을 집합시켜줘."

"우리【로키 파밀리아】의 주의를 벨 크라넬에게 돌리자 ——라고, 상대는 생각하고 있겠지."

미궁거리의 한 곳,【로키 파밀리아】의 진영.

하늘은 이미 어두워져 밤의 장막이 드리워졌다.

간부를 포함한 대부분의 단원들이 모인 가운데 핀은 회의를 주도하고 있었다.

"벨 크라넬을 양동작전에 쓰고, 무장한 몬스터들은『크

노소스』로 침투하고자 시도할 거야. 그러니 우리는 다른 곳에 그물을 펼쳐두자. 뭣하면 상대의 의도에 걸려든 척해도 돼. 주의를 기울여야 할 위치는 벨 크라넬의 정반대 방향이야."

불을 밝힌 마석등이 야영처럼 단원들의 얼굴을 비추었다.

핀이 말한 앞으로의 전개에 단원들이 술렁거렸다.

"야, 핀. 진짜로 토끼 자식이 괴물들하고 한패인 거야?"

"기분이 영 언짢아 보이는걸, 베이트."

"시꺼!!"

"최소한 벨 크라넬은 이용당하는 입장이야. 그의 자의인지, 속고 있는 건지는 둘째 치더라도."

무뚝뚝한 표정으로 물었던 베이트는 리베리아의 지적에 버럭 고함을 질렀다. 핀이 단어를 골라 설명했어도 소년을 적잖이 의식하던 웨어울프는 수긍이 가지 않는 듯했다.

사건의 『열쇠』를 쥔 벨 크라넬에 대한 단원들의 반응은 다종다양했다. 씁쓸하게 낯을 찡그린 사람도 있거니와, 티오나처럼 복잡한 표정을 지은 사람도 있었다.

"……………………."

"레, 레피야한테 무슨 일 있었습까? 어쩐지 엄청나게 무섭습다……."

"나도 몰라."

성질이 다른 분노의 오라를 풀풀 풍기는 엘프도 있었다.

라울이 겁을 먹고 귓속말로 물었지만 아나키티도 어깨를 으쓱할 뿐이었다. 【헤스티아 파밀리아】 감시조에서 제외된 후로 소녀는 줄곧 이런 분위기였다. 다른 단원들도 거리를 두어 뻥 뚫린 공간이 생겨났을 정도였다.

"아무튼 이번에 벨 크라넬은 우리의 아군은 될 수 없다…… 그렇게 인식해줘."

핀은 못을 박듯 ──특히 지금도 고민하는 아이즈에게 ── 다짐을 했다.

"음~ 잘 모르겠는데 말야, 아무튼 아르고노트 군한테 정신 팔면 안 된다는 거지?"

"그래. 물론 내버려둘 수도 없으니 지금도 크루스네 파티에 감시를 맡겨놓았지만."

"차라리 먼저 가서 잡아오는 건 어떨까요, 단장님? 무슨 짓을 저지르기 전에 무력으로."

"으음─ 아무리 지금 벨 크라넬이 악당 취급을 받는다고는 하지만, 확실한 증거도 없이 그런 짓을 했다간 그때는 우리가 비난을 받을걸. 안 그래도 길드한테 찍혔으니. 【헤스티아 파밀리아】와 친한 신 헤파이스토스의 빈축을 사는 것도 무섭고."

아마조네스 자매의 의문에 대답하자 티오네가 다시 질문했다.

"단장님, 질문이 한 가지 더 있어요. 무장한 몬스터의 지능이 높다는 것은 알겠지만, 그 정도일까요? 그런 작전을 꾸밀 만큼······."

"무장한 몬스터의 배후에는『통솔자』가 있어. 그렇지, 가레스?"

"암. 며칠 전에 여기서 싸웠을 때도 건물 위에서 전황을 부감하더군. 까만 로브를 입어서 사람인지 몬스터인지는 모르겠지만······ 뭐, 테이머라고 보면 될 게야."

핀은『무장한 몬스터』가『지능 있는 존재』라는 정보를 숨겼다.

단원들을 혼란에 빠뜨리지 않도록 배려하면서도, 적이 고도의 전술을 구사한다는 사실을 자각시켰다.

사전에 말을 맞춰두었던 가레스는 핀과 눈짓을 나누면서 티오네와 다른 단원들을 수긍시켰다.

"무엇보다 조심해야 할 대상은 그 검은 미노타우로스······. 그놈의 돌파력은 부상을 입었다고 해도 방심할 수 없어."

핀이 말을 바꾸고 그 이름을 언급한 순간, 주위의 분위기가 바뀌었다. 베이트나 티오네는 눈썹을 곤두세우고, 아이즈조차 얼굴을 찡그렸다.

"티오네가 정신줄 놓지 않았으면 얼른 잡을 수 있었을 텐데~."

"아앙?!"

"『기술』은 별거 아니었어. 파고들면 얼마든지 싸울 수 있었다고. 하지만······ 이제까지 해치웠던 몬스터보다도 능력이 훨씬 높아."

"하긴, 그 맷집은 보통이 아니었지. 티오네와 베이트가 아무리 공격해도 고통을 느끼는 기미조차 보이지 않았으니. 아이즈의 『바람』을 정면으로 받고서야 겨우 반응했을 정도였으니."

"심층에 나타나는 블랙 라이노스의 『아종』이라고 친다면, 그놈들의 껍질은 원래 단단하니 말일세. 거기서 강화되었다면 성가시기 그지없겠지. 이제는 보통 몬스터가 아니라 『계층 터주』라 간주하고 상대해야 할 게야. 티오나 말대로 제대로 대처만 하면 쓰러뜨릴 수 있네."

티오나, 티오네, 베이트, 리베리아, 가레스가 저마다 발언을 한 후, 그때까지 입을 다물었던 아이즈가 입술을 움직였다.

"하지만…… 그 몬스터…… 더 강해질 거야."

그녀의 말에 【로키 파밀리아】의 간부진은 일제히 입을 다물었다.

그것은 제1급 모험자들이 하나같이 느꼈던 확신이었다.

그 칠흑의 괴물은, 믿을 수 없게도 아직 성장 도중이라고.

라울이나 레피야, 나르비 같은 간부 후보를 포함해 그 괴물에게 유린당했던 단원들은 숨을 멈추었다.

"그 검은 미노타우로스만은 반드시 해치워야 해. 그러고도 아직 발전도상이라면 위험하니까. 언젠가 위협이 될 거야."

핀은 사건의 전모를 파악한 지금도, 그것만은 『이상사태』라 판단하고 있었다.

다른 『무장한 몬스터』와는 달리 이성이 느껴지지 않았으며, 그야말로 투쟁에 굶주린 것처럼 모든 것을 분쇄하는 파괴의 상징. 몬스터에게 『지혜』가 있다고 한다면 핀도 움직임을 예측할 수 있겠지만, 그 『검은 미노타우로스』만은 동향을 읽는 것이 불가능했다.

절대섬멸. 강대한 『이상사태』를 제거해야 한다고, 핀은 뜻을 명확히 밝혔다.

"18계층에서 지상까지…… 무장한 몬스터의 경로를 보건대, 적은 틀림없이 『열쇠』를 가졌어. 우리가 발견한 『크노소스』의 입구는 모두 사수한다."

파룸 두령은 고개를 들고 명령했다.

"『다이달로스 거리』에 단원들을 배치하고 함정을 펼치자."

그 작전에 힘차게 고개를 끄덕여 대답하는 단원들.

핀은 여기서 잠시 간격을 두고.

다음으로는 목소리를 확 바꾸어 말했다.

"여기까지가 『표면적인 작전』."

주위의 반응을 기다리지 않고 그는 선언했다.

"『진짜 작전』은 『무장한 몬스터』를 미끼삼아 이블스의 잔당을 크노소스에서 낚는 것."

"!!"

그 내용에 하위 구성원들은 물론이고 아이즈를 비롯한 간부진까지 큰 놀라움을 드러냈다.

"『무장한 몬스터』는 『열쇠』를 가지고 있어……. 이건 크 노소스에 농성 중인 이블스의 잔당 입장에서도 간과할 수 없는 요소야. 우리가 몬스터를 해치워버리면 호락호락 『열 쇠』를 넘겨주게 되는 셈이잖아. 절대 방관할 수 없지."

레피야와 라울은 그 설명에 흠칫했다.

전투가 벌어지리라 예상되는 『다이달로스 거리』에, 몬스 터를 비롯해 그들을 지원하는【헤스티아 파밀리아】외에도 이블스의 잔당까지 참전한다는 뜻이다.

삼파전, 아니, 사파전.

아니, 상황에 따라서는 5, 6개 세력이 될 수도 있다.

그 가능성에 단원들은 꼴깍 침을 삼켰다.

동요하지 않는 사람은 사전에 작전의 전개를 공유했던 리베리아와 가레스. 그리고 아이즈를 비롯한 간부진보다 도 똑똑한 아나키티와 아리시아 정도였다. 하지만 그런 두 사람도 이블스의 동향이야 예측했지만, 핀이 입안한 예상 치 못한 작전에는 식은땀을 흘렸다.

그녀들이 우려하는 것은 난이도였다.

"작전의 **양면전개**……."

"몬스터의 행동을 제어하면서, 이블스를 유인하고, 이를 완전히 장악해야 하잖아……."

"우웅~?! 결론이 뭐야?!"

"몬스터를 순식간에 해치워도 안 되고 놓쳐도 안 돼. 『진짜 고기』를 낚을 때까지는 살리지도 죽이지도 말라는 소리지."

"뭔가 갑자기 어려워진 거 아냐~?!"

아나키티와 아리시아가 신음하고, 머리가 폭발하기 직전인 티오나가 두 손으로 머리를 감싸쥐자 티오네는 바보라도 알 수 있도록 설명해주었다. 결국 티오나의 머리는 폭발했다.

"이블스도 몬스터가 『크노소스』에 침입하기를 기다리는 낙관적인 태도는 취할 수 없겠지. 【로키 파밀리아】는 당연히 미궁 밖에서 몬스터를 사로잡으려 한다고…… 그렇게 생각하게 만들어야만 해."

"다, 단장님…… 그 말씀은, 몬스터를 놓치지 않도록 크노소스를 지키면서…… 크노소스에서 나오는 이블스에게도 대처해야 한다는 뜻이 아님까……?"

"그래. 완벽하게 『진퇴양난』이지."

얼굴을 실룩거리는 라울에게 핀은 선선히 대답했다.

크노소스로 가려는 몬스터들을 놓치지 않으면서 이블스의 움직임도 포착해야만 한다. 특히 크노소스 측의 동향은 성가시다. 비유하자면 지키고 있던 성새 안쪽에서도 적이 쳐들어오는 꼴이므로. 그야말로 『앞문의 호랑이, 뒷문의 늑대』였다.

도시 내에서도 광대한 영역을 자랑하는『다이달로스 거리』에서 작전을 전개하려면 금세 정보가 혼란에 빠질 것이다. 다른 모험자도 수없이 드나드는 가운데, 목적을 달성하기란 지극히 어렵다는 사실을 모든 단원이 이해했다.

　그래도 핀은『해내라』고 명령했다.

　"이『계기』는 절대 놓칠 수 없어.『무장한 몬스터』야말로 농성 중인 적을 이끌어내기 위한『미끼』…… 이것이 우리에게 주어진 처음이자 마지막 기회야."

　핀은 모든 것을 이용할 생각이었다.

　『지능 있는 몬스터』와의『교섭』이라는 선택을 버린 데에는 유용한『미끼』로 다루려는 이유도 다분히 있었다.『열쇠』를 가지고 이동하는『무장한 몬스터』는 이블스에게도 고민거리인 것이다.

　불확정 요소를 배제하고 현실을 내다본 핀은, 이 상황을 최대한 활용하는 쪽을 택했다.

　"비밀통로 내에서 발견한 4개의『문』에는 충분한 전력을 배치한다. 지휘는 리베리아와 가레스. 오늘까지 소극적인 행동을 취했던 이블스도 이번만큼은 공세에 나서지 않을 수 없겠지. 다들 조심해."

　"그래."

　"알았네."

　핀은 리베리아와 가레스를 비롯한 각 단원들에게 지시를 내렸다.

아무도 끼어들지 않은 채, 그가 머릿속에 그린 작전대로 따랐다.

"제1목적은 어디까지나 『열쇠』의 확보야. 몬스터와 이블 스의 섬멸은 최악의 경우 뒤로 미뤄도 돼. 모두 이 『열쇠』 의 형상을 잊지 말도록 해."

핀이 꺼낸 것은 『다이달로스 오브』의 모조품이었다.

열쇠를 목격했던 자신의 기억, 그리고 【이슈타르 파밀리 아】 출신인 레나의 증언을 토대로 제작한, 단순한 금속 덩 어리였다. 단원들은 핀의 손바닥 위에 얹힌 모조품을 빤히 바라보았다.

"핀…… 검은 미노타우로스가 나오면, 어떻게 해?"

"현장의 판단에 맡기겠지만…… 절대 단독으로는 상대 하지 마. 원군이 올 때까지 철저하게 시간을 끌어. 알았지, 아이즈?"

"……응."

아이즈의 질문에 핀은 강하게 다짐을 받았다. 절대 우선 사항을 그르치지 말라고.

금색 두 눈은 파룸의 푸른 눈을 비추며, 고개의 움직임 에 따라 살짝 위아래로 오르내렸다.

"……우려했던 대로 이번 작전은 매우 고도하면서도 위 험과 어려움이 따를 거야."

지시 내용을 모두 전달한 후, 핀은 주위에 있던 멤버들 을 둘러보고 천천히 말을 이었다.

"하지만 그게 어쨌다는 거지?"

날카로운 눈빛과, 강한 의지로.

"크노소스에서 스러져간 동료들의 모습을 기억해? 기억한다면 우리는 불가능마저도 뒤집고, 부조리마저도 타파할 수 있지―― 그렇지 않아?"

""""네!!""""

모두가 기염을 토했다.

그들의 눈에는 이미 두려움이나 걱정 따위 존재하지 않았다.

조용히 묻는 두령의 말에 힘찬 전의와 함께 대답한다.

【브레이버】는 건재하다.

잃어버렸던 동료들의 목숨까지도 이용해 단원들에게 분노와 고양감을 가져다준다.

충분히 상승한 사기에 고개를 끄덕인 핀은, 문득 마지막에 떠오른 주의사항을 입에 담았다.

"만약 이상사태를 일으킬 사람이 있다면 그건 『그』가 될 거야. 결코 방심하지도, 놓치지도 말도록. 그 모험자는 이제까지처럼 우리의 예상을 뛰어넘어버릴 테니까."

마치 『그 소년』을 높이 평가하듯.

그의 『어리석은 짓』을 유일한 불안요소라 말하듯.

핀은 눈을 가늘게 뜨고 말했다.

"핀…… 그건."

"그래――."

아이즈의 목소리에 고개를 끄덕이며, 한 모험자의 이름을 불렀다.

　그 이름은 소녀의 가슴을 두드리고 오랫동안 메아리를 남겼다.

　"벨 크라넬."

막간

신들의

밀담

"『지능이 있는 몬스터』라…….."

"그래. 그게 이번 사건의 원인이자, 우라노스가 숨겨놓았던 『비밀』이야."

도시의 가장 높은 곳에서, 들을 이가 아무도 없는 밀담이 이루어지고 있었다.

『바벨』의 최상층.

여신 프레이야가 자리를 잡은 거성에 그 남신이 있었다.

모자를 벗고, 등황색 머리카락을 찰랑거리는 헤르메스였다.

"그래서? 나한테 정보를 제공해서, 너는 뭘 하려고?"

시각은 밤.

헤르메스는 도시를 혼란에 빠뜨린 사건의 전모를 프레이야에게 밝혔다.

『무장한 몬스터』의 정체 또한.

이에 따른 우라노스의 진의까지도.

『크노소스』에 도사린 『악』의 존재와 【로키 파밀리아】의 관계도 포함해, 모두.

반면 그러한 정보를 들은 프레이야의 반응은 "흐응"이었다.

잠깐 놀라만한 부분도 있었지만, 이미 아는 정보가 대부분이었다.

미신의 관심은 극단적으로 말해 단 한 명의 『소년』에게만 쏠려 있었다.

그와 비교하면『무장한 몬스터』의 운명이나 우라노스의 의도 따위 솔직히 어떻게 되어도 상관없다 싶을 정도였다.

"프레이야 님, 난 지금 벨 군의 현재 상황을 우려하고 있어."

벨 크라넬은 영락했다.

이제까지 쌓아올렸던 것들을 무너뜨리고, 그동안 올라왔던 계단에서 굴러 떨어졌다. 어떤『용사』가 우려했듯 사람들의 마음을 배신해 모든 것을 잃으려 했다.

그것은 남신이 바라지 않는 결말이었다.

"여기저기 바쁘게 뛰어다녔다고 생각하지만, 프레이야 님도 손을 빌려줄 수 없을까?"

"…………."

"당신도 저 하얀 빛이 실의 같은 시시한 것으로 무너지길 바라지는 않지?"

동시에, 여신이 바라지 않는 전개이기도 하다.

공통된 목적을 다시금 확실히 하며, 여리여리한 남신은 정중하게 청했다.

여기에 프레이야는,

"이슈타르와 항쟁할 때, 네가 나에게 무슨 짓을 했는지 벌써 잊어버렸어?"

만인이 넋을 놓을 정도로 아름다운 미소를 지으며 그렇게 말했다.

웃음의 이면에 감추어진 신의는 역린이었다.

이블스의 잔당과 손을 잡았던 【이슈타르 파밀리아】를 궤멸시키기 위해, 결과만 보자면 헤르메스에게 놀아난 꼴이 된 미의 여신은 지금도 화를 내는 상태였다.

늘 미소를 짓기만 하던 프레이야가 어지간해서는 보여주는 일이 없는 그 만면의 웃음에, 헤르메스의 얼굴이 한껏 굳어졌다.

얼굴을 굳힌 채, 선선히 항복의 뜻을 표하듯 두 손을 들었다.

사죄도 변명도 하지 않고, 죄도 인정하지 않은 채 그저 요구했다.

"그럼 부디 지켜봐줬으면 해."

소년의 앞길을. 자신이 이제부터 연출할 『역전극』을.

헤르메스는 말을 아끼며, 행간으로 선언하는 데에서 그쳤다.

"나는 아무 말도 하지 말라는, 그런 소리야?"

"응."

시선으로 응수한다.

여신의 은색 눈과, 남신의 등황색 눈이 서로 얽혔다.

헤르메스는 천천히, 공손히 예를 표했다.

"만약 나를 믿고 맡겨주겠다면……『열쇠』를 받고 싶어."

그제야 비로소, 꿈틀하고.

프레이야는 한쪽 눈썹을 움직였다.

"『크노소스』의 『열쇠』…… 그것이 있다면 내가 성가신

『지능 있는 몬스터』를 처리할게. 그리고 그를 다시 『영웅』
의 자리에 화려하게 복귀시키겠어."

"뭘 하려고?"

"『무대』를 만들 거야. 영웅이 돌아오기 위한."

몸을 꺾으며 인사하는 헤르메스를 보며, 프레이야는 깊
이 생각했다.

이슈타르가 송환될 때, 프레이야는 그녀의 권속인 청년
종자 탐무즈를 보호했다. 그가 가지고 있던 『크노소스』의
『열쇠』는 지금 프레이야에게 있다.

'로키에게는 넘기지 않고, 헤르메스에게 넘긴다……. 솔
직히 이 남자는 신용하지 않는데…… 하지만, 그래. 『그 아
이』가 이 고비를 넘어설 수 있다면, 『이쪽』에.'

영웅이 회귀하기 위한 『무대』.

신이 마련한 극적인 희곡. 혹은 촌극.

올바르게 헤르메스의 신의를 읽어낸 프레이야는 그것이
충분히 『시련』이 될 수 있다고 판단했다.

그리고 눈앞의 남신과는 다른, 자신의 『바람』이 들어
간다면── 어쩌면 『최고의 광경』을 얻을지도 모른다.

그것은 프레이야의 신의가 아닌, 소년의 초극(超克)을 바
라는 『선망』이다.

'그렇다면 나는…….'

모든 것은 이 선택을 위해, 로키에게는 양도하지 않고
열쇠를 남겨두었던 것이리라.

"오탈, 『열쇠』 가져와."

"예."

실내의 어둠 속에서 짧은 대답이 들리는가 싶더니, 잠시 간격을 두고 보어즈 종자가 프레이야에게 다가왔다. 그가 공손히 내민 것은 『D』라는 기호가 새겨진 매직 아이템이었다.

"좋아. 네게 줄게."

그때 내려진 여신의 선택은—— 혹은 변덕은.

그녀의 의도를 넘어서서, 온갖 이들의 『갈림길』이 되었다.

"고마워, 프레이야 님."

프레이야에게 받은 『다이달로스 오브』를 보며 헤르메스는 웃음을 지었다.

그리고는 재빨리, 시간이 아깝다는 양 신실 문으로 향했다.

실례하겠다는 말을 남기고 헤르메스는 퇴실했다.

"……헤르메스? 전부 다 알고 있다고 생각해놓고 발 걸려 넘어지지 말도록 해."

문이 닫히고 남신이 사라진 후.

프레이야는 웃음을 지으며 들릴 리 없는 충고를 건넸다.

그 말에 대답한 사람은 곁에 있던 오탈이었다.

"발이 걸리다니, 프레이야 님께 말입니까?"

"내가 아니야. ……『그 아이』에게 말이지."

그렇게 말하고, 창가까지 다가갔다.

이음매가 없는 장대한 창문의 밖에 펼쳐진 것은, 두꺼운 구름에 뒤덮인 검은색과 회색 하늘이었다.

지금은 아직 흐린, 어두운 하늘을 바라본다.

"인공…… 아니, 『신공(神工)의 영웅』이라니, 나는 그런 건 필요 없어. 이제까지 지겹도록 봤고."

그것은 공교롭게도, 어떤 『용사』가 말했던 『인공의 영웅』과 같은 울림을 띠고 있었다.

"내가 보고 싶은 건…… 아니, 세상이 원하는 건 『미지의 영웅』."

여신은 요염하게 웃음을 지었다.

이곳이 아닌 어딘가를 멀리 내다보는 듯 눈을 가늘게 뜨고, 은색 이슬을 떠내는 듯 자신의 머리카락을 귀 뒤로 넘기며.

"분명 말이지, 정체된 하계를 타파하기에 필요한 건…… 신들도 배신하는 『이단의 영웅』일 거야."

그 중얼거림은 혼탁한 암흑 속으로 빨려 들어갔다.

4장

다이달로스 전초전의 이면

Гэта казка іншага сям'і.

Дэдал перастрэлка і назад

© Kiyotaka Haimura

【로키 파밀리아】는『다이달로스 거리』중앙지대로 진지를 옮겼다.

미궁거리의 중심지는 탑이나 곳곳에 고층 건물이 있으며, 계단이며 좁은 길이 이중 삼중으로 뒤얽힌 혼돈의 지대다. 높은 곳에서 아래를 응시해도 온갖 구조물에 가려 지면이 보이지 않을 정도다. 핀이 본진을 둔 곳은 고성을 방불케 하는 대형 건물의 옥상이었다. 자리는 넓어『다이달로스 거리』전역을 내다볼 수 있었다.

지면을 끼고 바로 아래에는『크노소스』가 존재한다. 명공 다이달로스의 유산을 방어하고자 단원들이 배치되어 있다.

"단장님,【헤스티아 파밀리아】가 움직였습니다."

"그래……. 각 단원에게 전달. 조만간『상황』이 발생한다. 부대를 작전대로 전개시키도록."

"예!"

이번에 핀의 보좌를 맡은 사람은 아나키티였다.

보고를 기다리던 그녀에게 핀이 지시를 내렸다.

캣 피플 소녀가 달려나가고, 목소리를 높여 주위의 단원들에게 명령을 전달했다.

'감시하러 간 크루스 소대의 보고에 따르면 어제 벨 크라넬 일행은 장비와 아이템을 사기 위해 한 차례 외출을 했다지……. 접촉한 자는 없었다지만, 몬스터 측과 연락을 취했을 거야.'

『무장한 몬스터』에게는 『통솔자』가 있다.

가레스가 보고했던 그 인물을 핀은 테이머가 아닌 『메이 거스』라 보고 있었다. 티오나가 파괴한 거대 금속 덩어리 ——『골렘』—— 는 몬스터가 아니었다. 믿을 수 없게도 매 직 아이템이었다. 스스로 전투를 행하는 자동인형이라니, 핀도 들어본 적이 없었다.

오버스펙의 『메이거스』가 몬스터를 지원하고 있다. 아마도 우라노스가 가진 극비의 장기짝—— 사병(私兵)이 아닐까.

매직 아이템, 혹은 원시적인 편지여도 상관이 없다. 핀 은 도시의 지하수로를 따라 이동하는 『무장한 몬스터』와 【헤스티아 파밀리아】가 서로 연락을 주고받았다고 내다보 았다.

이미 몬스터 측은 이곳 『다이달로스 거리』에 잠복했을 거라 예상하며.

"핀."

휴식을 취하던 단원들이 본격적으로 움직이려 하는 가 운데, 아이즈가 혼자 찾아왔다.

"그 아이가 『다이달로스 거리』에 온다면…… 내가 감시 할래."

핀은 행동을 멈추고 소녀의 얼굴을 돌아보았다.

아이즈가 요청한 것은 벨 크라넬의 감시 역할이었다.

그것은 집착일까. 혹은 『미련』일까.

"음—…… 괜찮겠어? 아이즈 너는 이래저래 지나치게

벨 크라넬의 편을 들어주는걸. 솔직히 말하자면 네가 그의 행동을 일부러 눈감아주지 않을까 걱정하고 있어.”

겉으로는 변함이 없지만 내면은 『불안정』한 아이즈에게 핀은 기탄없이 말했다.

“솔직히 말할게, 아이즈. 지금의 벨 크라넬은 객관적으로 봐도 오라리오의 불안요소고 위험분자야. 그 사실에 대해 우리가 해야 할 일은 두 가지. 최대한 경계하고, 경우에 따라서는 행동을 저지하는 거야.”

“………….”

“네가 정말 그럴 수 있을까?”

한번 시선을 떨구었던 아이즈는 핀의 눈을 바라보며 고개를 고개를 끄덕였다.

“그 아이가 이상한 짓을 한다면…… 내가 막을 거야. 다른 사람에게 시키느니, 내가 막고 싶어.”

“………….”

“몬스터도 나타난다면…… 쓰러뜨릴 거야.”

그 말은 의무감처럼 들리기도, 사사로운 정을 품은 것처럼 들리기도 했다.

벨과 그녀 사이에 『무언가』가 있었음을 엿볼 수 있는 결연한 표정.

“알았어. 벨 크라넬은 네게 맡길게.”

“고마워…… 핀.”

핀은 솔직하게 아이즈를 평가하고 요청을 허가했다.

등을 돌리고 멀어져가는 그녀를 한동안 바라보다, 하늘을 우러러보았다.

"……비도 그쳤군."

어제부터 내리기 시작하던 비가 겨우 자취를 감추었다. 아직 남아있는 구름의 주름이 가늘게 보이며 달빛이 희미하게 새나왔다.

시각은 밤으로 접어들고 있었다.

창연한 어둠이 오라리오를 감싸려 했다.

구름이 계속 가리고 있던 천상에 별의 바다가 펼쳐졌다.

하늘이 내려다보는 광대한 미궁거리. 그 속에서 어떤 한 그림자가 남몰래 사람 없는 건물을 기어올라, 거구에 어울리지 않는 가벼운 움직임으로 옥상을 향해 도약했다.

각오를 다지듯 한순간의 간격을 두고, 짐승처럼 밤하늘을 우러러본다.

　우오오오오오오오오오오오오오오오오———………….

괴물의 포효가 어둠을 진동시켰다.

낮고 길게 이어지는 울음소리는 미궁거리 구석구석으로 울려 퍼지고 도시 끝까지 미쳤다.

모험자들은 일제히 고개를 들었다. 주민들은 하나같이 겁을 먹었다. 모두가 움직임을 멈추고, 그 순간이 왔음을 깨달았다.

아아아아아아————…………

이어서 하늘로 치솟은 것은 소녀의 것과도 같은 높은 목소리였다.

하늘에 메아리치며 교차하는 몬스터의 먼 울음소리. 사람들도 신들도 내용을 이해할 수 없는 『호령』이 밤하늘 위를 오갔다.

미궁거리에 자리를 잡고 있던 많은 모험자들이 고함을 지르기 시작했다.

"시작됐고마."

주황색 머리카락의 여신은 발을 멈추고, 고지대에서 주위를 둘러보았다.

"피르비스, 【로키 파밀리아】의 동향을 추적해다오."

"네, 디오니소스 님."

금발 남신은 요정 종자에게 지시를 내리고 『계기』가 될 만한 일전을 지켜보았다.

"단장님!"

"…………."

그리고, 움직이기 시작하던 단원들을 내버려둔 채 파룸

용사는 눈 아래에서 활개치는 어둠을 노려보았다.

『괴물』의 포효로 선언이 내려졌다.

전투의 막이 올랐다.

☙

적의 『작전』은 남쪽 구역부터 시작되었다.

"나, 나왔다!!"

"몬스터다! 뒷골목이다아!"

그곳에 나타난 것은 한 마리의 알미라지. 헐렁헐렁한 푸른색 배틀클로스, 목에 걸린 것은 망가진 회중시계. 【로키 파밀리아】가 교전했던 『무장한 몬스터』와 전혀 다르지 않은 모습으로 미궁거리 남쪽의 뒷골목을 뛰어다녔다.

모험자들은 노성을 지르며 사냥감을 향해 쇄도했다.

"'알미라지'가 나왔다!"

"저쪽이다, 몰아붙여!"

귀에 들려오는 요란한 소음을 내버려둔 채, 아이즈는 초지일관 자신의 『일』에 종사했다.

'망설일 필요는 없어. 나는 저 아이를 지켜볼 거야.'

지붕에 선 그녀의 시선 너머, 눈 아래의 길에 있던 것은 벨 크라넬.

소년이 『다이달로스 거리』에 도착한 후로 이제까지, 아이즈는 계속 그를 마크했다. 수상한 움직임을 보이거나, 혹은 몬스터와 접촉하면 즉시 붙잡을 간격을 유지하며.

쓸쓸한 표정으로 이쪽을 흘끔 쳐다본 벨은 곁에 있던 하프엘프 길드 직원의 손을 뿌리치더니 쏜살같이 달려 나갔다.

『술래잡기』가 개시되었다.

"가자, 놓치지 마라!"

감이 좋은 모험자들은 아이즈와 마찬가지로 알미라지에게 교란당하지 않고 벨 크라넬 추적을 선택했다. 지붕을 따라 뛰어가는 아이즈의 시야 속에, 실력자임을 알 수 있는 상급 모험자의 모습이 몇 명이나 들어왔다.

벨은 속도를 늦추지 않고 미궁거리 남동쪽으로.

아이즈의 눈은 길을 따라 달려 나가는 그의 뒷모습을 놓치지 않았다. 그리고 벨은 느닷없이 진로를 변경한다.

골목길을 꺾어 건물 뒤로 잠시 숨은 순간, 소년의 모습은 형체도 없이 **사라졌다.**

"?!"

"【리틀 루키】는 어디로 간 거야?!"

아이즈의 놀라움과 모험자들의 혼란 섞인 목소리가 동시에 솟아났다.

벨의 모습이 문자 그대로 사라져버려, 다른 이들은 아연실색해 뻣뻣이 서 있었다. 아이즈조차 한 번은 발을 멈추었다.

다음으로는 곳곳에서 혼란이 솟아났다.

"찾았다, 【리틀 루키】다! 그 집으로 들어갔어!"

"아니야, 이쪽이다! 대로 쪽이다!"

"아앙?!"

"모, 몬스터다! 몬스터가 나왔다!"

적을 찾았다는 목소리가 여기저기서 터져 나와 모험자들이 당황했다. 몬스터 발견 소식은 그렇다 쳐도 벨 크라넬이 여기저기에 나타난다니, 이게 무슨 소리인가. 물론 모두 오보뿐이었다. 모든 이들이 몬스터도 소년도 놓쳐버렸다.

깨닫고 보니, 주위 일대는 파란의 소용돌이를 형성하고 있었다.

"사라졌어?"

모험자들의 곤혹스러워하는 고함을 무시하고, 아이즈는 냉정하게 주위를 둘러보았다.

'――아냐. **있어.**'

그리고 즉시, 『모습을 감춘 벨』의 『기척』을 포착했다.

모습이나 냄새를 아무리 지워도, 희미한 발소리와 기척을 포착하는 제1급 모험자의 지각범위에서는 벗어날 수 없다.

'틀림없어. 『투명』해진 거야! 주위의 혼란도 벨의 동료들이 한 짓일까?'

역전의 【검희】는 다른 모험자들을 내버려둔 채 소년의

『기척』을 홀로 추적했다.

혼란스러운 상황을 만들어낸 것은 적의 『마법』일까, 아니면 『매직 아이템』일까. 어쨌거나 방심했다가는 추월당한다. 아이즈는 벨 크라넬이, 아니, 【헤스티아 파밀리아】가 한 수 아래라는 오만을 머릿속에서 철저히 떨쳐냈다.

한 사람의 수렵자가 되어, 소년을 계속 추적했다.

그러나.

"【검희】."

"!"

그녀의 앞길을 가로막는 자가 나타났다.

후드가 달린 롱 케이프. 아이즈와 같은 롱 부츠. 복면으로 얼굴을 숨긴 모험자.

아이즈의 앞을 가로막은 그 인물은 허리에 찼던 목검을 뽑아들었다.

"한 수 겨뤄다오."

아이즈는 눈을 크게 떴다.

"지금…… 여기서?"

"나 또한 어둠 속에서 살아가야 하는 자. 이러한 상황이 아니라면 당신과 검을 나눌 기회도 없을 터."

검술을 추구하는 사람이, 전 세계에 이름을 떨치는 【검희】에게 승부를 청하는 것은 드문 일이 아니었다. 늠름한

© Kiyotaka Haimura

목소리에도 거짓이 담긴 것 같지는 않았다.

하지만 이 타이밍에, 정말로 우연일까.

'벨의…… 동료?'

다시 말해 발을 묶는 역할.

손을 검대에 가져다대며, 아이즈는 멀어져가는 소년의 기척 쪽으로 흘끔 눈을 돌렸다.

"미안하지만 응해줘야겠다."

그런 아이즈에게 복면 모험자는 날카롭게 파고들며 공격을 펼쳤다.

——빠르다!

제1급 모험자에 필적하는 속도로 날아드는 목검에 아이즈는 어쩔 수 없이 발검했다. 무기 사이에서 경쾌한 소리가 울려 퍼진 것과 동시에 두 사람은 기세에 몸을 맡기고 지붕 위에서 뒷골목으로 내려섰다.

아이즈는 벨의 추적을 단념하고, 복면 모험자에 맞서기로 했다.

"알미라지가 남쪽에 출현했다고 합니다! 남동쪽 지구에서도 몬스터의 목격정보 다수!"

"오인 정보가 뒤얽힌 듯해서…… 주위 일대가 혼란에 빠졌습니다!"

【로키 파밀리아】의 본진에는 시시각각 전황의 추이가 전달되었다.

주된 정보 전달수단은 마석등 신호기. 건물 옥상에 대기한 단원이 신호기를 깜빡거려, 본진이 설치된『다이달로스 거리』중앙지대에 정보를 모으는 것이다.

"진형을 흐트러뜨리지 마라! 철저하게 위치를 지키도록 전해!"

아나키티는 신호를 받는 단원들에게 목소리를 높였다.

뇌리에『게임판』을 그려놓고 수백 차례의『대전』을 펼치고 있는 파룸 두령의 생각을 방해하지 않도록, 지휘는 부관인 그녀가 맡았다.

'벨 크라넬 이외의【헤스티아 파밀리아】멤버들이 전부 감시를 뿌리쳤군. 주신까지도. 매직 아이템의 힘 아니면『다이달로스 거리』의 지리를 이용했을 텐데, 어쨌거나 지금은 적이 자유롭게 움직일 수 있는『시간』이지.'

핀은『선공』을 양보했다.

애초에 작전을『양면전개』하는 이상【로키 파밀리아】에 여유는 없다.

적의 동향을 간파하고 대응해야만 하는『후공』을 강요당하는 상황이다.

'예측대로 몬스터 측은 벨 크라넬을『미끼』로 삼을 태세……. 이쪽은 최강전력인 아이즈를 그에게 배치했지. 자, 과연 어떻게 나올까.'

아이즈의 요청은 핀에게도 생각지 못한 구원이 되었다.

적의 잔재주를 아군 최강의 『말』 중 하나로 봉쇄하는 한 수. 필연적으로 적은 움직일 수밖에 없다. 일단은 솜씨를 보도록 하자.

"벨 크라넬도 남동쪽으로 갔습니다! 어, 그리고 아이즈 씨가 추적을 못하고 있는 것 같은데⋯⋯."

"말했다시피 벨 크라넬은 미끼야. 아이즈에게 맡기고 무시해. 남쪽과 남동쪽은 아직 움직이지 않아도 돼."

아이즈를 뿌리쳤다는 정보는 단원들에게도, 아나키티에게도 놀라움을 주었다.

핀도 내심 놀랐지만 재빨리 지시를 이어나갔다.

"그보다 서쪽이 수상한걸. 엘피, 북서쪽에 있는 티오네와 티오나에게 98번가까지 이동해서 그물을 펼쳐달라고 전해줘."

"네!"

태연한 단장의 모습을 본 다른 단원들 또한 흐트러짐 없이 힘차게 달려 나갔다.

【로키 파밀리아】는 적의 양동에 흔들리지 않는다. 『크노소스』를 포위한 철벽의 진형을 유지했다.

'아이즈는 아마 발이 묶였겠지. 복병을 만났나? 적의 전력은 예상 밖이지만⋯⋯ 그쪽은 괜찮아. 아이즈라면 금방 감시로 복귀할 거야.'

장창의 자루를 오른쪽 어깨에 얹으며 핀은 생각에 잠

겼다.

'마음에 걸리는 건, 우리의 감시와 척후에 상대가 전혀 걸려들지 않는다는 점. 우리의 카드를 읽힌 걸까……. 아냐, 더 **치사한** 느낌이 들어.'

자신의 예측을 모조리 배신하는 적측의 움직임. 매직 아이템일까?

자신의 선견이 적용되지 않는 존재의 요소를 고려하며 근처의 단원들에게 물었다.

"검은 미노타우로스의 정보는?"

"아직 들어오지 않았습니다."

"그렇군……. 진형은 유지해. 잠깐 두고 봐야겠어."

핀은 조용히 전황을 지켜보는 태세를 관철했다.

그리고 그와 병행해.

또 한 가지 『작전』에도 의식을 할애하며 생각을 끊임없이 회전시켰다.

『이쪽』은 **아직 괜찮아.** 아직 예상 범주 내. 문제는──.'

──『저쪽』이지.

핀은 낮을 찡그렸다.

"식인꽃이 옵니다!"

그 외침이 울려 퍼진 곳은 『다이달로스 거리』의 지하, 비밀통로.

긴박한 낯빛을 띠고 자세를 잡은 모험자들에게 황록색의 거대한 몬스터가 육박했다.

『워어어어어어어어어어어어어어어어어어어!』

깨진 종을 두드리는 것 같은 울음소리를 터뜨리는 식인꽃에게【로키 파밀리아】의 단원들이 응전했다.

폭이 넓은 지하통로라고는 하지만 대형급에 속하는 몬스터가 세 마리, 네 마리, 계속해서 늘어났다.

이리저리 휘둘러대는 촉수와 추악한 턱 공격이 이어졌으며 심지어 숫자가 자꾸 증가하니 단원들은 고전했다.

"어느『문』이 열린 겐가?!"

가레스의 고함에 단원이 외쳤다.

"남서쪽입니다! 크노소스에서 지금도 몬스터의 무리가…… 출현이 멈추질 않습니다!"

한순간의 허점을 찔렸다. 지하통로에 대기하던 단원들이 지상의 알미라지 출현 소식에 정신이 팔린 순간, 아무런 조짐도 없이 크노소스의『문』이 열리더니 그 뒤에 숨어 있던 식인꽃의 무리가 탁류처럼 풀려나왔던 것이다.

기습을 방은 단원들은 밀어내지 못한 채 일시 후퇴할 수밖에 없었다.

"몬스터의 유출은 그쳤지만 아직『문』은 열려 있습니다! 지금이라면 억지로 안에 침입할 수도……!"

"관두게,『함정』이니! 미궁에 들어갔다간 그 순간 갇혀서

지분지분 당할 뿐이야! 그 증거로 몬스터만 나왔을 뿐 잔당은 한 놈도 없지 않나!"

가레스는 조바심을 내는 단원들의 호소를 일축했다.

몬스터를 조종하는 테이머나 괴인이 한 명이라도 있었다면 사로잡을 지표가 됐을 것이다. 하지만 풀려나온 것은 잡병인 몬스터뿐. 『열쇠』의 탈취는 고사하고 적의 전력 저하조차 기대할 수 없다.

몬스터를 잔뜩 풀어놓는 적의 노림수는 명백히 소모전 ──『시비걸기』였다.

"이게 『진퇴양난』이란 말이지! 핀 그놈, 좀 편한 작전을 고르지 않고!"

투덜거리면서 밉살스럽게 웃음을 지은 가레스는 자신의 도끼를 휘둘렀다.

"리베리아 님, 몬스터가 늘어났습니다!"

한편 남동쪽을 지키던 리베리아를 비롯한 엘프 부대도 적의 습격에 시달리고 있었다.

리베리아의 부관을 맡은 아리시아가 쇼트 보우와 『마법』을 쏘며 고운 얼굴에 조바심을 드러냈다.

"적측의 움직임을 포착할 상황이 아닙니다! 이대로 가다가는 설령 이블스를 유인해낸다 해도……!"

"버텨라. 그리고 아리시아, 동요하지 마라. 너의 동요는 다른 엘프에게도 전해진다. 『거목의 마음』을 가지고 싸워라!"

리베리아 자신이 전선에 서서 『병행영창』을 연주하며 식인꽃 몬스터의 미끼가 되는 가운데, 엘프의 일제사격이 통로와 함께 적을 휩쓸었다. 그러나 이내 다른 몬스터가 나타났다.

전초전이 벌어진 지상과는 달리 이미 격전의 양상을 띤 지하통로.

한쪽 눈을 감은 리베리아는 영창을 마치고 얼음의 포격을 펼쳤다.

『【로키 파밀리아】…… 멍청한 놈들.』

오리할콘 『문』 안쪽에서 자남색 로브가 출렁거렸다.

등 뒤에 식인꽃 몬스터 『비올라스』며 물거미 몬스터 『바르그』를 거느린 가면인물은 수많은 육성이 겹쳐진 기분 나쁜 음성으로 【로키 파밀리아】를 조롱했다. 메탈 글러브가 강착된 손을 내밀어 또 다른 괴물의 무리를 모험자들에게 보낸다.

"그래그래, 다들 수고해~."

크노소스 안에 있는 타나토스 또한 웃음을 지었다.

미궁 내부의 거대한 홀, 이블스의 거점. 중앙에는 거대 홍옥이 비치된 좌대가 있었으며 이를 조작해 크노소스 내의 『문』을 자유로이 조종한다. 이런 특성 때문에 잔당들 사이에서는 『미궁주의 방』이라 불리는 곳이다.

자신의 사도들이 가져다주는 【로키 파밀리아】의 정보를 들으며, 죽음을 관장하는 남신은 희미한 웃음을 지었다.

  "이켈로스네가 저질렀던 짓은 그야 예상 밖이었지만…… 그쪽 작전은 읽을 수 있다고. 분명 『말하는 몬스터』들이 가진 『열쇠』를 미끼삼아 우리를 낚으려는 속셈이겠지?"

  진보라색 장발을 출렁이는 신은 퇴폐적인 분위기를 풍기며, 앉아있던 좌대 위에서 다리를 꼬았다.

  "이쪽은 몬스터를 보내기만 할뿐. 그러면 저쪽은 알아서 자멸. 응, 편한 작업이네. 싸움 같은 거 하나도 모르는 나도 할 수 있어."

  타나토스는 핀의 꾀를 제대로 간파하고 있었다.

  동시에 그것이 【로키 파밀리아】에게 얼마나 부담을 주는지도.

  말 그대로 타나토스 일파는 몬스터를 풀어 『시비』를 걸기만 하면 그만이다. 그러면 지하통로에 포진한 【로키 파밀리아】는 힘이 빠질 수밖에 없다. 이블스 측은 몬스터를 아무리 잃어도 별 피해가 없다.

  괴인들의 협조 덕에 『극채색 몬스터』는 크노소스 내에 무수히 있으니까.

  "몬스터 팍팍 보내~."

  "예!"

  당장이라도 콧노래를 부를 것 같은 타나토스의 늘어지

는 목소리가 울렸다. 그리고 사신의 사도가 달려 나간다.

"바르카도 협조 부탁해."

"……쓸데없는 시간이다. 그러나 할애해야 할 노력이기
도 하지."

타나토스의 곁에서, 좌대 앞의 대형 홍옥을 조작하던 자
는 명공 다이달로스 일족의 후손, 바르카였다.

햇빛을 잊은 하얀 앞머리 안에 숨겨진 왼쪽 눈이 『D』의
빛을 뿜어내며 미궁 내의 격벽──『문』을 해방시키고 그
안에 있던 식인꽃을 풀어놓는다. 『문』의 개폐를 되풀이해
바르카는 몬스터를 미궁 밖으로 유인했다.

"이런 상황에선【로키 파밀리아】도 대응하지 못하지……
너희가 꾸물거리는 동안 별동대로 『열쇠』를 회수할게."

『무장한 몬스터』에게도 이미 대책을 마련해놓았다.

타나토스는 돌로 가로막힌 천장을 올려다보며, 지상에
서 포진하고 있을 적의 세력에게 웃음을 지었다.

"『진퇴양난』은 아주 괴롭지~【브레이버】."

【로키 파밀리아】의 곤경은 이어진다.

【타나토스 파밀리아】의 희극은 이어진다.

타나토스는 어린아이처럼 킥킥 웃었다.

지하통로 내에서 힘든 전투가 펼쳐질 동안.

지면 너머의 지상에서도 드디어 소란이 본격화되고 있었다.

"우와…… 역시 단장님입다. 진짜 전투가 일어났지 말입다."

진지 한쪽을 이끌며 라울은 그렇게 중얼거렸다.

새삼스러운 말이지만, 라울 놀드는 제2급 모험자다.

【스테이터스】는 Lv.4. 이 말만 놓고 보면 틀림없는 강자에 속하지만, 그럼에도 다른 파벌 사람들에게 시원찮은 인상을 주는 것은 그의 성격 탓이다.

핀을 비롯해 도시 내에서도 손꼽히는 제1급 모험자들에게는 아무래도 위축되어 영 자신감을 얻지 못하는 일반인의 귀감. 난폭한 성향을 가진 이가 많은 모험자에는 어울리지 않을 만큼 낮은 자기평가도 『범부』로 간주되는 이유 중 하나였다.

그렇기에 그는 그들을 상대하는 『적』에게 딱 알맞은 『구멍』으로 보일 때가 있다.

"──라울!"

"엑…… 다, 단장님?!"

그 목소리에 돌아본 라울은 괴상한 목소리를 냈다.

본진에 있어야 할 핀이 달려왔기 때문이다.

라울이 이끄는 부대의 위치는 미궁거리 서쪽, 중앙지대에 인접한 방어선. 일부러 본진에서 달려온 핀에게 휴먼 청년은 당황해 갈팡질팡했다.

"왜, 왜 여기 오신 검까?! 지휘는……."

"몬스터의 본대가 남동쪽에 나타났어! 검은 미노타우로스도! 현지에 있는 아이즈와 합류해서 놈들을 단숨에 쳐야겠어! 부대에게 통달해. 진형을 변경하겠다고! 나도 간다!"

"네, 네헥!"

강한 어조와 『검은 미노타우로스』라는 단어에 라울은 반사적으로 차렷 자세를 취하며 대답했다.

눈앞의 파룸에게는 아무런 의심도 품지 않은 채.

"그런데 라울, 『크노소스』의 배치는 기억하지?"

"네? 지하의 『크노소스』말임까? 기억은 하지만……."

"가르쳐줘. 마음에 걸리는 게 있어."

라울은 당황하면서도 핀의 지시에 따랐다.

"어, 그동안 발견된 게 북서쪽하고 북동쪽, 남서쪽하고 남동쪽까지 네 곳의 『문』이지 말임다. 가레스 씨네가 지키고 있을 텐데……."

"그렇군……. 나는 먼저 가겠어. 주위 일대에 있는 사람들을 모아다 너희도 남동쪽으로 가줘."

"아, 알았슴다!"

위대한 단장의 지시에 라울은 두말없이 움직였다.

단원들에게도 진형을 바꾸도록 지시해, 『검은 미노타우로스』토벌을 우선시하는 핀의 의도에 따랐다.

'어라? 근데 단장님, 창은 어디다 둔 거지……?'

라울은 깨닫지 못했다.

떠나가면서 등을 돌린 『핀』이 입술 양끝을 틀어 올리고 있었음을.

"——라울?"

핀은 그 진형의 변화를 가장 먼저 알아차렸다.

서쪽 부대가 남하하는 움직임.

예정에 없던 이동에 신호기의 인광도 동요하듯 출렁거렸다.

"서, 서쪽의 부대가 남쪽으로 전개 중! 몬스터의 대군이 출현해 이를 포위하기 위해서라고 합니다!"

"그런 연락 이쪽에는 안 왔어! 게다가 단장님은 지시한 적도 없잖아! 왜 멋대로 움직이는 거야!"

"그, 그게…… 라울 씨한테 단장님이 직접 찾아와서 지시를 내렸다는데요……."

"뭐?!"

전령을 맡은 단원의 보고에, 아나키티가 공교롭게도 라울과 똑같이 괴상한 목소리를 내고, 핀과 눈 아래의 거리 사이에서 시선을 왕복시켰다.

본진이 갑자기 술렁이는 가운데, 핀은 혼자 기시감을 느끼고 있었다.

약 2개월 전, 【리틀 루키】가 도시에 명성을 떨쳤던 파벌 사이의 전쟁. 그 전투 속에서 한 파룸이 【아폴론 파밀리아】를 배신하고 【헤스티아 파밀리아】에 승리를 가져다주었다.

만약 그것이 배신이 아니라 변장, 아니, 『변신』 같은 것이었다면──

"그렇게 된 거였군……."

"단장님?"

의아한 표정을 짓는 아나키티를 곁눈질하며, 마음속으로 한 동족의 얼굴을 떠올리고 있었다.

'그 아이인가?'

벨에게 매료되었던 『미노타우로스』 사건 이후, 사실은 계속 점찍어두었던 동포가 있었다. 소년을 위해 자신의 목숨마저도 불사하고 도움을 청하러 달려와, 핀에게 『용기』를 인정받았던 소녀였다.

【헤스티아 파밀리아】 내에서 가장 수완이 뛰어나리라 여겨지는 그녀의 소행이리라고 핀은 추측했다. 매직 아이템 내지는 『마법』의 힘으로 라울과 함께 자신에게 한 방을 먹인 것이다.

마음속 어디선가, 주의해야 할 상대는 벨 크라넬뿐이라고 얕잡아보았던 핀의 실수였다.

"부대를 철수시켜. 진형의 구멍은 북쪽의 나르비 소대에게…… 아니, 안 되겠는걸. 한 발 늦었어."

핀은 이동한 부대를 대신의 구멍을 메울 명령을 내리려 했지만, 이내 고개를 가로저었다.

그 직후── 까앙, 까앙, 까앙!!

마치 핀의 체념을 긍정하듯 몬스터 발견 경보가 서쪽에

서 울려 퍼졌다.

"다, 단장님?! 몬스터의 대군이 서쪽에서 갑자기 출현해서, 라울 씨가 비운 구멍을 뚫고 『다이달로스 거리』 중앙지대로!"

"나도 알아, 진정해. 그쪽도 알아차렸겠지만 티오네와 티오나를 도로 불러줘. 남은 수비대와 앞뒤에서 협공할 테니."

눈 깜짝할 사이에 동요가 내달리는 본진 속에서 핀은 의연한 두령의 모습을 보여 아군의 혼란을 막았다. 단원들도 침착함을 되찾고 각자 해야 할 일에 종사했다.

"적의 진로는? 『크노소스』의 어디로 향하고 있지?"

"어…… 직진! 출현한 서쪽 지점에서 똑바로 동쪽을 향해 나아가고 있습니다!"

"——직진? 진로도 『크노소스』 서쪽?"

하지만 그 보고에 핀은 처음으로 표정을 바꾸었다.

당혹감을 드러내면서도 고개를 끄덕이는 단원을 쳐다보고, 시점을 미궁거리 쪽으로 돌렸다.

'서쪽에 나타난 이상 북서쪽이나 남서쪽으로 진로를 잡을 거라고 생각했는데…… 『크노소스』의 서쪽에는 『문』이 없었다. 적어도 우리가 지난 나흘 동안 수색했던 결과로는. ……설마, 우리가 모르는 경로를 알고 있나?'

핀의 판단은 빨랐다. 생각할 수 있는 것 중에서 최악의 케이스를 상정하고 어떤 기억을 검색했다.

'신 이켈로스는 『다이달로스의 수기』가 존재한다고 그

랬지. 『크노소스』의 설계도가 있다고……. 적이 그걸 가졌나?

사정청취 때, 자기에게는 없다고, 크노소스 어딘가에 떨어져 있을지도 모른다고, 그 남신은 분명 그렇게 말했다. 로키의 앞에서 한 말이었으므로 핀도 그 말을 믿었다.

하지만 만약 자신들의 눈을 속였던 것이라면…… 아니, 이켈로스도 감지하지 못한 장소에서 『수기』의 행방이 이리저리 옮겨 다니기라도 했다면.

"위험하게 됐는걸."

중얼거린 핀은 자신의 오른손을 내려다보았다.

예감을 알려주는 엄지는 지금도 반응이 없었다.

'——모르는 사이에 지나치게 감에 의존했군.'

부끄럽게 생각하고 반성하며 핀은 재빨리 태세를 전환했다.

당초 『무장한 몬스터』들을 지하통로 내로 유인하는 데까지 상정했던 계획을 변경했다. 이블스를 낚기 위한 『미끼』로 쓰려던 생각을 포기하고, 지상에서의 포획을 우선시하기로 했다. 자신들이 알 수 없었던 제3의 경로가 있는 이상 중앙지대까지 진군을 허락할 수는 없었다.

"아나~ 핀~."

그때, 늘어지는 주신의 목소리가 들렸다.

"어딜 다녀온 거야, 로키?"

"여그저그."

모두가 바쁘게 뛰어다니는 본진에 로키가 나타났다.

등 뒤로 다가오는 그녀에게 핀은 눈길조차 주지 않고 물었다.

"음— 생각하는 중이가, 핀?"

"응. 조금 자만했던 것 같아. 지금은 가만히 놔둬주면 좋겠는데."

지금도 열심히 머리를 굴리는 핀의 옆얼굴을 로키는 빤히 바라보았다.

그리고 아주 살짝 입가를 틀어 올렸다.

핀의 두 어깨에 두 손을 얹고, 귓속말을 한다.

"핀—— 니 똑똑히 본나."

"————."

들리는 신의 속삭임에 핀은 생각을 중단할 수밖에 없었다.

똑똑히 보라니, 소년을?

아니면 괴물을?

핀은 로키의 신의를 헤아릴 수 없었다. 로키도 일부러 핀에게 생각하게 두고 있었다.

시선만 돌려 옆을 보니, 여신은 희미하게 웃고 있었다.

"누구의 눈도 아닌 니 눈으로 말이제."

"…………."

"그 후의 판단은 니한테 맡길기라. 내는 이제 암말 안 할란다~."

어깨에서 두 손을 떼고 여느 때와 같은 분위기로 헤실헤실 웃는 로키.

파닥파닥 손을 흔들고는 핀의 앞을 떠나갔다.

"…………."

미미한 공백.

소란이 끊일 줄 모르는 본진에서 핀은 한숨을 토해냈다.

주신의 말을 머리 한구석에 놓아둔 채, 지금은 전황에 대한 대처를 우선시했다.

즉시 얼굴을 두령의 표정으로 바꾸고, 『다이달로스 거리』를 다시 바라보았다.

"라울을 여기로 불러와. 얼른."

"아, 네!"

명령을 받은 전령 중 한 사람, 엘피가 달려 나갔다.

핀은 다시금 막힘없는 지시를 내렸다.

"진형을 변경하겠어. 지하통로 남서쪽에 있는 가레스 부대를 이동시켜. 몬스터를 상대하기 위한 예비부대로."

"단장님, 그래도 되나요? 지하 부대를 움직이면 이블스 측의 움직임을 억제하기 힘들어질 텐데요……."

"몬스터들이 크노소스로 이어지는 경로를 파악하고 있다면 지하에 부대를 배치해봤자 별로 의미가 없어. 『진짜』를 낚을 『미끼』 그 자체를 놓쳤다간 본전도 못 찾을 거야. 이블스 측의 공세도 격렬해진 지금, 상대를 흔들기 위해서라도 가레스 부대를 움직여야겠어."

"아, 알겠습니다!"

아나키티는 『미끼』인 『무장한 몬스터』를 우선목표로 삼겠다는 핀의 뜻을 이해했다. 핀은 그녀에게 설명하는 한편 다른 생각도 굴리고 있었다.

『후수』가 될 수밖에 없었다고는 하지만 『공세』를 너무 양보했을지도 몰라. 겁먹지 않고 적극적으로 나서다니…… 벨 크라넬도 그렇고, 정말로 『너희』는 나를 곤란하게 만드는구나.'

속으로 투덜거리면서도 핀은 이 상황에서 웃고 있었다.

게임판을 끼고 날카롭게 말을 움직여나가는, 얼굴이 보이지 않는 『상대』에게 설렘을 품듯.

'싫어할지도 모르겠지만 나와 『그녀』의 생각은 비슷해. 그렇다고 한다면 다음 움직임은…….'

생각에 결론을 내리고 핀은 고개를 들었다.

"아키! 부대를 하나 맡길 테니 출발해줘."

잇달아 대담하게 배치를 변경하는 핀 때문에 본진은 술렁거렸다.

"그건 상관없지만…… 단장님의 보좌는 어떻게 하고요?"

"라울에게 대신 맡기겠어. 이 작전은 너만이 할 수 있거든."

핀의 신뢰에 아나키티는 표정 하나 바꾸지 않고 고개를 끄덕여 대답했다.

단장이 재빠르게 전한 임무의 내용을 한 글자 한 어절 정확하게 머릿속에 새겨 넣는다.

반짝반짝, 신호기의 빛이 격렬하게 오가는 미궁거리를 내려다보며 핀이 말했다.

"지금부터 말하는 장소에 『그물』을 펼치도록 해."

🔥

"로키, 어딜 다녀온 거야?"

핀의 곁을 떠나, 로키는 디오니소스에게 향했다.

【로키 파밀리아】의 본진 부근에 세워진 첨탑 안의 창가였다.

"내 쫌 길드에."

"뭐? 설마 우라노스에게?"

"글씨다~."

디오니소스의 비난하는 듯한 시선에 로키는 히히히 웃을 뿐이었다. 평소 얄밉게 생각하던 남신의 불만스러운 표정에 후련함을 느끼며 주위를 둘러보았다.

깨알만하게 보이는 마석등의 불빛, 끊임없이 깜빡이며 교신을 되풀이하는 신호. 북서쪽에 보이는 등화는 미궁거리의 피난민을 모아둔 광장의 화톳불일까.

디오니소스의 곁에 피르비스는 없었다. 로키에게는 호위로 단원이 두 사람, 거리를 두고 서 있었다.

"……이 상황을 어떻게 봐?"

"내가 아나. 『신의 거울』이나 천리안이라도 안 쓰믄 어데서 뭐가 일어나는지 암것도 모르겠데이."

"그건 그렇군."

어둠을 노려보는 디오니소스에게 로키는 혀를 낼름 내밀었다.

미궁거리의 분위기 변화를 민감하게 냄새 맡듯 코를 울렸다.

"마, 탐색전은 끝났다고 봐야겠구마."

서쪽에서 아직도 울려대는 경보 소리.

그 음색은 로키의 말대로 전초전이 끝났음을 알리는 벨의 소리였으며, 동시에 핵심 전투에 돌입했음을 알리는 호포이기도 했다.

로키는 실눈을 가늘게 떴다.

"이제부터는 진짜 쌈이데이."

🔥

그녀는 수인 소녀였다.

다른 자들과 마찬가지로 길드가 『무장한 몬스터』에게 걸었던 현상금을 노리고, 거금을 뜯어내고자 어부지리를 노리는 얄팍한 모험자 중 한 사람.

그렇게 가장하고 수많은 무법자들 사이를 쪼르르 오가다가, 때로는 "저리 비켜!" 하는 호통을 들어가며 정보를 모았다.

"끄, 끔찍해……."

"몇 명이나 당한 거야?!"

그곳은 피바다에 잠겨 있었다.

복잡하게 얽힌 골목 곳곳에 많은 모험자가 쓰러져 시산혈해의 양상을 띠었다. 『엄청난 완력』에 파괴되고 부서지고 선혈을 흩뿌린, 그런 광경이었다. 쓰러진 모험자들 중에는 광대 엠블럼을 단 자도 있었다.

주위의 참상에 숨을 멈추면서, 다른 모험자들에게 들키지 않도록 소녀는 그 자리를 빠져나왔다.

『277번가』라고 적힌 골목에서 『278번가』 간판이 붙은 뒷골목으로.

미궁거리 동쪽 구역을 이동하던 소녀는 주위에 인기척이 없음을 꼼꼼히 확인한 다음 그 자리에서 쪼그리고 앉아 손을 가만히 입가에 가져다댔다.

"안 되겠어요. **제노스**는 없어요. 아마 합류지점에 있던 모습을 모험자들에게 들켜서…… 네, 네…… 네. 합류는 포기하고 이제부터 다시 교란을……."

혼자이면서도, 조그만 손 안에 들린 『수정』에 연신 중얼거린다.

속삭임을 멈추고 일어나던 소녀는 주위를 둘러보고 다시 달려가려 했다.

그때.

"단장님 예측대로——."

어?

라고 말하려던 소녀의 목소리는.

지면에 드리워진 그림자에 차단당했다.

"──남쪽에서 동쪽으로 빠져나왔구나."

머리 위에서, 소리도 없이, 그야말로 고양이처럼 사람의 모습이 뛰어내렸다.

소녀가 지각하지도 못하도록 등 뒤에 착지한 『그녀』는 소녀의 가녀린 목에 칼날을 가져다댔다.

"──흐윽?!"

그리고 뒤로 비틀려 올라가는 왼팔.

목덜미를 엄습하는 싸늘한 검의 감촉.

한순간에 장악당했다.

아직도 상황을 이해하지 못한 수인 소녀는 눈을 한껏 크게 떴다.

『서포터 군? 왜 그러느냐? 무슨 일이 있었느냐?』

오른손에 들린 수정이 미세하게 빛을 내며 누군가의 목소리를 이 자리에 전했다.

귀를 꿰뚫을 정도의 정적에 휩싸인 뒷골목 속에서, 칼날이 붙은 목덜미에서 붉은 핏방울 한 줄기가 흘러내렸다.

칼날이 『둘러대라』고 행간으로 요구하는 가운데, 소녀는 숨을 멈춘 채 떨리는 입술을 열었다.

"모험자가, 있어요⋯⋯. 들켰으니까, 한동안 교신을 끊으세요⋯⋯."

『음, 알았다.』

숨을 죽인 소녀의 긴장을 모험자가 접근해서라고 이해했는지, 수정 너머에 있는 신물은 아무 것도 알아차리지 못하고 물러났다. 빛이 끊어지고 수정이 완전히 침묵했다.

그와 동시에, 소녀의 온몸에서는 뒤늦게 왈칵 식은땀이 솟았다.

목덜미에 가져다댄 단검의 칼날에는 악취미한【파밀리아】의 엠블럼이 새겨져 있었다.

입술을 초승달 형태로 구부리며 웃는 광대의 엠블럼.

두근. 두근. 두근! 소녀의 몸속에서 심장이 미친 듯이 날뛰었다.

'어떻, 게……?'

어떻게 들킨 거지?

『변장』을 간파당했나?

그럴 리가? 어떻게? 왜?

지금의『자신』은『진짜 자신』의 모습이 아닌데——.

소녀의 머릿속에서 떠올랐다가는 사라지는 무수한 의문에 대답하듯, 등 뒤에 서 있던『그녀』는—— 아나키티는 입술을 귓가에 가져다댔다.

"너 하나만 **냄새가 안 나더라.**"

단숨에 소녀의 체온이 떨어졌다.

"냄새를 지우는 아이템이지? 베이트랑 조사했을 때도 느꼈지만…… 서쪽 거리에서 몬스터를 숨겨줬던 것도 너지?"

"……?!"

"잠입 중이라면 몰라도…… 집단 속에 있으면 굉장히 **튀
거든**."

그게 다야?

그것만 가지고?

겨우 그것만으로, 무수한 모험자 속에 숨어있던 자신을
밝혀냈어?

소녀의 낯빛이 요란하게 바뀌며 조그만 몸이 전율에 떨
렸다.

"그리고…… 지금 너는 라울을 속였던 **단장님과 키가 같
거든**."

아나키티 오텀.

시원찮은 동료 라울 놀트와 같은 Lv.4.

그러나 같은 제2급 모험자이면서도 그녀는 조금, 지나치
게 유능했다.

핀이 예측한 소녀의 『변신』 정보를 토대로 타깃을 적확
하게 좁히고, 무수히 많던 모험자 속에서 『진짜』를 찾아내
고 말 정도로.

칼날을 가져다댄 소녀의 주위에서는 여러 명의 【로키 파
밀리아】 단원이 나타났다.

이번에야말로 소녀의 얼굴이 창백하게 물들었다.

"따라와줘야겠어."

──벨 님.

소녀는 자신이 끝났다는 사실을 깨달은 것처럼 소년의
이름을 중얼거렸다.

막간

각자의 싸움

Гэта казка та сям'і:
Кожны з бою

© Kiyotaka Haimura

칼날이 목검을 받아내는 소리.

요란한 쇳소리를 울린 후 아이즈는 뒷골목에 착지했다.

"큭⋯⋯!"

건물 지붕에서 뒷골목으로 내려와 아이즈는 습격자──복면 모험자와 대치했다.

휘날리는 후디드 롱 케이프, 허벅지를 반쯤 가리는 롱 부츠. 목검을 든 가녀린 모험자는 반신 자세로 서서 임전 태세에 들어갔다.

장소는 미궁거리 남동쪽에 위치한 뒷골목 중 하나.

폭은 7M 정도여서 의외로 넓으며, 주위에는 수많은 궤 짝이며 나무통, 그리고 폐자재가 난잡하게 놓여 있었다. 소년과 몬스터를 추적하는 모험자들의 소란은 멀리서 들려왔다. 세상에서 이곳만이 격리된 것처럼, 미궁거리의 한 모퉁이는 두 사람만의 전장이 되었다.

"당신은, 누구⋯⋯!"

"애석하게도 이름을 댈 수는 없다. 암습과도 같은 행위를 용서해주길."

아이즈의 물음에 복면 모험자는 고분고분 대답하며 양해를 구했다.

예의와 의리가 느껴지는 대답. 숨겨놓은 맨얼굴은 엘프의 것일까.

정중한 어조로 사죄를 내비치면서도 전의를 불태우며, 전투는 불가피하다고 선언했다.

"검희를 상대로 탐색전을 벌일 수는 없으니── 처음부터 온 힘을 다하겠다."

다음 순간, 복면 모험자의 모습이 사라졌다.

"!!"

단숨에 아이즈의 시야 밖으로 이탈하는 고속이동.

오른쪽 방향으로 질주하는 사선을 찰나의 차이로 금색 시선이 추적하는 가운데, 지면에 거의 닿을 정도로 몸을 숙인 채 육박한 복면 모험자는 하단에서 목검을 올려쳤다.

시야 끝에서 밀려드는 일격에 아이즈는 빈틈없이 반응해 오른손의 《데스퍼러트》로 튕겨냈다.

""우웃!""

양측의 손바닥을 관통하는 날카로운 충격. 허공에서 튕겨나는 검과 목검.

공방의 순간, 아이즈의 금색 두 눈과 하늘색 두 눈이 교차한다.

복면 모험자는 처음부터 공격이 가로막히리라 내다보고 있었는지, 아이즈의 옆구리를 스치듯 이탈해 그대로 질주를 거듭했다.

"?!"

마치 질풍처럼, 아이즈의 주위를 오간다.

폭이 넓은 뒷골목을 한껏 이용하는 가속에 이은 가속. 바닥의 보도블록을 박차는 소리가 겹쳐지고, 때로는 석판이 부서져나가 허공에 떠오르기도 한다. 결코 한 자리에

머무르는 법이 없었다.

문자 그대로 종횡무진 달려다닌다.

"──하앗!"

"!"

간발의 차이도 없는 공격. 대각선 후방에서 밀려드는 목검을 일검으로 막아낸다.

그때 아이즈는 한순간 검에서 전해지는 충격에 눈살을 찡그렸다.

생각이 개입할 여지를 주지 않고 복면 모험자는 다시 거리를 벌리더니 고속으로 접근하며 공격했다.

다시 일격, 또 일격.

사방에서 날아드는 공격에 방어를 거듭하던 아이즈는 끊임없이 울리는『충격의 크기』에 눈을 크게 떴다.

'위력이…… 올라가고 있어?!'

틀림없다.

초격보다도 제2격이, 제2격보다도 제3격이.

극심한 충격이 되어 방어 위에서 아이즈의 몸을 두드려 댔다.

시시각각 상승하는 위력을 말해주듯《데스퍼러트》가 지릉지릉 떨렸다.

──베이트 씨와 같은 질주계『스킬』?

동료인 웨어울프의 스킬【솔마니】는 가속할 때『힘』과『민첩』을 상승시키는 강력하고도 희귀한『스킬』이다. 상대도 질주 액션에 관한 모종의 『스킬』을 가졌을 가능성이 매우 높다. 아이즈는 그렇게 추측했다.

모험자와 모험자의 싸움은 『기술과 허허실실』이 대전제지만 상대의 『마법』과 『스킬』을 알아내는 것도 중요한 요소다. 적의 능력과 카드를 간파하지 못하면 최후의 최후에 역전당할 수도 있다.

특히 실력자끼리의 전투에서는 이 카드의 차이가 명암을 가르는 경우가 많다.

게다가.

"하아아아아아아아아아아앗!!"

드높은 기합과 함께 뿜어져나오는 공격. 그 움직임에 맞춰 상대의 몸에서 빛의 입자가 솟아난다.

아이즈는 그 빛의 입자를 본 적이 있다.

'【안드로크토노스】와 같아……?!'

멜렌에서 싸웠던 【이슈타르 파밀리아】.

그곳에서 자신을 습격했던 제1급 모험자 프뤼네 자밀.

분명 Lv.5일 텐데도 Lv.6인 아이즈와 호각으로 맞붙었던 그때, 그녀도 눈부신 빛의 입자를 뿜어내고 있었다. 눈앞의 광경은 1개월 전의 기억을 자극했다.

【랭크 업】과 동등한 『부스트』가 상대에게 주어진 걸까?

이 복면 모험자는 【이슈타르 파밀리아】 출신?

'——아냐, 그렇지 않아. 이 사람은 【이슈타르 파밀리아】가 아니야.'

아이즈는 뇌리에 스친 억측을 부정했다.

왜냐하면 1개월 전의 기억보다도 더욱 심층, 몇 년 전의 정보가 떠올랐기 때문이다.

알고 있어. 나는 알고 있어.

'나는—— 이 사람과 한 번 싸워본 적이 있어!'

분명 그때도 정체를 숨겼다.

복면. 목검. 외투. 날카로운 칼놀림. 푸른색으로도 녹색으로도 보이는 강한 눈빛.

강해지는 데에 혈안이 되었던 과거의 아이즈는 기호로밖에 기억하지 못했다.

전투의 계기는 대체 무엇이었는지, 왜 그렇게나 사투를 펼쳤는지도.

그때는 대체 누가 이겼는지도——.

"——흡!!"

"웃!"

회상이 다 끝나기도 전에 아이즈는 처절한 검무를 나누었다.

잇달아 공격을 감행하는 복면 모험자의 도전을 정면에서 받아냈다.

전투는 격렬해지기만 했다. 상대의 고속이동은 그칠 줄 몰랐으며 가공할 질주의 노래를 연주했다. 보도블록을 부술 정도로 가속하며 육박하는가 싶으면 한순간 속도를 늦추고, 다음 순간에는 톱 스피드로 아이즈를 벤다. 절묘한 속도의 완급으로 수십, 수백 회에 걸쳐 동요를 유도하는 『허허실실』을 고속전투 속에 섞어넣고 있었다. 그것은 아주 미미한, 그러나 유례를 찾기 힘들 정도로 치밀한 움직임이었다. Lv.의 핸디캡을 메울 정도로, 【검희】의 판단을 한순간 늦춰버릴 만한 수준의 『허허실실』을 강요하는 그 전투방식에는 경탄할 만했다.

후수로 몰려버린 아이즈는 자신도 고속이동으로 복면 모험자를 따라잡으려 했지만,

"큭······?!"

적의 목검이 주위의 궤짝이며 나무통을 파괴해 수많은 파편을 흩뿌렸다.

시야를 뒤덮는 산탄. 어쩔 수 없이 막아내야만 했으며, 부서진 나무파편의 비가 아이즈의 추적을 용납하지 않았다.

【검희】의 접근을 거부한 복면 모험자는 지형을 최대한 이용했다.

더더욱 격렬해져가는 싸움의 무대는 폐자재 하치장. 높이 쌓인 궤짝이며 늘어선 나무통은 엄폐물이 되어 아이즈의 시야를 저해했다. 복면 모험자가 왼쪽에서 빠져나가는가 싶으면 사각으로 들어간 순간 오른쪽으로 방향을 돌려 허를 찌르는 데 일조했다. 자신의 생각이 모조리 배신당하는 그 움직임에 아이즈는 견딜 수가 없었다.

나무통이 부서지고, 궤짝이 치솟고, 수많은 폐자재가 전

방에서 날아드는가 싶으면 옆에서 목검의 일격이 밀려
든다.

"크윽!!"

어떻게든 막아냈지만 이내 복면 모험자는 아이즈의 간
격에서 이탈했다.

결코 욕심을 부리지 않고, 스쳐 지나가며 일격만을 날리
고는 시야 밖으로 나간다. 아이즈의 반격도 뛰어난 기량으
로 흘려내며 결코 질주를 늦추는 법이 없었다.

정밀한 초고속전투. 신들린 듯한 히트 앤 어웨이.

나무통이며 궤짝을 부숴 수많은 파편을 치솟게 하고, 가
공할 속도로 주위를 오가는 그녀의 궤적은 그야말로 『질
풍』이었다.

격렬한 소리가 연속으로 이어지며 우박처럼 사방에서
짓쳐드는 파편탄은 숫제 폭풍 속에 사로잡혔다는 착각을
가져올 정도였다.

'정말로, 온 힘을…… 쓸 수 있는 것을 모두 쏟아부어서,
싸우고 있어.'

자신의 스킬, 빛의 부스트, 지형효과. 카드를 아낌없이
투입한 상대의 자세에서는 신념이 느껴졌다. 아이즈를 이
자리에 묶어놓고자 하는 의지가.

적의 공격을 튕겨내며 아이즈는 생각했다.

이렇게 모든 것을 쏟아부어가면서 그리 오래 싸우지는
못할 것이다. 체력 저하를 기다리면 타개할 수도 있을 테

고, 시간을 들여 상대의 속도에 적응하면 대응도 가능
하다.

하지만 그것은 좋은 방법이 아니다.

복면 모험자가 벨과 이어져 있다면, 상대의 목적은 『시
간 끌기』.

소년을 놓칠 만한 시간을 잃어버린다면 그것은 아이즈
의 『패배』를 뜻한다.

"…………."

아이즈는 고민했다.

만일 이런 상황이 아니었다면, 이 검극을 좀 더 오래 끌
며 즐길 수 있었으리라.

만일 서로에게 앙금이 없었다면, 마음 내키는 대로 정면
에서 검을 맞부딪쳤으리라.

만일 그녀가 자신과 같은 Lv.이었다면—— 훨씬 더 『접
전』이 되었으리라.

이윽고 아이즈는 검대에서 《데스퍼러트》의 칼집을 뽑
았다.

"!!"

오른손에 검, 왼손에 칼집을 든 【검희】의 모습에 고속이
동을 복하던 복면 모험자는 눈을 크게 떴다.

'검과 칼집을 양손에…… 【검희】가 이도류? 그럴 리가.
들어본 적도 없어.'

의문과 곤혹을 느끼지만 발을 멈추지는 않는다. 복면 모

험자는 자신의 스킬을 충분히 살리기 위해 질주를 이어나 갔으며, 세심한 주의를 기울여 금발금안의 소녀가 어떻게 나오는지를 살폈다.

막다른 길 한복판에서, 질풍의 감옥에 갇힌 아이즈는 눈을 감았다.

검과 칼집을 든 두 손을 축 늘어뜨린다.

어디서든 치고 들어오라고 말하는 듯한, 자세 없는 자세.

'대기의 태세……?'

노림수는 카운터. 소극적인 전법이다.

이쪽의 고속이동을 쫓아오려는 노력을 포기하고, 일격에 모든 것을 걸 생각일까.

시간을 끄는 것이 목적인 복면 모험자에게는 바라마지 않던 전개. 공격을 가하지 않은 채 교란만 하면 염원하던 고착상태를 유지할 수 있다.

'하지만 【검희】도 내가 시간을 끌려 한다는 사실을 눈치 챘을 텐데…… 내 방심을 유발하려는 걸까? 함정인가?'

역전의 전사인 복면 모험자는 검사의 의도를 읽어내려 했다.

그리고 찰나에도 못 미치는 그 짧은 시간은 계속 공세를 펼쳤던 그녀가 『후수』로 돌아섰음을 뜻했다.

결코 수세라고는 부를 수 없는 질풍과 같은 호흡── 그러나 소녀에게는 그것으로 충분했다.

다음 순간, 아이즈는 질주했다.

"?!"

카운터의 『의태』를 풀고, 스스로 전광석화의 육박을 감행한다.

자신의 예정 진로를 향해 돌진하더니 눈앞으로 급격히 밀려드는 금안의 검사를 보며 복면 모험자는 놀라움을 드러냈다.

모든 것이 블러프였다. 시간을 끌어야 하는 복면 모험자에게서 한순간의 망설임을 이끌어내기 위해 아이즈가 뿌린 『허허실실』이었다. 생각할 여유를 주는 것이야말로 그녀의 『함정』이었음을 깨달은 복면 모험자는 온몸에서 힘을 긁어모아 반격을 시도했다.

"크으윽——?!"

허를 찔렸다고는 하지만 질주의 기세는 건재해, 혼신의 힘을 담은 목검의 수평공격을 펼친다.

스킬이 실린 위력. 빛의 입자가 가져다주는 부스트.

모든 은총을 쏟아부은 전심전력의 공격을.

파아앙.

"——————————."

【검희】는 너무나도 쉽게 간파하고, 바늘에 실을 꿰는 정확도를 보이며 검으로 쉽게 튕겨냈다.

『힘』이 부족하다.

『속도』가 부족하다.

Lv.이 부족하다.

복면 모험자가 모든 능력을 쏟아부었어도 Lv.6이라는 아이즈의 『그릇』 앞에서는 빛이 바래고 말았다.

엄연한 『실력의 차이』.

복면 모험자는 틀림없이 강했다. 움직임은 기억 속에 있는 그녀보다도 훨씬 세련되었다.

그러나 아이즈는 그녀 이상으로, 너무나도 강해졌다.

쉴 새 없이 던전에 내려갔다. 싫증도 내지 않고 몬스터를 베었다. 『극채색 몬스터』 사건에 말려들어 『데미 스피리트』와, 그리고 괴인들과 사투를 거듭했다.

한쪽은 일선에서 물러난 실력자. 한쪽은 지금도 최전선에서 격렬한 투쟁에 몸을 던진 『전희』.

이 『재결전』이 펼쳐지기 전까지 넘어왔던 아수라장의 숫자가 그녀들 사이에 확실하게 명암을 갈라놓았다.

『기술』은 백중지간이었지만, 아이즈는 아쉬워하듯 눈썹을 늘어뜨리며 반대쪽 무기를 휘둘렀다.

"칼집이라, 다행——."

당신이 오른쪽부터 반격해주어서 다행이라고.

목검과 함께 왼손이 튕겨나가 한 팔을 허공에 높이 든 꼴이 된 복면 모험자에게 아이즈가 중얼거렸다.

"검이라면, 힘을 조절할 수 없었어."

상대의 몸통을 베지 않아도 된다는 데에 안도하며, 아이즈는 담담히, 왼손에 든 칼집의 일격을 터뜨렸다.

"――크아악?!"

복부에 꽂히는 신속의 일섬.

통렬한 『결정타』.

폐에서 뽑혀 나온 공기와 피를 입으로 토하며, 복면 모험자는 봇물 터진 듯한 기세로 뒤를 향해 날아가 버렸다.

진로에 있던 궤짝과 나무통이 부서져 무수한 나뭇조각이 하늘 높이 솟았다.

금세 벽에 꽂혀버리는 가녀린 몸.

벽돌로 된 벽에 균열을 새긴 복면 모험자는 의식을 잃기 직전, 제자리에 서 있던 아이즈와 시선을 교차했다.

가늘게 뜬 하늘색 눈에 원통함을 내비치며, 풀썩 목을 꺾었다.

질풍의 노래는 끊어졌으며, 대신 금색 장발이 뒷골목에 나부꼈다.

"……미안해요."

3분.

그것이 아무도 모르는 이 전투에 들어간 시간.

복면 모험자가 확보할 수 있었던 미미한 시간.

아이즈는 의식을 잃은 그녀에게는 이제 눈길도 주지 않은 채 그 자리를 떠났다.

"지금 그『바람』은 뭐야?!"

티오네는 분노해 길길이 날뛰고 있었다.

핀에게 척후 겸 유격을 명령받았던 그녀는 미궁도시 서쪽 구역에『무장한 몬스터』의 무리가 출현했을 때 이를 추적했다. 동쪽으로, 다시 말해【로키 파밀리아】의 본진이 있는『다이달로스 거리』중앙지대를 향해 일직선으로 진격하는 적을 배후에서 추적하는 형태였다. 무시무시한 기세로 맹추격해, 몬스터의 대열을 발견하고 투척 나이프와 같은 무기를 던져 배후를 습격했다.

숫자가 많은 몬스터들은 움직임이 둔했으므로 그 상태에서 제1급 모험자의 준족을 벗어날 수도 없었다. 생포도 시간문제였다.

그『폭풍』만 불지 않았다면.

"몰래 숨어서『얼음』을 뿜어내는가 싶었더니 이상한『바람』까지 날려대고 앉았어! 이게 뭐 하자는 수작이야!!"

"굉장해~! 우리 아까 훨훨 날았지, 티오네! 새들은 그런 기분이구나~!"

"너도 입 닥쳐어어!!"

함께 행동하던 동생 티오나의 천하태평한 발언에 이성을 잃은 티오네는 자신도 모르게 민가의 벽에 철권을 꽂았다.

『무장한 몬스터』들의 주위에는『모습이 보이지 않는 호위병』이 있었다. 숫자는 둘. 모종의 능력으로『투명』해졌는지, 『얼음』사격을 날려 이쪽의 행동을 저해하려 들었다. 티오네와 티오나는 재빨리『투명』한 적을 간파하고 얼음 공격을 별 어려움 없이 피했지만 적의『히든카드』에 퇴치되고 말았다.

믿을 수 없는『폭풍』.

이제까지 받아본 적이 없는, 그야말로【검희】의【에어리얼】이라도 재현할 수 없을『바람의 포격』에 문자 그대로『날아가 버렸다』. 그렇다. 하늘 높이 솟구쳐, 눈앞까지 추격했던 몬스터의 무리로부터 멀리멀리 날아가, 밤하늘의 별이 되었다.

제1급 모험자의 맹추격이 결정적인 순간에 실패로 돌아간 것이다.

고스란히 당한 티오네의 포효가 ——마치 몬스터의 울음소리가 아닐까 하고 시민들을 겁먹게 만들 정도의 노성이—— 하늘을 뒤흔들었다는 것은 말할 필요도 없으리라.

"사람을 우습게보고 앉았어……!"

요란하게 날아가, 겨우 착지했던 장소는 미궁거리 서쪽 끄트머리의 외곽지대 근처였다. 분노한 나머지 완전히 악당 같은 말을 내뱉고만 있는 티오네는 다시 한 번 벽에 주먹을 꽂았다.

적의 히든카드를 간파하지 못했던 짧은 생각, 무엇보다

도 사랑하는 두령의 명령을 하나도 완수하지 못했다는 자신의 꼬락서니에 분노가 하염없이 치솟았다. 그러는 한편 간신히 남은 이성으로 적에 대해 생각하고 있었다.

『투명』한 적은 핀도 말했던 통솔자 테이머, 아니, 『메이거스』의 능력일까?

만일 『투명』해졌던 존재가【헤스티아 파밀리아】라면──바람은 『마검』이 아닐까.【아폴론 파밀리아】와의 워 게임에서 공성전을 벌였던 당시의 광경은 티오네의 눈에도 단단히 새겨져 있었다.

그 전설의 무기, 『크로조의 마검』── 마검 제작자 벨프 크로조의 소행?

그 자식.

티오네는 분노의 불꽃에 타올랐다. 만일 자신의 추리가 옳다면 붙잡아다 두들겨 패주겠다고, 아니면 배에 무릎을 꽂아주겠다고 핏발 선 눈으로 결의했다.

거의 같은 시각, 한 붉은머리 청년이 엄청난 오한에 시달려 어깨를 부르르 떨었다.

"당장 쫓아가자, 티오나!"

"응!"

분노가 시키는 대로, 적이 목표로 삼은 중앙지대를 향해 달려 나갔다.

검은색 벽돌 건물이며 길을 박차 부술 기세로 약진하는 티오네의 속도는 그야말로 노도의 기세였다.

쫓기는 몬스터들이 불쌍해질 정도로 무시무시한 모습이었으며, 실제로 두 사람은 겨우 3분 만에 적의 배후를 따라잡을 수 있었다.

이대로 가면 적과 맞서 싸우는 수비대와 협공을 하는 형태가 되어, 몬스터들의 운명은 틀림없이 끝나버렸을 것이다.

하지만 그렇게는 되지 않았다.

"!"

"티오나?!"

자신의 여동생이, 느닷없이 진로를 바꿔버렸기 때문이다.

티오네는 경악했지만, 이내 바보 여동생의 생각을 텔레파시와도 같이 추측했다.

수비대와 몬스터가 충돌한 중앙지대 근처에서 발생한 칠흑의 안개.

정체 모를 검은 안개가 충만해 북서쪽으로 뻗어나가고 있었던 것이다.

미궁거리의 남쪽이라면 상관이 없었다. 몬스터를 찾아 헤매는 모험자밖에 없을 테니까. 하지만 미궁거리 북쪽에는 아직도 피난하지 못한 주민들이 있음을 티오네도 들어서 알고 있다.

저 안개 속을 이동해 몬스터가 북서쪽 외곽으로 향한다면 위험하다. 티오나는 그렇게 생각했을 것이다.

"저 바보……! 단장님의 지시를 어기겠다고?! 야, 거기서!"

자매 둘이서 함께 행동하라는 지시를 받은 티오네는 북서쪽으로 향하는 여동생을 쫓아갔다.

"연막이구먼!"

티오네와 티오나도 시인했던 칠흑의 안개. 그것이 가득 찬 곳의 한복판에서 가레스가 싸우고 있었다.

『다이달로스 거리』 중앙지대 부근.

처음의 위치인 지하에서 지상으로 올라온 가레스는 아마조네스 자매를 뿌리친 『무장한 몬스터』를 강습했다. 그리고 Lv.6의 능력을 유감없이 발휘해 적을 몰아붙였지만, 상대는 발악하듯 칠흑의 연막을 뿌렸던 것이다.

몬스터를 이끄는 메이거스 덕에 전장은 인간과 괴물의 고함이 뒤섞인 혼전의 양상을 띠었다.

"공격, 공격──!"

『쿠우우우우우우우우!』

미궁거리의 주전장으로 변한 그 장소에 【로키 파밀리아】의 지원군이 속속 도착해, 무기와 발톱이 요란하게 맞부딪치는 소리가 울려 퍼졌다.

그런 가운데 가레스는 망설임 없이 일직선으로 달렸다.

그가 향한 곳에 있던 것은 이 안개를 발생시킨 장본인, 흑의의 메이거스였다.

"흐으읍!"

"크윽?!"

휘두른 도끼의 충격에 상대가 넘어졌다.

다른 몬스터에게는 눈길도 주지 않고, 가레스는 몬스터들의 『통솔자』를 노렸다.

'이 메이거스만 해치워버리면——.'

몬스터들은 어떤 책략도 쓰지 못하게 될 테고, 【로키 파밀리아】가 유리해진다.

가레스는 적의 메이거스가 얄미울 정도로 『성가시다』는 것을 눈치 채고 있었다. 이 최악의 시야 속에서도 정확하게 기척을 포착하고 거대 배틀액스를 꽂으려 했으나——

"으윽?!"

『얼음의 포격』이 가레스를 가로막았다.

영창은 들려오지 않았다. 틀림없이 얼음 속성 『마검』이다.

부자연스러운 자세로 얼어붙은 채, 그래도 얼음을 부수고 도끼를 내리찍었으나, 그 한순간의 허점을 이용해 메이거스는 몸을 피했다.

즉시 안개 속으로 도망치는 흑의인물에게 혀를 차며 추적하려 했지만, 다시 같은 종류의 『포격』이 날아들었다.

"이 『마검』의 맛은…… 설마 츠바키?!"

어지간한 스미스라면 재현이 불가능할 『마검』의 출력에 자신과 직접 계약을 맺은 마스터 스미스의 얼굴을 떠올렸다. 게다가 안개 저편에서 『쏴보고 싶었다』느니 어쩌느니 하는 말이 들려온 것 같았다.

그놈의 자식.

무슨 생각을 하는지는 모르겠지만, 가레스는 한껏 입술을 일그러뜨렸다.

'나중에 단단히 꾸지람을 한다 쳐도…… 츠바키는 바보이기는 하지만 때와 장소 정도는 가늠할 줄 아는 놈인데. 『마검』의 위력을 시험해보고 싶다는 것만으로 날 공격할 리가 없지. 그렇다면──.'

그녀의 주신 헤파이스토스가 『무장한 몬스터』 측에 붙은 걸까?

신 헤스티아와 절친하다는 사정 때문에, 혹은 이 『이단의 괴물』들을 물리쳐서는 안 된다고 판단해서?

가레스는 한순간 생각에 잠겼으나, 얼음의 비는 그치지 않았다.

제대로 생각할 틈도 주지 않고 적확하게 가레스만을 노린다.

"가레스 씨!"

연신 공격을 당하는 가레스를 보고 단원들이 달려왔지만── 오히려 그것이 화근이 되고 말았다.

"──────."

바로 그때, 이제까지와는 비교도 되지 않는 『얼음의 포격』이 발사되었던 것이다.

시커먼 안개 속을 질주하는 시퍼런 유빙의 무리. 진로 위의 보도블록을 순식간에 얼려버리며 날아드는 폭설의 포격에 가레스는 회피를 선택할 수 없었다.

단원들을 감싸며, 망토 밑에 짊어졌던 방패를 꺼내 직격을 맞아버렸다.

"ㅎㅇㅇㅇㅇㅇㅇㅇㅇㅇㅇㅇㅇㅇㅇㅇㅇㅇㅇㅇㅇㅇㅇㅇㅇㅇㅇㅇ음!?"

전장의 모든 이가 한순간 움직임을 멈춰버렸을 만큼 가공할 얼음 소리가 울려 퍼졌다.

"가, 가레스 씨?!"

"……리베리아의 『마법』과 같은 수준이로구먼. 이거 좀 찡한걸."

왼손으로 내민 방패와 함께 가레스의 몸은 반쪽이 완전히 얼어붙어버렸다. 수염까지 꽁꽁 얼었으며, 얼굴도 마치 추운 나라의 블리자드에 휩쓸린 것처럼 시뻘겋게 동상을 입었다.

온 힘을 다해 쏜다면 리베리아의 포격마법【윈 핌불베트르】가 더 강한 위력을 발휘할 것이다. 그러나 무시무시한 점은 이것이 『속사』가 가능한 『마검』에서 뿜어져 나왔다는 점이다.

"자네들은 물러나게나!"

몬스터를 추격해야만 하는 상황이지만 전열수비수의 피가 들끓은 가레스는 자신도 모르게 웃음을 지었으며, 두 번째 포격도 막아냈다.

『쉬이이이이이익!』

"아니⋯⋯『극채색 몬스터』?!"

그때 단원들의 놀란 목소리가 들려왔다.

얼음 포격을 막아낸 가레스도 보았다. 일렁이는 시커먼 안개 속에서 나타나는 물거미 몬스터의 윤곽을.

한 마리가 아니었다. 무수히 솟아나 【로키 파밀리아】와 『무장한 몬스터』를 가리지 않고 습격했다.

"쳇, 이블스 놈들⋯⋯ 이 기회에 편승했구먼!"

가레스의 부대가 남서쪽 지하에서 철수한 것을 보고 크노소스에서 올라온 것이리라.

짙은 안개에 휩싸인 이 상태에서는 이블스에게 유리한 전장이 될 뿐이다. 혼란을 틈타 『무장한 몬스터』의 『열쇠』를 노리러 온 것이다.

원래 『미끼』로 삼아 끌어내리려는 작전이기는 했지만, 이 상황은 다소 불리했다.

"나르비, 이블스 놈들을 막게! 절대 몬스터와 접촉시켜서는 안 되네!"

"네, 네엣!"

가레스의 큰 목소리에 단원들이 분투했다.

이제는 적도 아군도 제대로 알아볼 수 없는 상황에서 벌어진 삼파전.

【로키 파밀리아】는 몬스터를 추적하는 한편 이블스 세력을 상대하며 그들보다 먼저 『열쇠』를 확보해야만 하는 상

황에 빠졌다.

주요 전장은 혼란을 넘어서 혼돈에 빠졌다.

"『열쇠』다, 『열쇠』를 빼앗아라! 몬스터를 찾아내 그놈들에게서——."

"거 시끄럽구먼!!"

"——꾸엑?!"

검을 휘두르며 돌진하던 로브 차림의 이블스 단원들을 별 수고도 끼치지 않고 주먹으로 날려버린다.

이곳에 파견된 병사들은 틀림없이 『소모품』일 터. 귀환용 『열쇠』도 주지 않았을 것이다.

가레스도 『무장한 몬스터』를 추적하려 했지만, 주위가 이를 용납하지 않았다.

"【엘가름】이다, 없애라아아아!"

"『히요우(氷鷹)』!"

"이 드워프만 해치우면 그만이다아아아아아아!"

"『히요우』!"

"이, 이 괴물을 막아아아아아아아아아아아아아아아아아앗?!"

"『히요우』!"

"아, 암습해서 죄송합니다!"

"『히요우』!"

"샤아아아아아아아아아아아아아아!"

"『히요우』!"

"저 드워프는 어지간해서는 죽지도 않는다네! 일제히 공격하시게—!"

"""와아아아아아아아아아아아아아아아아!!"""

몰아치는 눈보라의 여파를 목표로 삼아 밀려드는 이블스의 잔당, 몇 번이고 터져나오는 마검명임 직한 포효, 극동인으로 여겨지는 소녀의 기습, 밀려드는 극채색 몬스터, 덤으로 장난하듯 주위를 선동하는 썩어빠진 마스터 스미스의 목소리.

모든 세력이 가레스를 노렸다. 모든 이들이 가레스를 붙들어놓고자 혈안이 되었다.

모두가 【엘가름】을 위험시해 몰려들었다.

몇 번이고 얼음에 파묻히면서, 그래도 미친 듯이 날뛰는 가레스도 여기에는 견디지 못하고 외쳤다.

"에에잇, 이놈이고 저놈이고! 난 공경 받아야 할 노인이란 말이다!"

"""퍽이나!!"""

얼음의 포격을 난사하는 스미스들, 심지어 이블스의 병졸들마저 한 마음으로 외쳤다.

이 드워프를 내버려뒀다간 몬스터와 함께 자신들이 『전멸』한다.

그런 확신을 가슴에 품고, 땀과 콧물을 흘리는 이블스의 병졸들과 함께 스미스들은 죽을 둥 살 둥 드워프의 발을 묶고자 했다.

작전을 양면전개하며 발생할 수밖에 없는 『진퇴양난』,
삼파전의 폐해에 가장 심하게 시달린 사람이 틀림없는 가
레스는 이마에 시퍼런 핏대를 세우며 포효했다.

"비키지 못할까아아아아아아아아아아아아아아아!!"

"""끼야아아아아아아아아아아아아아아아아아아악?!"""

결국, 가레스를 활용할 수 없었던 【로키 파밀리아】는 주
요 전장으로 변한 이 전투 속에서 『무장한 몬스터』들을 놓
쳐버리고 말았다.

"으음~ 그냥 한번 와봤더니…… 뭐, 발견해버렸으니까
어쩔 수 없지."

건물 옥상을 갈색 맨발로 디디며 티오나는 『그것』을 내
려다보았다.

새까만 안개를 확인하고 티오네에게서 떨어져 북서쪽
구역까지 온 그녀의 눈이 비춘 것은, 짙은 안개를 빠져나
와 길을 헤매는 한 마리의 『부이브르』였다.

로브를 두르고 눈가 깊이 눌러쓴 후드에서 홍옥을 반짝
거리는 『인간형 몬스터』였다.

"잡자."

우르가를 손에 들고 옥상에서 몸을 날렸다.

허공을 날아 육박하는 아마조네스의 그림자에, 부이브
르는 두려움을 느낀 듯 반대 방향으로 달려갔다.

"티오나 씨!"

"아크스네 소대구나! 저 부이브르 쫓고 있어?"

"네! 가레스 씨네 쪽에서 한 마리가 도망치는 바람에……!"

"그럼 같이 쫓아가자~!"

"네!"

부이브르를 쫓아온 다른 단원들과도 합류해 길을 따라 달려나갔다.

혼자 쭉쭉 가속해 눈 깜짝할 사이에 거리를 좁힌 티오나는 평소와는 달리 머리를 텅 비우지 않은 채 생각을 하고 있었다.

『인간형 몬스터』는 부이브르고…… 내가 아는 부이브르하곤 다르지만…… 지금 쫓고 있는 건 분명 처음 시내에 나타났던 몬스터고…… 응.'

라미아와 비슷한 원래의 부이브르를 생각하며, 티오나는 필사적으로 이리저리 도망치는 몬스터를 추격했다. 두려워하며 도망치는 어린 소녀로밖에는 보이지 않는 뒷모습을.

일주일 전, 도시 서쪽 구역에 나타났다는 『인간형 몬스터』.

아이를 습격하려 했다는 『날개 달린 몬스터』.

분명 온 도시에 동란을 가져왔던 첫 계기.

이번 사건을 일으킨 기점.

'아무튼 저게 모든 일의 시작이었던 거지?'

티오나의 인식은 그 정도였다.

간단한 생각으로 시선 너머의 『괴물』에 대해 정의를 내렸다.

'다시 말해── 저게 뭔지 알면 전부 알 수 있다는 거네!'

티오나는 바보였다.

그녀를 보면 욕설만 퍼붓는 천적 베이트조차 이 생각을 들었다면 슬픈 표정을 지었을 만큼, '초(超)' 자가 붙는 바보였다.

핀이나 간부진조차 골머리를 썩을 만큼 복잡한 사건의 배경을, 한 마리의 몬스터만 간파하면 밝혀낼 수 있으리라고 진심으로 생각했던 것이다.

미궁거리에서 처음으로 『무장한 몬스터』와 교전했을 때부터 가슴에 품었던, 이 『뭉글뭉글』한 감정이 풀릴 거라고 믿어 의심치 않았다.

되풀이하지만, 티오나는 바보였다.

그러나 그런 그녀이기에.

"티오나 씨?!"

"으악?!"

『증오』라든가 『혐오』, 『괴물』에 대한 선입견을 통하지 않고 그 『광경』을 있는 그대로 볼 수 있었다.

교차로에 접어들었을 때, 한 하프엘프 아이가 나타났다.

달려오는 부이브르를 보고 얼어붙은 아이의 머리 위에서, 휘청, 전투의 충격을 견디지 못하고 무너지는 낡은 건물.

어떻게든 구해보고자 우르가를 투척하려던 티오나의 시선 너머에서——『부이브르』가 **아이를 구하기 위해** 질주했던 것이다.

"_____."

은청색 화살로 변한 몬스터의 몸.

로브를 뚫고 솟아난 한쪽 날개가, 잔해의 비로부터 지켜주고자 쓰러뜨린 아이와 함께 부이브르의 몸을 덮었다.

"루우!!"

하프엘프 아이를 따라왔던 고아들의 비명. 숨을 삼키는【로키 파밀리아】.

눈사태 같은 붕괴의 음향이 울려 퍼지는 가운데, 티오나는 중얼거렸다.

"——지켜줬어."

그 소리는 건물이 무너지는 소리에 지워져버렸다.

고아들의 눈에는 어떻게 비쳤을까. 아크스 소대의 눈에는 어떻게 보였을까.

흉악한 날개를 펼치고 아이를 공격하려던 몬스터의 머리 위로 우연히 건물이 무너져 내렸다. 그렇게 보였을까.

뛰어난 동체시력을 가진 티오나는 달랐다.

순식간에 벌어진 광경을 정확히 포착한 그녀만은, 『부이브르』가 무너지는 건물을 보고 아이를 지키기 위해 밀어 넘어뜨렸다는 것을 알 수 있었다.

바보인 그녀이기에, 있는 그대로의 현실을 눈에 새겼다.

"──쏴라!"

대량의 흙먼지가 걷히고, 지면에 쓰러진 건물의 잔해 속에서 몬스터를 발견한 단원들은 분노한 표정으로 화살을 쏘았다. 등의 비늘로 화살촉을 튕겨낸 몬스터는 휘청거리면서, 쓰러진 아이의 몸 위를 벗어나 달려나갔다.

"나 혼자 갈게! 다들 그 애를 지켜줘!"

"알겠습니다, 티오나 씨!"

우르가를 든 티오나는 단원들에게 말하고 『부이브르』를 혼자 추격했다.

『괴물』의 등을 빤히 바라보며, 해답을 냈다.

'핀…… 티오네…… 미안.'

일주일 전, 아이를 습격했다는 이야기도 지금처럼 지켜주려 했던 거 아닐까?

아르고노트 군이 지켜주려 했던 것도 그런 것 아닐까?

티오나는 여러 가지 의문이 녹아내리는 소리를 듣고 말았다.

가슴 속의 『뭉글뭉글』이 녹아 사라져버리는 소리를 듣고 말았다.

파벌의 두령과 친언니에게 사과하며, 직감으로 살아가는 바보 같은 소녀는 눈을 가늘게 떴다.

"난 역시…… 이 몬스터들하고는 싸우고 싶지 않나봐."

결국.

막다른 골목까지 따라잡고도, 티오나는 그 『소녀』를 놓아주었다.

"!!"

그『소리』를 포착했을 때.

베이트는 땅을 박찼다.

"잠깐만요, 베이트 씨이~?!"

함께『검은 미노타우로스』에 대처하고자 대기 명령을 받았던 예비대의 단원들을 내버려둔 채, 건물의 옥상에서 옥상으로 달려나갔다.

늑대의 귀를 쫑긋 세운 채 그『음원』을 감지하고 추격했다.

『다이달로스 거리』의 남서쪽에서 북서쪽을 가로지르는 움직임. 이만큼 대담한 움직임을 놓칠 만큼 베이트는 사람이 좋지 못했다. 설령 함정이라 해도 박살내버리면 그만이다.

당연히 명령위반이지만, 서쪽이 주요 전장이 되었음에도 본진에서『대기』명령을 받았던 베이트는 울분을 터뜨리려는 듯 밤공기를 찢어발겼다.

"?!"

"뭐지?!"

맹렬한 가속, 바람을 가르는 무시무시한 소리, 지붕과 벽을 박차는 요란한 부츠 소리.

머리 위를 고속으로 이동하는『무언가』에 모험자들이 하

나하나 고개를 들고 올려다보았다. 그런 가운데 건물을 박차고는 허공을 가르는 베이트는 정확하게 그 『음원』을 추적하고 있었다.

'아무것도 안 보이잖아! 『투명』해진 건가?'

날카로운 호박색 두 눈을 가늘게 뜨고, 멀리 전방에서 한순간이지만 분명히 발생했던 『공간의 일렁임』을 포착했다.

격렬한 풍압에 펄럭거렸는지. 아마도 『투명화』하는 천으로 온몸을 뒤덮은 것이리라.

매직 아이템. 베이트는 즉시 감을 잡았다.

"토끼 자식이구나!!"

자신들의 적으로 간주되고 있는 소년을 떠올리고 베이트는 가속했다.

【헤스티아 파밀리아】가—— 벨 크라넬이 몬스터를 돕고 있다는 말을 듣고 어째서인지 속이 부글부글 끓었다.

그도 왜 화가 나는지를 알 수 없었다. 그러나 자신이 인정한 자가 이해할 수 없는 짓을 할 때 느끼는, 목이 막힌 듯한 이물감—— 티오나의 표현을 빌리자면 『뭉글뭉글』을 품고 있었다.

'큰소리를 탕탕 쳐대더니, 뭘 하고 앉았어, 그놈의 토끼 자식은! …………뭐, 나하고는 상관없는 일이지만!'

높이가 제각각인 건물을 그야말로 토끼처럼 밟고 달려나가며, 때로는 고개를 한참 들어야 할 정도로 거대한 탑을 뛰어넘는 눈에 보이지 않는 존재. 그럼에도 베이트는 상대를 결코 지각범위 밖으로 놓치지 않았다.

질주에 전력을 기울이는 『투명인간』은 베이트의 고속 추격을 눈치 채지 못했다.

베이트 또한 사냥감을 추격하는 늑대와도 같이 질주와 도약을 거듭했다.

'저기구나!'

그리고 미궁거리의 북서쪽, 추적 끝에 도착한 뒷골목에 거칠게 착지했다.

"…………."

회색 머리카락이 바람에 나부끼는 여운을 남긴 가운데, 고요해진 주위를 둘러보았다.

좁은 골목이 수없이 교차하는 탁 트인 공간. 마석등은 없으며 달빛도 들지 않는 길 안쪽은 어둠에 싸여 있었다. 정적이 주위를 지배한다.

잡음 하나 들리지 않았다.

마치 이곳에는 아무도 없다는 듯 주위의 어둠이 변명했다.

분명 사람의 모습은 보이지 않는다. 하지만――.

"――나와."

기척을 정확하게 느끼고, 수많은 골목 중 하나, 아무 것도 없는 어둠 너머를 노려보았다.

『투명』해졌든 말든, 베이트의 오감에서 벗어날 수는

없다.

상대가 움직이지 않으므로, 자신이 먼저 쳐들어갈까 발을 내디디려 하던, 바로 그때.

"아앙?"

"…………."

어둠 속에서 걸어나온 것은, 한 르나르 소녀였다.

아이즈에게도 꿀리지 않을 만큼 길고 아름다운 금발. 청초한 분위기의 미모. 극동식의 붉은 옷.

이쪽을 의연하게 바라보는 그 소녀는, 베이트도 본 적이 있었다.

약 2개월 전, 티오나와 티오네를 구하기 위해 멜렌으로 쳐들어갔던 그날. 프뤼네며 레나 등, 잇달아 공격을 가한 【이슈타르 파밀리아】 속에 있었던 수인이다.

미신 이슈타르의 파벌이 소멸된 후 【헤스티아 파밀리아】로 컨버전한 걸까.

그런 데에는 전혀 관심이 없는 베이트는 그저 눈살을 찡그렸다.

"너 하나가 아닐 텐데? 다른 놈들도 나오라고 해."

"소녀는 혼자이옵니다."

소녀가 지키려는 골목길을 흘끔 보며 침을 뱉었지만 눈앞의 르나르는 그저 부정했다.

"웃기는 소리 하지 말고——"

"——소녀는 혼자이옵니다!!"

다음 순간에는 고함을 질렀다.

기분이 언짢아져 험악한 표정을 짓는 베이트의 눈빛에도 르나르 소녀는 굴하지 않았다.

떨리는 두 손으로 가슴을 누르며 다시 목소리를 터뜨렸다.

"그러니 저리 가시옵소서!"

"…………."

"어서!!"

이쪽을 노려보며 터뜨린 목소리는 베이트에게 하는 말이 아니었다.

그녀의 배후, 어둠 속에서 『두 개의 기척』이 멀어져갔다.

『최후방부대』다.

눈앞의 소녀는 자신을 미끼삼아 『자신의 보물』을 피신시킨 것이다.

"……싸우지도 못하는 게 어디서 멋 부리고 앉았어."

멜렌에서 언뜻 보았던 분위기가 지금의 소녀에게는 없었다.

아마조네스들 뒤에 숨어있을 뿐, 인형처럼 약한 암컷이었다. 그런데도 지금은 이렇게나 저항한다.

베이트는 더더욱 속이 끓었다.

──난 약한 여자가 제일 싫다고.

저항할 힘도 없는 주제에 비극의 히로인인 척하는 여자가.

무언가를 착각하고, 각오 따위 허울 좋은 말로 ——실제로는 『각오』도 뭣도 아닌 나약한 생각으로—— 무장한 계집애가.

금세 허울이 뜯겨나가 목숨을 구걸하기 시작할 꼴사나운 암컷이.

그런 말을 가슴속에서 내뱉고, 발밑의 보도블록을 쓰다듬듯 걷어찼다.

메탈부츠《프로스빌트》에 맞아 솟아오른 돌조각이 산탄이 되어 날아들었다.

"윽……?!"

눈을 크게 뜬 르나르에게 파편 몇 개가 날아가, 그녀가 입은 기모노며 뺨을 찢었다.

소녀는 몸을 휘청거릴 뻔했지만 발을 디디고 버텼다.

원래 정통으로 맞힐 마음은 없었다. 조금 겁을 주면 끝날 거라고 생각했다. 하지만 베이트의 의도는 소녀에게 부딪쳐 그대로 튕겨 나왔다.

베이트도 이번에는 노골적으로 혀를 찼다.

"비켜."

"싫사옵니다."

"작살내버린다."

"비키지 않겠사옵니다!"

날카로운 안광을 받고도 움직이지 않았다. 여우 주제에 늑대에게 거역한다.

르나르 소녀의 머리 위를 훌쩍 뛰어넘어 도망치는 것들을 추적할 수도 있었다.

그러나 베이트는 눈앞을 가로막은 소녀를 어째서인지 무시할 수 없었다.

그러므로 공격하기로 했다. 힘으로 없애버리기로 했다.

두 팔을 벌린 소녀의 눈앞까지 순식간에 육박했다.

"──옷!!"

그러나.

금색 앞머리 너머로 엿보이는 흔들림 없는 옥색 눈을 보고, 베이트의 손은 우뚝 멈추었다.

"…………."

베이트는 두 눈을 크게 떴다.

공격이 몸에 날아들거나 말거나, 시선을 돌리지 않는 하루히메의 눈을 말없이 노려보았다.

강한 눈빛. 멜렌에서 보았던 분위기를 모조리 날려버리는 결연한 표정.

겁을 먹으면서도, 두려워하면서도 도망치려고는 하지 않는다.

뜯겨나갈 허울 따위 존재하지 않았다. 여우가 한껏 드러낸 이빨.

그것은 한심한 암컷의 모습이었다.

그것은 『잔챙이』임을 거부하는 허세였다.

그것은 꼴사나우며 조롱을 살 만한, 숭고한 『약자의

의지』였다.

움직임을 멈추고 서로를 노려보는 두 사람 사이에 침묵이 찾아왔다.

멀리서 울리는 희미한 교전의 목소리가 수인들의 귀에 닿았다.

정지된 시간을 베이트가 깨뜨렸다.

"——잔챙이가."

입가를 흉포하게 치켜 올렸다.

"아무 것도 못하는 주제에—— 각오는 됐겠지?"

"흐읍?!"

숨기지 않고 뿜어내는 살기에 소녀는 마침내 꼴사납게 몸을 떨었지만, 그래도 물러나지 않았다.

그뿐이랴, 꿋꿋하게 노려보기까지 하는 르나르 소녀에게 베이트는 마치 갈채를 보내듯 매도했다.

"이게 보자보자 하니까!!"

주먹을 내리치는 대신 왼발의 프로스빌트를 땅에 내리꽂았다.

발밑에서 발생한 굉음과 충격에 소녀의 몸은 너무나도 쉽게 날아가 버렸다. 뒷골목 입구의 옆벽에 등을 거세게 부딪쳐 몸을 꺾으며 격통에 신음했다.

그런 소녀에게 베이트는 웃음을 감추지 않았다.

가학적인 웃음도, 잔혹한 웃음도 아니었다.

새로이 『이쪽』에 온 자에 대한 환영의 조소였다.

"창부처럼 헐떡이고 앉았네! 기세만 등등했던 거냐!!"

"흐윽!"

큰 목소리로 모욕이 날아들어, 르나르 소녀는 고개를 들었다.

내려다보는 베이트를 힘껏 노려보며, 공물을 바치듯, 떨리는 두 손을 가슴 앞에 내밀더니, 노래했다.

"【──커져라 뚝딱】."

베이트는 흉포한 웃음을 지은 채 그 영창에 눈을 가늘게 떴다.

그렇게까지 해서 『괴물』을 지키겠다고?

그렇다면 『각오』를 보여줘봐!

이때 베이트의 머리에서 『열쇠』니 이블스의 잔당 같은 단어는 모조리 사라졌다.

그저 약자의 오기를 추구하듯, 흉포한 웨어울프는 르나르 소녀를 『적』으로 인정했던 것이다.

그 후의 전투는 말할 것도 없었다.

흉악한 아랑(餓狼)은 가차 없이 『대항하는 존재』를 철저하게 때려눕혔다.

눈물을 흘리는 르나르는 다시 고함을 지르며 대들듯 무력감과 굴욕을 터뜨렸으며.

새로운 『약자의 포효』가 울려 퍼지는 밤에 웃음을 던지며 베이트는 도망친 존재를 추격했다.

5장

브레이브 소울!

Гэта казка іншага сям і.

Смяльчак!

© Kiyotaka Haimura

『다이달로스 거리』가 움직인다.

잠복했던 『무장한 몬스터』가 포효를 지르고 돌격을 감행한다. 이에 맞서는 것은 【로키 파밀리아】. 미궁거리 서쪽 구역을 중심으로, 전에 본 적이 없던 충돌이 발발했다.

외야에 놓인 다른 모험자들은 사태를 파악하지도 못했다.

어디까지고 제삼자인 채, 그저 소란과 혼란을 퍼뜨리며 사태의 밖으로 밀려났다.

"레피야가 없잖아……?"

피르비스는 혼자 미궁거리를 이동하고 있었다.

서쪽 방향에서 들려오는 전투의 소음에, 어떤 이는 걸음을 멈추고, 어떤 이는 빛에 이끌리는 나방처럼 황급히 달려나가는 가운데, 그녀는 홀로 냉정하게 주위를 살폈다. 서쪽의 전장으로는 향하지 않고 【로키 파밀리아】의 진형을 면밀히 관찰했다.

파벌 동맹을 맺어 현재 『다이달로스 거리』에서 무슨 일이 일어나는지를 올바르게 파악하고 있는 그녀는 【로키 파밀리아】의 진형을 가늠하는 편이 상황파악에 훨씬 도움이 된다는 사실을 알고 있었다. 시시각각 양상이 변화하는 전장에서, 그들의 움직임이야말로 『무장한 몬스터』를 추적하는 데에 가장 큰 단서가 된다.

게다가 지금 피르비스가 우선시하는 것은, 마음 착하면서도 사실은 저돌적인 동포의 안전이었다.

레피야가 또 위험한 상황에 뛰어들지는 않았는지 확인하지 못한다면, 원래 해야 할 일을 마음 놓고 할 수 없다. 그녀는 지붕 위를 소리도 없이 도약해 달려 나갔다.

'……?【로키 파밀리아】의 동태가…….'

높은 곳에서 주위를 둘러보던 피르비스는 소란스러워진 모험자들 틈에서【로키 파밀리아】의 단원들이 갈팡질팡하는 것을 발견했다.

머리를 맞대고 무언가 이야기를 나누다가, 낯빛이 바뀌어 그 자리를 떠나간다.

잠자코 바라보던 피르비스는 옥상 가장자리를 박찼다.

"이봐, 무슨 일이 있었지?"

"으헉?! 아, 뭐야.【마이나데스】잖아……."

【로키 파밀리아】의 남성 단원 앞에 착지하자 그는 놀라기는 했지만 동맹을 맺은 상대임을 알고 긴장을 풀었다.

"『무장한 몬스터』가 동쪽에서 확인됐어. 서쪽은 미끼야!"

"!"

"그쪽을 지키던 부대는 궤멸됐대……. 다른 모험자들하고 같이. 분명 그『검은 미노타우로스』가 있을 거야! 지금 지하로 내려가게 됐다간 큰일이야!"

아마도『무장한 몬스터』중 낙오된 존재의 소행이리라. 게다가 동쪽의 경비망은 허술하다.

동요하면서도 단원이 설명하자, 피르비스는 놀란 후 입을 다물었다.

정말로 서둘러야 할 것 같았다. 『무장한 몬스터』들이 『열쇠』를 가지고 있을 경우 그들을 호락호락 놓쳐버리게 된다.

"너도 도와줘!"

"······알았다."

여유가 없는 단원들의 부탁에 피르비스는 레피야를 잠시 내버려두고 고개를 끄덕였다.

"······."

그리고.

그 대화를 듣는 이가 **그 외에도 있었다.**

청각에 신경을 집중한 그들은 피르비스와 마찬가지로 【로키 파밀리아】의 동향을 관찰하던 자들이었다. 경계를 사지도, 들키지도 않은 채, 매우 가까운 곳에서.

그들은 말없이 자리를 떠 뒷골목으로 사라졌다.

그 직후.

달려 나가던 피르비스 일행 앞에 『무수한 몬스터』가 나타났다.

"앗?!"

"이것들은····· 크노소스에서 나왔던 물거미 몬스터?!"

『마석』과는 다른 붉은 크리스탈을 가진 소형종이다. 크노소스 내에 대량으로 풀려나온 『바르그』였다.

인공미궁에 한번 들어간 적이 있던 단원들은 당시의 악몽을 떠올렸고, 피르비스 또한 다홍색 눈을 크게 떴다.

『쉬이이익!』

골목길의 맨홀 속에서, 벽 틈에서, 지하로 가는 계단에서.

마치 미리 준비라도 해두었던 것처럼, 벌레와도 같이 『바르그』의 무리가 솟아났다. 헤아릴 수도 없는 몬스터의 기세에 일행은 응전할 수밖에 없었다.

그리고 그와 비슷한 광경이 미궁거리 중앙지대에서도 다발했다.

"다, 단장님?! 물거미 몬스터가 다수 출현했슴다!"

"적의 함정이군."

【로키 파밀리아】본진.

소환된 라울은 본진에 모여드는 신호기의 빛에 비명을 지르고, 핀은 그 옆에서 눈을 가늘게 떴다.

몬스터가 출현한 곳은 거의 모두 【로키 파밀리아】의 진지 부근이었다. 서쪽의 주요 전장에 의식이 쏠린 다른 대부분의 모험자는 이 국소적인 움직임을 눈치 채지 못했다.

명백히 【로키 파밀리아】만을 노린 움직임이었다.

"적이 움직였다! 몬스터의 목격정보가 나온 동쪽을 확보해라! 적에게 뒤쳐지지 마라!"

긴장된 핀의 고함이 하늘에 울려 퍼졌다.

그 그림자는 이미 지하의 비밀 통로 안을 나아가고 있었다.

조그만 체구에 가느다란 팔다리. 모험자를 흉내 낸 듯한 파룸 전용 배틀클로스.

보통의『고블린』과는 다른, 늘씬한 체구의『아종』.

4일 전, 티오나가 상대했던 레드캡이었다.

머리에 쓴 새빨간 모자를 찰랑거리며, 재빠르게, 신중하게 주위를 살피며 돌로 만들어진 지하통로를 나아간다.

그의 손에 들린 것은 은백색 정제금속.

"——찾았다."

『!!』

모퉁이를 꺾은 몬스터의 앞을 가로막는 자들이 있었다.

휴먼과 수인으로 구성된 5인조.

【로키 파밀리아】는 아니었다.

그들은 타나토스의 사도였다.

『무장한 몬스터』라는 이상사태를, 【로키 파밀리아】보다도 빨리 발견하고『열쇠』와 함께 해치우도록 명령을 받은 자들이다.

그들이 몸에 걸친 것은 이블스의 로브가 아니었다.

검과 갑옷을 장비한, **모험자의 차림**이었다.

"카아아아아아아아아아앗!!"

『으윽?!』

광신자들은 죽음을 두려워하지 않고 일제히 레드캡에게 달려들었다.

몬스터는 저항하지 못한 채 날아드는 공격을 간신히 방어하고 손에 든『열쇠』를 떨어뜨렸다. 바닥에 굴러간 은백색 정제금속을 사도들의 두목이 재빨리 주웠다.

"해냈습니다, 타나토스 님!! 소인 아코즈가『열쇠』를 되찾았습니다!"

눈을 형형히 빛내며 휴먼 사내가 주신의 이름을 외쳤다.

만전을 기했던 그들의 사냥은 완벽하다고 해도 과언이 아니었다. 변장을 해 모험자 속에 녹아들어, 끈덕지게『기회』가 찾아오기를 기다렸다. 그들은 어제오늘【로키 파밀리아】의 감시망을 뚫고 크노소스에서 빠져나갔던 것이 아니었다.

그들이 크노소스에서 나왔던 것은 **무려 나흘 전**.

『무장한 몬스터』가 출현한 날, 던전에 이어진 크노소스의 연결통로를 경유해 지상으로 나왔다. 아무렇지도 않은 척, 모험자 행세를 하며.

그리고 오늘까지 계속『다이달로스 거리』에 몬스터가 나타나기를 기다렸던 것이다.

일개 모험자로서 주위의 똘마니들 틈에 섞여, 의심받지도 않고【로키 파밀리아】의 동향을 면밀히 감시하며 전황의 정보를 수집했다.

타나토스가 말했던 『별동대』였다.

"이제 크노소스는 평안할 것입니다!!"

환희에 떠는 사내는 부상당한 몬스터에게 시선을 돌리며 입가를 틀어 올렸다.

여기서 있었던 일을 증거와 함께 은멸하고자, 부하와 함께 레드캡에게 무기를 들이대려던── 그 순간.

"공격!"

"?!"

느닷없이 터져 나온 호령에 반응이 멈췄다.

주위의 거미집처럼 펼쳐진 갈림길에서 튀어나오는 모험자들.

허를 찔린 이블스의 잔당은 저항하지도 못한 채 눈 깜짝할 사이에 무력화되었다.

"아니…… 【로키 파밀리아】?!"

"단장님 예측대로 역시 모험자들 틈에 섞여 있었구나."

모험자들의 장비에 새겨진 광대 엠블럼을 보고 휴먼 두목이 경악했다.

5명의 적 중 3명의 의식을 눈 깜짝할 사이에 빼앗은 아나키티는 오른손에 든 한손검을 부웅 휘둘러 털었다.

이블스 일당의 사냥은, 만전을 기했던 만큼 완벽하다고 해도 과언이 아니었다.

【브레이버】의 손바닥 위에서 놀아났다는 치명적인 한 가지 점을 제외하면.

"동쪽에서 몬스터가 발견됐다는 정보는……『함정』이었어. 별동대를 낚기 위한."

『별동대』가 파견되었다는 사실을, 핀은 이블스의 소극적인 움직임을 통해 이미 간파하고 있었다. 모험자로 변장해 비밀리에 몬스터의 위치를 탐색하던 몇 개의 부대가 있으리라고.

당연히 『다이달로스 거리』에 눌러앉은 수많은 모험자 틈에서 자객을 발견하기란 어렵다.

그러므로 핀은 『떡밥』을 뿌렸다.

"하, 함정……?!"

"그래. 너희에게 똑똑히 들리도록, 아군까지도 모조리 속여서."

아나키티 소대가 중심이 되어 정보를 뿌려놓았던 것이다. 아군까지 속이기 위한 가짜 정보를.

서쪽에서 진짜로 『무장한 몬스터』가 돌격했던 이 국면에서 【로키 파밀리아】의 단원들은 어쩔 수 없이 당황해 갈팡질팡했다. 그리고 그것은 【로키 파밀리아】의 동향을 주시하던 잔당들의 눈에도 『확실한 기회』로 비쳤으리라. 수많은 모험자들 속에서 움직이기 시작한 그들을, 아나키티는 쉽게 포박했던 것이다.

"그러면 이 『열쇠』는……?!"

"그건 그냥 복제품. 눈치 못 챘어?"

두목 사내가 든 은백색 정제금속── 작전회의에서 핀

이 보여주었던 모조품을 아나키티는 관심도 없다는 듯 지적했다. 사내는 눈을 크게 떴다.

그들이 타나토스가 말하는 『별동대』라면, 아나키티가 이끄는 소대 또한 『별동대』.

핀이 마련한, 사냥감을 뭍으로 끌어내기 위한 『낚싯바늘』이었다.

"말도 안 돼…… 말도 안 돼, 말도안돼말도안돼!! 그럼 이 몬스터도 미끼란 거냐?! 【로키 파밀리아】와 몬스터가 공모를 하다니?!"

【로키 파밀리아】의 단원 두 명에게 짓눌려 땅바닥에 엎드린 두목은 눈을 크게 뜨고 흔들리는 시선으로, 눈앞에 주저앉은 몬스터를 응시했다.

조금 전부터 계속 겁을 먹고 있던 몬스터는 떨리는 입술을 움직였다.

"우──【울려 퍼지는 열두 시의 알림】."

다음 순간 회색의 광막이 『고블린』의 온몸을 뒤덮었다.

빛이 사라지자, 그곳에 주저앉아있던 것은 한 파룸 소녀였다.

"아니?!"

"원래는 진짜 몬스터를 잡아서 너희를 끌어낼 생각이었지만…… 덕분에 수고를 덜었어."

『변신마법』.

소녀가 둘렀던 몬스터의 『허상』에, 두목은 무의미하게

입만 뻐끔거릴 뿐 아무 말도 하지 못했다.

담담히 말한 아나키티는 그제야 시선을 사내로부터 소녀에게 돌렸다.

"협조해줘서 고마워. 편리하네, 그『마법』."

"다, 다⋯⋯당신들⋯⋯!"

아나키티가 돌아보자, 파룸 소녀――【헤스티아 파밀리아】의 릴리루카 아데는 혼란의 극치에 빠진 듯했다.

정체를 간파당하고 붙잡힌 것이 조금 전이었다. 릴리루카는 자신이 끝났다고 생각했지만, 아나키티가 했던 말은『협조하라』는 요구였다.

다짜고짜 이곳 지하통로에 끌려와『무장한 몬스터』중한 마리로 변신해, 여봐란 듯이『열쇠』의 복제품을 들고 주위를 얼쩡얼쩡 돌아다녔던 것이다.

아나키티는―― 아니, 핀은 릴리루카의 정체를 간파하자마자 작전을『변경했다』.

몬스터가 아닌, 소녀의 힘을 써서 이블스의『별동대』를 유인하겠다고.

"당신들, 뭘 하고 있는 거예요⋯⋯?! 지상에 나타난 몬스터를 섬멸하려던 거 아니었어요⋯⋯?!"

"아, 괜찮아. 걱정하지 마. 이건 너희가 관여한 건하고는『별개』니까."

아직 생각은 정리되지 않았지만 릴리루카 아데의 우수한 머리는 아나키티의 그 말을 듣고 무의식중에 눈치를 채고 말았다.

아마도, 분명히, 틀림없이, 【로키 파밀리아】는── 핀 디
무나는.

『두 가지 상황』에 끼어 『진퇴양난』을 겪으면서도 혼돈의
극치에 빠진 미궁거리의 전황을 정리하고 있었음을.

──엥? 뭐? 그게 뭐야.

그러나 눈치를 챘어도 이해를 할 수 있느냐는 다른 문제
였다.

온 도시가 휘말려든 대사건 속에서, 여러 세력을 동시에
상대하다니.

어떻게 그럴 수 있는데.

벌어진 입이 다물어지지 않았다.

"상관도 없는 너를 끌어들여 미안하다고는 생각해……
하지만."

릴리는 흠칫했다.

눈앞까지 다가온 아나키티가 정면으로 그녀를 내려다보
고 있었다.

"난 말이지, 꽤 화가 났어."

버들잎처럼 모양 좋은 눈썹을 치켜세우고, 허리를 구부
리며 얼굴을 불쑥 들이댄다.

"네가 하필이면 가장 저열한 방법으로 라울을 속여서."

"네……?!"

"라울한테 핀 디무나는 『배신할 수 없는 상징』이야. 설령

가짜라 해도, 그 바보는 경의를 잊지 않아. ……너는 그런 단장님으로 변신해서 라울을 속였어. 그래, 난 엄청나게 화가 났어."

입단 동기인 동료를 누구보다도 잘 아는 캣 피플은 누구보다도 진지하게 분노를 드러냈다.

조그만 엉덩이에서 뻗어 나온 가느다란 고양이 꼬리가 하늘하늘 좌우로 흔들렸다.

새파랗게 질린 채, 꼼짝도 하지 못하는 릴리루카의 가슴을 꿰뚫듯 검지를 꾹 누른다.

"그러니까── 이제『비긴』거야."

그리고는 생긋.

만면의 미소를 머금은 검은고양이 모험자를 보며 릴리루카는 엄청난 공포를 느꼈다.

"이용해서 미안해. 이젠 가도 돼. 설령 지금은 적이라곤 해도, 우리 사정에 끌어들인 건 본심은 아니었어."

아나키티 오텀. 별명은【아르샤】.

도시에 있는 Lv.4 중에서도 틀림없이 최상급에 속할 제2급 모험자.

로키도 반한 아름다운 용모 속에서 싸늘한 불꽃을 머금은, 재색겸비의 캣 피플.

신들이 인정한『노블 캣』이었다.

"히익……?!"

아나키티의 웃음 섞인 불평에 릴리루카는 얼어붙었다.

농담하지 마. 끌어들이지 마.

그렇게 속으로 외치면서 일어나 황급히 도망치려 했다.

"아…… 맞아맞아. 이건 단장님이 전해달라는 말."

그런 릴리루카의 등에 아나키티가 메시지를 전했다.

"『네 용기에 경의를 표해 한번은 봐주겠어. 하지만 다음은 없을 거야』……라고 하셨어."

파룸 소녀는 우뚝 걸음을 멈추었다.

이번에야말로 아연실색했다.

고스란히 【로키 파밀리아】를, 핀 디무나를 속였다고 생각했다.

하지만 아니었다.

릴리루카 또한 【브레이버】의 손바닥 위에 있었던 것이다.

"그럼 잘 가. 다음에는 나도 봐주지 않을 거야."

"우우~?!"

상심 따위 입을 여유도 없이, 릴리루카 아데는 전속력으로 달려갔다.

타고난 패배자 근성을 발휘해, 그저 『위험한 자들』에게서 도망치고 싶다는 일념으로, 곁눈질조차 하지 않은 채 이탈했다.

"알고 있는 것들을 물어봤어야 하지 않을까요, 아키 씨?"

"각오를 한 파룸이 얼마나 성가신지는 우리가 제일 잘

알잖아? 심문도 고문도 시간낭비일 뿐이야. 그러니 이 정도면 돼."

핀도 그럴 시간이 아까워 놓아주도록 지시했을 거라고, 아나키티는 의문을 제기하는 단원들에게 말했다.

"자…… 오래 기다리게 했네."

무엇보다 아나키티에게는 파룸 소녀에게 관여할 여유가 없었다.

온도가 낮아진 목소리로 말하며, 바닥에 짓눌린 두목을 내려다본다.

"『열쇠』, 가지고 있지? 너희들끼리 크노소스에 돌아갈 수단이 없으면『별동대』의 역할을 못하니까."

"윽……?!"

"몬스터에게서 빼앗을 『열쇠』에 의존했다면 너무 대책 없는 행동이니까. 만약 여기 오기 전에 어딘가에 숨겨뒀다면…… 억지로라도 불게 만들겠어."

오른손에 든 한손검의 칼날이 번뜩 광채를 뿜어냈다.

꿈틀 몸을 떨었던 두목은, 다음 순간 눈꼬리를 치켜올리며 한껏 힘을 주어 자신을 짓누른 단원들을 밀쳐내고.

"이 목숨, 타나토스 님을 위해——!!"

자유로워진 손을 품으로 집어넣으려 했다. 그러나.

"자폭하게 놔줄 알아?"

아나키티의 손이 번뜩여, 검이 사내의 손목을 바닥에 꽂아버렸다.

"끄윽── 아아아아아아아아아아아아아아아아아아아아
악?!"

장비 밑에 숨겨두었던 『화염석』── 자폭장치의 작동을
저지했다.

벌레 표본처럼 오른손을 바닥에 꿰뚫린 두목은 극심한
고통에 정신이 나가, 피에 물든 채 말뚝처럼 바닥에 꽂힌
검을 뽑으려 했다. 그러나 빠지지 않았다.

왼손으로 몇 번이고 뽑으려고 발버둥을 치지만 지면에
깊이 박힌 은색 칼날은 결코 구속을 늦추지 않았다. 마치
검 그 자체에 『분노』가 깃든 것처럼.

비지땀을 흘리며 괴로워하는 사내에게 아나키티가 말
했다.

"자꾸 사람 애먹게 만들지 마. 난 이런 거 잘 못해."

냉혹한 눈으로 말한다.

동료, 그리고 리네를 잃었던 캣 피플은 조용한 분노의
불꽃을 머금고 미소를 지었다.

"하지만 괜한 희망은 품지 않는 게 좋을걸? 고양이는 상
당히── 잔혹해질 수 있거든."

사내의 의식은 그 순간부터 애매해졌다.

처음에는 사명감으로 견뎌내려 했던 것 같은데, 『고통』
이 본격적으로 찾아온 순간 입에서는 절규가 끊이질 않
았다.

한바탕 고함을 지른 후, 사내는 그녀들이 원하는 정보를

모두 제공한 다음 의식을 잃어버렸다.

❦

"식인꽃이 옵니다!"

"화살을 쏴라! 아리시아는 영창 개시!"

엘프들의 노래가 울려 퍼지는 이곳은 『다이달로스 거리』 남동쪽에 위치한 지하통로.

아직도 크노소스에서는 몬스터의 진격이 이어지고 있었다. 아니, 더욱 극심해질지언정 끊어지는 일은 결코 없었다.

『마법』을 주로 펼쳐 싸우는 엘프들의 얼굴에는 땀이 뻘뻘 흘렀다. 그녀들의 발밑에는 마시고 내팽개쳐 깨진 마인드 포션의 시험관이 몇 개나 굴러다녔다. 그보다 조금 앞에는 어마어마한 양의 재와 극채색으로 물든 수많은 『마석』이 있었다.

리베리아의 적확한 지휘 덕에 전선을 유지하고는 있지만, 전투가 시작되고 몇 시간이 지났다. 원진을 짜고 교전하는 엘프들에게도 피로의 기색이 드러나기 시작했다.

타나토스가 비웃음을 지었던 소모전 속에서, 엘프들은 철수를 선택하지 않은 채 싸우고 또 싸웠다.

마치 무언가를 기다리듯.

그리고.

"리베리아 님!"

"!"

환호와도 같은 아리시아의 고함이 리베리아의 가늘고 긴 귀를 흔들었다.

돌아보니 통로 안쪽에서 단원들을 이끈 아나키티 소대가 달려오고 있었다.

몬스터의 응전을 엘프 소녀들에게 맡기고 리베리아 자신도 달려갔다.

"해냈나?"

"네, 확보했어요."

짧은 대화.

그러나 그것만으로도 충분했다.

아나키티가 꺼낸 것은 구형의 매직 아이템.

『D』라는 기호가 새겨진, 틀림없는 『다이달로스 오브』.

크노소스 패주로부터 【로키 파밀리아】가 계속 찾아 헤맸던 기사회생의 『열쇠』였다.

『별동대』의 두목을 『심문』한 아나키티 소대는 보기 좋게 크노소스의 『열쇠』를 입수했던 것이다.

갯수는 하나. 그러나 확실한 성과.

아나키티의 등 뒤에서는 흥분이 채 가시지 않은 단원들이 상기된 표정을 짓고 있었다.

"잘 했다. 뒷일은 우리에게 맡겨라."

"네, 믿고 있어요."

그녀가 건넨 『다이달로스 오브』의 무게에 리베리아는 입가를 틀어 올렸다. 아나키티 또한 웃음으로 대답했다.

즉시 표정을 다잡은 리베리아는 힘차게 엘프들을 돌아보았다.

"——가자. 몬스터 돌보기는 끝났다!"

"""네!!"""

버들잎처럼 모양 좋은 눈썹을 틀어 올리며 리베리아가 외쳤다.

마치 울분이 쌓였던 것 같은 하이엘프의 고함에 엘프들은 일사불란하게 대답했다. 요정에게는 어울리지 않는 살벌한 전의가 통로 안에 가득 차고, 리베리아는 부대의 중심에 몸을 숨겼던 한 엘프에게 말했다.

"레피야, 준비는 됐나?"

"네…… 할 수 있어요!"

격렬한 전투 속에서, 『마법』을 한 번도 쓰지 않고 **아껴두었던** 마도사가 하나.

무릎을 꿇고, 지팡이를 끌어안으며 한계까지 명상해 『마력』을 날카롭게 가다듬었던 소녀는 조용히 눈을 뜨며 일어났다.

"【해방될 한 줄기 빛, 성스러운 나무로 지은 활대. 그대는 명궁일진저】!"

선황색 장발이 하늘을 향해 나부끼고 같은 색깔의 매직 서클이 발생하더니 금세 마력의 빛이 솟아났다.

어마어마한 『마력』을 보유한 소녀는 엘프 부대가 보유한 특상의 『창』이었으며, 철벽을 때려부수는 『파성추』였다.

"저격하라, 요정의 사수. 뚫어라, 필중의 화살』!"

마치 지휘봉처럼 수평으로 내민 하이엘프의 지팡이, 자세를 낮추는 엘프들.

레피야의 입술에서 흘러나오는 영창이 전방에서 밀려드는 식인꽃의 무리를 노려본다.

"【아르크스 레이】!"

거대한 섬광이 발사되어 통로를 휩쓸고, 모든 몬스터를 소멸시켰다.

그리고 리베리아는 조용히, 날카롭게, 긴 지팡이를 전방으로 내밀었다.

섬광의 노호가 가라앉고 전방의 길을 가로막던 것들이 걷힌 순간, 엘프들은—— 아니, 【로키 파밀리아】는 『반격의 신호탄』을 쏘았다.

"돌격!!"

엘프로 구성된 총 11명의 부대가 한 덩어리가 되어 크노소스를 향해 **돌진했다.**

한계까지 팽팽하게 당겼다가 발사된 발리스타처럼 일직선으로, 똑바로.

몬스터의 배출을 멈추고 닫혔던 오리할콘 『문』이 리베리아의 오른손에 들린 『열쇠』에—— 복종했다.

덜커엉!! 소리를 내며 힘차게 열리는 『문』.

"어?"

문 안쪽에서 대기했던 이블스의 잔당 사이에서 흘러나 오는 얼빠진 목소리.

아연실색 서 있던 적들을 보며, 선두에서 달려 나간 리베리아는 힘차게 지팡이를 수평으로 휘둘렀다.

"끄아아아아아아아아아아아아아아아아아아아아 아아아아아아아아아아악?!"

적의 세력이 나뭇잎처럼 쓸려나갔다.

엘프들은 잔당들을 쳐다보지도 않고 어둠에 싸인 미궁에 발을 들이더니, 그대로 『진격』했다.

"저, 적이다아아아아아아아아아아아아아아아아아 아?!"

당황한 잔당들의 경종은 이내 비명으로 바뀌었다.

화살이 날아가고, 단검이 휘둘러지고, 『마법』이 터져나 간다. 사람도 몬스터도, 앞을 가로막는 모든 것들을 맹렬히 날려버리며 요정들이 달려나갔다.

돌진과 함께 대열을 재편성하며, 부대의 중심에 자리를 잡은 리베리아는 단 한 마디.

왕족인 하이엘프에게는 어울리지 않는 폭언을 터뜨렸다.

"마음껏 들쑤셔라!!"

"뭐?"

타나노트 또한 얼빠진 소리를 냈다.

"그러니까 적이 쳐들어왔다고요!! 통로에 죽치고 있던 【로키 파밀리아】가요!!"

미궁주의 방으로 뛰어든 권속의 보고를 들은 타나토스는 얼어붙었다.

튕겨지듯 몸을 돌려 방 중앙의 좌대, 미궁 내 곳곳의 광경을 비춰주는 수막을 본다.

남동쪽 문으로 침입한 리베리아의 엘프 부대가 이블스의 잔당도, 앞을 가로막는 몬스터도 모조리 격파하며 무시무시한 속도로 미궁 안쪽을 향해 침입하고 있었다.

"……큭!!"

대형 홍옥의 힘으로 『문』을 조작하는 바르카도 눈을 한껏 크게 뜨고 있었다.

엘프들의 진로에 있는 『문』을 닫아봤자 리베리아의 『열쇠』가 즉시 이를 열고, 몬스터 보관고를 열어봤자 비올라스도 바르그도 모조리 얼어붙거나 불타버렸다.

요정들의 파죽지세를 막을 자가 없었다.

"공격했어? 공격했어? **공격당하고 있는 거야?!**"

그러한 광경을 본 타나토스의 눈이 경악에 도취되었다.

"거짓말이지? 어떻게? 말이 안 되잖아?"

이 『진퇴양난』의 상황에서 【로키 파밀리아】가 『쳐들어왔다』니, 누가 예상할 수 있었을까. 적어도 신인 타나토스는 예상하지 못했다.

『열쇠』를 빼앗겼다. 분하지만, 더할 나위 없이 위험하지만 그것까지는 그렇다고 치자. 상황은 이해했다.

하지만 귀중한 『열쇠』를 빼앗아놓고는 『떡밥』 삼아 미끼로 쓰는 게 아니라 『침공』을 위해 사용하다니.

'이걸 노렸던 거야? 쳐들어오는 일은 만에 하나라도 있을 수 없다는 자만심을, 【로키 파밀리아】를 비웃었던 우리의 『방심』을──.'

──핀 디무나가 전지무능한 신들보다 뛰어난 것.

그것은 만군을 지휘했던 『경험』.

설령 신들이 『전지』하더라도, 『지식』과 『경험』은 완전히 다르다. 게다가 따지고 보면 타나토스는 천계에서 『영혼』의 정화에만 매달렸던 일 중독자. 전장의 동향 따위 알 리가 없었다.

수많은 아수라장을 헤쳐 왔던 역전의 용사가 아니고서는 전장의 『흐름』을 느낄 수 없다.

언뜻 무모하다고밖에 여겨지지 않는 핀의 이 **작전**을 읽어내기란, 타나토스에게는 불가능했다.

"어? 쟤들 승산이 있는 거야? 도박 아니고?"

무모한 자살돌격이 아니라, 비책이 있는 기습?

광대한 미궁을 상대하고도 『전과』를 올릴 만한 계산이

섰다는 거야?

이블스의 전력저하, 크노소스의 매핑, 게다가 『열쇠』의 확보, 혹은 미궁 내에 숨겨놓은 『데미 스피리트』의 위치 발견── 적의 전략적 승리조건을 모조리 열거해본 타나토스는 아직도 혼란에 빠져 있었다.

이제까지 맛본 적이 없었던 강렬한 당혹감에 희롱당하며 의문을 거듭했다.

만일 여기에.

핀의 숙적 바레타 그레데가 살아있었다면 이렇게 말했으리라.

『멍청아! 핀이 수비를 할 리가 있냐!』

『지옥 밑바닥까지 쳐들어올 놈이라고──그 썩어빠진 용사는!』

다음 순간.

타나토스는 있는 힘껏 눈을 크게 떴다.

"──거짓말이지이, 【브레이버】어어어어어어어어어어어어어어어?!"

그것은 슬픔으로도, 갈채로도 들렸다.

땀을 삐질삐질 흘리며, 웃음을 짓고, 낭패한 권속들을 돌아보았다.

"레비스를 불러와! 진짜 야단났어!"

전율 반 환희 반.

그야말로 『미지』에 약한 신의 웃음을 지으며 타나토스는 외쳤다.

"이러다 잡아먹히겠다!!"

❦

"보고 드립니다! 리베리아 님이 크노소스에 침입했습니다!!"

숨을 헐떡이며 달려온 전령 엘프의 목소리에 한순간 움직임을 멈추었던 라울 이하 단원들은 다음 순간 환호성을 터뜨렸다.

""""우와아아아아아아아아아아아아아아아아아아아아아아!!""""

비유가 아니라 【로키 파밀리아】의 본진이 쩌렁쩌렁 흔들렸다. 수많은 주먹이 하늘을 향해 솟아올랐다. 『무장한 몬스터』를 수색하던 모험자들이 자기도 모르게 어깨를 흠칫떨 정도의 열광적인 포효가 『다이달로스 거리』 중앙지대에서 터져나왔다.

전에 없던 흥분에 휩싸인 단원들 속에서 파룸 두령은 홀로 조용히 고개를 끄덕였다.

"좋아."

짧은 한 마디. 그러나 만감이 담긴 한 마디.

개전 이후 처음으로 핀이 『잘 했다』는 뜻을 보였다.

적의 목덜미를 물었다.

지하의 마굴에 도사린 괴물들에게 인사 대신 쏘아준 『은탄환』.

반격의 순간을 고해줄 『요정들의 쐐기』.

핀은 이때라는 양 목소리를 높였다.

"수비대의 배치를 변경한다. 가레스의 부대는 반전! 『무장한 몬스터』 추적은 일시 중단하며, 리베리아 부대가 열어놓은 남동쪽 『문』을 확보하고 사수하라! 준비가 갖춰지는 대로 후속부대를 보내 다시 한 번 침공한다!"

"알겠습니다!"

핀이 계획했던 작전의 성공은 사기를 크게 끌어올려놓는 결과를 가져왔다. 단원들은 그의 명령에 목소리를 모아 외쳤다. 고양감은 치솟기만 했다.

"경탄할 만하군······. 정말로 해냈어."

──그런 【로키 파밀리아】의 본진을 내려다보는 첨탑 내부에서.

디오니소스가 신음하듯 말했다.

"핀한테는 수비할 마음은 요만큼도 없었던기라."

로키는 들끓는 본진을 바라보며 곁에 있던 남신에게 대답했다.

"『열쇠』를 얻은 직후. 그때가 적이 제일 갈팡질팡할 때 아이겠나. 『열쇠』가 우리한테 넘어왔단 기 알려진 다음에는 늦는 거래이. 적이 준비를 갖추기 전에—— 쳐삐야지."

한번은 패배해 도망칠 수밖에 없었던 크노소스.

그때 이블스는 준비를 철저히 갖춰놓고【로키 파밀리아】를 유인했다.

만전의 대책을 세우고 단원들을 무릎 꿇렸던 것이다.

그러나 지금은 다르다. 아무 대책도 갖추지 못했다. 애초에 이쪽의 반격 따위 예상하지도 못했을 크노소스에 반격의 준비 따위 있을 리 없다.

있다 해도 발동시킬 시간 따위 주지 않는다.

문자 그대로 『기습』이었다.

"수비가 허술해진 미궁을 들쑤신 다음, 정보를 가지고 돌아오는기라. 처음이자 마지막 기회데이."

광대 여신은 갑자기 가벼운 미소를 실실 흘렸다.

"핀, 니 어째 어울리지도 않게 『망설임』을 품는 것 같드니만……"

지금도 눈 아래에서 지시를 내리는 파룸을 지켜보며 말했다.

"니도 충분히, 오버스펙 괴물—— 영걸(英傑)이데이."

처음부터 다 알고 있었던 일을, 로키는 웃으며 말했다.

"······소란스럽군."

그 여자가 중얼거렸다.

풍만한 가슴과 아름다운 팔다리, 그리고 피를 방불케 하는 붉은 머리카락.

인간의 형상을 띤『괴물』, 레비스였다.

지나치게 뛰어난 괴인의 청각은 아득히 멀리 떨어진 미궁의 소란까지도 듣고 말았다. 한쪽 무릎을 세우고 바닥에 쪼그려 앉아 있던 여자는 거추장스럽다는 듯 낯을 찡그렸다.

"──『너』도 닥쳐.『아리아』는 아직이니까. 우선 이 도시를 날려버리고『구멍』을 만들어야지. ······그래. 그때보다도 지저분해진 지상의 하늘을 보여줄게."

혀를 차면서 레비스는 한손으로 머리를 꽉 눌렀다.

곁에서 보면 혼잣말로밖에 보이지 않는 광경. 하지만 그녀의 독백은 분명『무언가』와의 의사소통을 내비치는 말이었다.

"이제 얼마 남지 않았어······. 바닥에서 조금만 더 얌전히 있으라고."

크노소스 내의 거대한 방에 여자가 속삭이는 소리가 조용히 메아리쳤다.

그녀의 전방, 천장이 높은 미궁의 벽에는 끔찍하고 거대한 녹색 고깃덩어리로 이루어진 기둥이 있었다.

위에서는 인간의 상반신으로 보이는 실루엣이 꿈틀거렸으며, 벽과 지면에 긴 그림자를 드리웠다.

"레, 레비스 님!!"

방의 통로 쪽에서 뛰어든, 이블스 잔당의 간부 중 하나.

레비스가 께느른하게 돌아보자, 사내는 무릎을 꿇으며 빠르게 말했다.

"『로키 파밀리아』가 크노소스에 쳐들어왔습니다!『열쇠』를 가졌으며, 미궁 내를 어지럽히고 있습니다! 이대로 가다간 미궁 곳곳에 있는『정령의 방』에까지 도, 도착할 수도……!!"

사내는 결코 그 끔찍한 녹색 기둥에는 눈을 맞추지 않도록, 석판이 깔린 바닥만을 바라보며 말을 이었다. 땀방울을 뚝뚝 떨어뜨리며 떨리는 목소리로.

기둥은 으스스하게 준동하고 괴이한 소리를 내며 수많은『촉수』를 뻗더니, 사내를 관찰하듯 주위를 에워쌌다.

"부디, 부디, 힘을……!"

"밥버러지들……."

녹색 눈을 가늘게 뜬 레비스는 무거운 몸을 일으켰다.

그리고 마치 그 움직임에 동조하듯 촉수가 사내의 몸을 휘감았다.

"아, 아아아아아아아아아아아아아?!"

"그러지 마. 게다가 그건『마석』이 없어. 배탈 난다."

촉수에 끌려가던 사내가 머리 위로 사라지는 가운데, 별 감회도 없이 레비스가 말했다.

그녀에게 돌아온 대답은 콰직, 하고 살점이 짓이겨지는 소리와 뺨을 적시는 피의 비였다.

"나 원…… 이놈이고 저놈이고."

난폭하게 팔로 뺨을 닦으며, 지면에 박혀있던 『커스 웨폰』 검을 뽑았다.

레비스는 역시 께느른한 태도로, 씹는 소리가 울려 퍼지는 방을 떠났다.

수많은 계단을 뛰어 내려가는 요정들의 드높은 발소리가 울려 퍼진다.

복잡하고 기괴한 미로를 이루는 크노소스 내부, 진행을 저지하고자 앞을 가로막는 잔당들을 상대하며, 엘프로 편성된 【로키 파밀리아】의 부대는 미궁의 심장부로 파고들었다.

"2시 방향에서 몬스터 다수!"

"돌파한다! 쏴라!"

엘프 소녀들이 수색한 결과를 토대로, 부대 중심에 있는 리베리아가 지시를 내린다.

산발적으로 나타나는 이블스의 병사들은 혈안이 되어

저지하려 들지만 모조리 『마법』의 먹이가 되었다. 그녀들이 내미는 여러 자루의 완드에서 눈부신 빛의 화살이 뿜어져 나가 적을 사선에서 날려버렸다.

엘프로 구성된 이 부대는 크노소스에 침입한 후로 한 번도 속도를 늦추지 않았다.

발을 멈추지 않고, 항상 이동하며 새로운 길을 열었다.

리베리아 휘하의 부대가 맡은 임무는 최대한 크노소스를 어지럽히는 것이었다.

이블스의 본거지를 혼란의 소용돌이에 빠뜨려, 지상의 전투에 개입하지 못하게 만든다. 최소한의 목적은 『무장한 몬스터』들을 진압할 때까지 그들을 이 자리에 붙들어놓는 것이었다.

그리고 가장 큰 목적은 크노소스의 정보수집. 새로운 『열쇠』를 탈취하거나, 혹은 『데미 스피리트』의 소재를 밝혀내는 것. 그밖에는 적의 시설에 심대한 타격을 입히는 것이 있다.

"전진, 전진!"

그렇기에 어쨌거나 달려야 한다. 어쨌거나 멈추지 않아야 한다.

단독부대로 크노소스에 돌입한 리베리아 일행은 길을 잃고 광대한 개미집에 흘러든 한 마리의 나비나 다름없었다. 피아간의 전력 차이를 생각해보면 어이없이 짓밟힐 것이다. 살아남아 성과를 내려면 적에게 붙잡히지 않은 채, 항상 적의 대응이 늦어지도록 만들고, 한없이 혼란을 전파시켜야만 했다. 타나토스가 『자살돌격』이라 했을 만큼 단독부대 침입은 항상 위험성과 마주하고 있었다.

적진 깊은 곳으로 쳐들어가, 고립무원의 기습을 성공으로 이끄는 것은 모두 지휘관인 리베리아의 판단에 달렸다.

"왼쪽은 수상하다! 오른쪽으로!"

"네!"

"아리시아, 소니아 쪽을 회복시켜라!"

"알겠습니다!"

『함정』을 느낀 리베리아가 지시하면 아리시아를 비롯한 단원들이 막힘없이 따랐다. 왼쪽의 통로에서 매복했던 적의 놀라움을 등 너머로 느끼면서도 그 기척을 순식간에 따돌렸다. 동시에 아이템으로 회복을 지시하는 것도 게을리하지 않았다. 그렇게 연속으로 수많은 선택을 내렸다.

그 모습은 마치 핀을 방불케 했다.

가레스와 함께 곁에서 오랫동안 지켜보았던 파룸의 당당한 모습은 그녀에게도 영향을 미쳤던 것이다.

무엇보다도 하이엘프인 리베리아는 엘프들을 대상으로 어마어마한 카리스마를 발휘했다.

적진 속에서 엘프들의 전의는 쇠하기는커녕 솟구치기만 했다.

"【위대한 삼림의 빛, 장벽이 되어 우리를 수호하사── 나의 이름은 알브】!"

© Kiyotaka Haimura

영창을 마치고 『마법』을 대기상태로 이행한 리베리아는 매직 서클의 전개를 유지했다.

반경은 약 5M. 리베리아가 상황에 응해 영창에 들어갈 때마다 엘프들이 그녀의 매직 서클에 딱 들어가도록 진을 짜고 함께 달려 나갔다.

발밑에서 소녀들의 얼굴을 비추는 비취색 광채는 요정들에게는 축복의 빛이 되었다. 마치 왕의 가호를 받아 감개무량한 것처럼 엘프 일동의 가슴이 떨렸다.

"모두 멈춰라! 레피야!!"

"──【뚫어라, 필중의 화살】!"

폭이 넓은 대형 통로로 뛰어나가자, 눈에는 수많은 몬스터가 들어왔다.

공간을 가득 메울 듯한 식인꽃과 물거미의 무리에, 정지했던 부대 속에서 레피야가 재빨리 앞으로 나갔다.

몬스터들을 한껏 끌어들여, 쏘았다.

"【아르크스 레이】!"

『─────────────────────아아아아?!』

어마어마한 위력의 포격이 몬스터의 대군을 너무나도 쉽게 소멸시켰다.

"레피야, 영창을 멈추지 마라! 다음 탄환을 준비해!"

"네!"

즉시 이동이 재개되는 가운데, 『병행영창』으로 마법이 뿜어져나갔다.

거대한 섬광은 숫자로 밀어붙이려던 몬스터의 무리를 통로와 함께 휩쓸며 모든 적을 재로 돌려보냈다. 이 광경이 되풀이되기를 이미 여섯 차례.

가공할 출력의 직사 포격을 뿜어낸 레피야는 그야말로 『창』이었다.

강인한 『문』 앞을 가로막은 적을 한꺼번에 날려버리는 『파성추』였다.

크노소스에 도사린 다수의 몬스터를 끌어들여, 포격 한 방으로 한꺼번에 섬멸한다. 그것이 그녀를 아껴두었던 이유였으며, 명상까지 해 『마력』을 최대한 끌어올렸던 목적이었다.

리베리아는 아무래도 지휘에 매달려야 한다. 항상 그녀의 화력에 의존할 수는 없었다. 그런 만큼 크노소스 내를 유린할 때 레피야의 『창』은 절대 없어서는 안 될 것이었다.

"【얼어붙어라, 겨울의 쇠사슬】!"

"【행진하라, 불꽃의 발자국——】."

"【계약에 따라 명하노니】!"

넓은 통로에 몰려든 적을 레피야가 모조리 받아 맞서는 가운데, 아리시아와 다른 엘프들은 옆길에서 나타나는 몬스터를 각자의 『마법』으로 물리쳤다.

여성 엘프만으로 편성된 리베리아의 부대는 모두가 『병행영창』을 체득했으며, 단문영창 『마법』을 구사해 『고속전투』를 펼치는 마도사 혹은 마법검사였다.

잇달아 터져나가는 『마법』은 마치 요새에서 무수히 발사되는 요정의 화살과도 같았다.

결정타는,

"전방에 적 부대!"

"여러 명의 마도사…… 그리고『마법』!"

매복했던 적의 반격에도 굴하지 않는 『방벽』.

"【비아 실헤임】!"

대기상태에서 단숨에 발동시키는 리베리아의 결계가 적의 일제포화를 차단했다.

"아니?!"

"공격이……?! 아니 잠깐, 끄아아아아아아아아아아아아아아아아아아악?!"

이블스의 잔당이 요정의 부대를 에워싼 비취색의 돔에 전율하는 것도 찰나, 순식간에 육박한 엘프들이 스쳐 지나가며 단검으로 그들을 베어 쓰러뜨렸다.

도합 11명으로 이루어진 요정소대.

【로키 파밀리아】 내에서도 실력이 뛰어난, Lv.3 이상의 엘프로 구성된 파티에서 매직 서클이 사라지는 일은 없었다.

주포, 탄막, 방벽.

이 모든 것을 갖춘 엘프들은 이미 『이동포대』 정도로 불릴 차원이 아니었다── 그것은 『요새』였다.

"오랜만인걸, 『페어리 포스』!"

"후방지원도 좋지만 역시 리베리아 님 휘하에서 난리치는 게 가장 큰 영광!"

"난리치다니, 천박한 말 쓰지 마!"

고양감이 지나쳐 제각각 떠들어대는 어린 엘프들에게 연장자인 아리시아가 주의를 주었다.

원래 리베리아가 『유격대』를 이끌고 움직일 상황은 거의 없다.

도시 최강 마도사라 칭송을 받는 그녀가 가장 활약할 위치는 후열. 적을 예외 없이 섬멸하는 압도적인 화력, 온갖 공격으로부터 아군을 지켜내는 방어수단, 전선을 지탱하는 회복지원. 이러한 마법은 대부대를 지탱하는 기둥의 역할을 다했다. 전면에 서서 전선을 지키는 가레스를 비롯한 드워프 부대와 합쳐지면 그야말로 호랑이에게 날개 달린 격이다.

하지만 한번 본대에서 벗어나 별동대로 뛰어다니면, 그녀는 느닷없이 탈바꿈해 『원거리 포대』가 된다.

핀이 여차할 때 투입하는 『요정의 쐐기』가 된다.

"잡담하지 말고, 쏴라!"

"""네!"""

『병행영창』을 주축으로 삼은 고속전투, 고속난전.

속도만 높이면 『마법』의 만능성은 온갖 상황에 대응할 수 있다. 흉포한 화력을 들이대며 종횡무진 던전 내를 휩쓸고 다니는 엘프들은 그야말로 옛날 전장에서 꽃이라 불렸던 『기병대』와도 같았다.

일반 던전과는 상황이 다르지만, 원거리에서 일격을 날리고 이탈하는 방식은 같다.

몸을 폭탄으로 바꾸어 자폭을 감행하려는 이블스의 병사들도 여기에는 당해내지 못했다.

『마법』을 퍼붓고는 이동을 반복하는 엘프들을 쫓아오지도 못했다.

"레피야, 뒤처지지 마라."

"네, 네엣……!"

처음으로 참가한 동포들만의 부대에서 레피야는 숨을 헐떡이면서도 『병행영창』을 이어나갔다. 성장한 소녀의 신규 참가 덕에 주포를 갖춘 요정부대는 완벽한 『이동요새』로 변했다.

크노소스를 기습하기 위한 요소가 이렇게 모두 모였다.

"앞뒤에서 『문』이 닫혔습니다!"

"앞을 열겠다! 『마법』은 『문』이 열리는 순간에 맞춰라!"

유일하면서 가장 큰 걸림돌이었던 『문』도 리베리아가 가진 『열쇠』 앞에는 무력했다. 단단히 닫혔던 오리할콘 장벽은 너무나도 쉽게 열리고, 갈팡질팡하는 적에게는 사격의 비가 쏟아졌다.

아나키티 소대의 성과를 이어받아, 적을 유린할 대로 유린했다.

살해당한 동료의 분노, 가슴에 새겨졌던 치욕을 풀고자

자긍심 높은 요정들이 거칠게 날뛰었다.

"리베리아 님, 새『열쇠』입니다!"

"잘 했다!"

결사적으로 맞서 싸우던 적진 속에서 황급히 도망치던 적병 하나를 아리시아가 놓치지 않고 빙결『마법』으로 움직임을 봉한 후 혼수상태에 빠뜨렸다. 그리고 그가 숨겨두었던 두 번째의『열쇠』를 빼앗는 데에 성공한 것이다. 리베리아의 칭송에 이어 엘프들의 환호성이 이어졌다.

쾌진격은 멈출 줄을 몰랐다.

"……?"

그때.

점점 더 기세를 더해가는 요정부대 속에서, 리베리아만은 그 미미한『변화』를 알아차렸다.

적의 공세가 그친 것이다.

필사적으로 저지하고자 앞뒤를 가리지 않던 적들의 움직임이 느슨해졌다.

"……레피야. 영창을 전환해라."

"네……? 아, 네!"

찰나에 불과한 한순간의 정적. 이를『이변』의 전조라 파악한 리베리아가 지시를 내렸다. 진지해진 하이엘프의 얼굴을 본 레피야는 물론 고양되었던 엘프들도 다시금 긴장을 머금었다.

리베리아는 현명했다.

그녀는 결코 이 크노소스에 허점을 드러내지 않았다.

【브레이버】를 재기불능으로까지 빠뜨렸던 이 마굴을.

그리고 그녀가 경계한 대로, 『그것』이 찾아왔다.

콰아앙!

『문』이 열리는 굉음에 피처럼 새빨간 머리카락이 흔들린다.

"──!! 괴, 괴인이 옵니다!!"

수색을 하던 한 엘프 소녀가 내뱉은 최대급의 경보.

흠칫 돌아본 일동의 시야 너머, 진로 우측에서. 엘프들의 눈에 인간의 형태를 가진 최강의 『괴물』이 비쳤다.

"파룸 다음엔 엘프라."

오리할콘『문』이상의 위협, 괴인 레비스가 급속도로 접근했다.

그녀가 뒤에 이끌고 온 것은 극채색 몬스터, 수많은 잡병.

핀도, 그리고 아이즈까지도 꺾었던 진정한 괴물이 육박했다.

"큭……!"

흉흉한 『커스 웨폰』을 들고 달려드는 붉은머리 여성을 보며 리베리아는 눈을 가늘게 떴다.

"저…… 괜찮겠습까, 단장님……?"

바람이 부는 지상, 고성과 분간이 가지 않는 【로키 파밀리아】의 본진.

미궁거리를 여전히 내려다보는 핀의 곁에서 라울이 조심스레 입을 열었다.

"뭐가?"

"정말 리베리아 씨네만 크노소스에 돌입시켜도……. 그게, 『데미 스피리트』는 그렇다 쳐도, 거기에는 괴인이……."

매우 말하기 어려운 듯, 도저히 씻을 수 없는 우려를 전했다.

라울에게, 과거의 크노소스 돌입 당시 핀을 일격에 쓰러뜨렸던 레비스는 그야말로 악몽이었다.

이야기 속에 등장하는 최고의 영웅, 동경하던 인물이 눈앞에서 무참히 유린당해버리던 충격이라고 말하면 좋을까. 라울에게『핀이 패배한다』는 것은 곧 그런 뜻이었다.

아이즈조차 혼자서는 막을 수 없었다. 레비스는 말하자면 압도적인 부조리의 화신이었다.

"…………."

붉은머리 괴인을 라울이 우려하는 가운데, 핀은 한순간 침묵을 띠었다.

"쏴라!!"

리베리아의 호령에 엘프들은 모두 달렸다.

『마법』의 일제사격.

붉은색, 푸른색, 황금색의 빛줄기가 레비스에게 쇄도한다.

"비올라스."

『으으으으으으으으으으으으으으으으으으으으!』

재미없다는 양 왼손을 내밀고 몬스터에게 명령을 내리는 괴인.

자신의 앞으로 보내 『마법』을 막는 육신의 방패로 이용한다.

『극채색 몬스터』는 얼마든지 있다. 이 정도 탄막으로는 움츠러들 이유가 없었다.

몬스터의 방패를 전개하며 질주한 레비스는,

"······?"

문득 『위화감』을 느꼈다.

"그게 전부야."

"네?"

"뒤집어서 말하자면, 『열쇠』를 입수한 지금, 크노소스에서 우려해야 할 대상은 그 괴인 하나뿐이지."

낯빛 하나 바꾸지 않고 시선도 앞으로 고정한 채 말한다.

놀라는 라울에게, 핀은 전혀 흔들리지 않는 목소리로 말을 이었다.

"난 말이지, 라울, 로키와 교섭하면서까지【브레이버】라는 별명을 원했어."

"……?"

"일족에게 『용기』라는 이름의 『빛』을 보여주기 위해. ……이미 오래 전에 각오는 했지."

맥락 없는 말에 라울은 잠시 당황했다.

그러나 파룸의 입술에서 툭 떨어진 다음 말을 듣고 진의를 이해해버렸다.

"겨우 한 사람, 단 하나의 위협을 두려워해 주저했다면 —— 나는 지금 여기 서 있지 않았을 거야."

오싹.

라울의 온몸에 소름이 돋았다.

핀의 조용한 옆얼굴, 싸늘한 푸른 눈을 보며.

그의 『각오』가 얼마나 큰지를 보며.

그렇다—— 핀은 스스로【브레이버】라는 이름을 자청했다.

하나에서 열까지 만들어진 『영웅』이다. 타산에서 시작된 『인공의 영웅』이다.

그러므로 핀은 그 별명에 쌓인 『무게』를 처음부터 짊어지고 있었다.

보통 사람이라면 짓눌려버리고도 남을 중압을, 거짓말을 진짜로 만들기 위해 헤아릴 수도 없는 『각오』를 조그만 어깨로 줄곧 짊어져왔다.

괴인 한 사람을 두려워해서 어떻게 감히 『용기』라 할 수 있겠는가.

어떻게 감히 『용사』라 할 수 있겠는가.

그런 것을 두려워하느니, 처음부터 【브레이버】라는 이름 따위 쓰지 않았다.

"게다가 말이야, 라울. 너는 리베리아를 너무 우습게 보고 있어."

무엇보다도.

그가 전우에게 기울이는 신뢰는 매우 두터웠다.

"리베리아라면―― **그 정도는** 물리칠 수 있어."

'뭐지――?'

레비스는 『위화감』을 부풀렸다.

그녀의 접근을 저지하기 위해 엘프들이 끊임없이 사출하는 탄막.

그 효과가 조금, 아니 다소, 높았다.

한 덩어리가 된 식인꽃의 벽을 꿰뚫을 정도로, 레비스의 뺨을 스쳐 태울 정도로, 그녀의 질주 속도가 떨어져 **함부로 다가가지 못하게 될 정도로.**

단문영창 『마법』에 어울리지 않을 만큼, 위력이 높았다.

'애초에 이만한 마법을 연속으로 구사하는데도 왜 놈들의 마인드가 떨어지질 않지?'

엘프들은 크노소스에 쳐들어온 후 이미 상당히 깊은 곳

까지 왔다.

아무리 아이템으로 회복을 한다 해도, 이 출력으로, 이만한 수의 『마법』을 뿜어내면 엘프들의 마인드는 금세 고갈될 것이다. 그럼에도 적의 포화는 끊임없이 이어졌다.

전열과 후열의 연계, 첫 번째 대열이 발사하는 사이에 두 번째 대열이 다음 포탄을 장전. 어떻게 해도 메울 수 없는 틈새는 속사성이 뛰어난 『마검』이 메워준다.

통로의 석판이 튕겨져 날아갔다.

벽면이, 바닥이, 부서져나가고 헤집어졌다.

막대한 양의 불똥 사이를 벼락과 얼음 화살이 날아가고, 몬스터의 절규가 솟았다.

잇달아 영창이 이어지고 주문이 수십 겹으로 겹치면서, 마침내 한 덩어리로 변한 식인꽃의 방패가 분쇄되었다.

엘프들과 레비스 사이를 가로막는 것이 사라진 순간, 그녀의 눈에 『그것』이 비쳤다.

"————."

모든 엘프를 광범위하게 담아두는 비취색의 매직 서클.

아름다운 광채를 뿜어내는 빛의 영역이 통로 내에 떠도는 『마법』의 잔재를 흡수해 주위의 엘프들에게 『환원』시키고 있었다.

『마법』의 위력을 높이는 『왕족』의 가호를 내린다.

'————레어 스킬.'

눈을 크게 부릅뜬 레비스가 알 수 있었던 것은 그뿐이

었다.

"핀이 이블스를 과소평가했듯——."

엘프들의 탄막이 벌어준 시간을 이용해 영창을 마친 하이엘프가 영롱한 목소리를 통로 내에 퍼프렸다.

"——네놈 또한 우리를 지나치게 업신여겼다."

수고를 들이려 하지 않고, 책략을 쓰지 않고 일직선으로 접근했던 『사냥감』에게 무자비하게 선언했다.

"【휘몰아쳐라, 세 차례의 엄동—— 나의 이름은 알브】!"

소환마법을 외운 레피야와 함께 지팡이를 든다.

비취색 매직 서클이 한층 강하게 빛나는 가운데, 두 엘프 사제의 목소리가 겹쳐졌다.

""【윈 핌불베트르】!!""

합계 여섯 줄기의 눈보라.

동시에 발사된 극대의 『빙결포격』에 레비스는 혀를 찼다.

"큭?!"

서 있던 통로의 바닥을 박차고 아슬아슬하게 미로의 옆길로 뛰어들었다.

사선 위에서 벗어나지 못했던 왼팔과 『커스 웨폰』은 모조리 눈보라의 턱에 삼켜졌다. 한쪽 눈을 찡그린 괴인은 찰나의 판단으로 이를 포기했다. 순식간에 얼어붙은 팔을 혼신의 힘으로 부순 덕에 포격의 궤적에 끌려들어가지 않을 수 있었다.

그 직후, 어마어마한 폭설의 포성이 레비스의 등에서 울려 퍼졌다.

모든 것을 얼려버리는 두 발의 빙결 포격은 푸른 궤적이 되어 넓은 통로를 가득 메웠다. 미궁 내에서 만들어진, 있을 수 없는 대한파의 풍경. 옆길로 도망쳤어도 피부가 동상을 입을 정도의 냉기를 뒤집어쓴 채 레비스는 견뎌냈으며…… 얼굴을 가렸던 오른팔을 치우자 시야에는 비유가 아니라 『얼음에 뒤덮인 통로』가 나타났다.

통로 내부는 온통 서리에 뒤덮인 채, 공간 전체가 거대한 얼음덩어리와 얼음기둥에 지배당했다.

비집고 들어갈 틈이 존재하지 않는, 그 누구의 통과도 거부하는 『빙굴』이었다.

"날벌레 놈들…… 감히 이런 짓을!"

눈앞의 얼음기둥에 분노의 주먹을 꽂았지만, 표면의 일부에 균열이 일어났을 뿐 가공할 질량을 가진 얼음덩어리는 부서지지 않았다. 통로를 나아갈 수도 없었으므로 이곳에서 리베리아 일행을 추적하기란 불가능했다.

무서운 것은 『마법』의 효과가 감쇠되는 『옵시디언 솔저의 체석(體石)』이 쓰인 이 석조 미궁을, 한 구역만이라고는 하지만 완벽하게 얼음으로 뒤덮어버렸다는 점이다.

원래 같으면 있을 수 없는 일이지만, 『소환마법』으로 동일한 마법을 『동시발사』했다는 점을 제외하더라도 가공할 위력이었다.

"에잇, 복원에도 시간이 걸리겠어……!"

한 팔을 잃었다.

팔꿈치 아래를 잃어버린 왼팔의 단면은 얼어붙어 괴인이 자랑하는 『자기재생』도 좀처럼 시작되지 않았다.

엘프 사제에게 고스란히 당한 레비스는 굴욕에 몸을 떨었다.

"레, 레비스 님?! 대체 이게……!"

"너희는 이 얼음이나 어떻게든 해. 난 다른 루트로 저 엘프 놈들을 쫓아갈 테니!"

포격의 소리를 듣고 모여든 이블스의 잔당에게 얼음에 뒤덮인 통로를 떠넘기고 레비스는 그 자리에서 반대 방향으로 나아갔다.

'그 하이엘프는 성가셔. 서툴게 대처했다가는 똑같은 꼴을 당하겠지. 왼팔의 재생을 우선시할까……? 젠장, 그건 시간이 걸려.'

아직도 재생이 시작되지 않는 모습에 속으로 한껏 욕설을 퍼부었다.

『열쇠』로 열어놓았던 『문』이 쾅! 그녀의 짜증을 드러내듯 요란한 소리를 냈다.

"갔나?"

한편, 문 닫히는 소리가 확실하게 전해져 리베리아는 뾰족한 귀를 살짝 흔들었다.

리베리아 일행은 **그 자리에서 움직이지 않았다**. 서툴게 거리를 벌리지 않고, 통로의 모퉁이 뒤에 몸을 숨긴 채 레비스가 스스로 떠나가기를 기다렸던 것이다. 그 대담한 행동에, 두꺼운 얼음으로 뒤덮인 통로를 바라보던 부하 엘프들은 가슴을 쓸어내렸다.

"너희는 내 매직 서클에서 나가지 마라. 이 자리의『마소(魔素)』를 회수하겠다."

"네, 리베리아 님!"

리베리아를 기점으로 펼쳐진 비취색 매직 서클이 통로 내에 가득 찬『마법』의 잔재를 긁어모아 리베리아 자신은 물론 엘프들의 몸에까지 흡수시켰다. 이것이 바로 레비스가 경악하게 만든『스킬』의 정체였다.

【알브 레기나】.

긴 역사를 돌이켜보아도 리베리아 외에는 발현한 적이 없을『레어 스킬』.

효과는 발현자인 리베리아 자신의『마력』강화. 아울러 매직 서클 내에 있는 동포의 마법효과를 증폭시키고, 주위에 확산된『마소』를 흡수해 마인드로 바꾸는 역할도 한다.

다시 말해 리베리아가 전개한 매직 서클 내에 있는 엘프만이 마법의 위력이 상승하고, 또한 소비되었던 마인드를 리베리아와 함께 회복할 수도 있는 것이다.

특히 후자의 은총은 무엇과도 비교할 수가 없다. 제59계층에서 상대했던『데미 스피리트』의 터무니없는 재충전에는 도저히 미치지 못하지만, 마인드를 자동 회복하는 발전 어빌리티 『정유(精癒)』의 회복효과보단 크게 웃돈다.

핀이 크노소스에 기습을 명령한 것도 어디까지나 이 『스킬』이 있기 때문이었다. 전모를 헤아릴 수 없을 정도로 광대한 미궁을 휩쓸고 돌아다닐 거라 예상되는 가운데, 강화된 『마법』을 구사하며, 사용했던 마인드를 그 자리에서 회복시킬 수 있는 【알브 레기나】는 강력한 무기가 된다.

『스킬』이 발현했을 때는 로키가 미친 듯이 기뻐 날뛰었을 정도의 이 능력은 리베리아를 중심으로 한 엘프 전용 부대가 만들어지는 배경이 되었다. 기고만장한 로키가 『페어리 포스』라는 거창한 이름까지 지어주려 했으나, 허례허식을 싫어하는 리베리아에게 기각 당했던 뒷이야기도 있다.

『도시 최강 마도사』라 칭송을 받는 리베리아의 숨은 능력이자, 매우 귀중한 파티계 스킬이다.

"리베리아 님, 이제부터는 어떻게 할까요?"

"우선 보급을 해두어라. 내 『스킬』도 너희의 마인드를 완전히 회복시킬 만큼 만능은 아니다. 부상을 입은 자는 치료를 해라."

"네!"

소환마법까지 구사해 대형 포격을 날렸던 레피야를 비롯해, 부대의 부담은 적지 않았다. 아리시아를 중심으로 보급 작업을 진행했다.

그런 그녀들을 내버려둔 채, 리베리아는 한 소녀에게 고개를 돌렸다.

　"라크타, 매핑은 어떻게 됐지?"

　"아, 네. 지금 하고 있어요!"

　엘프로 구성된 부대에서 유일하게 종족이 다른 소녀가 있었다.

　흄 바니 라크타였다. 레피야도 마찬가지지만, 예전부터 『놀러 간다』는 명목으로 핀 일당에게 이끌려 『심층』까지 가곤 했던 데에는 이유가 있다.

　그녀는 지도 작성자의 소질이 있었다.

　"하, 하지만 구멍투성이라……! 이건 전혀 지도가 아니랄까……!"

　"상관없다. 이것이 앞으로 크노소스를 공략하는 데에 한 몫을 할 테니."

　리베리아는 토끼 귀를 쫑긋쫑긋 움직이며 더듬거리는 라크타에게서 작성 도중인 지도를 받아들었다.

　소녀의 말대로, 그 지도는 부대가 지나온 진로밖에 실리지 않은 단편적인 것이었다. 그러나 『문』의 개수 등이 꼼꼼히 기록되어 있었으며, 싸우는 리베리아 일행에게 에워싸인 채 바쁘게 작성했던 것을 가미하면 칭찬을 받아 마땅한 수준이었다. 원래 던전에서는 특수한 광석 때문에 방위자침을 쓸 수 없지만 이 크노소스에서는 그렇지만도 않아, 현재 위치가 『다이달로스 거리』에서 남쪽임을 알 수 있었던 것도 지도를 제작하는 데 큰 도움이 되었다.

이번에는 같은 장소를 빙글빙글 돌기만 하는 어리석은 짓을 피하기만 하면 그만이었으므로 충분했다.

"라크타, 내 감각으로는 계단으로 10계층 정도를 내려온 것 같다만 네 견해는 어떻지?"

"저, 저도 같아요! 지하미궁으로 환산하면 10계층 언저리의 심도가 아닐까 하고……."

우수한 공간파악능력을 가진 지도 작성자에게서 돌아온 대답을 듣고 리베리아는 생각에 잠겼다.

'그 괴인에게 같은 수는 두 번 통하지 않는다……. 다음에 맞닥뜨리면 나는 물론이고 부대가 전멸하겠지. 『탈출경로』를 찾는다면 지금밖에는 기회가 없다…….'

리베리아는 결코 레비스를 과소평가하지 않았다. 어떻게 그러겠는가.

잘 따돌렸던 것은 상대가 방심했기 때문이었다. 핀이 당했을 때처럼, 진심으로 임전태세를 갖춘 괴인이 덤벼든다면 마도사밖에 없는 리베리아 부대는 교전거리가 줄어든 순간 어이없이 전멸 당한다.

이블스의 잔당도 영원히 상대할 수 있는 것은 아니다.

역시 적의 물량에 비해 리베리아 부대의 전력은 너무나도 왜소했다.

'탈출 경로는 어느 정도 확보됐고……. 만약 아이즈의 『과거』에 나왔던 남신이 이블스의 주신, 사신 중 하나라고

한다면…….'

짧은 시간을 생각에 투자한 리베리아는 방침을 결정했다.

"던전으로 이어지는 『연결통로』를 찾아내겠다. 남쪽에서 남서쪽으로 이동한다.

"""네!"""

엘프들과 라크타가 일어나고, 이내 이동을 개시했다.

레비스와 접촉하지 않도록 교전 장소에서는 될 수 있는 한 멀어졌다. 리베리아의 지시에 따라 현재 위치인 제10계층에서 아래로 이어지는 계단을 재빠르게 발견해 이를 내려갔다.

제11계층에서도 다시 한 층을 내려가, 제12계층으로.

신중하게.

그리고 신속하게.

몬스터의 습격이 뚝 끊겼을 무렵, 라크타의 측량기술도 한몫 거들어 리베리아 일행은 『행운』을 거머쥐었다.

"던전이다……!"

"해냈어!"

폭발 소리에 이어 미궁벽이 연기를 뿜었다.

연기 속에서 나타난 레피야 일행은 안개가 낀 계층——틀림없는 던전 제12계층을 보고 환호성을 질렀다.

"역시 9년 전에 아이즈에게 와이번을 보냈던 남신은 크노소스를 이용했던 모양이군……."

연결통로의 『문』을 열고 미궁벽을 파괴한 리베리아는 멋지게 던전과 이어진 석조 통로를 돌아보며 한쪽 눈을 감았다.

　반드시 모든 계층과 크노소스가 이어져 있으리라는 확신은 없었다. 하지만 아이즈가 막 입단했던 무렵, 사신으로 여겨지는 신물과 제12계층에서 접촉했다는 이야기를 들었던 리베리아에게는 짚이는 구석이 있었다. 도망칠 곳이 없음에도 던전에서 자취를 감춘 신물이 이용했던 것은 크노소스. 그렇다면 제12계층에는 연결통로가 존재하리라고.

　리베리아는 겨우 한숨을 돌렸으나, 머릿속에서는 아직도 전의가 끓어올랐다.

　'새로운 『열쇠』도 입수했다. 구멍투성이라고는 하지만 미궁의 지도를 작성했고, 탈출 경로도 발견했다……. 하지만 아직 부족해.'

　침공을 맡은 자로서, 아직은 성과가 불충분하다. 리베리아는 그렇게 생각했다.

　『데미 스피리트』의 위치를 발견하거나, 혹은 적의 중요 시설에 타격을 입히거나……. **그런 것들이 필요해.'**

　적의 보루가 혼란상태에 빠진 지금은 천재일우의 『기회』.

　크노소스를 한껏 들쑤신 리베리아에게는 실감이 있었다. 오늘까지 식인꽃 몬스터나 물자의 공급을 끊었던 【로키 파밀리아】의 활동은 결코 헛되지 않았다고. 핀의 기습작전도 있고 해서 적은 아직 태세를 재정비하지 못했다.

다시는 돌아오지 않을 이 기회에, 될 수 있는 한 크노소스의 정보를 입수해서 이 마경의 영역을 알몸에 가깝게 벗겨 버리고 싶었다.

'무한정 솟아나는 물거미 몬스터…… 아마 그것의 간이 플랜트는 크노소스 내에 존재하겠지. 그렇지 않고서야 그 숫자를 설명할 수가 없으니. 그곳을 찾아내 파괴할 수 있다면.'

우려사항이 있다면, 그것은 레비스의 존재였다.

'그 괴인도 부상을 입었고…… 나와 레피야의 마법은 분명 놈의 한쪽 팔을 없앴지.'

빙결마법을 쏘았을 때, 리베리아는 눈보라 속에서 『커스 웨폰』과 함께 레비스의 한쪽 팔이 뜯겨나가는 광경을 똑똑히 보았다. 상대도 섣불리 재습격하지 않고 회복을 우선시할 터. 오히려 힘이 반감된 채 어슬렁어슬렁 접근한다면 이번에야말로 해치워줄 것이다.

'만일 괴인이 온다 쳐도, 최악의 경우 제2급 공격마법 【레아 레바테인】을 연속으로 전개하면 접근하기 전에 감지하고 철수하는 것도 가능……. 퇴로가 확보된 지금, 결코 불리한 도박은 아니다.'

위험성과 성과를 저울질한 리베리아는 결심했다.

고개를 들고 엘프들의 얼굴을 보았다.

지치기는 했지만 눈에서는 투쟁심의 빛이 꺼지지 않았다. 동료의 원수인 마굴을 무너뜨리고자 하는 뜻이 넘쳐났다. 충분한 사기를 확인한 리베리아는 고개를 끄덕였다.

"좋아. 탈출경로는 확보했다. 다들 이곳을 기점으로 삼아 다시 한 번 크노소스를 헤집어놓는다. 시간이 허락하는 한 말이다."

던전 측에 엘프들을 모으고 대침공의 뜻을 밝혔다.

그 의향에 반대를 외치는 자는 역시 없었다. 아리시아를 비롯한 엘프들이 명령을 내려달라며 한층 더한 전투를 원했다.

"다행히 두 번째 『열쇠』를 입수했다. 누군가 이것을 가지고, 던전을 거쳐 『바벨』을 통해 『다이달로스 거리』로 가서 이곳으로 원군을 데리고 와다오."

한쪽 무릎을 꿇고 앉은 리베리아는 빙 둘러 앉은 멤버들을 둘러보았다. 지상을 재빨리 왕복할 만한 속도, 그리고 마인드의 소모 정도를 헤아려 아름다운 선황색 머리카락에 눈을 고정했다.

"레피야, 네가 가거라."

"!"

미궁 내에서 둘도 없는 『창』으로서 분투했던 소녀를 지명했다. 『페어리 포스』의 가장 신참이기도 했으며, 소모도 가장 크다. 레피야의 화력과 『소환마법』은 아쉽지만 리베리아는 그것이 최선이라 판단했다.

"이것도 중요한 역할이다. 우리가 철수하려면 지원부대가 필수니…… 즉시 데리고 와줄 수 있겠지?"

"네! 3시간, 아니, 1시간 만에 돌아오겠어요!"

"믿고 있겠다."

오른손을 가슴에 얹은 레피야에게 조그만 웃음을 지어 대답하고, 리베리아는 자리에서 일어났다.

엘프들이 재침공 준비를 마친 가운데, 레피야는 동포들에게 등을 돌리고 현재 있던 룸의 출입구를 향해 달려 나갔다.

그녀의 등에 잠시 시선을 보낸 후, 리베리아는 다시 크노소스로 이어지는 길을 노려보았다.

"가자!"

"""네!"""

전투는 아직 끝나지 않았다.

아이즈는 슬픔에 잠겼다.

하늘에서 구름이 흘러가고 달빛을 받으며, 그저 홀로 선 채.

역시 믿으려 했던 것은 그녀와 작별을 고했다.

역시 아이즈가 믿으려 했던 『소년』은 그녀의 우려를 현실로 바꾸고 말았다.

그것이 참을 수 없이 슬펐다.

"……부이브르, 살아있었구나."

아무도 없는 뒷골목에서, 아이즈는 중얼거렸다.

『부이브르』라는 그 말에 『동요』가 공기의 일렁임이 되어 전해졌다.

고요한 달빛 아래, 길 한복판에 선 아이즈는 초연히 눈앞의 허공을 바라보았다.

"어서 나와……."

그 말에,

이내 아무도 없던 허공이 출렁거렸다.

다음으로는 투명한 베일을 걷어내고, 한 소년이 모습을 나타냈다.

첫눈처럼 새하얗게 반짝이는 흰 머리를 달빛에 비추며. 검은 이너웨어에 순수한 은색 갑옷이 담담한 광택을 뿜어내 아이즈의 눈을 찔렀다.

'벨…….'

백발홍안.

길 한복판에 가만히 서 있는 소년에게, 아이즈는 마치 연인의 이름을 부르듯 마음속으로 애절하게 중얼거렸다.

그리고 소년에게 바짝 달라붙은 『괴물』——『부이브르』를 보고, 금색 두 눈을 내리깔았다.

"네가 왜 그런 말을 물어봤는지…… 계속 생각했어."

복면 모험자에게 한번은 발이 묶였던 아이즈는 일찌감치 벨의 미행을 재개했다.

그리고 『투명』해졌던 소년의 기척을 포착해, 들키지 않도록 교묘하게 추적했던 그녀가 발견한 것은, 믿을 수 없는 광경이었다.

르나르 소녀와 함께, 소년이 『부이브르』와 서로를 끌어안는 모습.

눈에 눈물까지 머금고 기쁨을 나누던 『사람』과 『괴물』.

그 광경을 보고, 눈물을 머금으면서 웃는 몬스터의 옆얼굴을 눈에 비추고, 아이즈는 시간이 얼어붙는 듯한 감각을 맛보았으며, 지금에 이르기까지 소년 앞에 나올 수가 없었다.

닷새 전부터 아이즈가 필사적으로 눈을 돌리려 했던 현실이 그곳에 있었으므로.

만일 몬스터가, 사람과 마찬가지로 웃음을 지을 수 있다면.

사람과 마찬가지로 고민할 수 있다면.

사람과 마찬가지로 눈물을 흘릴 수 있다면.

사람과 마찬가지로, 『지혜』를 가지고 있다면.

아이즈를 계속 혼란에 빠뜨렸던, 소년이 던졌던 질문의 진의가 눈앞에 있었다.

"그런 뜻이었구나……."

【로키 파밀리아】와 대치하면서까지 소년이 지키고자 했던 부이브르는, 죽지 않았다.

이번 사건의 시작이자, 아이즈와 벨이 서로 다른 길을 걷게 되었던 『원인』은 지금도 이렇게 존재한다——.

시선을 지면에 떨구었던 아이즈는 천천히 고개를 들

었다.

소년과 손을 맞잡은 채 굳어버린 부이브르는 눈을 마주한 순간 몸을 떨었다.

이성이 깃든 호박색 눈이 아이즈의 얼굴을 비춘다.

감정을 죽인, 싸늘하고 어두운 눈빛을 보내는【검희】의 얼굴을.

"아이즈 씨!! 이 아이는!"

"내 대답은."

그의 말이 끝까지 이어지지 못하도록 가로막는 강한 어조로 말했다.

"변하지 않아."

그리고《데스퍼러트》의 자루에 손을 가져다댔다.

"몬스터 때문에 누군가가 운다면—— 나는 몬스터를, **죽일 거야.**"

【검희】의 대답에—— 뽑혀 나온 은색 검에, 소년은 이번에야말로 얼어붙었다.

자신의 가슴이 내는 비통한 아픔을 필사적으로 억누르며, 아이즈는 부츠를 한 걸음 앞으로 내디뎠다.

"기……기다려 보세요, 아이즈 씨?! 이 아이는 전혀, 아무에게도 해를 끼치지 않아요! 절대로 그러지 않아요!! 이 아이는, 비네는 다르다고요!!"

그런 헛소리, 이제는 귀를 기울일 여지도 없어서.

"그 부이브르가 또 폭주했을 때도, 너는 같은 말을 할 수 있어?"

"————."

"나는, 그럴 수 없어."

소년은 할 말을 잃었다.

부이브르가 몸을 떨고, 석류석과도 비슷한 이마의 붉은 돌이 반짝였다.

아이즈는 자신의 얼굴이 냉랭해진 것을 자각하면서, 가차 없는 언어의 칼을 들이댔다.

무엇이 아이즈를 그렇게까지 냉혹하게 만드는지 소년은 이해하지 못할 테고, 이해하고 싶지도 않을 것이다.

단 한 가지 확실한 점은—— 교섭 따위 이미 결렬되었다는 것.

자신과 소년이 이미 대립하고 있음을, 엄연한 사실로 들이댔다.

"으, 아……."

비켰으면.

창백해진 얼굴로 신음하는 소년에게 한 걸음, 또 한 걸음 다가가며 아이즈는 그렇게 빌지 않을 수 없었다.

그러나 동시에 자신의 바람이 이루어지지 않으리라는 것도 알고 있었다.

왜냐하면—— 소년은 이미 대답을 제시하고 있었으므

로.

그날 아이즈 일행의 앞을 가로막았던 『어리석은 이』가, 각오를 접을 리 없다. 마치 거울처럼, 아이즈와 소년은 뒤집을 수 없는 대답을 제시하고 말았다.

칼자루에 손을 뻗어 칠흑의 나이프를 뽑는 소년에게, 아이즈는 슬픔으로 눈을 가늘게 떴다.

"우······."

부이브르가 갈라진 목소리로 무언가를 속삭였다.

"······."

아이즈가 냉담한 가면을 썼다.

"······왜······."

벨의 입술이 저절로 떨렸다.

"······왜."

혼탁한 감정에 지배당한 소년을 향해, 아이즈는 단숨에 땅을 박찼다.

"──젠장!!"

소녀와 소년은 한데 충돌하는 칼날에서 서글픈 음색을 울렸다.

막간

책모의 행방

Гэта казка іншага свету,
месцазнаходжанне проста

"크루스 씨, 크노소스에서 오던 공격이 끊어졌어요!"

"좋아, 지금 이 틈에 회복을 마치자!"

광대한 석조 통로에 단원들의 목소리가 울렸다.

『다이달로스 거리』의 지하통로 북서쪽. 부대를 전개시킨【로키 파밀리아】는 끊어진 식인꽃의 유출에 사기를 회복시키고 있었다.

"리베리아 씨네 부대 덕분이구나……! 이거라면!"

다른 단원과 함께 이곳에 배치된 시앙스로프 크루스는 적의 아지트가 혼란상태에 빠졌음을 제대로 눈치 챘다. 생각지도 못한 엘프 부대가 크노소스로 침입해 내부를 헤집어놓아, 크루스 일행에게 병력은 고사하고 몬스터조차 할애할 수가 없었던 것이다. 아마도『문』한 겹 너머 이곳 북서쪽 미궁은 이미 휑뎅그렁해졌을 것이다.

몬스터의 격렬한 공세에『문』앞에서 일시 퇴각할 수밖에 없었지만, 이로써 다시 통로 일대를 점령할 수 있었다.

'북서쪽 통로를 제압하는 건 이제 가치가 없을까? 우리도 남동쪽으로 돌아가는 편이……. 하지만『무장한 몬스터』의 행방도 모르고. 단장님의 배치를 멋대로 흐트러뜨릴 수는…….'

부대장을 맡은 크루스는 생각에 잠겼다.

일단 보고도 겸해 본진의 핀에게 지시를 구하자고 전령을 보내려 했을 때였다.

"안녕들 하신가,【로키 파밀리아】제군."

"!"

한 남신이 비밀통로에 나타났던 것이다.

"당신은…… 신 헤르메스?!"

깃털 달린 여행모에 활동성이 좋은 여행복 차림.

당당하게 걸어 다가오는 헤르메스를 보고 크루스는 경악했다.

호위도 대동하지 않은 무방비한 모습은 이해할 수가 없었다. 애초에 이런 전장에 신 혼자 있다는 것이 부자연스러웠다.

파벌끼리 동맹을 맺었다고는 하지만 【헤르메스 파밀리아】가 얼마나 수상쩍은지는 말할 필요도 없다. 게다가 핀의 이야기에 따르면 그들은 【헤스티아 파밀리아】의 편. 이 미궁거리를 둘러싼 공방 속에서는 적일 가능성이 높다.

무엇보다, 으스스했다.

무언가 꿍꿍이를 담고 있는 등황색 눈이.

다른 단원들과 함께 당황하던 크루스는 경계심을 높였다.

빈틈없이 노려보는 그의 시선에 헤르메스는 여리여리한 웃음을 지었다.

"사실은 말야, 로키한테 받은 의뢰가 해결이 됐거든. 그걸 보고하러 왔어. ——자, 너희가 원하던 매직 아이템이야."

"!!"

품에서 꺼낸 은백색 구체——『다이달로스 오브』에 크루

스 일행의 시선이 못박혔다.

그것은 헤르메스가 어떤 『미의 신』에게서 양도받은 물건이었다. 3주 전, 라키아 왕국군 침공 때 로키에게서 직접 받은 의뢰. 그것을 마치 지금 달성한 양 들이댄다.

틀림없는 크노소스의 『열쇠』. 현재 크루스 일행이 무엇보다도 탐내는 것.

단원들은 마치 보석에 매료된 것처럼, 요사스러운 빛을 발하는 매직 아이템에서 시선을 떼지 못했다. 크루스만이 간신히 목소리를 쥐어짜냈다.

"……고맙습니다, 신 헤르메스. 그러면 그것을 넘겨주십시오."

한손을 내미는 크루스의 얼굴에서 긴장된 빛은 사라지지 않았다.

왜 로키가 아니라 일부러 자신들에게 가져온 것일까. 왜 이런 전선까지 왔을까.

그 의문의 대답은 금세 돌아왔다.

"그래, 좋고말고. 하지만 그 전에 『보수』를 받고 싶어."

"네?"

"여기서 부대를 철수시켜주지 않겠어, 【로키 파밀리아】 제군?"

남신은 두 눈을 활처럼 구부리는 웃음을 지으며 터무니없는 소리를 했다.

"무……무슨 말씀입니까?!"

"그러니까, 『열쇠』를 주는 대신 여기서 자네들이 물러나 줬으면 좋겠어. 응, 정말 그게 다야. 쉽지?"

"어떻게 그런 것이 보수가 된단 말입니까?!"

"『교섭』과 『계약』을 관장하는 심부름꾼의 신인 나에게는 충분히 가치가 될 수 있거든, 크루스 군."

이름을 불린 크루스는 영문도 모른 채 오싹 소름이 돋는 것을 느꼈다.

헤르메스의 신의를 이해할 수 없었다.

그의 요구를. 지금도 웃음을 짓는 그의 말 하나하나를.

『함정』이다. 아니, 무언가를 꾸미고 있다.

등 뒤에서 다른 단원들이 갈팡질팡하는 기척을 느끼며 크루스는 뺨에 땀을 흘렸다.

"……우리의 임무는 이 지하통로를 제압하는 것입니다. 제 생각만으로는 결정할 수 없습니다. 단장님의 지시를——."

"안 돼."

크루스의 말을 다 듣지도 않고 헤르메스는 입가를 틀어 올리며 도발하듯 말했다.

"지금, 여기서. 자네가 결정해줘."

신의 선고에 크루스는 숨을 멈추었다.

그 요구에는 피하려야 피할 수 없는 절대적인 신의가 담겨 있었다.

부자연스러운 교섭 테이블. 응해선 안 된다는 것은 확실했다. 그러나 『열쇠』는 어떻게든 입수해야만 한다. 숫제 헤르메스를 포박해 억지로 『열쇠』를 확보할까? 일반인이나 다를 바 없는 신이라면 쉽게 무력화시킬 수 있다. 그러나, 그러나, 그러나, 맨몸의 신에게 무례를 저지를 수는——.

일개 단원의 재량을 넘어서는 선택을 강요당해 크루스의 낯빛이 이리저리 변했다.

헤르메스는 후우 한숨을 내쉬었다.

"응하지 못하겠다면 어쩔 수 없지. 이 『열쇠』를 원하는 사람은 얼마든지 있는 것 같으니까 그들에게 넘겨주도록 할까⋯⋯."

"기다리십시오!"

몸을 돌리려는 헤르메스에게 크루스가 외쳤다.

이 기회를 놓쳤다간 끝장이다. 저 『열쇠』는 절대 얻을 수 없다. 저 신은 정말로 그렇게 할 것이다. 크루스에게는 그런 예감이 있었다.

고민한 끝에, 핀의 말을 떠올렸다.

최우선사항은 『열쇠』. 이블스의 잔당이나 『무장한 몬스터』의 제거는 부차적인 문제.

판단을 종용당한 시앙스로프는⋯⋯ 단장의 지시에 충실히 따랐다.

"⋯⋯알겠습니다. 이곳에서 철수하겠습니다."

"고마워. 교섭 성립이네 그럼 받아."

헤르메스는 금세 친근한 웃음을 두르며 『열쇠』를 내밀고, 크루스는 말없이 이를 받았다. 침묵에 잠긴 단원들과 함께 입을 꾹 다문 채 재빨리 지하통로에서 물러났다.

수많은 부츠 소리가 울려 퍼치고, 잠시 후 끊어졌다.

정적이 찾아온 통로의 허공에서 헤르메스에게 어떤 목소리가 들려왔다.

"완전히 철수한 듯합니다. 주위 일대에 【로키 파밀리아】는 없습니다."

『투명상태』를 해제한 물색 머리카락의 미녀, 아스피 알안드로메다가 칠흑의 투구를 한손에 들고 보고했다.

그 말에 헤르메스도 고개를 끄덕였다.

"그렇구나── 그럼 데리고 와줘."

그 직후, 크루스 일행이 사라진 통로와는 반대 방향에서 『무장한 몬스터』의 무리가 나타났다.

"이게 바로 『샛길』이었군…….."

"마찬가지잖아? 그걸 지금 막 만들어냈다는 차이가 있을 뿐."

무리의 선두에 선 메이거스가 가증스럽다는 듯 흑의를 출렁거리자 헤르메스는 표표하게 대답했다.

지금의 【헤르메스 파밀리아】는 바로 『운반책』이었다.

【로키 파밀리아】가 노리는 『무장한 몬스터』와 **밀약을 나누고**, 누구에게도 들키지 않도록 양동과 잠행을 구사하며 지하통로 내를 이동해 『괴물』의 무리를 이곳까지 데려온 것이다. 그리고 마지막에는 헤르메스가 크루스 일행의 대부대를 철수시켰다.

크노소스의 출입구가 존재하는 이 통로에서.

"이제 너희는 지상과 작별할 수 있어. 크노소스에 들어간 다음에는 알아서 해줘. 아무리 그래도 거기까지 돌봐줄 수는 없거든. 무사히 던전에 돌아가기를 기도할게."

『무장한 몬스터』들은 소리를 지르지도, 날뛰지도 않았다.

그들의 표정은 『괴물』이면서도 암담한 심정을 또렷이 드러냈다.

주위를 에워싸듯 배치된 몇 명의 【헤르메스 파밀리아】——루루네 및 다른 단원들은 『무장한 몬스터』들과 눈을 마주치지 않으려 했다.

임무를 다하려는 듯. 혹은 『괴물』이 곁에 있는데도 서로 칼부림을 벌이지 않는다는 『위화감』에서 필사적으로 도피하려는 듯.

주신의 곁에 대기한 아스피 또한 찡그린 눈살에서 복잡한 감정을 드러냈다.

"헤르메스 님…… 마지막으로 다시 한 번 확인하겠습니다. 정말로 『그들』을 놓아주어도 되는 겁니까?"

"응. 그로스 군의 『희생』에는 제대로 보답해야지. 그게 『계약』이었으니까."

『희생』. 그 말에 몬스터들은 낯을 일그러뜨렸다.

추악한 용모인데도 그것은 인간이 아픔을 참는 표정과 전혀 다를 바 없는 것처럼 보였다.

장례 행렬처럼 걸어가, 『문』 앞까지 이동한다.

　흑의의 메이거스가 손에 든 『열쇠』로 오리할콘 『문』은 쉽게 열렸다. 내부는 공교롭게도 크루스 일행이 예상했듯 휑뎅그렁했다.

　이블스의 수비는 전혀 존재하지 않았다.

　있는 것이라고는 어둠과 냉랭한 공기뿐.

　"신 헤르메스…… 당신이 노린 건…….."

　미궁으로 마지막 한 마리가 들어간 후, 메이거스가 돌아보았다.

　그의 물음에 헤르메스는 내치듯 말했다.

　"말했잖아? 세상은 『영웅』을 원한다고."

　다음 순간, 요란한 소리를 내며 『문』이 닫혔다.

　【헤르메스 파밀리아】 앞에서 몬스터들은 자취를 감추었다.

　"자아── 그러면 영웅을 회귀시켜볼까."

　아스피를 비롯한 단원들이 침묵하는 가운데, 혼자 몸을 돌린 남신은 여행모의 챙을 낮추며 입가를 틀어올렸다.

용사극기

Гэта казка iншага свету,

адважны Катсумi

"단장님, 죄송합니다…… 몬스터들을 놓쳤습니다."

단원들의 목소리가 지상의 밤공기 속으로 녹아 사라졌다.

장소는 『다이달로스 거리』의 중앙지대, 【로키 파밀리아】의 본진.

입술을 깨무는 단원의 보고에, 핀은 조용히 생각했다.

'가레스의 발이 묶였을 때 리베리아를 보냈어야 했을까? 그 검은 안개 때문에 정보전달이 곤란해지고 말았어…… 아니, 이제 와서 생각해봤자 소용없지.'

미궁거리 서쪽의 충돌은 지상 측의 싸움 속에서도 핵심이었다.

그곳을 제압하면 『무장한 몬스터』를 사로잡을 수 있었을지도 모른다.

적이 이를 이겨냈다는 것은 적의 능력을 ——몬스터의 배후에 있을 【헤스티아 파밀리아】의 능력을—— 간과했던 핀의 실패였으며, 전력을 아끼려 했던 결과였다.

'애초에 리베리아까지 지하통로에서 불러내는 건 위험했어……. 언제 『열쇠』를 입수할지 정확한 시기를 가늠할 수가 없었던 이상.'

리베리아까지 지상으로 올려 보냈을 경우 지하통로의 주도권은 이블스의 잔당에게 넘어갔다. 적의 허를 찌르는 신속한 『기습』도 성공하지 못했을 것이다.

그야말로, 두 마리의 토끼를 모두 노릴 수는 없는 상황이었다.

　욕심을 부려 양쪽을 다 얻을 수 있다면 좋겠지만, 모두 놓쳐버렸다간 본전도 찾지 못한다. 핀은 지휘관으로서 그 위험성만은 철저하게 가늠해야 했다.

　'검은 미노타우로스도 발견하지 못했고. 누군가가 해치운 건…… 아니, 여기에서는 무언가 의도가 느껴지는걸.'

　그가 가장 신경을 썼던 『이상사태』도 포착하지 못했다.

　미노타우로스의 포효도 들리지 않는, 지나치리만치 조용한 미궁거리는 숫제 으스스할 정도였다.

　'무엇보다도 적의 움직임을 읽을 수가 없었어…….'

　그것은 『무장한 몬스터』의 진로. 핀의 예상을 계속해서 배신하는, 아니, 마치 **전혀 뜬금없는 방향**으로 유도되는 것처럼, 행동이 불규칙했다.

　"몬스터들은 분명 20번가 주변에서 놓쳤다고 했지?"

　"아, 네."

　단원에게 확인을 구한 핀은 눈살을 찡그렸다.

　'20번가…… 우리도 조사해봤지만, 그럴 리가, 그곳은…….'

　위화감이 있었다. 톱니와 톱니가 맞물리지 않는 듯한 그런 불협화음이.

　핀은 오른손을 내려다보았다.

　그의 엄지는 전혀 시큰거리지 않았다.

　"……적은 대체 어디로 가고 있는 거지?"

그 목소리는 바람에 지워져버렸다.

핀의 조용한 생각을 통념의 침묵으로 착각했는지, 보좌로 곁에 있던 라울이 입을 열었다.

"죄송합니다, 단장님……. 제 탓입니다. 제가 속아서, 진형을 유지하지 않는 바람에……."

"라울, 너를 책망하는 게 아니야. 게다가 네 실수는 내 실수이기도 해. 【헤스티아 파밀리아】를 너무 우습게 봤어. 내 책임이지."

라울은 스스로에게 크게 실망하며 고개를 푹 숙였지만, 핀은 그것이 그의 탓이라 생각하도록 놓아둘 마음은 없었다.

"크노소스를 상대로 한 방 먹여줄 수는 있었지만, 『무장한 몬스터』는 놓쳤다……."

그 말이 현재의 상황을 나타내는 전부였다.

시합에는 지고 승부에는 이겼다── 그런 정신승리 따위는 거두고 싶지 않았다.

핀은 탐욕스럽게, 모두 승리해 쟁취할 생각이었다.

『무장한 몬스터』를 이용한 후에 섬멸해 도시의 혼란을 수습하고, 몬스터들의 『열쇠』도 입수해, 대립하는 【헤스티아 파밀리아】를, 그 『소년』을 무릎 꿇릴 작정이었다.

달성하지 못했던 것은 핀이 전황을 잘못 읽었기 때문이었으며, 【헤스티아 파밀리아】를 과소평가했기 때문이었다. 이블스 쪽에 전력을 할애해버렸기 때문이라는 말은 변명도 되지 않았다.

핀의 실책이었다.

"모두 계획대로 잘 되지는 않는구나…… 나 참."

머릿속으로 그렸던 완성도를 구깃구깃 뭉쳐 버려버리고, 핀은 살짝 한숨을 내쉬었다.

의식을 전환한다.

표면적인 목표인『무장한 몬스터』의 섬멸은 달성하지 못했지만, 진짜 작전── 크노소스 기습은 성공했다. 지금은 그것만으로도 다행이라고 받아들여야 한다.

게다가 아직 싸움은 끝나지 않았다.

해야 할 일이 남았다.

"20번가에 추적대를 보내. 막다른 골목으로 이어지는 지하통로도 빈틈없이 수색하고. 몬스터의 발자취를 알고 싶으니까."

"네!"

"록스 소대가 당했던 27번가에 아마『검은 미노타우로스』가 있었을 거야. 베이트와 티오네, 티오나를 불러서 동쪽 구역…… 아니, 북쪽을 수색하라고 해줘. 목표를 발견하면 즉시 하늘로 신호를 쏘도록."

"알겠습니다!"

"라울, 아키 쪽의 보고는?"

"네, 지금도 지하통로에서 전투 중입니다! 남동쪽『문』을 연 채로 확보해놓고 있다는데…… 이블스 쪽도 항전이 격렬한 모양이라……."

"알았어. 적의 저항 정도에 따라서는 아키 소대도 철수하라고 전해줘. 특히 괴인이 나타났을 때는 무조건 포기하고. 『열쇠』를 얻은 지금은 『문』 하나에 고집해봤자 의미가 없으니까."

"알겠슴다!"

잇달아 지시를 내린 핀에게 단원들이 호응했다.

핀은 작전을 『양면전개』하면서 부대를 지상과 지하로 나누었다.

지상은 티오네를 포함한 젊은 제1급 모험자들에게, 그리고 지하는 중요성으로 판단해 가장 신뢰할 수 있는 가레스와 리베리아에게 맡겼다. 도중에 임기응변으로 배치전환을 단행하기는 했지만 최저한도의 성과는 얻었다.

핀의 마음속에서는 이미 전투의 추세가 결판이 났다.

이제는 『무장한 몬스터』의 이해할 수 없는 진로와 발자취, 그리고 『검은 미노타우로스』만 발견한다면 지상의 공방전도 수습될 거라고.

"리베리아 부대 쪽은 작전대로 움직인다면 『탈출경로』를 확보했을 거야. 던전을 경유해 언젠가 소식이 오겠지. 그걸 기다려."

"알겠습니다!"

"지상에 남겨둔 전력은 일단 재편성하겠어. 북쪽을 포위하고 『검은 미노타우로스』를 몰아넣어서──."

그렇게, 핀은 더 이상 『파란』은 없으리라 내다보았다.

그의 엄지가 시큰거릴 그때까지는.

"어……?"

"이, 이봐, 저기!"

한데 모여 있던 단원들의 목소리를 듣자마자 핀의 푸른 눈도 그것을 포착했다.

본진에서 그리 멀지 않은, 그야말로 중앙지대 서쪽의 『20번가』에서 하늘로 날아오르는 이형의 그림자. 그것도 한둘이 아니었다.

힘차게 날아오른 『날개 달린 몬스터』들은 괴물의 본능을 해방시킨 것처럼 목을 울렸다.

『오오오오오오오오오오오오오오오오오오오오오오오오오오오——!!』

어둠 속에 쩌렁쩌렁 울리는, 가고일의 추한 포효.

마치 자신들에게 주목을 모으려는 것처럼 외친 몬스터의 무리는 날개를 펄럭여 『다이달로스 거리』 북서쪽으로 하강했다.

이제까지의 행동과 너무나도 『모순』된 그 움직임에—— 『의도』를 파악할 수 없는 몬스터의 거동에 핀은 한 차례 놀랐다가, 이내 눈을 가늘게 떴다.

"다, 단장님?!"

"알고 있어."

구르다시피 뛰어든 라울에게는 눈길조차 주지 않고 핀은 몬스터가 착지한 북서쪽 지구 외곽지대를 노려보았다.

"이래선 던전과 전혀 다를 게 없잖아……."

생각지도 못한 사태의 연속에 장탄식을 했다.

이제까지의 행동으로 미루어 북서쪽 외곽지대, 주민들의 피난소를 습격하는 일은 없으리라 내다보았다. 그것은 『무장한 몬스터』를 경계하지 않았던 벨 크라넬에 대한 신뢰이기도 했다.

그렇기에 외곽지대 측에는 단원들을 배치하지 않았으며 수비망도 느슨했다.

이제는 일관성을 전혀 찾아볼 수 없는 몬스터들의 행동에서는 『제삼자』의 개입이 느껴졌다.

'몬스터들이 알 수 없는 진로를 따라간 것도 그 『제삼자』 때문일까? 이 상황을 이용하려는 의도겠지……. 마음에 안 들어.'

그렇게 생각은 하면서도, 사태가 일어나버린 이상 【로키 파밀리아】 또한 부대를 파견해야만 한다는 사실을 이해했다.

핀은 이때 문득 자신의 오른손으로 시선을 떨구었다.

아주 미미했지만 엄지가 살짝 시큰거림을 느꼈다.

'무언가 있는 건가……? **일어나려는 건가?**'

엄지를 혀로 핥은 것과 동시에 핀은 주신의 말을 떠올리고 있었다.

"누구의 눈도 아닌 내 눈으로 똑똑히 보라고 했지……나 원."

푸념과도 비슷한 한숨을 한 차례 내쉬고, 결정했다.

"네? 뭐가 말임까, 단장님?"

"라울, 저곳에는 내가 부대를 이끌고 가겠어."

"네에?! 단장님이 직접 말임까?! 여, 여기 지휘는요?!"

리베리아도 언젠가 돌아올 테고, 명예를 회복한다는 의미도 담아 본진은 라울 자신에게 맡겼다. 그렇게 말하자 "으에에에에에에에에?!" 하고 처량한 비명이 솟았다.

비명을 무시하고 핀은 신속하게 움직였다.

하위 구성원은 물론 제1급 모험자들도 일단 대기하도록 명령하고, 파룸 두령은 소대를 통솔해 북서쪽으로 향했다.

"……틀렸어, 타나토스. 바르그 간이 플랜트 하나가 함락됐어."

크노소스의 거점, 『미궁주의 방』.

좌대 앞에서 미궁 내를 감시하던 바르카는 억양 없는 목소리로 말했다.

"으아아…… 【나인 헬】의 부대가 저지른 거야?"

"그래. 12층에 있었던 간이 플랜트를 들켰어. 『마력』에 이끌리는 몬스터 놈들의 습성을 이용해, 몰려드는 무리의 경로를 발자국 대신 삼아서…….”

바르카가 내려다보는 수막에는 재빨리 이동하는 하이엘프의 옆얼굴이 비치고 있었다.

주위에서 잔당들이 바쁘게 오가며 발칵 뒤집어진 듯한 소란에 휩싸인 가운데, 타나토스는 그의 보고에 천장을 우러러보았다.

“【브레이버】만이 아니라 【나인 헬】까지 너무 잘났네…….바레타가 죽은 게 점점 더 아까워지는걸.”

사신이면서도 하늘로 돌아간 영혼 하나를 아쉬워한다.

그러나 한 방 먹었다고 하면서도 남신의 얼굴에서는 웃음이 떠나질 않았다. 더 큰 『미지』를 즐기듯, 항복 따위 하지 않고 게임판 위의 말을 조작해 패전으로 끝날 전투를 즐겼다.

“【로키 파밀리아】 외에도 한 무리…… 아니, 두 무리의 침입자가 있다. 이쪽은 사람이 아니지만…….”

리베리아 부대와는 별도로 한순간 영상을 가로질러가는 『이형』의 모습에 바르카는 『D』라는 기호가 새겨진 눈을 가늘게 떴다.

“아, 이켈로스네 장난감~? 【로키 파밀리아】만으로도 벅차서 솔직히 그냥 내버려뒀지만, 그러고 보니 그쪽도 『열쇠』를 가졌지. 해치울 수 있겠어?”

“숫자가 적은 쪽…… 부이브르가 있는 쪽은, 무리다. 방치해놓았던 17층 직통『문』중 하나에서 침입했지. 전에 무너져 쓸 수가 없게 됐던 비밀통로를 뚫은 건가……?"

바르카의 정보를 들으며, 단차 위에 앉아있던 타나토스는 뇌리에 전황을 그려보았다.

이블스 측은 간이 플랜트 하나를 함락당해 전력이 반감, 까지는 가지 않지만 뼈아픈 피해를 입었다. 이대로 당하기만 하고 【로키 파밀리아】를 돌려보내는 것은 재미가 없었다.

리베리아 부대의 현재 위치는 크노소스 제10층임이 판명되었다. 물량으로 밀어붙이려 해도 몬스터만으로는 그녀들을 막을 수 없으리라. 이블스 측의 인원은 지상 쪽 【로키 파밀리아】에게 지금도 공격을 당하고 있는 제1층, 그리고 리베리아 일행을 추적하는 부대에 집중되었다. 후자는 아직도 제9층을 이동 중이다.

"레비스는?"

"부상을 치유하고 있어. 좀…… 시간이 걸릴 것 같아."

믿고 있던 『바운서』의 상황을 듣고, 타나토스는 관자놀이 언저리를 가느다란 손가락으로 통통 두드렸다.

리베리아 부대를 치기에 충분한 전력은 있다. 그렇다고 해서 『데미 스피리트』를 내보낼 수도 없다. 예전과 같은 짓을 되풀이하면 이번에야말로 레비스에게 죽을 것이다.

'하지만 말야, 【나인 헬】의 움직임을 보면 이미 12층의 『연결통로』를 찾은 것 같단 말이지…….'

이쪽이 막상 준비를 갖추어 토벌에 나설 경우 즉시 크노소스 밖으로 철수할지도 모른다. 그럴 가능성이 농후하다. 도망칠 계획을 세워놓았기에 리베리아 부대는 지금도 끈덕지게 크노소스 내부를 헤집고 다니는 것이다.

지금 타나토스가 원하는 것은 싸울 준비를 갖추기 위한 『시간』과, 적이 도망치고 싶어도 도망칠 수 없을 만한 『형세』였다.

좀 더 정확하게 말하자면, 요정들을 붙들어놓을 만한 『먹이』.

"……바르카. 또 한쪽 침입자는 지금 어디쯤에 있어?"

"10층이다. 병사들에게서는 멀리 떨어져 있다."

그 말을 듣고 묵묵히 생각하던 타나토스는 입을 열었다.

"지금부터 내가 말할 루트의 『문』을 **전부** 열어버려."

"……뭐야?"

"그리고 바르그가 얼쩡거리는 곳 주변의 『문』도 조작해서, 침입자들 쪽으로 가지 못하게 해."

발을 묶지도 않고, 호락호락 침입자를 크노소스 내부로 끌어들이라는 지시.

적은 미궁 내를 자유로이 이동할 수 있는 『열쇠』를 가졌다. 자칫 잘못하면 중요 시설이나 『정령의 방』이 드러날 가능성마저 있다.

귀를 의심할 만한 명령에 바르카가 돌아보자, 타나토스는 싸늘한 눈을 가늘게 떴다.

"붙이자. 저것들."

😈

"이래도 되는 거냐고, 펠즈!"

그 『목소리』에 흑의의 메이거스 펠즈는 잠시 발을 멈추었다.

장소는 『크노소스』 내부.

헤르메스와 거래해 『샛길』을 이용한 펠즈는 『그들』과 함께 이블스의 아지트로 침입하는 데 성공했다. 던전과 이어진 이 영역으로.

"분명 벨찡이나 그의 동료들을 생각하면 이러는 편이 좋을지도 몰라! 하지만 그로스를, 동포들을 저버리면 안 되잖아?! 우리끼리만 돌아가다니…… 그건 이상하잖아?!"

"그게 아니야, 리드. 나는 믿고 있어."

【로키 파밀리아】의 격렬한 응전을 뚫고 나와 어떻게든 던전으로 향하려 하는 가운데, 한 『목소리』가 그를 붙들어 놓았다.

목소리의 주인, 우라노스 앞에서도 흐트러지는 모습을 보이지 않았던 메이거스는 칠흑의 글러브를 낀 손을 꾹 쥐며 흑의를 떨었다.

"그 어리석은 소년이, 신의 따위 같잖은 것은 넘어서고 말리라고——."

어떤 소년에 대한 신뢰를 입에 담고, 달려나갔다.

앞으로 나아가는 그의 뒷모습을 보고, 걸음을 멈추었던 『그들』 또한 떠밀린 것처럼 따라갔다.

무수한 계단을 뛰어 내려간다.

펠즈가 목표로 삼은 곳은 던전으로 이어지는 『연결통로』. 뒤에서 따라오는 『그들』을 무사히 피신시키기 위해, 지상에서 벌어진 싸움의 기척으로부터 멀어지고자 지하로 지하로 나아갔다.

손에 든 『열쇠』로 오리할콘 『문』을 하나하나 열었다. 『그들』 중의 한 마리가 무시무시한 고주파를 쏘아, 반향으로 광대하기 그지없는 미로의 루트를 적확하게 파악해가며 길을 잃는 일 없이 착실하게, 확실하게 답파해나갔다.

"크노소스에만 들어오면 우리의 승리…… 그렇게는 말했지만 역시 이블스의 아지트로군. 쉽게는 빠져나갈 수 없겠어."

이리저리 얽힌 통로 곳곳에서 몬스터의 무리가 나타날 때마다 글러브에서 방출되는 충격파를 쏘았다. 무수한 물거미형 몬스터가 날아가고, 대형급 식인꽃의 몸 일부가 터져나갔다. 『그들』의 반격도 신속하게 적을 제거했다.

'하지만 몬스터만 나타날 뿐 잔당은 보이질 않는걸……. 미궁 내부가 혼란에 빠진 건가?'

펠즈는 이블스의 저항이 생각보다도 적어, 크노소스에서 『이변』이 발생한 것이 아닐까 생각했다.

펠즈의 예상은 옳았다. 『그들』이 알 수 없는 장소에서 일어난 【로키 파밀리아】의 공격은 이블스에게서 모든 여유를 빼앗아버렸다. 미궁거리 지하의 비밀통로, 활짝 열린 문 앞에서 벌어지는 아나키티 부대 등의 거듭되는 침공에도 대처해야만 했다. 새로운 침입자들에게 할애할 전력은 고갈되고 없었다.

"이 정도라면······"

갈 수 있다. 펠즈가 그렇게 말을 이으려 했을 때였다.

구우우웅. 미로 저편에서 중저음이 들려왔다.

"······?"

이어서, 구우웅, 구우웅. 같은 소리가 연속으로 울린다.

그것이 『문』을 열 때 나는 소리임을 펠즈는 이내 깨달았다. 흑의의 메이거스가 알 수 없었던 것은, 왜 자신들이 해제하지도 않은 『문』이 잇달아 열리는가 하는 점이었다.

'이블스 측이 『문』을 조작했나······? 몬스터를 유도하려는 걸까? 아니, 하지만 적이 열고 있는 이 루트는······.'

고주파의 반향으로 알아낸 위치에 따르자, 펠즈가 예감했던 것과 똑같이 다음 층으로 이어지는 계단이 나타났다.

"펠즈! 희미하지만 엄마의, 던전의 냄새가 난다! 이 아래가 이어져 있어!"

"············."

『그들』의 흥분한 목소리에 펠즈는 말이 없어졌다.

이 너머의 플로어에 던전으로 이어지는 『연결통로』가

있다. 그곳에 도착하면 크노소스를 탈출할 수 있다.

하지만 이 타이밍은—— 함정이다.

이블스 측은 고의로 펠즈 일행을 다음 플로어에 『안내』하려는 걸까?

"이봐, 펠즈? 왜 그래? 그 징그러운 몬스터가 오잖아!"

"……아니, 아무 것도 아니야. 가자!"

어차피 크노소스의 구조에 밝지 못한 그들에게는 선택의 여지가 없었다.

눈앞에 탈출경로가 있다면 적의 함정을 뿌리칠 정도의 속도로 달려나가면 그만이다. 이 기회를 놓칠 수는 없었다.

"전속력으로 가자! 이제 곧 탈출할 수 있어!"

펠즈와 『그들』은 가속해 계단을 뛰어내렸다.

그 판단은 옳다. 설령 적의 세력이 기다리고 있다 한들 이쪽의 전력으로 때려부술 수 있다는 추측도, 인공의 던전 기믹이 있다 해도 메이거스의 혜안과 매직 아이템으로 넘어설 수 있다는 자부심도, 모두 옳았다.

단 한 가지, 펠즈의 오산이 있었다면 그것은 새로 들어선 플로어가 『제12층』이라는 점.

적이 유도한 곳에 있던 것은 『함정』이 아니라 『다른 세력』이라는 점.

지금도 미궁 내를 어지럽히며 돌아다니는 흉악한 『요정』이 있다는 점이다.

"━━━━."

그 존재를 가장 먼저 알아차린 것은 역시 메이거스인 펠즈였다.

"이건……."

"모험자들이 『마법』을 쓸 때 나오는……?"

지면에 전개된 **비취색 문양**에 『그들』도 발을 멈추었다.

이블스 측이 열어젖힌 『문』 너머에서 확대되어 다가오는 문양의 정체를 펠즈만이 깨달았다.

매직 서클의 일부.

너무나도 규격을 벗어난 『마력』, 유례가 없는 재능과 노력의 성과로 초광역전개되고 있던 『마도』 어빌리티의 효과 영역.

같은 플로어에 있는 『누군가』가 펼친━━『마력의 그물』.

지면에 펼쳐진 매직 서클은 단숨에 펠즈 일행에게까지 밀려들어 『그들』의 발밑을 지나갔다.

'설마, **탐지**━━.'

발바닥에서 느껴지는 비취색 광채.

마치 『잡았다』고 말하는 듯한 『마력』의 반응.

'**━━포착 당했다**?!'

다시 말해 이미 그곳은 『포격』의 효과범위 내.

"영역 밖으로 나가!!"

우수하기 그지없는 메이거스가 터뜨린 최대급의 경고와 동시에.

"【——나의 이름은 알브】."

들려올 리 없는 그 노래가 울려 퍼졌다.

"【레아 레바테인】!"

전방의 지면에서—— 매직 서클에서, 몇 줄기나 되는 불
꽃의 기둥이 솟아났다.

"으, 으아아아아아아아아아아아아아아아아아아아아
아아아아악?!"

눈앞에 전개된 맹렬한 불길의 사출에 『그들』은 비명을
지르며 뒤로 뛰어 물러났다.

발밑에서 솟아난 불꽃의 기둥에 불타기 직전 매직 서클
에서 탈출한 덕에 재로 돌아가지 않을 수 있었다.

가공할 열파, 어마어마한 양의 불똥. 눈 깜짝할 사이에
미궁이 작열의 세계로 변했다.

"펠즈?!"

"……『마법』이나 『커스』를 막는 특제 로브인데도……. 정
말, 두 손 다 들어야겠군."

집단의 선두에 있었기 때문에 탈출이 가장 늦어졌던 펠
즈의 흑의는 너덜너덜해졌다. 연기를 피우며 타버린 칠흑
의 로브를 내려다보며, 어둠에 잠긴 후드 안에서 쓴웃음과
도 비슷한 신음소리를 냈다.

『그들』 중 한 사람의 부축으로 간신히 일어났지만——

저벅.

"설마 이런 장소에서 맞닥뜨릴 줄이야."

연기에 가로막힌 통로 저편에서 부츠 소리를 울리며 비취색 장발이 나타났다.

긴 지팡이를 든 리베리아와, 그녀가 이끄는 엘프들이었다.

"【로키 파밀리아】……!"

생각지도 못한 만남에 펠즈가 나직하게 중얼거렸다.

이곳, 크노소스 제12층에서 정보를 수집하던 리베리아는 인간과 몬스터를 식별할 수 있는 매직 서클을 전개하는 제2위계 공격마법── 주신의 표현을 빌리면 『레이더』를 구사해 동일한 플로어를 뒤지고 있었다.

레비스를 비롯한 적 세력을 경계해 수색을 하다가, 이블스의 잔당도 『극채색 몬스터』도 아닌 『반응』을 느끼고 즉시 선제공격에 나섰던 것이었다.

펠즈도 예상할 수 없었던, 벽 너머에서 날아든 『섬멸포격』이었다.

"『무장한 몬스터』…… 지상부대의 반격을 뚫고 여기까지 왔을 줄이야."

리베리아는 그들을 보며 눈을 가늘게 떴다.

펠즈의 뒤에 서 있는 『그들』── 『무장한 몬스터』의 무리.

숫자는 열하나.

다종다양한『협력』과『신의 책략』을 얻어 도시 최강 파벌을 뚫고 크노소스에 멋지게 진입한 괴물들.

과정이야 어찌되었든 이곳에 있다는 시점에서 눈앞의 몬스터들이 충분한 위협임을 재인식했다.

책략에 따라 마련된 해후 속에서, 리베리아는 눈앞의 세력을 즉각 섬멸하고자 했다.

"——리베리아 리요스 알브. 아니, 【로키 파밀리아】. 할 말이 있다."

가차 없이 임전태세에 들어가려는 하이엘프에게 펠즈는 선수를 쳐, 움직이는 것보다도 빠르게 입을 열었다. 크노소스라는 마경 속에 있음을 거듭 이해하면서도, 살아남기 위해, 전장임에도 아랑곳 않고『대화』의 자리를 마련했다.

"……네놈이 몬스터를 돕는 메이거스, 신 우라노스의 심부름꾼인가?"

"맞아. 나는 오라리오의 창설신 우라노스의 신의에 따라 여기 있지."

여전히 날카로운 눈으로 노려보는 리베리아의 힐문에 펠즈는 선선히 인정했다.

이 상황에서, 자신의 정체를 감추는 데에는 아무런 의미도 없다. 쓸 수 있는 것은 모조리, 온갖 카드를 동원해『설득』을 시도하는 메이거스에게 ——우라노스의 신의라는 키워드에—— 실제로 라크타나 젊은 엘프 몇 명은 동요했다.

리베리아는 그 모습에 마음속으로 혀를 찼다.

전의를 흩어놓는 완전한 무저항 태세. 배후의 몬스터라면 몰라도, 저 메이거스를 공격하는 데에 자긍심 높은 엘프들은 망설임을 보였다.

이 짧은 대화를 통해, 리베리아는 시선 너머의 메이거스가 매우 총명하며 지극히 성가신 존재임을 깨달았다.

"지상에서는 이리저리 도망쳐 다니기만 하더니, 궁지에 몰려서는 넉살도 좋게『교섭』을 하겠다고? 그런 헛소리를 받아들여줄 것 같나?"

"지상에서는 몬스터에 대한 악의가 소용돌이치고 있었거든. 만약 지상에서 억지로 접촉을 시도한들 너희와는 침착하게 대화를 나눌 수가 없었을 거야. 이건 논리가 아닌 『감정』의 문제니까."

"…………."

"그리고 만에 하나라도『교섭』하는 모습을 다른 이들이 보기라도 했다간, 너희【로키 파밀리아】의 선택지는『몬스터의 섬멸』이외에는 사라졌겠지. 우리가『교섭』을 제시할 수 있는 건 우연히도 굴러들어온 이 기회뿐이지……. 이해하겠어?"

과연, 요점을 정확하게 꿰뚫고 있다.

무엇보다도『설전』에 익숙하다.

리베리아는 다른 종족은 물론이고 일반적인 엘프보다도 오랜 수명을 가진 하이엘프다. 하지만 눈앞의 메이거스에게서는 그녀 이상으로 『세월의 내공』이 느껴졌다. 상대가 더 『현명하다』는 것을 직감했다.

말꼬리를 잡고 논파하기란 불가능하다.

"……논리파인 내 말로는 부족할 거야. 『본인』들의 말을 들어줬으면 해."

그때 펠즈는 자리를 내주고 한 리저드맨을 앞으로 보냈다.

추악한 괴물의 표정은 판별하기 힘들다. 그러나 『이성』이 깃든 누런 눈이 긴장을 머금었음은 리베리아도 알 수 있었다.

"……우리는 비네를…… 부이브르 동포를 구하고 싶었던 것뿐이야."

입을 연 몬스터를 보고 아리시아를 비롯한 젊은 엘프들이 설마 하는 표정으로 낯빛을 확 바꾸었다.

"말했어?!"

"몬스터가……?!"

"세상에, 끔찍해……!"

일제히 신음하는 엘프들.

각자의 차이는 있을지언정 당연한 반응이었다.

혐오감에 갈팡질팡하며, 분노하던 눈빛도 동요로 흔들렸다.

결벽성이 있는 엘프이기에 그렇기도 하지만, 『괴물이 말을 한다』는 사실은 그만큼 충격적이었다.

핀과 정보를 공유했던 리베리아 이외의 모두가 강한 곤혹감을 드러냈다.

"지상에 나갔던 건, 동료를 되찾고 싶어서였어. 사람을 습격하고 싶었던 게 아니야. 죽이고 싶었던 것도 아니고!"

거짓 없는 절실한 호소에 젊은 엘프들은 창졸간에 아무 말도 하지 못했다.

지체하지 않고 흑의의 메이거스가 다시 채근하듯 흔들리자 한 아름다운 세이렌이 앞으로 나섰다.

금색 깃털에 금색 날개. 무엇보다도 엘프 못지않은 미모.

인간에 가까운 용모.

"무엇보다…… 우리, 는, 여러분과 이야기, 하고 싶어요. 싸우는 것이 아니라, 말을 나누고 싶어요……."

리저드맨보다도 서툰 인류의 말에 술렁이는 혼란이 부풀어 올랐다.

뒤를 돌아보지 않아도 리베리아는 엘프들의 당혹감을 잘 알 수 있었다.

능숙하다. 그리고 교활하다.

리베리아는 애써 객관적으로 생각했다.

인류와 조형이 가까운 인간형 몬스터를 최적의 타이밍에 내보냈다. 자신들과 비슷한 몬스터의 호소에, 이제 엘프들은 침착함을 잃어버렸다.

"몬스터가, 무슨 소릴……!"

"하지만 아리시아 씨, 그들의 말이 사실이라면……."

"대화에도 응하지 않는 우리는…… 몬스터만도 못한 야만인이라는 뜻이."

"실제로 지상에서 교전이 몇 번이나 있었지만, 지금 생각해보면 그것도 자기 방어라고밖에는……."

"읏……!"

흔들린다, 흔들린다. 엘프들의 의지가.

핀은 이것을 우려했던 것이다. 의사소통이 가능한 몬스터의 존재를 본 모험자들의 검에 망설임이 생겨날까봐.

『괴물』을 베지 못하게 될까봐.

"지능이 있는 몬스터…… 우리는 그들을 『제노스』라고 부르고 있어."

젊은 엘프들, 그리고 라크타 사이에 발생한 동요를 간파하고 펠즈가 말을 이었다.

"그들은 우리의 『희망』이야."

"『희망』……?"

"그래── 나의 주신 우라노스는 인류와 몬스터의 공생을 바라고 있어."

때를 놓치지 않고 펠즈는 멋들어지게 『폭탄』을 투하했다.

그녀들의 얼굴에 이제까지 없었던 충격이 내달렸다.

"뭐……?!"

"무슨 말도 안 되는 소리야?!"

"서로 증오하고 서로 죽이기만 하는 불모의 역사…… 우리는 여기에 종지부를 찍고 싶어. 그러기 위해, 『제노스』는 최후의 희망이지."

귀를 기울이지 마라. 무시해라.

낯빛을 바꾸며 고함을 지르는 소녀들에게 리베리아는 그렇게 지시할 수도 있었다.

그러나 그녀도 자신의 마음에 저항할 수 없었다.

눈앞의 메이거스와 몬스터들이 무엇을 바라고 무엇을 목표로 삼는지, 모두 알아낸 다음이 아니고서는 『해답』을 낼 수 없다고. 가차 없이 베어버렸다간 그야말로 야만족으로 전락해버린다고.

그녀도 역시 엘프였던 것이다.

"『제노스』의 존재는 인류와 몬스터 사이의 다리가 될 수 있어. 발톱을 휘두르기만 하는 게 아니라 언어와 이성으로, 우리 인류를 알고 싶고 함께 살아가고 싶다고…… 그들은 계속 그렇게 호소했어."

"큭……?!"

"던전에 『기도』를 바치는 위대한 우라노스가 인정한 사실이야. 『제노스』는 모체인 던전에서조차 예기치 못했던 『이상사태』였고, 유구한 세월 속에서 하계가 낳은 새로운 『가능성』이라고."

리저드맨을 비롯한 몬스터들 앞으로 나서 말하는 펠즈의 설명을, 소녀들은 숨을 죽인 채 듣고 있었다.

수많은 공적으로 오라리오 내에서도 『최고신』이라 불리는 우라노스의 이름은, 그의 권위는 무겁다. 어쩌면 정말로 그럴지도 모르겠다고 엘프들이 생각해버릴 정도로.

　흔들리는 윤리관. 무너지는 인류의 상식.

　혐오와 당혹감의 틈바구니에 서서, 엘프들의 생각은 정지 직전까지 몰렸다.

　무엇보다도 평범한 몬스터와 상대할 때 발생하는 맹렬한 『기피감』 자체가 눈앞의 괴물들에게서 생겨나지 않는다는 것이 소녀들을 가장 당혹스럽게 만드는 원인일 것이다. 아이러니하게도 몬스터를 몬스터답게 만드는 감각의 유무가 펠즈의 말에 『설득력』을 주고 만다.

　그 『기피감』을 느꼈다면 소녀들은 상대도 하지 않고 공격했을 것이다.

　리베리아도 분명 그랬다.

　"지금 당장이 아니라도 상관없어. 하지만 언젠가, 지상과 지하의 경계를 넘어 이 어둠의 연쇄를 끊기 위해…… 그들을 이해해줬으면 해."

　메이거스가 한쪽 손을 내밀며 말한다.

　지금만은 눈을 감고 보내달라는 애원.

　메이거스의 뒤에서 이쪽을 바라보는 몬스터들의 눈.

　리저드맨이, 세이렌이, 라미아가, 유니콘이, 트롤이, 그외의 많은 몬스터가 포효를 지르지도 않은 채 이쪽을 바라본다.

인류와 괴물 사이에서는 있을 수 없는 광경.

모든 것이 『이단』.

그것이 시선 너머에 있는 몬스터들.

이것이 우라노스의 『비밀』.

인류에게서도 괴물에게서도 소외된 이단아, 『제노스』.

"…………."

리베리아는 눈을 감았다.

눈꺼풀 뒤에 떠오르는 수많은 정경.

고향 숲을 떠나, 최악의 만남을 가져버렸던 여신과 파룸, 그 직후에 가담한 상성 최악의 드워프. 그들과 오늘까지 이어온 오랜 여로.

그 속에서 지켜보았던, 그 고집스럽고 건방지며 서툰 파룸 전우의 모습.

바로 며칠 전에 언뜻 보았던, 침대에 앉아 주먹을 부르쥔 그의 고뇌와 결의——.

"…………."

이윽고.

리베리아는 눈을 떴다.

"【로키 파밀리아】, 부디 이 손을——."

그리고.

메이거스의 말을 가로막으며 잘라 말했다.

"멍청하긴."

그렇게 내뱉은 리베리아의 『거절』에 그 자리의 시간이 얼어붙었다.

"——이라고 했겠지. 우리의 주신이라면."

눈을 크게 뜬 소녀들의 시선을 받으며, 흑의를 떠는 펠즈를 노려보며, 이런 일은 이미 몇 **번이나 있었던 것처럼** 『체념』을 드러내는 『제노스』를 무시하며, 리베리아는 말을 이었다.

"증명할 수 있나? 입증할 수 있나? 방책은 있나? 괴물에게 일족을 모두 잃었던 자들을 수긍시킬 만한 이유와 성의를, 정말로 보일 수 있을까?"

『이상』을 말하는 펠즈에게 리베리아는 『현실』을 들이댔다.

버들잎 같은 눈썹을 곤두세우며, 가녀린 턱을 살짝 들며 냉랭하고 날카로운 시선을 보낸다.

"지금 내가 원하는 건 이상이나 망상이 아니라 지극히 현실적인 이야기야. 우리의 정에 호소하는 고식적인 눈물 따위가 아니라, 명확안 이론에 근거한 『수단』이지."

"…………."

"그것을 제시하지 못하는 한 네놈들의 말을 들어줄 수는 없어."

입을 다문 메이지에게, 리베리아는 규탄이라는 이름의 반론을 늦추지 않았다.

논리정연하게 말을 잇는 그녀의 모습에, 아리시아는 멍

하니 중얼거렸다.

"……단, 장님?"

아리시아는 눈을 의심하고 말했다.

경애와 숭배의 대상인 일족의 왕녀에게, 한 파룸의 모습이 겹쳐져 보였던 것이다.

그녀의 말투와 흔들림 없는 의지는 【브레이버】의 것과 흡사했다.

아니, 판박이였다. 모든 것이 똑같았다.

"메이거스, 네놈에게 『각오』를 물어보지. 이 자리만을 모면할 게 아니라, 내 마음을 지금 움직이기에 충분한 『각오』가…… 그 흑의 속에 정말로 존재하는지."

이때 리베리아는 그야말로 『핀 디무나』였다.

그의 뜻을 존중하고 자신에게 겹쳐, 이곳에 없는 벗의 대행자가 되었다.

【브레이버】가 하리라 여겨지는 말을 한 글자 한 어절 정확하게 고하며, 몬스터들의 손을 뿌리친다.

"없다면……"

리베리아는 지극히 냉혹하게 내뱉었다.

"네놈의 말은 영웅을 동경하는 아이의 꿈 이야기보다도 —— 들을 가치가 없는 공상이다."

그 말로 『교섭』에 『결렬』을 새겼다.

아군의 사기가 이 이상 흔들리는 것을 막기 위해, 잔혹할 정도로 단언해버렸다.

흔들림 없는 하이엘프의 선언에 소녀들은 숨을 멈추고, 다음으로는 망설임을 떨쳤다.

"……리베리아 리요스 알브, 아니, 핀 디무나."

서로가 이끄는 무리의 선두.

펠즈는 대치한 리베리아를 바라보며 초연히 흑의를 출렁거렸다.

"너희는 총명하지. 그리고 영웅으로서 필요한 것을 가졌고. ……희생조차 불사하는 신념을."

앞을 가로막은 하이엘프에게 한 『용사』의 모습을 보고, 아쉬워하듯 말했다.

"너희가 아군이었다면…… 그렇게 생각하지 않을 수가 없어."

"무의미한 가정이지. 『만일』을 이야기해봤자 우리의 위치는 변함이 없으니."

"그래, 그 말이 맞아. 그렇다면…… 살아남기 위해, 저항할 수밖에."

어쩔 수 없이 칠흑의 글러브를 빛내며 자세를 잡는 펠즈. 등 뒤의 『제노스』는 인류와의 전투를 꺼려하듯, 표정은 씁쓸하게 일그러졌다.

그리고 【로키 파밀리아】와 『제노스』 사이에 충돌이 일어나려던 그때.

"공격————!!"

"""!"""

사신의 사도들이 대거 밀려들었다.

"이블스의 잔당!"

"하필 이럴 때?!"

문이 열리자마자 달려드는 잔당들의 대군에 아리시아와 라크타가 비명을 질렀다. 그런 가운데 리베리아는 눈썹을 한껏 찡그렸다.

"저 숫자를 당장 모을 수는 없었을 텐데…… 처음부터 시간을 끌려는 속셈이었군!"

후회하는 그녀 앞에서 펠즈 또한 신음했다.

"우리를 유도했던 건 바로 이것 때문이었어……! 두 세력을 싸우게 만들려고!"

두 지휘관이 알아차린 대로 이것이 타나토스의 노림수였다.

『다이달로스 거리』 공방전의 도식을 제대로 파악했던 사신은 【로키 파밀리아】와 『제노스』가 맞닥뜨렸다간 서로를 무시하지 못하리라 예견했다. 교전하든 도주하든, 반드시 다툼이 발생한다. 적어도 서로가 서로의 발을 묶어놓을 것이다.

【로키 파밀리아】를 크노소스에 묶어놓고 철수시키지 않을 만한 『시간』. 그것을 내다보고 이곳 제12층에 자신의 수하를 집결시켰다.

그야말로 3파전을 일으켜 어부지리를 노렸던 것이다.

타나토스가 원하던 『상황』이었다.

"적은 셀 수도 없습니다?!"

"주, 주위를 포위당했어요! 정면 이외에도 좌우와 후방의 통로에서 식인꽃이!"

"큭……!"

엘프들의 비명에 리베리아는 지팡이를 부르쥐었다.

『제노스』라는 특급의 『이상사태』와 직면해 자신 또한 냉정함을 잃었음을 깨달을 수밖에 없었다. 리베리아가 크노소스에서 보인 처음이자 마지막 실수가 이 궁지를 불렀다. 이것만을 내다보았다고 한다면 상대는 무시할 수 없는 적이다. 리베리아의 뇌리에는 만난 적도 없는 남신의 웃음이 떠올랐다.

후회를 가슴속에서 짓이겨버리며 리베리아는 부르짖었다.

"적의 일각을 무너뜨려라! 퇴로를 확보한다!"

"리드, 레이! 반격해! 【로키 파밀리아】도, 이블스도!"

펠즈 또한 고함을 지르고, 몬스터들은 어쩔 수 없이 무기를 들었다.

다음으로는 【로키 파밀리아】와 『제노스』가 있는 넓은 통로에 이블스의 군세가 물 밀 듯이 쏟아져 들어왔다.

"죽여라, 죽여어어어어어어어어어어어어어! 【로키 파밀리아】도 몬스터도, 타나토스 님과 우리의 비원을 방해하는 모든 것들을——!"

"""와아아아아아아아아아아아아아아아!"""

상식을 일탈한 열기가 순식간에 흉악한 파도로 변모했다.

모험자와 몬스터, 사신의 사도가 뒤얽힌 세 세력의 전투가 시작되었다.

"상황은 어때?"

몬스터가 하강한 북서쪽—— 미궁거리 외곽지대에 도착한 핀은 앞서 도착한 단원에게 물었다.

장소는 광장 일대를 내려다볼 수 있는 건물의 옥상이었다.

"주민들의 대피는 아직 끝나지 않았습니다! 몬스터들과 교전하는 것은 다른 파벌의 모험자, 그리고 【리틀 루키】가……."

단원의 보고에, 지금도 싸우고 있는 소년과 가고일을 발견했다.

'또 너구나…… 벨 크라넬.'

소년의 여유 없는 옆얼굴을 보며 핀은 눈을 가늘게 떴다.

생각하는 바는 있었지만, 우선은 상황파악에 힘썼다.

덤벼드는 몬스터의 무리, 공황에 빠져 이리저리 도망치는 『다이달로스 거리』의 주민들. 길드 직원과 하급 모험자들의 피난유도는 전혀 기능을 발휘하지 못했다.【가네샤 파밀리아】도 인명을 우선시해 움직였다. 상급 모험자들은 몬스터를 필사적으로 상대하지만 적의 전투능력에 고전했으며 이미 당한 자도 많았다.

그리고 하프엘프 길드 직원을 감싸며 가고일과 맞서는【리틀 루키】.

"……전원 위치로. 지상의 부대로 견제하면서, 하늘로 도망치지 못하도록 이곳에서 저격한다."

"예!"

순식간에 판단하고 단장으로서 지시를 내렸다.

지상부대와 명령을 공유하고자 단원들이 달려나가고 남은 이가 활을 드는 가운데, 핀은 『전장』이라고는 할 수 없는 『만들어진 무대』를 부감했다.

'도저히 『이상사태』로는 보이지 않아. 이제까지 사람들의 눈을 피해다녔던 몬스터들이 일부러 피난민…… 수많은 대중의 눈앞에 나타나다니. 주위의 몬스터가 다른 모험자의 발을 『묶어놓고』 있는 것도 그렇고, 가고일이 여봐란 듯이 소동의 당사자인【리틀 루키】와 싸우는 것도 그렇고…… **지나치게 그럴듯해.**'

그가 품었던 위화감은 이곳 외곽지대의 광경을 보고 확신으로 바뀌었다.

『제삼자』의 의도가 느껴졌다. 이 상황을 만들어내고, 몬스터에게까지 『목줄』을 채워 연출을 꾀한 『신의』가.

'【헤르메스 파밀리아】일까……?'

『무장한 몬스터』에 대해 잘 알면서 그들에게 『목줄』을 채우는 것이 가능한 존재가 있다면, 그것은 우라노스를 돕고 있는 그 파벌뿐이다. 【헤스티아 파밀리아】에게 활약을 시켜놓고, 그동안 들키지 않은 채 암약하고 있었던 것일까.

아마 우라노스의 신의에조차 등을 돌린 행위일 것이다.

지금도 필사적으로 방어하는 벨 크라넬도 연기를 하는 것처럼은 보이지 않았다.

단독행동. 핀은 결코 바닥을 드러내지 않는 헤르메스의 얼굴을 떠올렸다.

'저 가고일…… 조종당하는 걸까? 벨 크라넬이 지키는 길드 직원만을 노리는군. 【페르세우스】가 만든 뛰어난 매직 아이템 같은 것이 가미되었다면 그럴 수도 있겠지…….'

하프엘프 길드 직원은 불가사의한 빛을 뿜어내는 보라색 팔찌를 차고 있었다. 파룸의 뛰어난 동체시력을 충분히 살린 핀은 이 광경의 『도식』을 금세 간파했다.

그리고 역시 마음에 들지 않는다며 눈살을 찌그렸다.

신이 자신이 바라는 방향으로 하계를 가지고 놀며 시나리오를 바꿔대는 이 구조가.

"광장은 극장, 주민은 관중, 몬스터와 모험자는 분위기를 띄우기 위한 단역. 그리고 주역은…… 이성 없는 가고일과 싸우고 있는 한 소년."

활을 든 단원들에게 들리지 않을 만한 목소리로 핀은 중얼거렸다.

눈 아래, 아직까지 광장에서 도망치지 못하던 주민들, 『관중』에게서는 공포와는 다른 술렁임이 생겨나려 했다.

"【리틀 루키】……."

"……【리틀 루키】? 벨 크라넬 말이야?"

"우리를 위해…… 싸우고 있어…….."

습격당한 하프엘프를 지키기 위해 몸을 던진 모험자.

궁지에 몰린 사람들을 구하고자 홀연히 나타난 용감한 소년.

벨 크라넬을 한껏 비난하던 사람들의 눈에는 그 모습이 어떻게 비칠까.

"벨 형……."

관중들 속에는 얼마 전에 만났던 고아들의 모습도 있었다.

휴먼, 시앙스로프, 하프엘프 아이들 틈에 섞여 파룸 소년 오시안이 멍하니 벨과 가고일의 전투를 바라본다. 상황을 이해하지 못하는 표정이었으며, 눈에서는 서서히 실의가 사라져간다.

주민들의 눈에서 벨 크라넬에 대한 악의가 서서히 불식된다.

'『촌극』이로군…….'

습격당한 군중, 위기에 빠진 히로인, 그리고 몬스터에게서 그들을 지키는『영웅』.

한없이 극적이었다.

한없이 우스꽝스러웠다.

신이 연출하는 인상조작에 모두가 놀아난다.

헤르메스의 수완을 멋지다고 칭송해야 좋을지, 놀아나는 하계 주민들에게 메마른 감정을 품어야 좋을지. 배후에서 실을 드리운 신물이 뻔히 보이기에 핀은 혼자 이『무대』를 싸늘한 눈으로 바라보았다.

『무대』의 구조를 간파한 것은 핀을 제외하면 신들 정도밖에 없었으리라.

광장에 도착해 아무 것도 하지 못한 채 얼어붙은【헤스티아 파밀리아】와 주신의 모습을 바라보며 그렇게 생각했다.

'닷새 전에 보인 벨 크라넬의 행위가『어리석은 짓』이라고 한다면…… 지금 이것은 마치 의식 전에 몸을 씻어내는『재계』와도 같군.'

바로『영웅』의 이름을 되찾기 위한『의식』.

신이 꾸민『영웅의 원점회귀』.

헤르메스는 벨을『영웅』의 자리로 밀어 올릴 생각인 걸까.

신의는 알 수 없지만 적어도 핀은 그렇게 보았다.

'만약 내가 그의 입장이었다면…….'

핀이었다면 어떻게 했을까.

바라마지않던 기회라고 열심히 놀아났을까.

마음에 들지 않는다고 내쳐버렸을까.

그러나 결국에는―― 핀이라면 야망을 우선시했을 것 같았다.

신의 의도에 편승해, 일족을 위해 자신의 긍지를 죽이고 『영웅』으로 화려하게 다시 올라섰을 것이다.

그것을 내다보았기에 핀은 자조의 웃음을 흘렸다.

역시 자신은 『만들어진 영웅』이라고.

모든 사태를 저울질하고 행동하는 『간웅』.

"로키…… 유감이지만, 똑똑히 봐야 할 만한 것은 하나도 없어."

이곳은 신이 독점한 무대. 모든 것이 각본대로 움직인다. 지켜봐야 할 만한 것은 존재하지 않는다.

충고를 해준 주신에게 핀은 말했다.

'몬스터도 불쌍하지…… 던전으로 돌아가려고 하다가 신에게 조종당하다니.'

이때만큼은 미친 듯이 날뛰는 가고일에게 연민의 눈빛을 보냈다.

"단장님, 준비가 갖춰졌습니다!"

"좋아. 신호를 보내."

단원이 배치완료를 보고했다.

짧은 지시를 내리고, 핀은 자신도 《포르티아 스피어》를 던질 자세를 취했다.

핀은 헤르메스의 『무대』를 부수려 하진 않았다. 오히려 몬스터의 진압을 위해 이용하기로 했다. 소년의 『명예회복』은 덤이다. 핀은 딱히 【리틀 루키】를 실추시키고 싶었던 것은 아니었으므로. 고아원에서 말했듯 핀은 그를 인정했다.

——혹은 벨 크라넬이 어떤 판단을 내릴지 보고 싶었던 것인지도 모른다.

아무 결단도 내리지 못한 채, 몬스터의 발톱에 꿰뚫려 최악의 『어리석은 짓』을 저지를지.

신의에 따라 몬스터를 죽이고 『영웅』의 자리를 누릴지.

신이 정해놓은 양자택일.

어느 쪽을 택할지. 핀의 푸른 눈은 주위의 관중과 마찬가지로 구경을 하고 있었다.

"【로키 파밀리아】가 왔다!!"

지상의 부대가 광장에 돌입했다.

주위의 모험자들과 주민이 환호성을 지르고, 날개 달린 몬스터들이 결사의 포효를 터뜨렸다.

『!!』

흉포한 가고일은 날개를 크게 펼쳐 퍼덕였다.

지면과 평행을 이루며 돌격을 감행한다. 경악하는 하프엘프와 벨 크라넬의 회피도 방어도 용납하지 않는, 몸을 버린 일격.

무대의 피날레가 다가온다.

"조준."

단원들의 화살로 날개 달린 몬스터들을, 그리고 자신의 창으로 가고일을 꿰뚫고자 한다.

장창을 든 핀은 소년과 괴물만을 바라보았다.

사람들의 비명.

괴물의 포효.

웃음과 함께 드리워진 신의라는 이름의 실.

주위를 에워싼 세상 전부가 한순간으로 응축되어가는 가운데── 소년은, 눈꼬리를 틀어 올렸다.

자신을 꿰뚫고자 하는 괴물의 발톱.

이를 눈앞에서 본 벨이 취한 행동은,

믿는 것이었다.

"_____."

핀은 굳어버렸다.

소년은 두 팔을 벌리며 버티고 섰다.

무방비한 모습을 앞에 두고 몬스터의 돌로 이루어진 눈이 경악에 물든 다음 순간.

가고일은 돌격을 중단하고 **뒤로 물러났다**.

"──대기!"

광장 위쪽, 누구보다도 빠르게 반응해 공격 중지를 외치는 핀에게 단원들이 놀랐다.

크게 뜨인 그의 푸른 눈은 공격을 멈춘 가고일에게 못

박혀 있었다.

'멈췄어? 그만뒀어? 몬스터가 공격을? 그렇다면 세뇌를 당해서가 아니라── 자신의 의지로?!'

몬스터의 거동을 놓치지 않았던 핀은 가고일의 공격 중지가 제정신을 되찾았던 그런 것이 아님을 간파했다. 벨 크라넬의 행동을 보고, 자신의 의지로 발톱을 멈추었음을.

동시에 핀은 자신의 추리가 잘못되었음을 깨달았다.

──저 몬스터는 조종당했던 게 아니었나?

──그렇다면 저건 처음부터 벨 크라넬을 위해 몸을 바치려 했던 행위?

──몸을 바쳐 부이브르를 지켰던 소년에게 보답하고자, 신의 거래에 응했다고?

──『괴물』이, 인간을 위해?!

1초 동안 되풀이된 자문과 자답.

핀의 명석한 두뇌에 벼락같은 섬광과 충격이 내달렸다.

설령 『지혜』를 갖추었다 해도, 틀림없는 『괴물』이, 의도도 타산도 없이, 인간을 지켰다.

소년의 신뢰에, 보답했다.

'무엇보다도── 벨 크라넬!'

몬스터를 죽이지 않고, 자신이 감싼 하프엘프도 죽게 만들지 않는, 어리석기 그지없는 제3의 행동.

양자택일이라고 믿어 의심치 않았던 핀의 예상을 아득히 뛰어넘는, 『제3의 선택지』.

소년은 『저울』을 부숴버렸다.

소년은 절대적인 『신의』를 뜯어버렸다.

소년은 자신에게 주어진 『영웅』의 자리를 걷어차 버리고 『세계』에 반역의 포효를 올렸다.

핀에게는 그 모습이.

더할 나위 없을 정도로 어리석으며, 아찔해질 정도로 눈부시게 보였으며——

"————."

그때.

어지러운 감정의 소용돌이에 사로잡혔던 핀의 엄지가 욱신거렸다.

생각을 중단하지 않을 수 없을 정도의 둔통이 솟아났다.

『무언가』가 접근함을 알리는 최대급의 경종.

단 한 사람, 오로지 핀만이 고개를 들었던 다음 순간.

『워어어어어어어어어어어어어어어어어어어어어어어어어어어어어어어어어어어어어어!!』

망설임도 갈등도, 간계마저도 때려 부수는 거대한 포효가 솟구쳤다.

"【사우전드 엘프】?! 너 어떻게 던전에서?!"

"죄송합니다, 나중에 해 주세요!"

경악하는 【가네샤 파밀리아】의 경비병을 뿌리치고 『바벨』에서 뛰쳐나갔다.

레피야는 달렸다.

리베리아의 부대와 제12계층에서 헤어져, 『1시간 내에 돌아오겠다』고 선언했듯 경이적인 속도로 던전을 주파해 바벨의 지하계단을 뛰어올라, 지상에 도착했다.

"얼른, 단장님에게……!"

지금도 크노소스에 잠입 중인 리베리아 일행을 위해 레피야는 센트럴 파크에서 『다이달로스 거리』로 향했다. 5M도 넘는 도약으로 상점 옥상까지 뛰어올라, 건물 지붕을 박차며 일직선으로 도시 남동쪽을 향해 진로를 잡았다.

원군을 부르고자 숨을 헐떡이며 용감하게 달려가던 레피야. 그러나.

『워어어어어어어어어어어어어어어어어어어어어어어어어어어어어어어어어어어어어어어어!!』

"으윽?!"

달밤에 치솟은 거대한 포효에, 질주의 기세가 깎여나갔다.

"지금 그 포효는…… 설마 검은 미노타우로스?!"

계층 터주의 『하울』에도 필적할 만한 공포의 외침을 들은 레피야는, 그것이 핀이나 아이즈 같은 선배들이 최대한 경계했던 『검은 미노타우로스』의 목소리임을 확신했다.

자신만이 아니라 온 도시의 사람들이 몸을 떨었으리라 직감할 만한 노성.

건물에서 창문을 조심스레 열고 도시 남동쪽을 살피는 주민들을 내버려둔 채, 아연실색 멈춰버렸던 레피야는 두 눈을 틀어 올렸다.

발을 박차, 지붕판 한 장을 허공에 날려버릴 정도로 가속해 미궁거리로 달려갔다.

'『다이달로스 거리』의 어디지?! 단장님도 미노타우로스가 나타난 곳에 달려올 거야!'

광대한 미궁거리에서 어떻게든 『검은 미노타우로스』의 출현지점을 밝혀내려 하던 레피야의 시도는, 결국 필요가 없어졌다.

왜냐하면 센트럴 파크에서 직행하던 그녀가 『다이달로스 거리』에 발을 들인 바로 그곳, 미궁거리 북서쪽 외곽지대에 그 『전장』이 펼쳐져 있었으므로.

"아아아아아아아아아아아아아아아아아아아!!"

『워어어어어어어어어어어어어어어어어어어!!』

벨 크라넬과 『검은 미노타우로스』가 1대 1로 싸우고 있었으므로.

"에——에에에에에에에에에에에에에에에에에에에엥?!"

광장에 착지한 레피야는 그 광경을 보자마자 높은 목소

리로 외쳤다.

분노의 포효였다.

──『무장한 몬스터』를, 부이브르를 지켰던 주제에!

──왜 이번에는 그『무장한 몬스터』와 죽을 둥 살 둥 싸우고 있는 거야!!

레피야는 폭발할 뻔했다.

그렇게나 설명하라고 종용했을 때는 전혀 대답도 하지 않고, 심지어 모순된 행동을 보이며 가차 없이 칼부림을 벌이기 시작한 이 꼬락서니. 영문을 알 수 없었다. 이곳 『다이달로스 거리』에서 벌였던 몬스터의 공방은 대체 뭐였단 말야!

이해 못할 행동만을 보이는 소년은 레피야의 눈에는 이기적인 쓰레기, 혹은 머리가 이상해진 토끼로밖에 보이지 않았다.

레피야도 이때만큼은 자신의 사명도 잊은 채 얼굴을 새빨갛게 물들이며 고함을 질러대려 했지만.

"──아."

그때, 깨닫고 말았다.

결코 그것은『모순』이 아님을.

사투를 ──『재대결』을── 바라는 미노타우로스에게 호응하기 위해, 소년은 싸우고 있었다.

던전에 돌아가고자 하는 『괴물』의 바람을 이루어주고, 싸움만을 바라는『맹우』의 뜻을 받아들이고자 혼신의 힘을 다한다.

『무장한 몬스터』의 본대를 도주시키기 위해 시간을 끌고, 칠흑의 미노타우로스를 무시하지 못하는【로키 파밀리아】와 모험자들의 주의를 끌기 위한 활약. 고찰해보면 그 전투의 의미는 수없이 찾을 수 있었다. 하지만 어느 것도 사소한 요소일 뿐이었다.

레피야는 나이프만으로 무시무시한 적에게 맞서는『모험자』의 옆얼굴을 보고, 분하게도 깨닫고 말았다.

사정은 알 수 없지만 그것만은 이해하고 말았다.

소년은 지금──『모험』을 하고 있음을.

"저것이……."

여기에 타산 따위는 없었다. 욕망도 없었다.

의지다. 의지만이 있었다. 승리를 바라는 갈망만이.

광장에 있는 모험자들도, 주민들도 그것을 알 수 있었다.

저 소년은 지금 자기 자신을 걸고 있음을.

"저게…… 아이즈 씨나 선배들이 말했던……."

너덜너덜해진, 광장이라는 이름의『무대』.

그 한복판, 사람들에게 에워싸인 채 맹우와 일진일퇴의 공방을 펼치는 소년.

레피야는 알 수도 없는 신의라는 이름의『각본』을 파괴하고, 그러고도 여전히 한층 찬란하게 빛나는 한 사람과 한 마리의 투쟁.

모두가 지켜보고, 모두가 멍하니 서 있는, 정말로 뜨거운, 동화와도 같은 싸움.

레피야는 깨달았다.

"미노타우로스와 싸웠던…… 벨 크라넬의 『모험』."

그것이 바로 【로키 파밀리아】의 제1급 모험자들에게 불을 지폈던 일전이었음을.

『부우워어어어어어어어어어어어어어어어!!』

보라.

대기가 비명을 지르고 땅이 폭발하는, 맹우의 가공할 일격을.

이를 피하고 결연히 파고드는 소년의 늠름한 모습을.

찬연히 빛나며 불꽃을 뿌리는 라브리스와 나이프의 수없는 교차를.

"힘내 혀어어어어어어어어어어어어어어어엉!!"

"벨 오빠아!!"

"힘, 내……!"

들으라.

하나씩, 둘씩, 하늘로 오르는 아이들의 눈물을.

하늘로 솟는 소년에 대한 찬가를.

악의 따위 깡그리 지워버리는, 그의 『모험』에 매료된 사람들의 목소리를.

레피야는 이때, 가슴이 떨리는 것을 느꼈다.

새파란 눈에서는 어째서인지 눈물이 흘러나올 것 같

았다.

수많은 모험자가 몸속 깊은 곳의 충동을 불태우는 그 싸움에, 정신이 들고 보니 입을 열려 하고 있었다.

"가라……."

"힘내."

누군가가 중얼거렸다.

얼어붙은 채 서 있기만 했던 군중 속에서, 그리고 모험자 중 누군가에게서 그 말이 흘러나왔다.

레피야는 모든 것을 잊은 채 소리를 지르고 있었다.

"지지 마!"

그것이 계기.

레피야의 목소리가 마중물이 되어, 드높은 포효가 솟기 시작했다.

광장의 중심, 무시무시하고도 흉흉한 괴물과 싸우는 소년에게 목소리를 보낸다.

한 마디의 말이, 수많은 외침이, 이윽고 거대한 파도로 변모했다.

『━━━━━━━━━━━━━━━━━━━━━━━━

━━━━━━━━━━━━━!!』

고함과 포효가 얽히는 사투에 주민들은 낯을 창백하게 물들이면서도 목소리를 높였고, 길드 직원들은 잃어버렸던 말을 성원으로 바꾸었으며, 모험자들은 주먹을 치켜들었다.

모두가 소년에게 격렬한 목소리를 보내고 있었다.

모두가 소년의『모험』에 몸을 떨었다.

모두가 그 용감한 모습에서『영웅』의 환영을 보았다.

"……이렇게 나왔단 말이지, 오탈."

그 가공할『무대』를 곁눈질하며 핀은 모양뿐인 한숨을 쉬었다.

"…………."

눈앞에 선 보어즈 무인은 아무 말도 하지 않았다.

지금, 이곳 북서쪽 지구에 모인【로키 파밀리아】의 모든 간부들은【프레이야 파밀리아】에게 가로막혀 있었다.【맹자】를 제1급 모험자들까지 총동원되어 핀 일행을 붙들어 놓고 있었다. 소년과 미노타우로스의 일전에 개입하지 못하도록.

『다이달로스 거리』의 공방전이 시작된 후로『검은 미노타우로스』를 전혀 포착하지 못했던 것도 그들의 소행이었음을 핀은 간파했다. 어디까지나 이 전투를 성취시키기 위해, 오탈 일당은 다른 모험자들까지 쓰러뜨려가며『검은 미노타우로스』를 이곳까지 유인했던 것이다.

"모두 주신께서 바라시는 바다."

입을 연 오탈은 몸의 방향을 돌려, 손에 든 대검을 투척했다.

© Kiyotaka Haimura

회전하며 바람을 가른 거대한 쇳덩어리가 대광장 중앙, 벨과 아스테리오스의 정면에 꽂혔다. 소년은 질주와 함께 대검의 그립을 쥐고 발검 했으며.

　맹우는 마치 환희하듯 그 거대한 몸을 떨었다.

　"흐읍!!!"

　『부우워어어어어어어어어어어어어어어어어어어어어어!!』

　대검과 라브리스가 부딪쳐 요란한 불꽃을 뿜어내며 번뜩인다.

　한층 뜨거운 열전을 펼치는 소년과 맹우에게, 사람들은 더욱 고함을 질러댔다.

　'여기서도 나는 잘못 생각하고 있었던 거군……'

　전투를 바라보며, 핀은 자신의 『실책』을 깨달았다.

　『검은 미노타우로스』는 『이상사태』라 단정 짓고 있었다. 『지능을 가진 몬스터』 중에서도 예외에 속하는, 무작위하게 파괴를 흩뿌리는 폭력의 화신이라고. 그렇기에 최대의 경계대상으로 삼아 반드시 물리쳐야만 한다고 단원들에게도 전했다.

　그러나 그것이 아니었다.

　저 미노타우로스에게는 목적이 있었던 것이다.

　단 하나의 『사투』를, 소년과의 『투쟁』을 바랐다. 그뿐이었다.

　"…………"

핀은 보았다.

열광의 소용돌이를 자아내는 그 광경을.

남녀노소, 종족을 가리지 않고, 신들조차도, 모두가 마음을 불태우지 않을 수 없는 싸움을.

"……『아르고노트』."

그것은 언젠가 티오나가 중얼거렸던 이름.

혹은 소년과 같은 『이단의 영웅』.

모두가 그의 우스꽝스럽고 어리석은 짓을 손가락질하며 비웃었다. 모두가, 마지막에는 『위업』을 이루어낸 그에게 경탄했다.

그러고 보니 어떤 학자의 재미있는 논문이 있었다.

『아르고노트』를 시작으로 『고대』의 『영웅시대』가 막을 열었다는 주제.

약하고, 비참하고, 그래도 당시에 융성을 자랑했던 왕국 —— 세계의 중심에서 포효를 올린 『못난 영웅』의 뒷모습에 이끌리듯, 차세대의 영웅이 속속 태어났다.

멸망으로 향하던 세계에 더 이상 절망하지 않고, 한 사람, 또 한 사람 일어났다.

수많은 영웅을 견인했던 『영웅들의 뱃머리』—— 아르고노트(영웅의 배).

"오탈……."

정신이 들고 보니, 핀은 입을 열고 있었다.

"……왜 그러나."

"나는 말이지, 『피아나』를 목표로 삼고 있었어. 일족에게 희망을 가져다주는 영광의 빛을."

"나도 안다……. 너는 오직 그것만을 위해 싸우지."

"응. 하지만 그건 이제 관두기로 했어."

핀의 그 말에 오탈이 눈을 크게 떴다.

그가 보인 적이 없는, 진정한 경악이었다.

『피아나 기사단』.

아득한 고대, 수많은 괴물을 물리치고 수많은 이들을 구했던, 크나큰 용기를 보였던 파룸의 처음이자 마지막 영광. 후세에 여신으로 의인화되기까지 했던 일족의 영웅. 『아르고노트』가 나타나기도 전에 파룸의 『용기』를 세계에 과시했던 핀의 자긍심.

핀은 차세대의 『피아나』가 되기 위해 매진해왔다.

위대한 선조를 대신할 파룸의 『빛』이 되기 위해.

그러나 『피아나』여서는 안 된다.

일족은 기댈 곳을 잃고, 고대 이전으로 몰락했다.

그러니——

"나는, 피아나를 넘어서야만 해."

오탈의 표정이 경악에서 이해로 바뀌었다.

"그를 보고…… 나도 물들어버렸지 뭐야."

지금도 펼쳐지는 싸움을 바라보며 핀은 생각했다.

언제부터인가 취사선택이 당연해졌던 자신에서 벗어나야만 한다고.

자신 또한 『저울』을 부술 수 있는 『영웅』이 되어야만 한다고.

"『벨 크라넬의 흉내는 너희에게 짐이 무거울까』…… 그렇게 말했던 주제에………… 큭큭, 하하하하하하하하하하하하하하하하!"

돌고 돌아 자신을 저격해버린 도발에 핀은 소리를 내 웃음을 터뜨렸다.

주위의 단원들을 당황하게 만들며, 오탈에게서도 의아한 시선을 받으며 아이처럼 연신 웃었다.

벨 크라넬은 마지막까지 『어리석은 이』의 길을 관철했으며, 다시 『영웅』의 길을 스스로 열었다.

아무 것도 버리지 않고 저항했다.

그것이 기적에 가까운 줄타기였으며, 종이 한 장 차이의 아슬아슬한 결과라 해도.

소년은 자신의 힘만으로 도달하고 말았다.

세상에 굴하지 않고, 신의마저 뿌리치며.

'신들이…… 세상이 원하는 것은 그런 『영웅』일지도 모르지.'

그렇다면 핀도 한 꺼풀 벗어야 하리라.

저 『이단의 영웅』에게 지지 않도록, 껍질을 부숴야 하리라.

물들었다. 감화되었다. 자신도 안다. 그래도 상관없다.

이 『모험』을 보고도 걸음을 멈추는 자가 있다면, 그것은 이미 『모험자』가 아니다.

'나는…… 『디무나』를 없애겠어.'

몬스터를 증오하는 감정을, 지금만은 마음속 깊은 곳의 흙으로 돌려보내자.

로키의 충고가 옳았다.

그 가고일을 보고 결단할 수 있었다.

동료를 위해서인지, 혹은 소년을 위해서인지는 상관이 없었다.

자신의 목숨을 바친 『괴물』의 모습은—— 핀이 올바르게 추구했던 『용기』 그 자체였으므로.

"……아르크, 부대를 철수시켜."

"네?!"

지시를 받은 단원이 얼빠진 목소리를 냈다.

"오탈 일당이 여기 있는 이상 아무 것도 못하게 할 테니까. 시간낭비야. 그러느니 다른 안건에 착수하자고."

핀의 눈은 시점을 이동해 아래로. 벨과 맹우의 싸움에 미련을 보이면서도 이쪽으로 돌아서는 레피야의 모습이 보였다.

"……끝까지 보지 않을 텐가?"

"벨 크라넬이 앞으로 뭘 이룰지는 이미 알고 있어. 몬스터들도 사라진 이 자리에는 볼일이 없지."

떠나려 하는 핀에게 오탈은 의외라는 표정을 보였다. 오래 알고 지낸 사이가 아니고서는 알 수 없는 수준의 변화이기는 했지만.

오늘은 그의 신기한 표정을 많이 보는 날이구나.

그것이 어딘가 기분 좋고 통쾌해, 핀은 다시 아이처럼 웃었다.

그렇다.

이 일전이 도달할『결말』은 이미 몸으로 알고 있었다.

소년은『그때』와 마찬가지로, 수많은 이들의 가슴에 불을 지피고 있는 그대로의 자신을 보여주리라.

수많은 이들을 끌어들이고, 매료시키며, 몰아붙일 것이다.

마치 영웅담의 한 페이지처럼.

"나도 도박을…… 아니,『모험』을 하고 와야겠어."

"갔구마, 핀…….."

전령 단원이 가져온 보고에 로키가 중얼거렸다.

주요 간부들이 자리를 비운 본진. 핀이 레피야와 다른 단원들을 이끌고 던전으로 향했다는 보고에 라울은 "에에에에에에에엑?!" 비명을 지르며 당황하고, 지하통로에서 올라와 던전에서 합류하라는 전언을 받은 가레스는 "에잇! 정말 노인을 막 부려먹는 놈이로고!"라는 푸념과 함께 달려 나갔다.

이를 첨탑에서 내려다보던 로키는 고개를 들고 창틀에

책상다리로 앉으며 미궁거리 북서쪽을 바라보았다.

합류한 피르비스와 함께 디오니소스가 떠나간 지금, 오직 홀로, 몇 시간 전의 기억을 되살려보았다.

"——요, 영감."

그것은 아직 미궁거리에서 전투가 벌어지기 전.

『길드 본부』에 들른 로키는 지하의 제단에서 노신과 단둘이 회합을 가졌다.

"내 전부 들었데이. 땅꼬마한테서. 『제노스』라 카는 몬스터 얘기."

"……그런가."

신좌에 앉은 우라노스의 표정은 미동도 하지 않았다.

마치 헤스티아에게서 로키에게 정보가 흘러날 것도 예상했던 것처럼, 당황하지도 환영하지도 않았다.

"진짜 『폭탄』이긴 했데이, 니들이 숨겨놓은 기. 어쩌면 지금 우리가 쫓는 도시 붕괴 시나리오보다도 더."

"…………."

"디오니소스의 『감』도 어떤 의미에선 맞았구마."

오라리오에만 그치지 않는, 세계 규모의 『이상사태』.

그것을 지적한 로키는 희미한 웃음을 지었다.

『비밀』이 탄로나, 우라노스는 마치 체념한 것처럼 눈을 감았다.

막 벌어지려 하는 노신의 입술은 그래서 어떻게 할 생각이냐고 물으려는 것이리라.

"캐도 마, 지금은 그딴 건 됐고."

그러나 로키는 그 말을 가로막았다.

"핀이 만약 니들이 바라는 『대답』을 냈을 땐—— 절대 방해하지 말래이."

경악하는 우라노스를 보며, 진지한 표정을 두르고 그렇게 말했다.

"지금 갸는 변할라칸다. 즈그들이 갖고온 소동 땜에 동요해가꼬, 고민하고, 이제까지하곤 다른 『답』에 도달할라칸다!"

로키는 보고 있었다.

이켈로스와의 문답에서 흔들리던 마음을 하염없이 숨기려는 핀의 옆얼굴을.

로키는 지켜보고 있었다.

벨 크라넬의 행동에 흔들려 자문을 되풀이하던 용사의 고뇌를.

개입은 하지 않았다.

그의 곁에 다가서는 역할을 리베리아와 가레스에게 맡기고, 핀이 스스로 해답을 찾아내기를 신으로서 지켜보았다. 신의 조언도, 인도도, 그가 원하는 것이 아님을 누구보다도 잘 알았으므로.

"어느 쪽을 택할지는 내도 모른데이! 아무도 예상 몬하제. 높고 험한 길을 달려나갈지도 모르제! 캐도 이건 글마의 이야기인기라! 글마가 선택한기라!"

핀 자신이 『용사의 이야기』를 자아내기를 바랐으므로.

"그런 갸의 약점을 잡을라카면 내가 냅다 혼내줄기라! 협박이라도 할라치면 무조건 혼내줄기라!"

눈을 크게 뜬 우라노스에게 강한 어조로 말했다.

그것은 핀이 간부들 앞에서 입에 담았던 우려.

【브레이버】의 여정에 그늘을 가져다줄 자멸의 인자. 『괴물』과 이어졌다는 것을 빌미로 협박을 당해, 우라노스 진영에 힘을 보태야만 할 『목줄』의 존재.

로키는 그것을 짓이겨버리며, 핀의 길을 가로막지 말라고 말한 것이다.

"그 여리여리한 넘한테도 말하래이! 우리 핀 방해했다간 하계 규칙 같은 거 상관엄시로 쳐죽이뿐다고! 천계로 도망가든 말든 티끌 하나 안 남기고 소멸시킬 때까지 쫓아가겠다꼬! 영감 니도 마찬가지다!"

공갈이나 다를 바 없는 외침은 로키의 전부였다.

핀을 생각하는 마음.

혹은 자신의 자식을 지키고자 하는 신의 외침.

"글마의 야망을 방해했다간 내가 용서 몬한데이!"

그것이 로키가 보인 유일한 『참견』이었다.

핀이 어떤 『해답』을 내더라도, 신 따위에게 방해를 받지 않도록, 그가 걸어갈 길을 지킨 한 가닥의 신의.

"이것만 지키주믄…… 니들의 폭탄, 『제노스』에 대해서도 내 입 다물끼라."

"······좋다."

계약에 어울리는 조건이라 내다보았는지, 우라노스는 침묵을 거쳐 승낙했다.

제단에 세워진 네 자루의 횃불이 소리를 내며 불똥을 뿜었다.

아무에게도 알려지지 않은 채 계약을 마치고, 우라노스가 물었다.

"로키······ 왜 그렇게까지【브레이버】를 돕는가."

"헹, 기야 간단한 거 아이가. 그 여리여리한 넘처럼 말하자믄──."

상대를 놀리듯, 그리고 어딘가 자랑스러워하듯 로키는 노신에게 말했다.

"──내가 우리『용사』의 첫 팬이라 그렇데이."

밤공기가 회상에 잠긴 로키의 뺨을 쓰다듬었다.

북서쪽에서 불어오는 그 바람에는 희미한 열기가 담겨 있었다.

회귀를 마친『영웅』의 심장 고동이.

"핀. 니 남들보다 늦음 안 된데이?"

우라노스와 나누었던 대화를 떠올리며 로키는 눈을 가늘게 떴다.

"초지일관, 것도 좋제. 흔들리지 않는 니도 내는 좋아한다. 캐도 마······ 너무 사로잡혀서 추월당하는 건 싫데이?"

고민하고 또 고민해서, 지금 『해답』을 이끌어내려 하는 자신의 권속에게 성원을 보낸다.

"각오도, 책임도, 전부 전~부 짊어지고 앞으로 나가는 니가 최고데이. 누구한테도 안 진다. 땅꼬마네 얼라한테 도. 그러니까 이기고 온나."

로키는 붉은 눈을 가늘게 뜨며 웃었다.

"이 영웅 레이스에."

"우리의 갈망을 위해——!!"

자살폭탄으로 변한 타나토스의 권속이 또 한 사람 자폭해 통로를 뒤흔들었다.

크노소스 제12층.

【로키 파밀리아】와 『제노스』, 그리고 이블스의 삼파전은 이어지고 있었다.

던전의 룸 정도 폭이 있는 대형 통로에서 벌어진 난전. 리베리아 휘하의 엘프들이 구슬땀을 흘리며 노래하고 『마 법』을 쏘았으며, 흑의의 메이거스가 원호하는 가운데 지능 있는 몬스터들이 너덜너덜해진 몸을 떠밀어 열심히 싸 웠다.

두 세력 모두를 밀어내려 하는 것은 이블스의 잔당과

『극채색 몬스터』. 짐승과도 같은 포효를 지르며 사신의 권속들이 달려들고, 식인꽃의 촉수와 물거미의 이빨이 어지러이 춤을 추었다.

숫자를 내세운 포위망은 아리시아를 비롯한 엘프들에게 초조함을 안겨주기에 충분했다.

『병행영창』을 구사해 원거리에서 일격이탈을 행하던 유격대도 이 혼전에서는 한데 뭉쳐 제대로 이동하지 못해 진가를 발휘할 수 없었다. 고속전투가 장점인 『페어리 포스』의 발이 묶여버린 결과였다.

뺨과 팔에 상처를 입고 이블스의 맹공을 버티면서 어깨로 숨을 쉬던 엘프 아리시아는,

"웃──! 가까이 오지 마라, 이단의 괴물!"

"으윽?!"

폭풍의 여파에 갑자기 접근해버린 세이렌을 돌아보며 단검을 휘둘렀다. 아름다운 금색 깃털이 잘려나간 『제노스』는 자세가 흐트러져 바닥에 착지했다.

"더러워! 부끄러운 줄 알아라! 감히 인간의 말을 하다니!"

"우……!"

"우리를…… 환혹시키지 마라!"

고결한 엘프가 날린 언어의 칼날에 세이렌의 고운 얼굴이 슬픔으로 일그러졌다.

【로키 파밀리아】는 이블스는 물론이고 다가오는 『제노

스』에게도 반격을 가했다. 공격할 의도가 없었던 리저드맨이나 트롤도 어쩔 수 없이 방어하기 위해 무기를 휘둘렀다. 그것이 양측 진영에게 이블스가 파고들 『허점』을 준다는 것도 자각하지 못한 채.

그녀들은 궁지에 몰린 이 상황에서도 결코 손을 잡으려 하지 않았다.

그것이 인류와 『괴물』의 관계를 말해주는 깊은 고랑이었다.

이 광경을 게임판 밖에서 웃으며 바라보는 사신의 예정조화를 그리고 말았다.

"크윽……?!"

"리베리아 님?!"

예측할 수 없는 혼전 속에서 리베리아는 이블스의 격렬한 돌격에 시달리고 있었다.

전황을 뒤집을 도시 최강 마도사의 『포격』을 저지하고자 목숨을 무기로 바꾸어 자폭을 감행한다. 난전의 틈을 누비고 접근하는 문자 그대로 몸을 버린 일격에 리베리아도 『병행영창』을 중단하지 않을 수 없었다. 범위가 넓은 자폭 공격은 같은 이블스까지도 제물로 삼았지만, 아랑곳 않고 막무가내로 연쇄폭발을 일으킨다.

"여기서 어떻게든 우리를 해치울 심산이로군……!"

폭발이 일어나고, 식인꽃의 거구가 쓰러지고, 요정의 비명이 퍼진다. 이제는 혼돈의 극치에 달한 전장을 보며 펠즈는 흑의를 떨었다.

세 세력이 뒤얽힌 폐쇄공간 내에서의 대혼전. 그야말로 악몽이었다.

그리고 리베리아와 펠즈의 일행에게 결정타가 될 흉보를 알리듯,『문』하나가 소리를 내며 열렸다.

"여기 있었구나—— 날벌레 놈들."

"우웃?!"

선혈과도 같은 붉은 머리카락이 너울거렸다.

전장 멀리, 난전 속에서 자신을 꿰뚫어보는 녹색 눈을 발견하고 리베리아는 전율했다.

레비스였다. 상처의 수복을 마치고, 잃어버린 한쪽 팔을 되찾아, 사위스러운 쌍검——『커스 웨폰』을 든 채 타나토스가 마련해준 연회에 도착했다.

이제는 리베리아의 얼굴에도 초조함이 맺혔다. 크나큰 우려와 함께.

퇴로도 확보할 수 없는 지금, 이제 전멸은 확실해졌다.

"죽어라."

레비스는 리베리아의 대처도 용납하지 않았다.

쌍검 중 한쪽을 뒤로 젖혀 힘을 모으더니, 괴인의 완력으로 투척했다.

바람이 울부짖었다. 대기에 바람구멍을 뚫는 둔중한 굉음. 진로 위에 있던 식인꽃과 물거미의 살점이 터진 풍선처럼 흩어지고 이블스의 머리며 팔이 망가진 장난감처럼 날아갔다.

피보라의 샤워를 뿜으며 전장을 횡단하는 파괴의 검은 일직선으로 리베리아에게 향했다.

그러나 그녀에게 도달하기 전에── 한 엘프가 먹이가 될 수밖에 없는 운명이었다.

"──아리시아!!"

주의를 촉구할 틈도 없는 리베리아의 거친 목소리.

혼전 속에서 잔당 중 한 사람을 물리치고 고개를 든 직후, 급속도로 날아드는 흉탄에 아리시아는 몸이 굳어버렸다. 눈에 비친 칠흑의 『커스 웨폰』이 말없이, 무자비하게 그녀에게 죽음을 언도했다.

단말마의 비명도 지르지 못한 채 머리가 폭발──

"크윽. 아────."

"──어?"

──하기, 직전.

아리시아의 시야에 금색 날개가 펼쳐졌다.

사선에 끼어든 세이렌 한 마리가 두 팔의 날개를 교차시켜, 검의 일격을 막아낸 것이다.

검은 한데 겹친 날개를 꿰뚫고 오른쪽 어깨에까지 미쳤으며.

그대로 관통해 나아가려 했지만 세이렌은 어깨의 근육에 혼신의 힘을 주어 그 이상의 살육을 저지했다.

"레이!!"

리저드맨을 비롯한 『제노스』의 비명이 쏟아지는 가운데, 세이렌은 어깨를 검에 꿰뚫린 채 무시무시한 반동을 줄이지 못하고 바로 뒤의 아리시아와 함께 쓰러졌다.

"…………왜?"

등을 호되게 부딪쳐 비틀비틀 몸을 일으킨 아리시아는 간신히 그 말만을 중얼거렸다. 어깨며 얼굴을 새빨갛게 물들인 세이렌이 힘없이 가슴에 기대 있었다.

긴 속눈썹을 떨며 눈을 뜬 『그녀』는 미소를 지었다.

"내 날개보다 예쁜, 당신의 금발…… 더럽히고 싶지, 않았어요……."

"……?!"

"만약 허락된다면, 당신, 하고, 친구 되고 싶다고…… 그런, 꿈을 꾸었는데……."

숨을 헐떡이며, 조용한 미소를 짓는 세이렌을 내려다보는 아리시아의 얼굴에 균열이 일어났다.

울음을 터뜨리는 병아리처럼, 미친 듯이 날뛰는 요정처럼, 갈 곳을 잃어버린 미아처럼, 이제는 정리가 되지 않는 수많은 감정이 엘프의 얼굴을 헤집어놓았다.

증명 따위는 없었다. 입증도 없었다. 방책도 없었다.

몬스터를 증오하는 자들을 수긍시킬 만한 이유와 성의는 존재하지 않았다.

그저 우직한 사랑이 있었다.

일방적일 뿐인, 그러나 존엄한 『필리아(우애)』가.

이것이 『몬스터』라고?

친애에 굶주려, 목숨을 버리고 몸을 날리는 이 고결한 생물이, 괴물일 리가.

그렇다면 그녀의 목소리에 귀를 기울이지 않고 검을 휘둘렀던 자신은, 괴물만도 못한 『마물』이란 말인가.

터무니없는 충격이 정서의 소용돌이를 일으켜 마음이 범람했다. 자긍심 높은 엘프의 가치관이 송두리째 박살이 나, 『몬스터』라는 절대악의 지표가 무너져버렸다. 아리시아는 눈을 떨며, 자신의 몸을 안지도 못한 채 가슴속에서 시시각각 죽음으로 다가가는 세이렌을 내려다보았다.

【로키 파밀리아】의 엘프들도 그 모습을 보고 말았다.

멍하니 서 있던 리베리아도, 한껏 얼굴을 일그러뜨리며 고뇌의 감정을 내비쳤다.

그리고 『제노스』들은 눈물을 흘릴 것 같은 눈으로 동포의 행위를 바라보고 있었다.

"빗나갔나……? 뭐, 됐어."

그런 그녀들의 『촌극』에 레비스는 아무런 감회도 없다는 듯 중얼거려 막을 내려버렸다.

"그 못난 몬스터들하고 같이 끝을 내주지."

대신, 새까만 검을 허공에 올리며 이제부터 시작될 『참극』을 고지했다.

이 전장 속에서 유린이 용납된 그녀야말로 진정한 『괴물』이었다. 압도적인 힘을 자랑하는 괴인의 격렬한 살기와 극한의 냉기에 몬스터를 포함한 모든 이가 몸을 멈추고 한 순간의 정적이 찾아왔다.

엘프들이 낯을 창백하게 물들이고 『제노스』들이 당황했으며, 이블스조차 숨을 멈춘 가운데.

리베리아는 저항하고자 누구보다도 빨리 움직이며 주문을 읊조렸다.

펠즈는 아직 죽을 수는 없다고 흑의를 펄럭이며 상황을 타개하고자 했다.

그리고 냉담한 눈을 가늘게 뜬 레비스가 바닥을 박차려던, 다음 순간.

"미안하지만 참극 같은 걸 볼 마음은 없거든."

터엉!!

높은 소리를 내며 『문』 하나가 열렸다.

그것은 공교롭게도 레비스가 왔던 반대 방향.

거대 통로를 끼고 연결통로 저편에서 황금색 머리카락을 찰랑이는 『용사』가 나타났다.

"진짜 『영웅담』을 본 다음이라면 더더욱."

오른손에는 전방으로 내민 『열쇠』를, 왼손에는 장창을 든 파룸이었다.

"핀!!"

뒤를 돌아본 리베리아가 놀랐다.

배후에 단원들을 이끈 그의 모습을 보고 비취색 눈에 빛이 넘쳐났다. 결코 포기하지 않았던 하이엘프의 두 눈에, 전우를 믿었던 희망의 빛이.

한편 눈을 날카롭게 뜬 레비스는 지면을 박찼다.

상대가 저항하기 전에 리베리아의 목을 쳐버리고자 검을 쳐들었으나,

"어딜!!"

"윽!"

핀의 바로 옆에서 튀어나온 드워프의 대형 배틀액스에 가로막혔다.

핀의 소환에 응해 본진에서 달려온 가레스는 그대로 도끼를 휘둘렀다.

어마어마한 충격이 발생해 공간을 뒤흔들었지만 드워프 대전사는 【검희】나 【브레이버】도 물리쳤던 괴인의 괴력과 정면으로 맞섰다. 【엘가름】의 흉흉한 웃음에 레비스는 혀를 찼다.

"모두 엘프 부대를 지원하라! 퇴로를 확보한다!"

호령과 함께 핀 또한 달렸다. 힘이 아닌 속도로 가레스를 베고자 하던 레비스에게 《포르티아 스피어》를 들고 옆에서 공격을 퍼부었다.

한번은 그녀에게 쓰러졌음에도 도전하는 용감한 파룸은 레비스가 휘두르는 검의 기세를 깎아내고 가레스와 교묘한 연계를 취하며 접근전으로 들어갔으며,

""리베리아!!""

하이엘프를 불러들여『우세』를 쟁취했다.

"흐읍!!"

"쳇…… Lv.6이 셋!!"

지팡이를 들고 핀과 가레스의 전선에 가담해 노도 같은 공격을 펼친다.

레비스를 에워싸고 세 방향에서 공세를 가하는【로키 파밀리아】3대 간부의 연계는 신들린 것이었다. 이 상황에서 밀려난『제노스』들의 감탄을 살 정도로, 마치 춤을 추듯 연격의 폭풍을 퍼붓는다. 마도사이면서도 절묘한 호흡으로 파룸과 드워프의 접근전에 가세한 리베리아는 물론이고, 누구보다도 뛰어난『기술과 허허실실』로 핀이 레비스에게서 반격의 싹을 뽑아내면, 가레스의 탁월한『힘』이 두 사람의 부족한 완력을 보완해준다.

누구보다도 오랫동안 곁에서 싸워왔던 간부들의 역사.【로키 파밀리아】의 최강 전력이라 불리는 이유가 여기에 있었다.

"——【종말의 전조여, 흰 눈이여】!"

"우웃?!"

지팡이로 공격을 가하며『병행영창』을 단행하는 리베리아를 보고 레비스는 어깨를 흠칫 떨었다.

자신의 한쪽 팔을 앗아갔던 포격을 과도하게 경계해버린 괴인을 향해 가레스가 이때라는 양 파고들었다.

"허점투성이구먼!"

"크윽!!"

머리 위로 올라갔던 거대 배틀액스가 창졸간에 내민 커스 웨폰을 후려쳤다.

파괴된 검의 자루를 든 채 완만한 포물선을 그리며 날아간 레비스는 거리를 두고 착지했다. 그 순간 리베리아는 주문을 뚝 그쳤다.

영창으로 적의 의식을 자신에게 돌린 후 핀이나 가레스가 치게 하는, 원조 본가의 미끼 공격이었다.

"괴인과 싸우는 건 처음이네만…… 진짜 성가시구먼. 저 계집, 아직도 팔팔하지 않나!"

"그래서 내가 뭐랬어. 정면에서 붙는 건 좋은 방법이 아니랬지?"

오랜만에 셋이서 싸웠기 때문인지 옛날처럼 어조가 조금 거칠어진 가레스에게, 마찬가지로 핀이 옛날을 방불케 하는 잔소리를 날렸다. 그 광경에 리베리아는 처음으로 안도의 표정을 지었다.

"미안하다…… 핀, 가레스. 덕분에 살았다."

"끝난 다음에 하게! 돌아갈 때까지가 모험이란 걸 잊었나!"

"그래. 마음 놓지 말라고, 리베리아."

방심하지 않고 레비스에게 시선을 고정하는 핀과 가레스를 보며 리베리아는 웃음을 지었다. 그리고 이내 표정을 다잡으며 자신도 자세를 잡았다.

"나르비, 우리가 최후방을 맡겠다! 엘프 부대를 데리고 왔던 길로 돌아가!"

주위에서는 다른 단원들이 기습하듯 『페어리 포스』를 구출하고 있었다. 황급히 무리를 지으려 하는 이블스를 밀쳐내며 엘프들을 부축해 통로까지 돌아갔다.

"내가 놔줄 것 같나, 파룸?"

흐느적 일어나며 괴인이 녹색 눈을 형형히 빛냈다.

압도적인 살의를 뿜어내며, 행간으로 몰살의 뜻을 내비친다.

핀, 가레스, 리베리아가 함께 있다고는 하지만 이곳은 아직도 이블스의 본거지. 어떻게든 레비스 하나를 붙잡아둔다 해도 숫자의 차이에 압도당하고 만다.

피로가 쌓인 리베리아를 필두로, 이쪽의 체력이 먼저 바닥날 것이다. 세 사람의 연계가 흐트러지면 개인전에서는 이길 수 없는 이상 그것은 세 사람의 패배를 뜻했다.

냉혹하게 그런 현실을 들이대는 레비스에게, 핀은.

"안됐지만 제대로 맞붙을 마음은 없거든."

마치 쳐다볼 필요도 없다는 양 상대해주지 않았다.

라크타와 엘프들이 모두 구출된 순간, 목소리를 높였다.

"레피야—— 쏴라!"

다음 순간, 그 『신호』에 호응하듯 핀 일행의 발밑에 매직 서클이 펼쳐졌다.

"―――――――."

넓은 통로 일대, 자신이 서 있던 바닥에까지 확대된 비취색 매직 서클을 본 레비스의 시간이 얼어붙었다.

핀의 부대가 왔던 통로 안쪽에, 선황색 머리카락의 엘프가 홀로 남아 있었던 것이다.

레피아였다.

"아아, 분해, 분해, 분해――."

마장 《숲의 티어드롭》을 두 손에 들고 가공할 마력광을 뿜어내며 레피야는 말했다.

"――그 휴먼 때문에 이렇게나 몸이 뜨거워졌다는 게!"

미노타우로스와의 일전을 보는 바람에 마음과 몸이 열기에 지배당했다.

핀과 마찬가지로, 레피야 또한 소년의 『모험』에 매료당해 의지를 새로이 다졌던 것이다.

그 마음은 끝없는 『마력』의 고양으로 이어졌다.

소환마법을 거쳐 대기 상태로 이행했던 『포격』. 핀 일행이 시간을 끌 동안 임계를 맞았던, 도시 최강 마도사의 『마법』.

식인꽃의 무리는 잔에서 물이 넘쳐나듯 범람하는 마력의 원천을 그제야 알아보았지만, 이미 늦었다.

"나도 한다면 해!!"

열정의 발로가 동료를 구하는 불꽃으로 몸을 바꾸어 전에 보지 못했던 화력을 낳았다.

스승님의 주가를 빼앗는, 벽 너머로 날리는『섬멸포격』.

핀의 원군을 이곳까지 데리고 돌아온 엘프는 때를 맞춰 특대의 지원을 투하했다.

"【레아 레바테인】!!"

극대의 불기둥이 벽을 넘어 바닥에서 사출되었다.

『오오오오오오오오오오오오오오오오오오오오오오오오오오오?!』

거대한 지옥의 불길이 펼쳐졌다. 눈 깜짝할 사이에 난립한 불기둥에 의해, 거미집 형태로 교차하는 통로 전체, 매직 서클의 효과범위 전역에 돌풍과도 같은 열파가 발생했다. 처음에 솟아난 것은『극채색 몬스터』의 절규였으며, 다음이 공황에 빠진 이블스의 규환이었다. 불기둥에 조준되지 않았던『제노스』들도 여파에 휩쓸리지 않고자 비명을 지르며 도망쳤다.

"쳇——?!"

자신을 엄습하는 거대한 불길의 사출에 레비스가 팔로 얼굴을 가리며 초인적인 속도로 이탈했다.

이블스 측이 대혼란에 빠진 틈을 놓치지 않고 핀은 지시를 내렸다.

"철수한다! 전속력으로!"

사전에 협의한 대로 지원군과 단원들은 일사불란하게

움직였다. 리베리아와 가레스도 재빨리 움직여, 레피야가 기다리는 통로, 『이탈경로』를 향해 한 사람, 또 한 사람 달려갔다.

"다, 단장님…… 저는…….."

"…………."

통로 앞, 마지막 한 사람이 되었던 아리시아가 마음이 다른 곳에 간 듯한 표정으로 핀을 올려다보았다. 나르비의 손에 옮겨지던 그녀는 바닥에 주저앉아 있었다.

그녀의 손이 붙들고 놓치 않았던 것은 빈사상태에 빠진 한 세이렌. 저주의 검에 어깨를 꿰뚫려, 아리시아와 마찬가지로 선혈에 물들어 있었다.

무언가 말하려다 아무 말도 하지 못하는 아리시아의 얼굴을 보고 핀은 모든 것을 깨달았다.

그리고 말했다.

"그 몬스터도 옮겨!"

"!"

동요에 빠져 움직이지 못하던 단원들은 그 지시에 따랐다.

팔 대신 날개가 달린 『이형』을 부축해, 사람에게 하듯 부축해 옮겼다. 탈출경로에 들어간 후에는 『페어리 포스』 멤버들도 함께 거들었다. 그 속에는 아리시아의 모습도 있었다.

"핀 디무나……!"

『제노스』 한 마리가 부축을 받는 광경을 펠즈는 똑똑히 보았다.

그러자 파룸은 분명히 이쪽을 돌아보고는 턱을 까딱 움직였다.

그 몸짓에 흠칫한 흑의의 메이거스는 눈을 몇 번 깜빡할 시간 동안 멍하니 있었으나, 이내 그를 믿는다는 듯 소리를 질렀다.

"리드, 【로키 파밀리아】를 따라가자!"

"알았어!"

메이거스의 결단에 몬스터들이 따랐다.

아직도 불기둥의 잔재가 거칠게 몰아치는 미로 안을 달려 나간다. 이블스의 잔당이 지르는 비명이 그치지 않는 가운데, 그들은 최대속도로 통로를 이탈했다.

"놓칠 줄 알고⋯⋯."

홍련의 세계로 변한 통로 안쪽, 미친 듯이 날뛰는 불꽃 너머로 사라져가는 모험자와 『제노스』의 등을 냉혹한 눈빛으로 노려보던 레비스는 가차 없이 추격하고자 했으나.

"쫓지 마라."

"!"

등 뒤에서 나타난 가면인물에게 제지당했다.

머리부터 뒤집어쓴 보라색 후디드 로브, 두 손에 끼운 메탈글러브. 【로키 파밀리아】가 확인했던 또 한 명의 괴인 ──『에인』이라 불리는 인물이었다.

"쫓지 말라고? 여기서 놈들을 놓치는 데에 무슨 의미가 있지?"

"…………."

"게다가 네놈은 일도 하나 제대로 못하나? 왜 **저놈이** 지금도 살아있지?"

레비스는 반감과 짜증을 드러냈다.

마치 제어할 수 없는 맹수처럼 이를 드러내며 살기를 뿌려댔다.

"방해하는 것 말고는 능력도 없다면…… 내가 지금 죽여줄까?"

같은 괴인을 상대로도 잔혹한 의지를 드러내는 레비스에게, 가면인물은 외투를 불똥에 비추며 대답했다.

"**에뉘오**의 지시다."

"!!"

레비스의 녹색 눈이 크게 뜨였다.

신들의 언어로 『도시의 파괴자』. 모든 일의 흑막으로 여겨지는 존재.

잠시 공백이 발생했다.

가면인물을 노려보던 레비스는 이윽고 혀를 차며 몸을 돌렸다.

"에뉘오한테 전해. 만약 계획에 차질이 생겼다간…… 내가 널 죽이러 가겠다고."

아직도 잔당들의 혼란이 수습되지 않은 통로에 등을 돌

린 채, 레비스는 그 자리를 떴다.

어둠 속으로 사라져가는 레비스의 뒷모습을 지켜보던 가면인물은 마지막으로 【로키 파밀리아】와 『제노스』가 떠나간 통로를 흘끔 보더니, 자신도 어둠에 녹아들듯 사라져 버렸다.

"쫓아오지 않나……?"

최후방부대를 맡은 핀은 등 뒤를 돌아보며 중얼거렸다.

이블스의 잔당과 몬스터의 추격은 간헐적으로 이어지기는 했지만, 가장 큰 위협인 레비스는 나타나지 않았다. 괴인에게 최대한 경계를 기울였던 핀은 의아하게 생각하면서도, 그렇다면 다행이라고 단원들과 함께 크노소스를 주파했다. 연결통로의 『문』을 열고, 미궁벽을 파괴하고, 던전 제12계층에 도착했다.

"상대도 더 이상은…… 추격하지 않는 것 같구면. 겨우 따돌린 겐가?"

"그래……."

연결통로와 이어진 에어리어에서 더욱 이동해 충분히 거리를 벌린 후, 일행은 겨우 한숨을 돌릴 수 있었다. 안개가 피어나는 룸에서 발을 멈추었다.

그러나 대부분의 단원들은 경계를 늦추지 않았다.

세이렌을 걱정해 함께 따라온 몬스터들이 아직 이곳에 있기 때문이다.

인류와 『괴물』로 나뉘어 일방적으로 노려보는 단원들에게 핀이 한쪽 손을 들고 말했다.

"전원 무장을 해제해."

"핀……."

가레스가 조용한 표정으로 중얼거리는 가운데, 파룸은 하이엘프의 앞으로 다가갔다.

"리베리아, 비약 있어?"

"그래……."

"써줘."

"……괜찮겠나?"

"괜찮아."

핀과 리베리아 사이에서 오가는 대화. 가레스밖에 알아듣지 못하는 두 사람의 대화에 레피야와 단원들이 당혹스러워하는 가운데, 리베리아는 한 점의 티도 없는 핀의 푸른 눈을 보다가, 고개를 끄덕였다.

그리고 바닥에 눕힌 세이렌의 곁에 무릎을 꿇고 앉아, 품에서 비약── 아미드가 만든 『커스 웨폰』의 치유용 매직 아이템을 꺼냈다. 크노소스 기습을 위해 핀이 미리 준비해둔 것이었다.

저주의 검에 꿰뚫려 『불치의 저주』에 걸린 세이렌에게 사용했다.

술렁. 단원들에게서 동요가 일어났다.

『제노스』들도 몸을 굳혔다.

세이렌의 곁에 있던 아리시아가 망연자실한 가운데, 리베리아는 그대로 회복마법을 구사해 상처를 치유했다.

그녀의 행위는 두령 핀이 지금 여기서 『제노스』와 싸울 마음이 없다고 표명한 것과 같은 뜻이었다.

"핀 디무나, 너는……."

아연실색해 중얼거리는 『제노스』의 통솔자 펠즈 앞으로 핀이 다가갔다.

"이단의 몬스터들. 너희와 『교섭』을 하고 싶어."

그리고 말을 꺼냈다.

장창을 든 채, 투명한 눈빛으로 『괴물』들을 둘러보며.

【로키 파밀리아】도 『제노스』도 크게 놀랐다. 레피야는 눈을 홉뜨고, 라크타는 숨을 멈추었으며, 아리시아는 튕겨지듯 고개를 벌떡 들었다.

리베리아와 가레스만이 묵묵히 핀의 행동을 지켜보았다.

"교섭? 하필이면 【브레이버】인 네가……? 도저히 믿을 수 없는데……."

생각지도 못한 말에 펠즈도 놀랐지만, 동시에 경계의 태세를 풀지도 않았다.

핀이 제시한 야망과 의지가 얼마나 강한지, 흑의의 메이거스는 잘 안다. 『제노스』를 함정에 빠뜨리기 위해 무언가 꿍꿍이를 품은 것은 아닐까 의심을 드러냈다.

"간단한 얘기야. 나는 너희를 이용하기로 했어."

"이용……?"

"크노소스의 공략 말이지."

그 말에 그 자리에 있던 일동이 마른침을 삼켰다.

"『열쇠』를 얻은 지금, 머잖아 우리는 크노소스 공략에 나설 거야. 오라리오의 안녕을 바라는 『길드』도 끌어들여서."

"…………."

"너희는 그때 공략에 참가해줬으면 해. 물론 극비리에."

아직도 전모를 파악하지 못한 마굴을 공략하기에는 손이 부족하다.

그렇다면 『괴물』의 손까지도 빌리겠다는 핀을 보며 펠즈는 한동안 침묵했다.

"……【브레이버】, 네 본의를 모르겠군. 솔직히 말해 우리는 너만은 거래에 응하지 않을 거라 생각했는데. 미안하지만 네 본심을 캐려고 지금도――."

"『무장한 몬스터』는 사람을 습격하지 않는다는 사실이 입증돼버렸잖아. 적어도 나는 그렇게 판단하고 말았어. 이블스는 쌍방 모두에게 명확한 적이라는 사실도 확인할 수 있었지."

펠즈의 말을 중간에서 가로막으며 핀이 설명했다.

"그리고 무엇보다…… 이젠 너희들에게 검을 들이밀 수 없는 사람이 우리 【파밀리아】에도 있거든."

아리시아나 다른 엘프 몇 명이 어깨를 흠칫 떨었다. 핀은 그 모습을 곁눈질했다.

더 이상은『지능 있는 몬스터』의 존재를 무마할 수 없게 되었다. 만약 이 자리에서 섬멸한다 해도,『제노스』를 본 이들을 통해 정보는 반드시【파밀리아】내에 퍼질 것이다.

그렇다면 차라리, 핀은『제노스』를 최대한 이용하는 방향으로 키를 잡은 것이다.

그리고 그것은 얼마 전 같으면 핀이 결코 택하지 않았을 선택지였다.

"만약 교섭을 맺는다 치고…… 우리와 이어졌다는 사실이 탄로 났을 때는 네 명성이 땅에 떨어지리란 걸 알고 있나? 일족의 재건을 바라는 네 야망이 무너져버릴 텐데?"

사람의 입은 단속할 수 없다. 언젠가 반드시 파멸이 찾아온다── 그야말로 벨 크라넬이 경험했던 것처럼. 펠즈는 그렇게 지적했다.

그 말에 핀은.

"그럼 모든 것을 잃어버린 다음에 다시『영웅』이 되어야지. 이번에는 인공이 아닌, 그래, 몬스터와 융화를 맺은 전대미문의 일인자로서…… 라든가."

그런 소리를 태연하게 했다.

어깨를 으쓱하며, 얄미울 정도로 뻔뻔한 얼굴로.

펠즈는 굳어버렸다.

레피야와 단원들은 입을 딱 벌렸다.

『제노스』들은 눈을 깜빡거릴 뿐이었다.

가레스는 큭큭 웃으며 어깨를 흔들고, 리베리아는 두통

을 참는 듯 이마에 손을 댔지만 이내 참지 못한 듯 웃음을 지었다.

지금 핀의 표정을 설명하자면 『후련하다』고 해야 하리라. 그만큼 홀가분한 얼굴이었다.

이내 진지한 얼굴로 되돌아와, 핀은 다시 말을 이었다.

"오라리오의 붕괴가 다가온 지금…… 나는 사사로운 정을, 몬스터에 대한 악감정을 버리겠어."

도시의 운명을 우선시해야 한다.

입을 다문 펠즈에게 핀은 그렇게 단언했다.

"착각하지 말아줘. 교섭하고 함께 싸우는 건 어디까지나 이번뿐이니까. 그 후로는 트고 지낼 마음은 없어. 너희가 알지 못하는 『목적』에 가담하는 일도 없을 테고 말야. 다음에 우리 앞에 나타나면, 경우에 따라서는 그때야말로 섬멸할지도 몰라."

비정한 일면도 보이면서 덧붙였다.

『제노스』들의 자신을 바라보는 눈빛이 바뀌었다는 사실을 느끼며, 핀은 펠즈에게만 시선을 고정했다.

"……한 가지만 물어볼게. 뭐가 너를 바꾼 거지, 【브레이버】?"

펠즈의 물음에 핀은 표정을 부드럽게 바꾸었다.

"뭐, 동심을 되찾았을 뿐이야. 정말로 그게 전부. 『해답은 하나가 아니야』……. 그런 식으로 단정 짓는 건 관두자고."

『용사』가 한순간 보여준 웃음에 펠즈는 더 이상 진의를 캐려 하지 않았다.

그가 돌아서며 흑의 너머로 보인 눈빛에 『제노스』들을 대표하듯 리저드맨이 고개를 끄덕였다.

"알았어. 【브레이버】. 너와 계약을 맺지. 애초에 우리에게 선택의 여지는 없고."

핀은 고개만 끄덕여 대답하고 길을 열어주었다. 무기를 내린 【로키 파밀리아】의 눈앞을, 펠즈와 『제노스』들이 가로질러 지나간다. 상처가 아문 세이렌을 트롤이 안아들고, 한껏 고민하더니, 그는 완만한 동작으로 고개를 숙였다.

그리고 떨리는 시선과 함께 몸을 일으킨 아리시아에게, 희미하게 눈을 뜬 세이렌이 미소를 지어주었다.

안개가 자욱한 미궁 안쪽으로 몬스터들이 떠나갔다.

"……이번 건은 내가 조만간 【파밀리아】 전체에 정식으로 보고하겠어. 그때까지는 오늘 있었던 일을 발설하지 말아주었으면 해. 물론 파벌 밖으로는 영원히 새나가지 않도록 해줘."

정적이 흐르는 룸에서 핀이 지시를 내렸다.

부상자의 치료가 끝난 후 지상으로 귀환한다는 뜻을 알리자 단원들은 뻣뻣하게 움직이기 시작했다. 불안해하는 사람, 목이 꽉 막힌 것 같은 표정을 짓는 사람, 무언가 생각에 잠긴 사람. 표정은 저마다 달랐지만 핀의 결정에 완전히 수긍한 사람은 없을 것이다. 핀 자신이 전부터 우려

했던 대로.

다만 아리시아를 감싸주었던 『괴물』의 모습을 보고, 레피야를 비롯한 수많은 이들의 마음에 변화가 생겨났던 것도 사실이었다.

"……괜찮은 겐가, 핀?"

"괜찮고 아니고로 따지면, 뭐, 안 괜찮겠지. 하지만 이렇게 된 이상 어쩔 수 없어. 『지능 있는 몬스터』를 본 단원들의 기억을 지울 수도 없고, 그렇다고 섬멸하는 것도 아깝고. 그『검은 미노타우로스』의 힘을 활용할 수 있다면 대가는 충분히 기대할 수 있지."

단원들에게서 거리를 두고 질문하는 가레스에게, 타산은 잘 굴리고 있으니 안심하라며 핀은 어깨를 으쓱했다. 지나치게 유연할 정도였다.

"문제는 몬스터 살상을 망설이는 사람들이 나올 경우…… 이걸 어떻게 불식시키는가 하는 점이야. 특히 아리시아에게는 면밀한 배려가 필요할걸. 리베리아, 네가 한동안 붙어 있어줘."

"그건 상관없다만……."

"이 친구야, 그게 아니고…… 자네가 말했듯 신 우라노스 일파에게 약점을 잡혀서, 정말 『목줄』이 채워질지도 모른다는 소리야. 그래도 괜찮겠나?"

서로의 온도 차이에 애매한 표정을 짓는 리베리아를 옆에 둔 채 가레스가 언급했다.

로키의 활약을 모르는 권속들 사이에서 핀은 "아, 그 얘기였어?" 하고 언뜻 태연하게 말했다.

"그때는 그때지. 아까도 말했듯 그동안 쌓았던 명성을 잃어버렸을 때는 또 처음부터 다시 시작할 거야."

"제정신인가?"

"응. 『신의』를 넘어선 영웅이 된다…… 그 편이 야망으로 가는 지름길일지도 모른다고. 그렇게 생각했어."

눈을 크게 떴던 가레스도, 핀의 망설임 없는 대답에 한순간 아버지 같은 눈빛을 짓고는 웃어주었다.

가레스에게 대답한 핀은 다음으로 리베리아에게 눈을 돌렸다.

"미안해, 리베리아, 너한테도 폐를 끼쳤어."

"마음에 두지 마라. 가끔은 이런 성가신 일이 생기는 것도 좋으니."

가볍게 비아냥거리면서도 사죄를 받아들이려 하지 않는 하이엘프에게 핀은 쓴웃음을 지을 수밖에 없었다.

그때 문득 리베리아가 표정을 다잡으며 물었다.

"핀, 한 가지만 물어보지. 네 심경의 변화는…… 벨 크라넬인가?"

생각지도 못한 물음에 핀은 놀라움을 드러내고 말았다.

"어떻게 알았어?"

"네가 말했잖나. 무언가를 일으킬 사람이 있다면, 그건 그 소년이 될 거라고."

"……그러고 보니 그랬지."

만약 이상사태를 일으킬 사람이 있다면 그건 『그』가 될 거야.

자기 자신의 말대로, 그 모험자는 핀의 의도를 뛰어넘고 말았다.

핀에게 『결심』을 하게 만들 정도로.

"이거야 원. 오랫동안 함께 있었던 우리가 아니라 일개 모험자가 네 마음을 움직이다니…… 나도 그 소년에게 조금 질투가 나는걸."

"으하하하하! 이놈의 파룸 꼬맹이는 정말 하는 짓이 제 멋대로라니깐. 하는 수 없지."

비난으로도 푸념으로도 들리는 말. 그러나 어조와는 달리 미소를 짓는 리베리아에게 핀은 약간의 민망함과 부끄러움을 느꼈다. 가레스의 놀리는 웃음소리가 여기에 박차를 가했다.

비유하자면, 영웅담에 눈을 빛내는 어린아이 같은 모습을 처음으로 친구에게 들켜버렸던 그런 부끄러움이었다.

하지만 그런 파룸의 변화를 하이엘프와 드워프는 환영하는 듯했다. 옆얼굴에서 그림자가 사라졌던 그의 변화에.

눈을 감고 헛기침을 한 핀은 의식을 새로이 바꾸었다.

"앞으로 단원들의 이해를 얻을 때까지 시간이 걸릴 것 같아."

"그렇겠지. 이해시킬 수는 없더라도 최소한 선을 긋도록 만들어야 할 테니."

"음. 안 그러고서는 크노소스 공략에서 보조를 맞출 수 없겠지."

단원들을 멀리서 바라보며 그런 이야기를 나누었다.

핀은 망설임을 버리고 합리적인 선택을 내렸으나, 역시 이제까지의 핀 자신이 그랬듯 단원들의 감정에 선을 딱 그을 수는 없었다.

인류와 괴물의 대립이 얼마나 깊은지는 앞으로도 톡톡히 깨닫게 될 것이다.

"베이트 같은 친구들을 필두로 반감의 목소리가 높을 것 같지만……"

핀은 여기서 말을 끊고 고개를 들었다.

"당장은 아이즈를 어떻게 설득하느냐……가 되겠지."

그 말에 리베리아와 가레스는 입을 다물었다.

최대의 우려사항을 지금부터 생각하며, 핀은 조용히, 깊이 한숨을 쉬었다.

귀결을 먼저 밝히자면.

세 사람의 우려는 기우였다.

그가 이단의 괴물들과 직면하기 훨씬 전에, 소녀의 『어둠』은 갈 곳을 잃어버렸으니까.

소녀의 결말

Гэта казка іншага сям'і.

вынік дзяўчыны

호된 참격이 소년의 몸을 두드렸다.

칼날을 돌려 칼몸으로 공격하는 칼등치기라지만, 그것은 틀림없는 【검희】의 참격. 일격 일격이 필살이었으며 현저한 위력이 담겼다. Lv.3 모험자가 견뎌낼 리 없는 검격의 폭풍.

그러나 쓰러지지 않았다.

몇 번이고 구역질을 해가면서도, 눈에서 의식이 사라질 뻔하면서도 소년은 일어났다.

그뿐이랴, 과감하게 공세를 펼치기까지 했다.

"……?!"

아이즈의 눈이 흔들렸다.

맞서는 벨 크라넬에게 가슴이 전율하듯 떨렸다.

처음에는 싸우는 것이 싫었다.

부이브르를 지키는 소년을 발견하고 비탄에 사로잡혔다.

소년과 무기를 맞부딪치는 것이 괴롭고 힘들어서, 너무나도 싫어 견딜 수가 없어서. 무시하고 부이브르를 쫓아가려 해도 소년은 이를 용납하지 않았다.

시벽 위에서 아이즈가 가르쳐주었던 모든 것을 아이즈에게 되돌려주며 꽂아낸다.

그러므로 아이즈도 손속을 가감하지 않고, 잔혹할 정도로 소년을 후려쳤다.

눈을 내리깔며, 힘이 따라오지 못하는 소년의 의지를 때려 부쉈다.

'그런데도——.'

지금은 이미 양상이 달라졌다.

아이즈는 여전히 우세를 유지했다.

하지만 밀리는 것은——

'——나?'

소년이 비밀통로를 이용해 도주시킨 부이브르.

소년의 등이 지키는 비밀문을 열면, 눈앞에 있는 소년을 비키게만 하면 아이즈는 『괴물』을 해치울 수 있다.

그런데도, 그런데도, 그런데도.

갑옷이 피에 얼룩지고 아무리 너덜너덜해져도, 소년은 멈추지 않았다.

꽉 쥔 칠흑의 나이프를 휘두른다.

아이즈가 휘두르는 《데스퍼러트》와 몇 번이나 부딪쳐 불꽃을 뿜으며, 루벨라이트색 눈으로 아이즈의 금색 두 눈을 꿰뚫어보았다.

아이즈의 검을, 터무니없는 일격으로 흔들어댔다.

'어떻게…… 내가 밀리고 있어?!'

강해졌다고. 아이즈가 한번은 그렇게 칭찬했을 정도로, 소년은 정말 강해졌다.

하지만 이것은 아이즈가 가르쳐준 『강함』이 아니었다.

누군가를 『지키기 위한 강함』이다.

"크윽!!"

어째서!

어째서!!

어째서 그렇게까지 싸우는 거야?!

나는 잘못하지 않았어!

괴물은 죽여야 해!

그런데, 그런데!

왜 내가 잘못한 것처럼── 그런 눈으로 보는 거야?!

'──왜?!'

마음의 외침과 함께 날린 매서운 대각선베기가 소년의 어깨에 파고들었다.

울컥 솟아나는 새빨간 타액, 풀썩 가라앉는 몸, 빙그르르 뒤집어지려 하는 루벨라이트색 눈.

그러나, 역시, 쓰러지지 않았다.

두 다리에 힘을 주고 버텨서서, 소년은 온몸으로 포효를 터뜨렸다.

"아이즈 씨…… 아이즈 씨이!!"

아이즈의 이름을 몇 번이고 부르며 고함을 지른다.

가슴에 담은 그 마음을 전하고자 한다.

'싫어!!'

안 돼, 용납할 수 없어.

소년의 일격을 받는다는 것은, 소년의 마음이 이 몸에 닿는다는 것은── 아이즈의 패배를 뜻한다.

『힘이 따르지 않는 의지』에 아이즈는 귀를 기울이지 않았다.

그렇다면 『의지가 따르는 힘』을 그가 증명해버린 순간, 들어야만 한다.

거부하고 거부해왔던 소년의 말을.

아이즈가 계속 눈을 돌리기만 했던 『사실』을.

'절대, 안 돼!'

【검희】의 가면 속에서 떼를 부리는 어린이처럼 고개를 흔들며 나이프를 쳐낸다.

주눅 들고 있다. 튕겨내야 해. 지면 안 돼.

이래도 되는 거야? 벨도 상처 입고, 나도 상처 입고. 정말 이러고 싶었어?

엉망진창이 된 채 가속하는 생각, 혼선을 빚는 가슴의 목소리, 망설임이 생겨난 검의 광채.

마음속에서 누군가가 아이즈에게 속삭였다.

어린 또 하나의 아이즈가 애절하게 바라본다.

그것을 깨닫지 못한 척한다.

망설임과 곤혹을 뿌리치려 한다.

『괴물』을 죽이기 위한 검으로 쳐내려 한다.

고속의 대각선베기. 막아낼 수 있을 리 없다.

올려베기. 옆에서 쳐서 흘려보낸다.

수평베기. 피하게 두지 않는다.

칼집 찌르기. 간파당했다.

돌려차기. 직격.

맞붙기 실패. 성공. 겨루기 실패. 성공. 소년에게 가르쳤던『기술』이, 그에게 빼앗겼던『허허실실』이 하필이면 이런 상황에서 최대의 효과를 발휘하다니.

이제까지 이렇게나 상대하기 힘든 상대가 있었을까.

어떤 참격을 날려도 벨 수 없고 부술 수 없는, 굴하지 않는 의지에 아이즈의 눈이 떨렸다.

멈추지 않아.

멈출 수 없어.

소년의『성장』을.

마음을 양식으로 삼아, 미칠 듯한 바람을 외치며, 피아 간에 놓인 절망적인 차이를 뒤집고자, 이 1분 1초 한순간을, 되풀이되는 가속과 정지의 경계선상에서──『성장』하고 있었다.

한 마리의『괴물』을 지키고자 하는, 단 한 가지 마음으로.

어리석을 정도의『마음』을 품고!

"──아아아아아아아아아아아아아아아아아아아아아!!"

벨은 부르짖었다.

찢어지는 포효가 아이즈의 팔을 흔들었다. 주체할 수 없는 속마음이【검희】의 검세를 확실히 깎아냈다.

젖 먹던 힘까지 긁어모아 가속한 두 자루의 나이프가 처음으로 소녀를 위협했다.

"?!"

경악을 떨치며 날린 아이즈의 베어내기. 붉은 나이프를 잃은 벨을 향해 즉시 날리는 두 번째 참격. 벨은 여기에── 왼팔의 건틀렛을 들이댔다.

【검희】의 참격을 딜 아다만타이트 방어구 위로 미끄러뜨렸다.

두 사람 사이에 솟구치는 처절한 불꽃과 마찰음. 억지로 아이즈의 품에 파고드는 혼신의 육박.

아이즈는 시간의 틈바구니에서 얼어붙었다.

겨우 한순간, 그러나 확실한 한순간.

아이즈를 넘어섰던 소년의 『기술』.

얼굴이 달라붙을 정도의 지근거리── 그의 칼거리에서.

벨은 신의 칼날을 베어올렸다.

"아아아아아아아!!"

하늘을 향해 호를 그리는 자남색 검광.

금발이 나부낀다.

소년과의 싸움 속에서 처음으로 후퇴를 선택한 아이즈는── 흠칫 가슴에 손을 가져다댔다.

"......!"

장비했던 은색 가슴받이에는 무언가가 스치고 지나간 자국이 있었다.

날카로운 무언가에 베인 흔적이다.

소년의 외침이 닿았다는 증거였다.

그리고 그것은 『의지가 따르는 힘』의 증거였다.

한순간 아이즈는 말문을 잃었다.

패배. 눈을 돌리고 있던 『사실』과 마주해야만 할 순간.

만신창이가 된 벨을 바라보며, 눈썹을 씁쓸하게 일그러뜨린 아이즈는 다시 검을 휘둘렀다.

"윽?!"

우상단에서 대각선으로 날아든 검을 은색 검을 칠흑의 나이프로 방어한다.

카가가각. 코등이싸움을 걸며 아이즈가 입을 열었다.

"왜, 이렇게까지 해?"

처음으로 나온 아이즈의 질문에, 벨은 놀라움을 드러내면서도 똑바로 외쳤다.

"그 아이를 구하고 싶어요!"

"정말로, 진심으로 하는 소리야? 사람이 아닌걸. '괴물'인걸?"

"평범한 몬스터하고는 달라요! 말을 할 수 있어요, 함께 웃을 수 있어요! 손을 맞잡을 수 있어요—— 우리하고 똑같은 감정을 가졌어요!"

"아니야. 똑같지 않아. 모두 그럴 수는 없어."

적어도 인류는 '괴물'과 손을 맞잡을 수 없다.

일그러진 섭리다. 끔찍한 모순이다.

위협적인 체구, 피를 상징하는 발톱과 이빨, 죽음을 초래하는 불꽃, 야수성을 띤 목소리.

모든 것이 인류를 유린하는 기호다. 모든 것이 인류를

살육하는 어둠의 각인이다. 모든 것이 증오의 대상이다.

그런 괴물의 손을 어떻게 잡을 수 있단 말인가. 어떻게 그 몸을 끌어안을 수 있단 말인가.

한쪽 손만으로 든 아이즈의 검이 벨의 나이프를 반론과 함께 밀어냈다.

"크, 윽?!"

"몬스터는, 사람을 죽여. 많은 사람을 죽일 수 있어. ……많은 사람이 울어."

뇌리에 떠오르는 수많은 광경.

붕괴된 마을이 있었다. 평화가 사라진 낙원이 있었다. 모든 것이 멸망한 겨울 풍경이 있었다.

울부짖는 이가 있었다. 피를 흘리는 이가 있었다. 이윽고 움직이지 않게 된 사람들이 있었다.

힘이 다한 모험자가 있었다. 동료를 지키다 스러져간 전사가 있었다. 덧없는 웃음을 남긴 소중한 사람이 있었다.

자신이 보고 살아왔던 광경을, 이에 얽힌 온갖 감정을 아이즈는 검에 담았다.

"그래도, 그건…… 그건 우리 모험자도, 마찬가지 아닌가요?"

"……!"

"아이즈 씨의 검도, 내 나이프도!"

진리의 측면을 찌르는 벨의 말에 아이즈의 검이 무뎌졌다.

동포를 죽이는 인류. 지금 도시를 멸망시키고 수많은 생명을 앗아가려 하는 이블스.

괴물보다도 끔찍한 인간은 분명히 있다.

인류와 괴물을 구분하는 경계는 무엇이냐는 물음에, 아이즈는 대답할 수가 없었다.

"저는……!"

검을 쳐내도 간격을 벌린 소년은 입을 벌린 채 망설였다.

그러나 모든 망설임과 갈등을 삼키며, 결의를 담았다.

아이즈의 머릿속이 경종을 울려도, 그는 말했다.

"……그 아이와 살 수 있는 곳을 원해요."

얼어붙어버린 아이즈를 향해, 또박또박 고했다.

"비네가 웃을 수 있는 세상을 원해요!"

『괴물』과 인간이 웃음을 나누는 세상을 원한다고, 그렇게 말해버렸다.

"무슨 소리를, 하는 거야……?"

이해할 수 없었다.

이해하고, 싶지 않았다.

그저 확실한 것은, 이미 때가 늦었을 만큼 자신과 벨 사이에는 먼 거리가 있다는 사실.

아이즈에게 꿈을 가져다주었던 흰토끼가, 이제는 자신

의 손이 닿지 않는 곳으로 가버렸다는, 이제는 쫓아갈 수 없게 되고 말았다는, 그런 감각.

자신의 몸을 비추는 달빛과 소년을 덮은 어두운 그림자가 두 사람의 위치를 말해주었다.

아이즈는 힘없이 고개를 가로저었다.

"이젠, 됐어…… 비켜."

아이즈는 허용할 수 없었다. 그 어리석은 바람을 인정할 수는 없었다.

그래도 벨은 물러나지 않았다.

한계를 넘은 몸이 풀썩 무릎을 꿇었지만, 한층 낮아진 눈높이로 아이즈를 올려다보았다.

"싫어요……."

"이러지 마."

"싫어……."

"부탁이야."

"──못해요!"

"──비켜!"

이제까지 나눈 적이 없는 큰 목소리를 서로에게 던져 댔다.

이런 말은 하고 싶지 않은데. 이런 짓을 하고 싶었던 게 아닌데.

뭐가 어떻게 잘못된 거지?

어디서 자신과 소년은 이렇게까지 다른 길을 들고 말았

을까?

나는, 사실은, 너와, 좀 더——.

가슴을 오가는 헤아릴 수 없는 마음을 내버려둔 채, 아이즈는 검을 벨의 눈앞에 들이댔다.

"벨, 거야."

"······!"

"굉장히, 아플 거야. 그러니까······."

웃음이 나올 정도의, 위협이라고도 할 수 없는 유치한 말. 아이즈가 한껏 자아낸 최종통고.

그래도 벨은 움직이지 않았다.

아이즈의 눈에 슬픔이 가득 찼다. 벨의 얼굴이 고뇌로 일그러졌다.

다음 순간, 의지력으로 눈꼬리를 틀어 올리고 칼끝에 힘을 주었다.

달빛을 반사하는 눈부신 은색 광채에 아이즈는 손을 떨었다.

"——안 돼!"

그때.

소년의 뒤에서 문이 활짝 열리더니 아이즈의 시야에 그림자가 튀어나왔다.

펄럭이는 로브, 젖혀지는 후드.

아이즈와 벨의 눈앞에 한 마리의 『괴물』이 두 팔을 벌리며 뛰어들었다.

"벨 괴롭히지 마!!"

인간과 다를 바 없는 높은 목소리가 울려 퍼졌다.

아이즈는 후드 속에서 드러난 은청색 머리카락과 청백색 이형의 얼굴에, 벨은 외날개가 돋아난 그 뒷모습에, 시간이 멈춘 것처럼 굳어버렸다.

"비, 네……? 주신님, 왜 그러셨어요?!"

벨이 착란을 일으킨 듯 주신의 이름을 불렀지만 아이즈는 그럴 상황이 아니었다.

소년을 감싸는 부이브르를 보고, 간신히 막아놓았던 감정의 탁류가 가슴에서 넘쳐나려 했다.

"제발…… 벨을 다치게 하지 마."

"……큭!"

그런 눈으로 보지 마.

그렇게, 『괴물』이 아닌, 인간 같은 눈으로, 『지키는 자』의 눈빛으로 나를 보지 마.

아니다. 이것은 아니다. 이런 것은 거짓말이었다.

이것은 아이즈가 원하던 『괴물』이 아니었다.

소년이 호소했던 말대로, 이런 『괴물』이 있다면, 아이즈는——.

"그만해…… 말하지 마."

가슴속의 감정이 범람한다.

검이 동요로 떨렸다.

실이 끊어진 인형처럼, 아이즈는 풀썩 고개를 숙였다.

앞머리로 눈을 가린 채, 시야에서 모든 것을 지워버리고, 마음속 깊은 곳에 담아놓았던 어둠에 잠겼다.

그리고.

아이즈의 『등』이 시커먼 불꽃과 함께 포효했다.

"…………왜 너 같은 존재가 있는 거야?"

그리고.

조용히, 어둡게 중얼거린 말은 마치 자신의 것이 아닌 것처럼 들렸다.

천천히 고개를 들자, 말을 잃고 창백하게 질려버린 벨과 『괴물』이 보였다.

눈앞에는 사람의 형태를 띤 『괴물』밖에 없었다.

아이즈의 시야에는 이제 추악한 『괴물』밖에 비치지 않았다.

"너희의, 너의 목적은 뭐야."

"나, 난…… 벨하고 같이, 있고 싶어."

"──그렇게는, 안 돼."

아이즈의 두 눈이 검처럼 날카롭게 가늘어졌다.

벨이 얼어붙었다는 사실도 깨닫지 못하고, 선 채로 뻣뻣하게 굳어버린 『괴물』을 시선으로 꿰뚫었다.

"그 몬스터들과 마찬가지로 지상에서 활개치다니, 절대 용납할 수 없어."

등이 뜨거웠다. 등이 불타고 있다. 등이 미칠 듯한 증오를 외치고 있다.

　밉다. 이렇게 미울 수가. 알고 있었어. 끝없는 살의라는 것을.

　그러니 죽여야 해.

　『괴물』은 없앤다── 이 바람과 함께.

　"네 발톱은 남을 다치게 해."

　"네 날개는 수많은 사람들에게 공포를 줘."

　"네 붉은 돌은 수많은 사람을 해쳐."

　규탄을, 혐오를, 거절을, 이 세계의 자명한 이치를 『괴물』에게 들이댔다.

　『등』에서 솟아나는 시커먼 불꽃에 사로잡힌 채 말을 이어냈다.

　아이즈의 『등』이 속삭인다.

　등에 새겨진 『힘』이 떠올려보라고 깜빡이며 호소했다.

　그렇다.

　붕괴하는 대지.

　넘쳐나는 무수한 『괴물』.

　펄펄 쌓이는 새빨갛게 물든 눈.

　유린이, 포효가, 파괴가.

　절규가, 통곡이, 상실이.

　그리고 그 사위스러운 『칠흑의 종언』이──.

　'우우우!!'

좋아했던 보금자리는 망가졌어!

좋아했던 나날은 부서졌어!

사랑했던 그 사람들은 빼앗겼어!

순식간에 엄마가!

그리고 아빠가!

『미안해………… 미안해, 아이즈.』

그리고.

『──살아라, 너는.』

약한 나를 떠밀던 그 다정한 손이──!!

전부, 전부, 전부!!

전부『너희』때문이야!!

눈의 신경이 불타올랐다. 『등』이 멈출 줄 모르는 증오를 부르짖었다. 거칠게 날뛰는 시커먼 불꽃이 눈물에 젖은 웃음소리를 낸다. 추운 겨울의 기억을 처절한 불꽃으로 감싸며 시뻘건 투쟁의 세계로 바꾸었다.

아이즈는 고함을 지르지 않았다. 날뛰지 않았다. 울지 않았다.

그저 분노와 증오, 슬픔과 마음의 어둠을 검에 실었다.

눈앞의『용종 괴물』을 노려보며 들이댔다.

"나는 너를 보내줄 수 없어."

검과도 같은 신념, 검과도 같은 각오.

시커멓게 타오르는 아이즈의 두 눈에, 『괴물』은 뻣뻣이 굳어버린 채 충격을 받았으나── 잠시 후.

조용히, 자신의 두 손을 내려다보았다.

아이즈가 혐오하는 날카로운 발톱을 바라보더니, 가만히 왼손의 발톱을 한꺼번에 붙들었다.

"아?"

그것이 아이즈의 목소리였는지, 아니면 벨의 목소리였는지.

『괴물』은 떨리는 숨결로, 그것을 단숨에 부러뜨렸다.

우두둑, 소름 끼치는 소리를 내는 발톱. 땅바닥에 나뒹구는 살점 섞인 파편. 손가락에서 눈물처럼 뚝뚝 떨어지는 붉은 물방울.

누구의 피도 아닌, 자신의 피로 『괴물』의 손이 물들었다.

이어서 오른손.

다음은 외날개. 소년의 비명이 터져나오는 가운데, 모든 발톱을 잃어버린 『괴물』은 날개를 뜯어냈다.

"으, 아아아아아아아아아아아아아아아아……!!"

등에서 돋아났던 용의 날개가 소리를 내며 지면에 떨어졌다.

굳어버린 아이즈의 뺨에, 인간의 것과 같은 피가 튀었다.

"비네?!"

벨이 외치고, 쓰러지는 『괴물』의 몸을 안아들었다.

말문이 막힌 아이즈의 발밑에는 조금 전에 모멸했던 발톱과 날개가 떨어져 있었다.

대가를 바치듯 몸의 일부를 바친 『괴물』은 소년의 가슴에 기대, 숨을 헐떡이면서 아이즈를 올려다보았다.

"또, 내가…… 나, 아니게, 되면."

마지막으로 한쪽 손을 이마의 홍옥에 가져다댄다.

"그때는, 정말, 사라질 테니까……."

이마에서, 『마석』이 있는 가슴으로 손을 옮기고, 그렇게 말했다.

『괴물』에게는 있을 수 없는 행위. 아이즈의 가면에 균열이 일어났다.

"……계속, 외톨이였어."

『괴물』은 천천히 입술을 움직였다.

"어둡고, 추운 데서…… 내가 나 되기 전부터…… 계속 외톨이. 아무도 나 구해주지 않았어. 아무도, 안아주지 않았어……."

깊고 어두운 기억의 바다에 빠지면서 갈라진 목소리로 말을 자아낸다.

그 슬픔이, 그 고독이 아이즈를 좀먹었다.

높이 타오르던 시커먼 불꽃이, 『등』의 맹위가 수그러든다.

『괴물』의 윤곽이 녹아 뿌옇게 변한다.

"베이고, 아파서…… 무서웠어. 쓸쓸했어."

뿌옇게 흐려진『괴물』의 눈꼬리에서 한 줄기 눈물이 흘러내렸다.

무엇을 하는 거냐고『등』이 고함을 지른다.

정신이 나갔느냐고, 아이즈의『스킬』이 노성을 터뜨린다.

그러나 이제는 멈출 수 없다. 그 눈물에서 시선을 떼어낼 수 없었다.

시커먼 불꽃이 가져온 안개가 걷히기 시작한다.

『괴물』이 완전히 무산되었다.

그리고 그곳에 서 있던 것은, 눈물을 흘리는 용종 소녀, 그리고——

"_____."

아이즈였다.

또 하나의 어린 아이즈가, 벨과 마찬가지로, 용종 소녀를 안아 감싸고 있었다.

눈에 눈물을 머금고, 이제는 그만하라고 호소한다.

검을 들이댄 아이즈의 가슴이 소리를 내며 균열을 일으켰다.

그 감정의 이름을 무엇이라고 해야 할까.

아이즈는 알지 못했다.

거짓말쟁이라고 외치면 될까.

용서할 수 없다고 이성을 놓아버리면 될까.

그러지 말라고 울부짖으면 될까.

애.

울 것 같은 얼굴로 이쪽을 바라보는 네게 묻고 싶어.

서로 마음을 나눌 수 있을 거라 생각했던 건 내 착각일까? 내 환상일까?

뭘 하는 거야?

왜 거기 있어?

왜 너는 『괴물』을 감싸는 거야?!

너무해! 너무해! 너무해!

이런 배신은 너무해!

너는 나고, 나는 너인데!

모든 것을 빼앗기고, 모든 것을 잃어버렸음을 알았던 그날, 우리는 『괴물』을 죽이자고, 그렇게 결심했는데!

발밑이 우르르 소리를 내며 무너져간다.

또 다른 아이즈가 사라진 마음 밑바닥에서, 바보 같이 흐느꼈다.

그리고.

"하지만 외톨이였던 날, 벨이 구해줬어."

"!"

"깜깜했던 날…… 아무도 구해주지 않았던 날, 벨이 구해줬어!"

깨닫고 말았다.

용종 소녀의 외침을 듣고, 이어져버렸다.

지금과 과거가 한데 겹쳐진다.

눈앞의 달빛 어린 경치와, 기억 속에 잠든 그 겨울철 황량했던 경치가── 용종 소녀와, 또 다른 아이즈가 한데 녹아든다.

한데 섞여, 하나가 된다.

아이즈의 눈에 비친 것은.

'나야…….'

눈물을 흘리는 『아이즈』였다.

'내가 있어…….'

아이즈의 가면은 완전히 떨어져버렸다.

──그녀는 나와 똑같아!

모든 것을 잃은 나와.

어둡고 추운 장소에서, 계속 외톨이였던 나와.

'하지만──.'

그녀에게는 『소년』이 나타났고.

아이즈에게는 아무도 나타나주지 않았고.

그녀에게는 『소년』이 손을 내밀었고.

아이즈의 손은 아무도 잡아주지 않았고.

『너도 멋진 상대를 만난다면 좋겠구나.』

『언젠가 너만의 영웅을 만난다면 좋겠구나.』

어머니와 아버지의 말이 되살아났다.

'거짓말!!'

마음이 울부짖었다.

'나한테는──『영웅』은 나타나주지 않았어!'

언제까지고, 아무리 울부짖어도, 아무도 나타나주지 않아, 도와줄 이 따위 나타나주지 않는다는 사실을 겨우 깨닫고―― 그래서 아이즈는 스스로『검』을 들었는데!

눈앞의 용종 소녀는 그녀의『영웅』이 나타나준 또 다른 나야!

'치사해! 치사해! 치사해!'

나에게는 나타나주지 않았으면서!

나는『검』을 들 수밖에 없었는데!

엉망진창이 된 마음속에서 어린 아이즈의 목소리가 메아리쳤다.

울부짖는 소녀의 목소리가. 결별한 줄로만 알았던『약한 아이즈』의 오열이.

아이즈는 벨을 보았다. 용종 소녀를 끌어안은, 그녀만의『영웅』을.

고통이 온몸에서 넘쳐났다.

비애가 어깨를 끌어안았다.

선망이 금색 눈을 흔들었다.

"……………………."

흐느끼는 과거의 잔재를 얼마 남지 않은 의지의 힘으로 억누른 아이즈는…… 고개를 숙였다.

실이 끊어진 인형처럼, 들이댔던 검을 축 늘어뜨렸다.

"……나는 이제, 그 부이브르를 죽일 수 없어."

피폐해진 심신에서 쥐어짜낸 것은 그런 갈라진 목소리

였다.

"아이즈, 씨……."

"너는…… 너희는, 잘못되지 않았다고…… 그런 생각을 해버렸으니까."

"…………."

"나는 이제, 너희하고는 싸울 수 없어……."

고개를 들지 않은 채, 달빛에 젖었다.

용종 소녀도, 소년의 얼굴도 볼 수 없었다. 부조리한 말을 그들에게 들이대고 말 것 같아서.

【검희】의 가면도, 모험자의 갑옷도 잃어버린 지금의 아이즈는 그저 평범한 소녀였다.

영웅을 기다리다 닳아 해져버린, 동경의 주검.

"…………."

그 모습에, 뻣뻣하게 굳어버렸던 벨은 한순간 뻗으려 했던 손을 꽉 쥐고 눈을 돌렸다.

그가 지켜야만 할 용종 소녀를 강하게 끌어안는다. 그녀의 가녀린 어깨에서 자신의 손을 뗄 수 없는 것처럼.

아이즈는 아무 말도 하지 않았다.

자조의 웃음도, 슬픔의 목소리도, 눈물도 나오지 않았다.

모든 것을 초탈한 체념에 지배당한 채, 마지막 이성을 동원해 뻣뻣한 동작으로 파우치에서 엘릭서를 꺼냈다.

"도와줄 수는, 없어……. 난, 여기 있을 거야."

"아이즈 씨……."

보도블록 위에 놓고, 떨어져, 등을 돌렸다.

"가."

"……고맙습니다."

벨이 엘릭서를 손에 들고 소녀와 함께 떠나간다.

아이즈는 돌아보지 않았다.

금색 장발이 바람에 나부꼈다.

검을 칼집에 거두는 것도 잊고, 하얀 달빛이 내려다보는 가운데 지면으로 시선을 떨구었다.

오늘, 이 날.

아이즈의 맹세는 깨졌다.

『몬스터는 죽인다』는, 자기 자신과의, 소중한 약속이.

"아이즈."

"…………."

"괜찮겠냐?"

"……네."

"…………."

"…………."

"나 먼저 간다."

"……고마, 워요."

"뜬금없이, 뭐가."

나타났던 청년이, 분명 처음부터 끝까지 모든 광경을 보앴을 웨어울프가, 아무 말도 하지 않고 그 자리를 떠났다.

다시 정적이 찾아와 홀로 남은 가운데.

소녀는 달빛을 올려다보며, 입술을 움직였다.

"누가…… 날 구해줘."

Status

Lv.6

힘	H100	내구	H117
기교	H131	민첩	H112
마력	H154		
수렵자	G	내성	G
검사	H	정유	I

마법	에어리얼

· 부여마법(인챈트).
· 바람 속성.

· 영창식 【눈을 뜨라, 폭풍】

스킬	어벤저

· 임의발동.
· 괴물종에 대한 공격력 고역강화.

· 용종에 대한 공격력 초역강화.
· 증오의 강도에 따라 효과 향상.

세검	데스퍼러트

· 뒤랑달(불괴속성) 수페리오르즈(특수무장).

· 현 시점의 역사 속에서 발현된 전 종족, 전 권속의 수많은 스킬 중에서도 최강의 출력을 자랑하는 【어벤저】를 견뎌낼 수 있는 것은 이 무장뿐. 유일한 예외는 소녀가 리베리아와의 유대를 부수는 것을 꺼려했던 소드 에일.

· 과거 아이즈는 마법과 병용해 폭발시킨 『검은 바람』으로 이 데스퍼러트에 한 번 『균열』을 일으킨 적이 있다.

AIS WALLENSTEIN

아이즈 발렌슈타인

소속	로키 파밀리아		
종족	휴먼	직업	모험자
도달계층	59계층	무기	세검
소지금	2,391,500발리스		

후기

알아차리신 분도 계실 거라 생각합니다만, 이번 편은 읽기 쉽도록 하기 위해 본편의 시간축을 다소 앞뒤로 왔다 갔다 하며 장면의 순서를 섞어놓았습니다. 본편과 비교해 보시면 재미있을지도 모르겠네요.

그런고로 외전 10권 되겠습니다.

외전에는 무엇을 쓸지 고민하는 경우가 많은데, 이번의 테마는 『벨 크라넬의 피해자들』로 했습니다. 이렇게 말하면 좀 그렇지만, 결국 본편 주인공에게서 받은 영향이랄까요.

외전 팀보다 훨씬 실력이 떨어지는 본편 주인공이 그들과 관계를 가지기는 쉽지 않습니다. 스토리의 정석인 『위기상황에 도와주기』 수법은 거의 쓸 수 없죠. 도와주러 갔다가 오히려 도움을 받으니까요. 그러면 어떻게 할까. 『있는 그대로의 자신』을 드러내는 것 말고는 없다는 생각이 들었습니다.

어른이 되어감에 따라 어린이가 굉장히 부러워지는 순간이 종종 있는데요, 본편에서 나온 『인공의 영웅』이라는 말도 스스로 써놓고 참 잔혹하다 싶었습니다. 자신이 하고 있는 일들이 허울임을 알면서도 나아갈 수밖에 없는 사람은 꽤 많을 거라 생각합니다.

사실은 사우전드 엘프가 배신해 본편 주인공 측에 가담

했다가, 결국 들켜서 요정 스승님과 본편 11권의 컬러 그림처럼 대치해 사제 대결을 벌인다는 그런 플롯을 짜고 싶었습니다만, 결국 어떤 캐릭터의 본심을 보고 싶어서 이쪽으로 방향을 전환했습니다. 요정 히로인 미안해. 용사님, 그녀의 희생을 위해서라도 부디 앞으로 열심히 해주세요.

여느 때보다 조금 이르긴 하지만 여기서 감사와 사죄의 인사를 드리겠습니다.

담당 타카하시 님, 마츠모토 님, 이번에도 여느 때처럼 원고가 늦어져서 정말 죄송합니다. 비틀거리던 작가를 매번 챙겨주신 키타무라 편집장님, 여러 모로 걱정 끼쳐드려 죄송합니다. 멋진 일러스트를 더해주신 하이무라 키요타카 선생님, 늘 하이무라 씨의 일러스트에 도움을 받고 있습니다. 고맙습니다. 관계자 여러분께도 깊은 감사 말씀 드립니다.

이번 외전 10권은 드라마 CD판도 발매되었습니다. 스태프와 관계자 여러분, 협조해주셔서 진심으로 감사드립니다. 그리고 엉망진창인 각본을 능가해주신 캐스트 여러분, 정말로 고맙습니다. 들어보니 너무 부끄러워서 죽어버릴 것 같았습니다. 어쩐지 정말 죄송합니다(특히 ㅇ니시 씨와 ㅇ모토 씨).

본권으로 외전도 제3부에 돌입했는데요, 1권부터 이어진 이야기에도 슬슬 일단락을 지을 때가 온 것 같습니다. 등장인물들의 행방을 지켜봐주시면 고맙겠습니다.

독자 여러분, 여기까지 읽어주셔서 고맙습니다.

다음 권에서도 또 뵐 수 있으면 좋겠습니다. 실례합니다.

오모리 후지노

던전에서 만남을 추구하 면 안 되는 걸까 외전
소드 오라토리아 10

2018년 10월 7일 1판 1쇄 인쇄
2019년 10월 30일 1판 3쇄 발행

저　　　자	오모리 후지노	
일 러 스 트	하이무라 키요타카	
캐릭터 원안	야스다 스즈히토	
옮 긴 이	김민재	
발 행 인	유재옥	
본 부 장	조병권	
담당편집자	정영길	
편　　　집	김다솜 김민지 박상섭 이성호 정영길 조찬희	
미　　　술	강혜린 박은정	
라이츠담당	박선희 김슬비	
디 지 털	최민성 박지혜	
발 행 처	㈜소미미디어	
등　　　록	제2015-000008호	
주　　　소	서울시 마포구 토정로 222, 403호 (신수동, 한국출판콘텐츠센터)	
판　　　매	㈜소미미디어	
마 케 팅	한민지 한주원	
전　　　화	편집부 (070)4164-3962, 3963 기획실 (02)567-3388	
	판매 및 마케팅 (070)4165-6888, Fax (02)322-7665	

ISBN 979-11-6190-921-9 04830
ISBN 979-11-5710-021-7 (세트)